# DEBBIE MACOMBER
*Comenzar de nuevo*

Editado por Harlequin Ibérica.
Una división de HarperCollins Ibérica, S.A.
Núñez de Balboa, 56
28001 Madrid

© 2003 Debbie Macomber. Todos los derechos reservados. COMENZAR DE NUEVO, N° 76 - 1.3.09
Título original: 311 Pelican Court
Publicada originalmente por Mira Books, Ontario, Canadá.
Traducido por Sonia Figueroa Martínez

Todos los derechos están reservados incluidos los de reproducción, total o parcial. Esta edición ha sido publicada con permiso de Harlequin Enterprises II BV.
Todos los personajes de este libro son ficticios. Cualquier parecido con alguna persona, viva o muerta, es pura coincidencia.
™TOP NOVEL es marca registrada por Harlequin Enterprises Ltd.

® y ™ son marcas registradas por Harlequin Enterprises Limited y sus filiales, utilizadas con licencia. Las marcas que lleven ® están registradas en la Oficina Española de Patentes y Marcas y en otros países.

I.S.B.N.: 978-84-671-6945-4
Depósito legal: B-2929-2009
Imágenes de cubierta:
Mujer: PROMETEUS/DREAMSTIME.COM
Flores: CYNTHI/DREAMSTIME.COM

## CAPÍTULO 1

Rosie Cox había entrado en la sala del juzgado donde acababa de hacerse efectivo su divorcio sintiéndose fracasada y traicionada. Era comprensible, porque tras diecisiete años de un matrimonio razonablemente bueno, la infidelidad de Zach la había tomado por sorpresa.

Él no había admitido en ningún momento que hubiera tenido una aventura; de hecho, no lo había pillado en ninguna situación comprometida, ni había encontrado pruebas materiales como cajas de cerillas de algún restaurante caro, o facturas de joyerías o de hoteles, pero estaba convencida de que era cierto. Una esposa siempre se daba cuenta de ese tipo de cosas.

Estaba furiosa, así que se había esforzado por dificultar el divorcio al máximo. No había estado dispuesta a facilitarle las cosas a Zach, ni a dejar atrás su matrimonio sin presentar batalla, así que había peleado con uñas y dientes.

Había dado por supuesto que la furia y la amargura de los últimos meses se aliviarían un poco cuando el divorcio fuera un hecho, pero se había equivocado; de hecho, a la carga que soportaba se le había añadido incluso más peso, porque el acuerdo de custodia compartida al que Zach y ella habían llegado tras arduas negociaciones había sido rechazado por la juez Olivia Lockhart.

La juez había afirmado que, desde un punto de vista emocional, cambiar de casa cada pocos días era perjudicial para los niños; según ella, Allison y Eddie necesitaban unas vidas estables, y no tenían por qué sufrir las consecuencias de un divorcio que no habían pedido.

Algunos opinaban que Olivia era una juez innovadora, pero Rosie pensaba que era una entrometida... o que estaba mal de la cabeza, porque como encima había tenido la descabellada idea de concederles la casa a los niños, iban a tener que ser Zach y ella los que fueran de un lado a otro cada pocos días.

Era una ridiculez, además de una imposibilidad.

Como el divorcio ya era un hecho, iba a tener que acordar con Zach cómo iban a organizarse. Empezaba a asimilar las consecuencias de las condiciones que ambos habían acatado, y ni siquiera había salido aún de la sala.

En cuanto salieron al pasillo, Sharon Castor, su abogada, se volvió hacia ella y le dijo:

—Rosie, tenemos que hablar con su ex marido —era obvio que estaba tan desconcertada por la decisión de la juez como ella.

En ese momento, se les acercó Otto Benson, el abogado de Zach, que tenía el rostro tenso a pesar de su actitud de calma aparente. Rosie no se atrevió a volverse hacia Zach; de hecho, había evitado mirarlo desde que habían entrado en la sala.

—Será mejor que vayamos a alguna sala de reuniones para pactar los detalles —comentó Otto.

Rosie le lanzó una rápida mirada a Zach, que estaba detrás de su abogado. Parecía tan poco entusiasmado con el acuerdo como ella, pero prefería caerse redonda al suelo antes que dejarle ver cómo se sentía.

–Rosie y yo deberíamos ser capaces de llegar a un acuerdo por nuestra cuenta –dijo Zach, con cierta irritación.

Teniendo en cuenta cómo se habían desarrollado las cosas hasta ese momento, el comentario no resultaba demasiado prometedor.

–Nos costó una semana entera de discusiones llegar al acuerdo de custodia compartida –le dijo ella.

Le encantaba recordarle que se había comportado como un capullo. Seguro que lo que quería era evitar gastarse más dinero en abogados, pero no estaba dispuesta a ponérselo fácil. Le daba igual si a él le quedaba menos dinero para poder gastarse en su amiguita.

Zach apretó los puños, y masculló algo en voz baja que ella no alcanzó a oír. Sintiéndose más que satisfecha por su propio autocontrol, le preguntó con sarcasmo:

–¿De verdad crees que podemos llegar a un acuerdo sin un mediador?

–Como quieras –rezongó él, con un mohín digno de su hijo de nueve años.

En ese momento, a Rosie le costó creer que alguna vez hubiera estado enamorada de Zachary Cox. Era un hombre engreído, porfiado, y egocéntrico, que no tenía ni idea de lo que era ser un padre y un marido; por otra parte, tenía un atractivo innegable, y su apariencia física revelaba su éxito como hombre de negocios y como profesional... aunque cualquiera con dos dedos de frente vería a la legua que era un contable, porque tenía la típica mirada ligeramente entornada de una persona que se pasaba el día mirando largas columnas de números. Pero, a pesar de todo, era guapo. Tenía el pelo y los ojos oscuros, y el costoso traje que llevaba enfatizaba la anchura de sus hombros. En otros tiempos había sido atleta, y seguía corriendo y manteniéndose en forma.

A ella siempre le había encantado acariciar la musculatura firme de su espalda cuando hacían el amor. Hacía meses que no dormían en la misma cama, y mucho más que no hacían el amor. Lo cierto era que ni siquiera se acordaba de la última vez que lo habían hecho. De haberlo sabido, quizás habría valorado más la experiencia, se habría quedado un rato más acurrucada contra él, habría saboreado el contacto de sus brazos rodeándola. Pero había algo indudable: Zach había dejado de interesarse en ella desde el día en que había contratado a Janice Lamond como ayudante personal.

Rosie sintió que se le encogía el corazón al imaginárselos juntos, y se apresuró a apartar aquella imagen de su mente. Una mezcla de furia y de repulsión subió por su garganta como bilis, al pensar en la infidelidad de su mari... de su ex marido.

La voz de Zach la devolvió a la realidad; al parecer, él había accedido a que los abogados negociaran la complicación añadida que había surgido en el divorcio, y Otto había ido a preguntarle al recepcionista si había alguna sala de reuniones libre.

Cuando llegaron a la sala privada de la biblioteca que les asignaron, Zach y su abogado se sentaron a un lado de la mesa, y su abogada y ella se sentaron enfrente.

—Es la primera vez que oigo una sentencia así —comentó Sharon.

—Lo mismo digo, es digna de figurar en los libros de Derecho —dijo Otto.

—Sí, es inusual, pero tanto Rosie como yo somos adultos —intervino Zach, con tono cortante—. Podemos llegar a un acuerdo... por mi parte, he sido sincero al decir que los niños son lo principal —miró ceñudo a Rosie, como poniendo en duda que ella pudiera alegar lo mismo.

—Si fueras sincero, te lo habrías pensado dos veces antes de liarte con esa ramera —Rosie no quería empezar a discutir, pero no pudo evitar el comentario. Su ex marido no habría roto sus votos matrimoniales si estuviera tan preocupado como decía por el bienestar de los niños.

—Me niego a contestar a semejante idiotez —masculló él—. Además, si en vez de pasar tanto tiempo trabajando como voluntaria en todas las causas habidas y por haber, pasaras más tiempo en casa cuidando de tus hijos...

—No voy a permitir que me culpes por tus acciones.

Zach siempre se había quejado de su trabajo de voluntaria, y al final se había salido con la suya. A ella no le había quedado más remedio que renunciar a las funciones que desempeñaba, porque había tenido que buscar un trabajo remunerado. Esperaba que estuviera satisfecho. Por primera vez desde el nacimiento de sus hijos, no era un ama de casa a tiempo completo.

—Creía que estábamos aquí para hablar de la sentencia de divorcio —Zach la miró con un hastío deliberado—. Si vamos a empezar a insultarnos, prefiero no tener que pagar a los abogados para que se limiten a escucharnos.

Rosie sintió una oleada de satisfacción. Zach iba a tener que pagar a los dos abogados, porque era el que tenía un trabajo con unos jugosos beneficios. Ella estaba asistiendo a un curso de verano para poder volver a ejercer de profesora... un curso que su ex marido también había tenido que pagar. Había sido un logro más, otra condición que ella había impuesto en el acuerdo de divorcio.

Ya había presentado su solicitud en un colegio, el South Kitsap School District, y teniendo en cuenta todos los contactos que tenía, estaba segura de que en septiembre la contratarían como profesora suplente.

—Será mejor que hagamos una lista con los puntos en los que estamos de acuerdo —dijo Sharon con voz firme, sin prestar atención al antagonismo que había entre los dos—. A pesar de que el matrimonio se ha roto, los dos afirman que el bienestar de los niños es lo principal —sonrió cuando Zach y Rosie asintieron. Era una mujer directa y cerebral, que no se dejaba influenciar por las emociones—. Eso nos da un punto de inicio.

—Permitan que los felicite a ambos por su actitud —Otto sacó una libreta de su maletín, como si quisiera demostrar que estaba ganándose su sueldo. Tanto Zach como Rosie habían elegido a los mejores abogados, y eso suponía tarifas muy elevadas.

—Sí, nos llevamos tan bien, que a lo mejor seguiríamos casados con un poco más de esfuerzo —comentó Zach con ironía.

—Sabes quién tiene la culpa —le espetó Rosie.

—Sí, lo tengo muy claro. ¿Cuántas tardes pasabas fuera de casa?, ¿cuántas cenas cocinaste? Si no te acuerdas, yo te lo diré: muy pocas.

Sharon soltó un sonoro suspiro, y atajó la discusión.

—Los niños son lo primero, y como la casa les pertenece, Rosie va a tener que buscarse otro sitio donde vivir durante los tres días a la semana que Zach pase con ellos.

*¿Otro sitio donde vivir?*

Rosie la miró boquiabierta mientras empezaba a asimilar la realidad, las repercusiones que iba a tener el veredicto de la juez.

—Y también tendrá que pagar la mitad de la hipoteca de la casa —comentó Zach, con una sonrisa de lo más inocente.

—Pero, no puedo... —Rosie no se había dado cuenta, no se había planteado todo aquello—. Aún no tengo trabajo, ¿cómo voy a poder costearme un piso además de todo lo demás? —era injusto, seguro que Zach se daba cuenta de que no era una exigencia razonable. Ella también tenía una vida, y no iba a poder salir adelante si tenía que gastarse hasta el último penique que ganara en pagar dos viviendas.

Él se limitó a mirarla en silencio.

—Tengo una sugerencia —apostilló Sharon.

—Oigámosla —el abogado de Zach parecía ansioso, incluso desesperado, por oír alguna idea sensata.

—Durante los tres días que Zach pasa en la casa con los niños, su piso se quedará vacío, ¿verdad? —Sharon se volvió hacia él para que se lo confirmara.

Rosie lo observó mientras esperaba su respuesta; básicamente, lo que Sharon quería saber era si Zach había planeado que tanto Janice como el hijo de ésta, que tenía la misma edad que Eddie, se fueran a vivir con él.

—Sí, el piso se quedará vacío —le contestó él con firmeza.

—En ese caso... —Sharon miró al uno y a la otra antes de decir—: Rosie podría instalarse en su piso mientras usted está en la casa. Comentó que hay dos dormitorios, ¿verdad?

La fértil mente de Rosie se llenó de objeciones. No quería tener nada que ver con Zach, no quería estar cerca de él ni de sus cosas... las cosas que en el pasado les habían pertenecido a los dos. Y tampoco quería enterarse de nada que tuviera que ver con la relación que mantenía con su novia.

—Ni hablar, no pienso dejarle mi piso a Rosie —era obvio que la idea le gustaba tan poco como a ella—. Estamos divorciados, y hemos tardado meses en llegar a este punto. Rosie quería quedar libre, y lo ha conseguido.

—Fuiste tú el que te fuiste de casa —le recordó ella con desdén.

—Corrección: fuiste tú la que me echaste.

—Y si mal no recuerdo, fuiste tú el que insistió en que fuera a ver a un abogado —Rosie apenas podía creer lo selectiva que era la memoria de su ex marido.

Zach soltó una carcajada seca, y miró a Sharon antes de comentar:

—En eso fui un tonto.

La abogada alzó las manos en un gesto pacificador, y les dijo:

—Sólo era una sugerencia, una posibilidad que les ahorraría dinero a los dos —se volvió hacia Rosie—. Tendrá suerte si encuentra algo por menos de quinientos o seiscientos dólares al mes.

—Zach tendrá que pagar...

—¡Y una mierda!

—El divorcio es un hecho —dijo Otto Benson—. Zach sólo es responsable de lo que ya se ha acordado.

Rosie miró a su abogada, y al ver que asentía con expresión seria, el peso de la situación le resultó insoportable. Además de perder a su marido, iba a tener que marcharse de su casa. Al sentir que los ojos se le llenaban de lágrimas, se apresuró a parpadear. No quería que Zach supiera el daño que le estaba haciendo.

Tras un largo momento de silencio, su ex marido dijo:

—De acuerdo, Rosie puede quedarse en mi piso durante los días en que me toque estar en la casa, pero tiene que pagar la mitad del alquiler.

Rosie sabía que no tenía más remedio que aceptar aquella condición, pero como estaba decidida a aferrarse a su orgullo, alzó una mano y dijo con firmeza:

—Con una condición.

—¿Y ahora qué? —dijo Zach, con un suspiro de impaciencia.

—No quiero que lleves a esa mujer a la casa, quiero que sea un hogar seguro para los niños; en otras palabras: no quiero que Allison y Eddie tengan contacto con tus mujeres.

—¿*Qué?* —Zach la miró como si estuviera hablándole en algún idioma extranjero.

—Ya me has oído —Rosie ni siquiera parpadeó ante la furia de su mirada—. El divorcio ya ha sido bastante duro para los niños, no quiero que te pavonees por mi casa con otra mujer, ya sea Janice o cualquier otra. Quiero que sea un lugar prohibido para tus... tus fulanas.

—¿*Fulanas?* Vale, nada de fulanas, pero lo mismo digo en lo que a ti respecta. No quiero que lleves a ningún hombre a la casa... nada de guaperas, ni de novietes, ni de ligues, ni de...

—Eso sí que tiene gracia —Rosie interrumpió aquella ridiculez. En diecisiete años, apenas había mirado siquiera a otro hombre. Desde el momento en que había conocido a Zach, había sido el único para ella.

—Estás de acuerdo, ¿sí o no? —le dijo él, desafiante.

—¡Claro que sí!

—Bien.

—Perfecto.

Después de concretar varios puntos más, Sharon redactó un acuerdo que Otto revisó, y tanto Zach como ella lo firmaron.

Para cuando salió por fin del juzgado, Rosie se sentía como si acabara de recibir los embates de un mar embravecido, y por extraño que pareciera, la embargaba un profundo dolor. Llevaba semanas temiendo y deseando a la vez que llegara aquel día para que el divorcio fuera un hecho, pero en ese momento no estaba segura de lo que sentía, aparte de aquel dolor terrible que amenazaba con arrebatarle la compostura.

Cuando llegó a casa, que estaba en el 311 de Pelican Court, vio a su hijo de nueve años, Eddie, jugando a baloncesto en el jardín delantero. Faltaba poco más de un mes para que empezaran las clases otra vez, quizás entonces sus vidas recuperarían algo de normalidad.

Al verla llegar en el coche, el pequeño agarró la pelota y la aguantó contra su costado. Se apartó para dejarla pasar, y la observó con ojos llenos de tristeza mientras ella metía el vehículo en el garaje.

Allison, su hija de quince años, estaba en la cocina, preparándose un perrito caliente para merendar. Se volvió al oírla entrar, y al mirarla con expresión desafiante, pareció la viva estampa de Zach.

—¿Cómo ha ido, mamá? —le preguntó Eddie, que la había seguido hasta la cocina sin soltar la pelota.

—Bien, supongo.

Allison sacó la salchicha del microondas cuando el aparato soltó un pitido, pero se limitó a dejar el plato sobre la encimera, como si hubiera perdido el apetito, y miró en silencio a su madre.

—Ha habido una... pequeña complicación —Rosie no quería ocultarles la verdad a sus hijos, sobre todo teniendo en cuenta de que se trataba de algo que iba a afectarlos directamente.

—¿Qué pasa? —Eddie se sentó en una silla, y sujetó la pelota sobre la mesa con una mano.

Allison se cruzó de brazos y se apoyó en la encimera. Estaba intentando aparentar desinterés, pero a diferencia de otras ocasiones, no se marchó como si el asunto no la afectara.

—Eh... no vais a tener que ir de una casa a otra cada pocos días —Rosie se esforzó por mostrar algo de entusiasmo al hablarles de lo que había decretado la juez Lockhart.

Allison y Eddie se miraron sorprendidos, y ella intentó mostrarse positiva al explicarles cómo iban a tener que organizarse.

—Entonces, ¿papá va a vivir aquí? —le preguntó Eddie.

La perplejidad del pequeño era comprensible, a ella misma le costaba entender la situación. Sentía confusión y también irritación por cómo se habían desarrollado las cosas, y si a la mezcla se le añadía el abatimiento, se conseguía una descripción perfecta de cómo se sentía ante la vida en general.

—Vuestro padre estará aquí durante parte del tiempo —les explicó, para que no hubiera ningún malentendido. Había accedido a convertir la que había sido su habitación de costura en un dormitorio para Zach, ya que la máquina de coser cabía sin problemas en el dormitorio principal.

—Ah —Eddie parecía un poco decepcionado por su respuesta, pero se animó al darse cuenta de que su padre iba a volver a estar con él en la casa, aunque fuera parte del tiempo—. ¡Me parece genial!

—¡Pues a mí no! ¡Todo esto del divorcio es una chorrada! —exclamó Allison, antes de irse de la cocina hecha una furia.

Rosie se sintió impotente, porque no sabía cómo tratar a su hija. Quería abrazarla y decirle que todo saldría bien, pero la joven no aceptaba ninguno de sus intentos de acercamiento.

—No te preocupes por Allison —le dijo su hijo de nueve años—. Está muy contenta al saber que papá va a vivir en casa, aunque sólo sea parte del tiempo, pero ni loca lo admitiría delante de ti.

CAPÍTULO 2

Grace Sherman tenía la cara cubierta de sudor, y el intenso calor de aquella tarde de mediados de julio hacía que la camiseta se le pegara a la piel. Después de empapar el rodillo en el cubo que tenía a un lado, lo alzó y extendió la pintura amarilla por la pared del dormitorio.

Era bibliotecaria, pero las renovaciones y las reparaciones no se le daban demasiado bien a pesar de la cantidad de libros que había leído sobre mantenimiento del hogar. Dan siempre había insistido en ocuparse de los arreglos de la casa, pero se había quedado sola, tenía cincuenta y cinco años, y la vida no dejaba de ponerla en situaciones nuevas que para ella suponían verdaderos desafíos.

—Espero que sepas apreciar lo buena amiga que soy —le dijo Olivia Lockhart, su mejor amiga de toda la vida, que había ido a ayudarla a pintar las deprimentes paredes blancas. Estaba moviendo con cuidado los muebles, que estaban en el centro del dormitorio y protegidos con unas sábanas viejas.

—Tú te ofreciste voluntaria —le recordó Grace, antes de secarse el sudor de la frente con el antebrazo. Hacía un calor asfixiante, y no había ni pizca de aire a pesar de que la ventana estaba medio abierta.

El hombre con el que había estado casada durante treinta y cinco años había desaparecido en abril del año anterior, y cuando se había enterado de que estaba muerto, había empezado a padecer insomnio. No alcanzaba a entenderlo. Olivia le había sugerido que pintara las paredes del dormitorio; según ella, un color diferente podría abrir las puertas a una nueva etapa. El amarillo pálido reflejaba calma y optimismo, y con un poco de suerte, su subconsciente captaría la indirecta.

A Grace le había parecido una buena idea en su momento, sobre todo teniendo en cuenta que su amiga se había ofrecido a ayudarla. Era típico de Olivia. A lo largo de los años se habían apoyado la una a la otra en todo, desde pequeñas crisis domésticas a acontecimientos trascendentales.

–¿Cómo pude pensar que lo tendríamos listo en un solo día? –Olivia soltó un gemido, se enderezó, y se llevó las manos a los riñones–. No sabía la cantidad de trabajo que habría que hacer.

–¿Te apetece un poco de té frío? –Grace también estaba deseando hacer un descanso.

Tenía la sensación de que llevaba una eternidad pintando, aunque sabía que debían de haber pasado una o dos horas como mucho. Antes de empezar habían tenido que prepararlo todo... habían apartado a un lado los muebles, habían cubierto el suelo con una lona, y habían protegido las ventanas con cinta adhesiva.

–Perfecto –le contestó Olivia, antes de dejar a un lado el rodillo.

Después de meter los dos rodillos empapados de pintura en una bolsa de plástico, fueron a la cocina. Mientras Olivia se lavaba las manos, Grace sirvió dos vasos de té frío y dejó entrar a Buttercup, su golden retriever, que estaba rascando la puerta desde fuera. La perra entró jadeante, y se tumbó debajo de la mesa con la barbilla apoyada en el suelo para aprovechar el frescor de las baldosas.

Grace se sentó con pesadez en una silla, se quitó el pañuelo con el que se había sujetado la melena en una cola baja, y sacudió un poco la cabeza. Tenía el pelo ligeramente húmedo. Lo llevaba más corto que antes, porque ya no tenía que tener en cuenta los gustos de su marido.

Como había visto lo mucho que había sufrido Olivia años atrás al divorciarse, no había querido pasar por lo mismo, pero no le había quedado más remedio que iniciar los trámites tras la desaparición de Dan, ya que era la única opción práctica desde un punto de vista financiero.

Eso había sido meses antes. Había tardado en enterarse de lo que había pasado con Dan, pero para entonces, el golpe emocional ya había remitido un poco. Se había sentido aliviada al saber que habían encontrado su cuerpo, pero ya había pasado por el punto álgido del dolor y la culpa, ya había soportado lo peor de la incertidumbre, las dudas y las recriminaciones que la habían atormentado tras la desaparición. Por eso no entendía por qué había empezado a sufrir insomnio.

—Es la mejor idea que has tenido en todo el día... aparte de poner el CD con los mejores éxitos de Creedence Clearwater —comentó Olivia, mientras se sentaba en otra silla.

Las dos se habían dejado llevar por la música de su juventud, y apenas se habían dado cuenta del calor y del cansancio hasta que había acabado la última canción del CD.

—No bailamos tan bien como hace treinta años, pero tampoco somos unas ancianas —le dijo Grace, sonriente, antes de añadir—: Por cierto, me he enterado de lo de tu última sentencia –llevaban toda la tarde juntas, pero entre el trabajo y la música, apenas habían tenido ocasión de hablar.

–¿Te refieres a la de la custodia compartida?

–Sí, la ciudad entera se ha enterado.

No era la primera vez que Olivia tomaba una decisión controvertida en el juzgado.

–Bueno, al menos Jack no ha escrito un artículo en el periódico sobre el tema.

Grace se alegró al ver que mencionaba a Jack Griffin, porque estaba esperando el momento de sacarlo a colación. Aquel hombre le caía muy bien, porque hacía un año que salía con Olivia y era obvio que la hacía feliz. Jack era el editor del periódico local, y su amiga parecía más... relajada, más despreocupada, desde que estaba con él. Pero hacía unas semanas que la pareja había tenido una pelea, una simple divergencia de opiniones, y no habían vuelto a hablarse desde entonces. Olivia estaba hecha polvo, aunque se esforzaba por disimular.

–Hablando de Jack... ¿cómo están las cosas entre vosotros dos? –le preguntó, con una despreocupación deliberada. Estaba convencida de que Jack era el hombre ideal para su amiga. Era inteligente, divertido, y tenía el punto justo de descaro para resultar interesante.

–No quiero hablar de él.

–Vale, pues no lo hagas. Háblame de Stan.

Stan era el ex marido de Olivia. Vivía en Seattle con su segunda esposa, pero últimamente aparecía de forma bastante regular por Cedar Cove. Grace estaba convencida de que estaba pasando algo, y su amiga se mostraba sospechosamente reacia a hablar del tema.

–¿Cómo te has enterado de lo de Stan y Marge? –Olivia la miró sorprendida–. ¿Te lo ha dicho mamá, o ha sido Justine?

—Ninguna de las dos me ha dicho nada, estoy esperando a que me lo cuentes tú.

Olivia tomó un buen trago de té, y la miró con expresión vacilante.

—Está claro que hay algo que te preocupa —insistió Grace.
—Stan y Marge van a divorciarse.

Grace la miró boquiabierta, porque aquello era todo un notición. Con razón Stan había empezado a ir con más frecuencia a Cedar Cove... en teoría, iba a visitar a su hija, Justine, y a su nieto, que había nacido poco más de dos semanas atrás, pero aquel súbito interés en la familia era bastante sospechoso, sobre todo teniendo en cuenta que se trataba de un hombre que había abandonado a su esposa y a sus hijos en el verano del ochenta y seis.

Jordan, un chico de trece años inteligente y lleno de vida, había salido a nadar con sus amigos en una calurosa tarde de agosto, y se había ahogado. Justine, su hermana gemela, había permanecido con el cuerpo sin vida del pequeño en los brazos hasta que había llegado la ambulancia. La vida de Olivia había quedado marcada por aquel día. Había sido un punto de inflexión, una línea divisoria entre creer que el mundo era un lugar seguro y saber que en realidad era de lo más traicionero.

El matrimonio de Olivia y Stan se había derrumbado tras la muerte de su hijo, pero Grace siempre se había preguntado si él ya estaba liado con Marge desde antes de que el niño se ahogara. Nunca se lo había dicho a Olivia a la cara, pero tenía sus sospechas.

—¿No vas a decir nada? —le preguntó su amiga.

A Grace le había sorprendido un poco que el matrimonio de Stan y Marge durara tanto. Se habían casado en cuanto él había conseguido el divorcio de Olivia.

—Siento que no funcionara —comentó, aunque no era del todo cierto.

—Sí, yo también —le dijo Olivia, que parecía melancólica y cansada.

De repente, Grace se dio cuenta de lo que pasaba, y tuvo ganas de darse una palmada en la frente como los personajes de los dibujos animados.

—Stan quiere volver contigo, ¿verdad?

Al ver que permanecía en silencio, pensó que Olivia no iba a contestar, pero cuando su amiga asintió al cabo de unos segundos, se puso furiosa ante el atrevimiento de aquel hombre. Era increíble que Stan quisiera regresar a la vida de Olivia al cabo de tantos años, que pensara que ella iba a recibirlo con los brazos abiertos como si nada. ¡Menudo caradura! Y encima, justo cuando Olivia había conocido a Jack. Seguro que lo enfurecía la idea de que su ex mujer estuviera saliendo con otro hombre.

—Por eso no te lo conté. Estás tan furiosa, que los ojos se te van a salir de las órbitas —murmuró Olivia.

—No puedo evitarlo.

De pronto, se le pasó por la cabeza la posibilidad de que su amiga estuviera planteándose volver con Stan. Sería una locura, y ella estaba dispuesta a decírselo sin tapujos. Stan no había valorado nunca a Olivia, no le había preocupado el efecto que pudiera tener su abandono tanto en sus hijos como en ella. Él sólo pensaba en sí mismo, en sus propios deseos y necesidades.

—Ya sé lo que piensas de Stan —comentó Olivia.

—No vas a volver con él, ¿verdad? Dime que ni siquiera estás planteándotelo —la idea era tan repugnante, que a Grace le costó pronunciar las palabras.

Olivia la miró con una expresión de perplejidad e indecisión tan impropia en ella, que Grace tuvo que contener las ganas de levantarse y abrazarla.

—No lo sé —susurró su amiga al fin.

Grace se limitó a asentir, y se esforzó por aparentar neutralidad.

—Cuando Leif nació, pasamos un buen rato recordando los viejos tiempos —Olivia fijó la vista en su vaso, como si esperara encontrar allí las respuestas que necesitaba.

—Tuviste tres hijos con él —Grace intentó contener las ganas de exponer su punto de vista negativo.

—Fuimos felices durante muchos años.

Aquello era innegable, pero Stan le había hecho mucho daño a su amiga desde un punto de vista emocional. Ella sabía mejor que nadie que Olivia había tardado mucho tiempo en recuperar el equilibrio después de la muerte de Jordan y de la disolución de su matrimonio.

—¿Y qué pasa con Jack? —sabía que quizás era un error mencionarlo justo en aquel momento, pero la curiosidad era demasiado grande—. ¿Sabe lo que pasa? —estaba casi segura de que sí, de que la situación con Stan era la causa de los problemas que había en la pareja.

Olivia asintió, y apretó el vaso con más fuerza mientras sus ojos marrones se llenaban de irritación.

—¿Quieres saber lo que hizo? Cada vez que me acuerdo, me dan ganas de matarlo.

Aquello sonaba de lo más interesante. Olivia siguió hablando sin esperar a que contestara:

—Me dio un ultimátum. Según él, Stan lleva meses intentando recuperarme, y tengo que elegir a uno de los dos.

—¿Ah, sí? ¿Y cuál es el problema?

—El problema es que no soy un trofeo. No pienso participar en los estúpidos jueguecitos de Jack.

—Me parece que eres tú la que se anda con jueguecitos, Olivia.

—¿Quién, yo?

—Sí, tú. ¿Esperas que Jack se quede tan tranquilo mientras Stan vuelve a tu vida como si nada?

—No, pero espero que se comporte con... con sentido común. Si le importo tanto como dice, al menos tendría que demostrarme lo que siente.

—¿No te lo ha dicho? —le preguntó Grace, desconcertada.

—No. Hace un mes más o menos, apareció en mi casa en un momento bastante inoportuno. Stan había pasado la noche allí...

—¿Qué?

—No me vengas con ésas tú también, Grace —le dijo su amiga con exasperación—. Stan durmió en la antigua habitación de James, no pasó nada. ¿Cómo puedes creer que sería capaz de acostarme con él?

—No sé qué creer. Venga, cuéntame lo que pasó.

—Había quedado en verme con Jack a la mañana siguiente, pero se presentó muy pronto con café y unas pastas. Stan llevaba puestas mi bata y mis zapatillas... la verdad es que estaba bastante ridículo, pero eso no importa ahora.

—Y Jack supuso lo peor —a Grace no le extrañó la reacción de Jack, porque ella había estado a punto de sacar la misma conclusión precipitada.

—Exacto. Fui tras él, intenté explicarle la situación, pero no quiso escucharme. Me dijo que volviera con Stan si quería, que le daba igual.

—¿Estás segura de que dijo eso? —Grace la miró con incredulidad.

Olivia vaciló por un segundo antes de contestar.

—Bueno, puede que no lo dijera con esas palabras, pero fue lo que quiso decir. Llevábamos un tiempo saliendo en serio, así que me molestó mucho que creyera que me había acostado con Stan.

—No has sabido nada de él desde entonces, ¿verdad? —Grace empezaba a hacerse una idea de la situación.

—No. Mamá dice que tendría que llamarle —Olivia alzó la mirada hacia ella, y le preguntó—: ¿Qué opinas?

Grace se encogió de hombros con indecisión. Estaba casi segura de que ella llamaría a Jack si estuviera en el lugar de su amiga, pero la situación era complicada.

—La verdad es que quiero que Jack me demuestre que va en serio conmigo, que me dé alguna prueba de que le importo —Olivia se mordió el labio inferior—. Si me quiere, tendría que luchar por mí.

—¿Que luche por ti? —Grace se imaginó a los dos hombres frente a la casa de su amiga, con los puños en alto. La imagen era ridícula—. ¿Quieres que la emprendan a puñetazos por ti? —sonrió de oreja a oreja al imaginárselos con trajes de época y pistolas—. ¿O prefieres que se enfrenten en un duelo?

—No digas tonterías. Lo que quiero es que Jack me dé alguna señal, que me demuestre que le importo más que su estúpido orgullo masculino. Nada más —Olivia bajó la mirada antes de añadir—: Está comportándose como un niñito que se ha hecho daño.

—Supongo que está dolido.

—Y yo también. Teníamos una relación, pero dio por hecho que me había acostado con Stan. Si de verdad me cree capaz de hacer algo así, estoy mejor sin él.

—No te des por vencida tan pronto.

—Ya ha pasado casi un mes, Grace —Olivia la miró con tristeza—. ¿Qué quieres que piense?, da la impresión de que a él le da igual que nuestra relación se rompa.

—¿Y tú qué?, ¿estás dispuesta a dejarle marchar?

—Me parece que no —le contestó Olivia, al cabo de unos segundos.

—Entonces, ¿qué piensas hacer?

—No lo sé... supongo que darle un poco más de tiempo.

Grace asintió. Después de apurar su taza de té, se levantó y fue a dejarla en el fregadero.

—Venga, hay que seguir pintando.

—Espera un momento —Olivia permaneció sentada en la silla—. Ya que estamos hablando de hombres, quiero que me digas cómo te va con el ranchero guaperas.

Grace contuvo un gemido, porque no le apetecía hablar de Cliff Harding. Lo había conocido poco después de solicitar el divorcio, y hacía poco menos de un año que habían empezado a salir juntos. Se había negado a tener una cita oficial con él hasta que el divorcio se hubiera materializado, pero Cliff le había dejado claro su interés desde el principio. Ella le correspondía, pero por alguna razón que no alcanzaba a entender, aquella atracción mutua la incomodaba un poco.

—¿Qué pasa? —le preguntó Olivia.

—No lo sé, eso forma parte del problema.

—Un hombre decente y maravilloso ha aparecido en tu vida, ¿estás diciéndome que no sabes qué hacer con él?

—Es que Dan y yo nos casamos muy jóvenes... —como era obvio que Olivia no iba a dejar a un lado el tema, se sentó de nuevo—. Éramos unos adolescentes y él se fue enseguida a Vietnam, pero a pesar de todo, a pesar de todas las dificultades, nunca miré a otro hombre.

—Ya lo sé —le dijo Olivia, con voz suave.

—Cliff estaría dispuesto a proponerme matrimonio si me mostrara receptiva.

—Se comportó muy bien el día del funeral de Dan.

Aquello era cierto. Cliff había ido a verla después del

funeral, y la había cuidado con ternura. Ella estaba exhausta mental, física y emocionalmente, y él la había consolado, la había acostado y le había preparado la cena. Jamás había conocido a alguien tan considerado, y lo que sentía por él le daba un poco de miedo.

—Cliff quiere que vayamos en serio —admitió, con voz temblorosa—. Pero es el único hombre con el que he salido desde que Dan desapareció.

—¿Crees que tener una relación seria con un hombre es la misma trampa en la que caíste cuando ibas al instituto?

—No quería acabar divorciada ni viuda, y he acabado siendo las dos cosas. Supongo que en este momento no quiero atarme a una persona, no me siento preparada para tener una relación —en cuanto las palabras salieron de su boca, Grace entendió lo que había estado pasando, y el porqué.

—¿Grace? —Olivia estaba observándola con atención.

—Eso es... —susurró, mientras empezaban a cobrar sentido el insomnio, la ansiedad, y todo lo demás.

No le hacía falta pintar el dormitorio para liberarse de los recuerdos de su difunto marido. Sí, la carta que Dan le había escrito justo antes de morir contenía detalles que la preocupaban, cosas en las que tenía que pensar, pero Dan tenía muy poco que ver en lo que llevaba semanas atormentándola. Su intranquilidad se debía a la relación que mantenía con Cliff. Necesitaba tiempo, espacio y libertad para descubrir a la mujer en que se había convertido, y para decidir cómo quería encauzar su vida. Necesitaba la oportunidad de ser ella misma, y por sí misma.

—¿Grace?

—Adoro a Cliff —susurró al fin—. Lo adoro de verdad, pero no estoy preparada para ir tan en serio como él quiere. Aún no... no puedo —a pesar de que estaba al borde de las lágrimas, Grace sintió un alivio enorme, y supo que iba a poder dormir a pierna suelta por primera vez desde el funeral de Dan.

—Tienes que decírselo —le dijo Olivia.

—Sí, ya lo sé —tenía que encontrar la forma de explicárselo sin ofenderlo ni perder su amistad—. Me gustaría que siguiéramos viéndonos, pero quiero tener la libertad de poder salir con otros hombres —dicho así, sonaba injusto y egoísta, pero era la verdad... a menudo le resultaba duro admitir la realidad, sobre todo ante sí misma.

## CAPÍTULO 3

Maryellen Sherman se movió con cuidado hasta quedar tumbada de espaldas en la cama, mientras el sol matinal entraba de lleno en el dormitorio. Estaba embarazada de nueve meses, y le resultaba sorprendente el esfuerzo consciente que tenía que hacer para poder moverse. Su hermana le había dicho que a veces se sentiría tan enorme como un zepelín, pero estaba más feliz que nunca.

—Ya falta poco... —murmuró.

Se frotó el vientre tenso y redondeado, y contempló maravillada cómo se movía cuando Catherine Grace, Katie, le dio una patadita y se estiró en su interior. Le echó un vistazo al despertador. Eran las ocho y media, así que tenía que levantarse. Consiguió sentarse, y apoyó las manos en la cama. Al bajar la mirada, se dio cuenta de que ya no alcanzaba a verse los pies; de hecho, habían pasado semanas desde la última vez que se los había visto.

Se levantó tambaleante, y se llevó las manos a la base de la espalda. Era normal que estuviera un poco dolorida, porque el colchón en el que dormía era bastante viejo, pero sabía que se sentiría mejor en cuanto se desentumeciera. Fue descalza a la cocina, y puso a calentar un poco de agua para prepararse un té. Mientras esperaba a que hirviera, intentó decidirse por una de las cuatro camisetas de premamá que aún le quedaban bien.

El embarazo no había sido planeado, y había intentado ocultárselo al padre. Había sido una reacción desesperada, y no muy inteligente. Jon Bowman, un artista que solía exponer sus obras en la galería que ella dirigía, había acabado enterándose por su cuenta de lo del bebé, y estaba decidido a formar parte de la vida de su hija. A ella no le hacía ninguna gracia, pero había tenido que acceder a que pudiera ver a la niña, porque no quería enfrentarse a él en el juzgado.

Sentía afecto por él, y respetaba su enorme talento como artista. Había una cosa que no soportaba de él, pero el pobre no tenía la culpa. Jon había conseguido despertar su sensualidad sin ningún esfuerzo. Hasta noviembre del año anterior, ella había dado por hecho que su sexualidad había quedado enterrada junto a su matrimonio fallido, pero Jon le había demostrado lo equivocada que estaba.

Cuando estaba en el instituto, había hecho algo de lo que se había arrepentido durante toda su vida: se había quedado embarazada por un descuido, y se había dejado manipular por su novio, el hombre que poco después se había convertido en su marido. Él había insistido tanto, que al final había cedido y había abortado a pesar de que no quería hacerlo, y nunca se había perdonado a sí misma.

La historia se repetía, había vuelto a quedarse embarazada, pero en esta ocasión estaba decidida a proteger a su bebé. No pensaba hacerle caso a nada ni a nadie, iba a seguir los dictados de su propio corazón. Deseaba tener a la niña que esperaba, ya la quería con toda su alma. Lo que había empezado siendo un error aterrador se había convertido en una valiosa segunda oportunidad.

El hecho de que Jon quisiera formar parte de la vida de Katie la había tomado por sorpresa. Al principio no había sabido cómo reaccionar, y él había amenazado con llevarla a juicio si le prohibía ver a su hija. Como sabía que carecía de una base sólida para mantenerlo al margen, había accedido a sus peticiones a regañadientes.

La tetera silbó justo cuando estaba acabando de preparar la ropa que iba a ponerse. Se preparó la infusión mientras se masajeaba la espalda, y le susurró a su hija:

—No sabes las ganas que tengo de volver a tomar café.

Después de ducharse y de vestirse, desayunó sin prisa tostadas, yogur y té. Trabajaba a tiempo parcial, y no tenía que estar en la galería de arte hasta poco antes del mediodía. Le encantaba su trabajo, y disfrutaba con las amistades que había entablado con muchos de los artistas de la zona.

Jon era fotógrafo especializado en retratar la naturaleza, y sus obras tenían un trasfondo que iba más allá de la belleza visual. Había decidido llevar sus trabajos a otra galería cuando ella lo había rechazado, y a pesar de que en aquel entonces había parecido la mejor opción, lo echaba de menos... y también echaba de menos los ingresos que generaban sus fotografías.

Primero se había sentido atraída por su talento, pero después se había dado cuenta de que el hombre en sí también la intrigaba. Era sencillo y directo, pero se mostraba reacio a hablar de su vida. A pesar de que había trabajado con él durante más de tres años, no sabía nada sobre su formación artística, y apenas conocía algunos detalles sobre su vida privada.

Una de las pocas cosas que él le había contado era que la finca en la que había construido su casa la había heredado de su abuelo, pero solía cambiar de tema o alejarse sin más cuando ella le preguntaba algo. Casi nunca asistía a eventos sociales, así que la había sorprendido al acceder a ir a la fiesta de Halloween del año anterior. Ella se había inventado una excusa para invitarlo, creyendo que no iba a aparecer, pero aquella noche se habían dado el primer beso y había sido el comienzo de todo. Durante los días posteriores, había llegado a conocerlo tan bien como cualquier otra persona de Cedar Cove, quizás incluso mejor.

Al sentir que su hija le daba una patadita, esbozó una sonrisa. Era obvio que lo conocía mucho mejor que la mayoría de la gente.

A pesar de todo, el padre de su hija seguía impresionándola. Jon había construido su propia casa, y trabajaba de chef en el restaurante Lighthouse mientras su reputación como fotógrafo crecía por toda la zona del noroeste del Pacífico, e incluso más allá.

—No te esperaba hasta el mediodía —le dijo Lois Habbersmith, al verla entrar en la galería de arte a las once y media.

Lois había sido su ayudante, pero la habían ascendido a gerente mientras ella estaba de baja por maternidad. Estaba convencida de que Lois iba a hacer un trabajo más que bueno.

—¿Cuándo tienes que ir al médico? —le preguntó Lois.

—Mañana por la mañana, pero tengo un dolor un poco raro en la espalda —al darse cuenta de que el dolor se atenuaba y se acrecentaba de forma bastante regular, se le ocurrió que quizá no era un dolor de espalda normal, sino el inicio del parto.

Lois pareció llegar a la misma conclusión, porque se acercó a ella a toda prisa y le dijo:

—La espalda era lo primero que empezaba a dolerme cuando me ponía de parto... Maryellen, ¿crees que ha llegado la hora?

—A... a lo mejor tendría que empezar a cronometrar los... los dolores, ¿no?

—¡Es genial! —exclamó Lois con entusiasmo.

—No te emociones, aún no sé si estoy de parto. Sólo tengo esta... sensación extraña.

Maryellen miró su reloj, e intentó recordar cuánto tiempo había pasado desde la última vez que había sentido aquel extraño dolor que parecía radiar a partir de la columna vertebral.

—Tu madre es quien te va a acompañar durante el parto, ¿verdad?

Maryellen asintió. Le pareció recordar vagamente que su madre había mencionado que tenía que asistir a una reunión de bibliotecarios en Seattle el miércoles... justo ese día. A Grace siempre se le olvidaba encender el móvil, y cuando lo tenía encendido, se le olvidaba apagarlo y se quedaba sin batería.

Decidió que aún no hacía falta intentar contactar con ella. Tenía tiempo de sobra, y ni siquiera sabía con certeza si estaba de parto. Se preguntó si se trataba de una falsa alarma, varias personas le habían advertido que era algo bastante común.

Al cabo de unas horas, mientras estaba sola en casa, ya sabía con certeza que no se trataba de una falsa alarma. Lo que había empezado siendo un dolor sordo en la espalda se había extendido hacia delante, y ya tenía contracciones cada cinco minutos. Llamó a su madre, pero tal y como esperaba, no pudo contactar con ella. Seguro que tenía el móvil apagado, o sin batería, o... o lo que fuera.

Respiró hondo, y cerró los ojos. Decidió llamar a su hermana, Kelly, que se había portado de maravilla con ella desde que se había enterado de lo del embarazo. Durante los últimos meses habían estado más unidas que nunca.

Cuando le saltó el contestador automático de Kelly y Paul al cabo de cinco llamadas, decidió dejar un mensaje y se esforzó por aparentar calma.

–Hola, Kelly. Oye, me he puesto de parto. Aún no he llamado al doctor Abner, seguro que queda tiempo de sobra, pero he preferido avisarte –como no quería que su hermana se diera cuenta de que empezaba a ponerse nerviosa, añadió–: Mamá no vuelve de la reunión de bibliotecarios hasta esta tarde, ¿podrías llamarme cuando puedas? Ne... necesito que alguien me lleve al hospital.

Cuando colgó el teléfono, cualquier rastro de serenidad se desvaneció. Se dobló hacia delante al sentir una fuerte punzada de dolor, y al cabo de un instante rompió aguas.

Intentó pensar con claridad mientras permanecía inmóvil sobre un charco de fluido amniótico. Como tenía miedo de hacer cualquier movimiento que pudiera poner en peligro a su hija, alargó una mano hacia el teléfono, pero vaciló al darse cuenta de que no sabía a quién llamar.

La respuesta obvia se le ocurrió de golpe. Después de pedir el número en el servicio de información telefónica, lo marcó y rezó para que Jon estuviera en casa y cerca del teléfono. Estuvo a punto de echarse a llorar de frustración al ver que no contestaba. El pánico iba acrecentándose, pero se obligó a mantener la calma y decidió llamar al restaurante Lighthouse para ver si estaba trabajando.

Contestó una mujer amable y cordial que le dijo que esperara un momento, y al cabo de lo que pareció una eternidad, Jon se puso al teléfono; a juzgar por su tono de voz cortante, era obvio que no le gustaba que le interrumpieran mientras estaba trabajando.

–Jon... necesito ayuda... –susurró con voz ronca. Estaba asustada, al borde de la desesperación.

–¿Dónde estás? –le preguntó él de inmediato.

—En casa. He roto aguas.

—Estoy ahí en cinco minutos.

Maryellen sintió un alivio abrumador, y tuvo que parpadear para contener las lágrimas de agradecimiento que amenazaron con inundarle los ojos.

—Gracias... —se detuvo al darse cuenta de que él ya había colgado.

Al cabo de unos minutos, oyó que alguien cerraba de golpe la puerta de un coche justo delante de su pequeña casa de alquiler. Acababa de llamar al doctor Abner, y éste le había dicho que fuera directamente al centro de maternidad del hospital.

Jon entró como una exhalación, sin molestarse en llamar a la puerta. Llevaba puestos los pantalones y la camisa de chef. Ambas prendas eran blancas, pero estaban un poco manchadas. Era obvio que lo había pillado en plena hora punta del mediodía. Llevaba semanas sin coincidir con él. La última vez que se habían visto había sido a principios de verano, cuando habían acordado que él podría visitar a la niña.

A pesar de que era obvio que estaba frenético, tenía un aspecto fantástico. No era un hombre guapo desde un punto de vista convencional... tenía unas facciones demasiado angulosas, un rostro largo y delgado y una nariz casi aguileña; sin embargo, ella había aprendido la lección en lo concerniente a los hombres atractivos. Jon no aceleraba corazones a primera vista, pero tenía un carácter íntegro que la había conquistado.

—Hola, Jon —le dijo con voz queda, con la mirada gacha y fija en el charco acuoso en el que seguía parada.

—Ya veo que tienes un pequeño problema —comentó, con una sonrisa tranquilizadora.

—¿Hablabas en serio cuando dijiste que querías estar presente en el parto de Katie? —se sentía mucho más tranquila al tenerlo allí.

—Sí, si te parece bien.

—Pues acabas de convertirte en el chófer que va a tener que llevarme al hospital.

Él atravesó la sala en tres zancadas, y la levantó en brazos como si no pesara nada.

Maryellen estuvo a punto de protestar, de decirle que seguro que pesaba demasiado, pero se mordió la lengua. Por primera vez desde que había intentado ponerse en contacto con su madre, se sentía segura y protegida.

Después de ayudarla a cambiarse de ropa, Jon la llevó hasta el coche.

—¿Tienes preparada la bolsa? —le preguntó, después de meterla con cuidado en el vehículo.

—Sí, está todo menos el cepillo de dientes.

—Voy a buscarla, ahora mismo vuelvo.

Se fue de inmediato, y regresó justo cuando Maryellen estaba teniendo una contracción. El dolor era mucho más fuerte desde que había roto aguas. Echó la cabeza hacia atrás, cerró los ojos, y exhaló mientras intentaba recordar lo que había aprendido en las clases de preparación.

Cuando volvió a abrir los ojos, vio a Jon sentado al volante.

—¿Estás bien? —le preguntó él.

Al verlo bastante pálido, intentó esbozar una sonrisa tranquilizadora.

Más adelante, Maryellen apenas recordaría cómo fue el trayecto desde Cedar Cove hasta el centro de maternidad de Silverdale. Los dos permanecieron en silencio, y ella se concentró en las técnicas de respiración que había aprendido mientras él sorteaba el tráfico con pericia.

Cuando llegaron al centro, sólo se dio cuenta de que

había un torbellino de actividad a su alrededor. La desnudaron y la prepararon, la ayudaron a tumbarse en una cama, y le colocaron un monitor fetal. Al ver que Jon parecía haber desaparecido, se preguntó si se habría marchado sin más. Le resultó comprensible, porque lo había llamado en medio de su jornada laboral.

En cuestión de minutos, estuvo cómodamente instalada en una habitación. Había todo tipo de aparatos disponibles para distraerla del dolor, pero no prestó ni la más mínima atención a la suave música de fondo ni a la televisión con vídeo.

Le habían advertido lo intensas que eran las contracciones, pero la realidad iba más allá de lo que esperaba. Fue contando mentalmente los segundos cada vez que tenía una, al sentir cómo se extendía desde la espalda hacia delante y le tensaba el vientre.

—¿Maryellen?

Abrió los ojos de golpe al oír la voz suave de Jon, y se sintió aliviada y agradecida al verlo en el umbral de la puerta. Se incorporó sobre un codo, y le preguntó esperanzada:

—¿Puedes quedarte?

—Sí, si tú quieres.

Sí, sí que quería. Hasta ese momento, no se había dado cuenta de cuánto ansiaba tenerlo a su lado, de cuánto lo necesitaba... no le habría bastado con la presencia de cualquier otra persona, lo quería a él y sólo a él.

Jon entró en la habitación, se sentó junto a ella, y fijó la mirada en el monitor que reflejaba cómo iba desarrollándose todo. A pesar de que no había asistido ni a una sola clase de preparación al parto, parecía saber qué decir y qué hacer para conseguir que estuviera más cómoda. Cuando ella se puso de lado, empezó a frotarle la espalda. No dejó de susurrarle palabras de ánimo, y le dijo una y otra vez con voz alentadora lo bien que estaba haciéndolo.

Las contracciones siguieron siendo largas e intensas. Maryellen sintió que el dolor la superaba y no pudo contener un gemido ahogado en medio de una que duró un minuto entero, el minuto más largo de su vida.

—¡Haga algo! —le exigió Jon a la enfermera que entró justo en ese momento—. ¡Le duele mucho!

—Maryellen ha optado por tener un parto natural, estamos respetando sus deseos —le contestó la mujer, con una sonrisa benigna.

—Estoy bien —a pesar de sus palabras, Maryellen no sabía cuánto tiempo iba a poder aguantar el dolor—. ¿Puedo agarrarte la mano?

Jon se puso de pie, apoyó el codo en la cama, y le dio la mano. A partir de ese momento, Maryellen permaneció aferrada a él. Permaneció junto a ella en todo momento, y cuando llegó el momento de empujar, colocó la cabeza muy cerca de la de ella y le rodeó los hombros con un brazo. Saludó brevemente al doctor Abner cuando éste llegó y les dijo que el parto era inminente, pero de inmediato siguió animándola con voz suave y tranquilizadora.

Maryellen se apoyó contra él, empujó fuerte, y respiró jadeante entre dolor y dolor. Cuando llegó la siguiente contracción, apretó con más fuerza su mano y gimió mientras empujaba con todas sus fuerzas. Estaba sudorosa. De repente, notó que su hija salía de su interior, y soltó una exclamación ahogada al oír su suave llanto.

Sintió un orgullo y un amor avasalladores, y se le llenaron los ojos de lágrimas. Miró con una sonrisa trémula a Jon, y se sorprendió al ver que él también estaba llorando.

—Bienvenida, Katie —susurró.

—¿Vas a llamarla Katie en vez de Catherine? —le preguntó él.

—Sí. Catherine parece demasiado nombre para una niñita tan pequeña, ¿verdad? —además, era un gesto en honor de la difunta madre de Jon, que también se llamaba Katie.

—Gracias —le susurró él, antes de darle un pequeño apretón en los hombros. Estaba contemplando arrobado a la niña, que seguía berreando.

El doctor Abner le entregó la pequeña a la enfermera, que se volvió hacia Jon y le dijo:

—Puede venir conmigo si quiere, papá. Podrá tomarla en brazos en cuanto la pese y la lave.

Él miró con expresión interrogante a Maryellen, que asintió mientras seguía llorando de felicidad. La embargaba un sentimiento sin igual, una mezcla maravillosa de satisfacción, alegría y amor. Hacía meses que quería a su hija con toda el alma, pero en ese momento el poder de ese amor la envolvió por completo y le llenó el corazón.

Jon y la enfermera estaban atareados en el otro extremo de la habitación. No alcanzaba a ver lo que estaban haciendo, pero vio con claridad el rostro de él cuando la mujer le puso a Katie en los brazos, y la emocionó ver cómo miraba con expresión arrobada y llena de felicidad a la pequeña mientras la sostenía con actitud protectora.

—Es preciosa —le dijo él con voz suave, cuando alzó la mirada y los ojos de ambos se encontraron.

Maryellen estaba deseando abrazarla, así que alargó los brazos y él se acercó y se la entregó.

Así iban a tener que ser las cosas en adelante. Iban a tener que aprender a compartir a su hija, a trabajar en equipo, a anteponer los deseos y las necesidades de Katie a los suyos propios.

Alguien llamó a la puerta, pero Maryellen siguió centrada en Catherine Grace, que tenía la cara enrojecida y los ojos cerrados con fuerza, como si la luz le resultara demasiado fuerte.

Jon le acercó un dedo, y la pequeña lo agarró con la manita.

Una joven, seguramente una voluntaria, asomó la cabeza y les dijo:

—Una tal señora Sherman está esperando fuera, dice que iba a acompañarla durante el parto.

—Sí, es mi madre —le dijo Maryellen, sonriente.

La voluntaria le devolvió la sonrisa, y comentó:

—Le diré que pase.

Al cabo de unos segundos, tanto su madre como Kelly entraron en la habitación y empezaron a bombardear a preguntas a Maryellen, que tardó unos minutos en darse cuenta de que Jon se había marchado. Ni siquiera había tenido tiempo de darle las gracias.

Mientras esperaba a que empezara la reunión plenaria del ayuntamiento, Charlotte Jefferson sacó su labor. Le resultaba sorprendente que casi todo el mundo se desentendiera de los temas relacionados con la política local... aunque lo cierto era que aquélla era la segunda reunión a la que asistía en setenta y cinco años. Hacía poco que había empezado a preocuparse por los asuntos cívicos.

—Hola, Louie —le dijo con amabilidad a Louie Benson, el alcalde, que acababa de entrar y estaba pasando junto a ella. Estaba sentada sola en la primera fila.

—Tengo entendido que hay que felicitarte —le dijo él. Los Benson eran una familia con solera en Cedar Cove. El hermano menor de Louie, Otto, era un prestigioso abogado.

—Sí, ya tengo a mi primer bisnieto.

—Me han dicho que Grace Sherman acaba de ser abuela por segunda vez.

—Sí, la niña nació la semana pasada.

Grace estaba tan orgullosa de su primera nieta, la hija de Maryellen, como de su nieto Tyler, el hijo de Kelly y Paul. Había sido una casualidad de lo más agradable que tanto Olivia como ella pudieran ejercer de abuelas a la vez, porque siempre habían sido unas amigas muy unidas que se habían apoyado mutuamente.

—Es toda una novedad verte en las reuniones plenarias —comentó el alcalde—. Es todo un placer tenerte aquí.

—He venido por una razón de peso —Charlotte tiró con fuerza del ovillo de lana mientras seguía tejiendo.

—¿Puedo ayudarte en algo?

Aquélla era la oportunidad que Charlotte estaba esperando.

—Quiero proponer que se abra una clínica en la ciudad, es una vergüenza que no haya una.

La gente tenía que ir a la zona de Bremerton para recibir asistencia médica. Eso suponía realizar un trayecto de entre dieciséis y veinticinco kilómetros, y tener que esperar durante horas en Urgencias. Una ciudad del tamaño de Cedar Cove podía permitirse los gastos de una clínica, pero Charlotte quería un centro de salud que admitiera a todos los habitantes de la población sin excepciones.

—Mira, Charlotte...

—Quiero que los precios sean flexibles, que se ajusten a la capacidad adquisitiva de cada paciente —le dijo ella con firmeza—. Para los pensionistas y la gente con ingresos bajos sería un alivio no tener que ir a Bremerton o a Silverdale para poder recibir asistencia médica.

—Sí, ya lo sé, pero...

—Muchos de mis amigos no quieren ir al médico, por miedo a lo que puede costarles.

—Lo entiendo, pero...

—Estás hablando como un político, Louie Benson.

—Charlotte, los dos sabemos que mi cargo es puramente nominal, que la ciudad la dirige un gestor. Puedes proponerle tu idea a Matthew Harper si quieres, pero no hay presupuesto para montar una clínica para gente con pocos recursos.

—De acuerdo, iré a hablar con él —Charlotte no estaba dispuesta a rendirse tan pronto.

Después de lanzar una rápida mirada por encima del hombro, el alcalde se volvió de nuevo hacia ella y le dijo en voz baja:

—¿Quieres un consejo?

—Cualquier información que puedas darme será bien recibida —Charlotte fijó la mirada en su labor.

—Organiza bien todos tus argumentos antes de ir a ver a Matt Harper.

—Lo haré.

Harper tenía fama de ser un negociador muy duro que manejaba con rienda firme el presupuesto de la ciudad, pero no iba a resultarle nada fácil enfrentarse a ella. Charlotte estaba decidida a conseguir que Cedar Cove tuviera su propio centro de salud, aunque fuera lo último que hiciera antes de morir.

El alcalde se irguió de inmediato cuando la puerta se abrió, y le preguntó con naturalidad:

—¿Qué tal va en la residencia?

—Laura está bastante pachucha con su reumatismo, dice que vamos a tener un invierno bastante malo. Bess lleva todo el verano tosiendo. Le he dicho que vaya al médico,

pero no quiere hacerlo porque tiene miedo de lo que puedan diagnosticarle. Si hubiera una clínica en la ciudad, le pediría hora y la llevaría a rastras yo misma. Y Evelyn...
—Charlotte se detuvo al darse cuenta de que Louie parecía tener la cabeza en otra parte y no estaba escuchándola.

Al darse cuenta de que se había quedado callada, él le dio una palmadita en el hombro y le dijo:

—Ha sido un placer hablar contigo, Charlotte. Tendremos en cuenta tu propuesta.

—De acuerdo —le dijo ella. Era consciente de que el alcalde no iba a mover ni un dedo, pero por lo menos le había dado un consejo útil: necesitaba cifras y datos para cimentar sus argumentos.

Decidió que se marcharía en cuanto acabara la vuelta del revés que estaba tejiendo, porque nadie tenía interés en escuchar a una anciana pesada. La sala estaba llena de hombres enseñoreados que se esforzaban por parecer más importantes que el resto.

Al oír que la puerta se abría de nuevo, dio por supuesto que se trataba de otro concejal más y no se molestó en volverse a mirar, pero se sorprendió cuando vio que se trataba de Ben Rhodes, un hombre alto y distinguido de pelo canoso. A pesar de que era una mujer de setenta y cinco años, seguía siendo capaz de apreciar a un hombre atractivo. Algunas de sus amigas de la residencia decían que Ben se parecía mucho a César Romero. Hacía poco que vivía en la zona, así que no le conocía demasiado bien, pero por razones más que obvias, se había convertido en uno de los principales temas de conversación de la residencia.

—Hola, Ben —le dijo, al ver que se sentaba al otro lado del pasillo.

Él se volvió a mirarla, pero a juzgar por su expresión de perplejidad, era obvio que no la reconoció.

—Soy Charlotte Jefferson, hemos coincidido alguna vez en la residencia Henry M. Jackson.

Ben sonrió con calidez, y fue a sentarse junto a ella. No los habían presentado de forma oficial, pero habían coincidido en varias ocasiones. Los dos iban a la residencia todos los lunes, pero él jugaba al bridge y al pinacle y ella estaba en el grupo femenino de costura.

No sabía si estaba casado o no, porque siempre iba solo, pero no habían tenido oportunidad de charlar. Las mujeres revoloteaban a su alrededor como abejas cerca de un vaso de limonada, así que quizás era viudo.

Se había asegurado de saludarle la tarde en que Olivia había sido la invitada de honor en una de las meriendas especiales que el centro organizaba mensualmente, pero aquel día había hablado con un montón de gente. Se había sentido muy orgullosa al oír el impresionante discurso de su hija, pero ya habían pasado meses y ni siquiera sabía si Ben se acordaría de que ella era la madre de Olivia.

—No sabía que te interesaba la política —a pesar de que había decidido marcharse, empezó a tejer otra vuelta más. Como Ben estaba allí, ya no tenía ganas de irse.

—Las discusiones políticas no me interesan demasiado, pero he venido para presentar una propuesta. ¿Y tú?, ¿qué haces aquí?

—También quiero presentar una propuesta. En Cedar Cove hace falta un centro de salud.

Ben la miró boquiabierto, y exclamó:

—¡Es lo que quería proponer yo!

—Tiene que ser un centro de salud asequible para todo el mundo, sea cual sea la edad o la situación económica.

—Exacto, estoy totalmente de acuerdo contigo.

Permanecieron allí durante toda la reunión, separados por una silla vacía. Cuando Matthew Harper preguntó si había algún asunto nuevo por tratar, Ben se puso de pie y apoyó las manos en la silla que tenía delante.

—Me gustaría hacer una propuesta.

Harper levantó la cabeza, miró al uno y a la otra con curiosidad, y al final asintió.

Ben se expresó con elocuencia. Comentó que la ciudadanía tenía derecho a una asistencia médica de calidad, habló de lo beneficioso que sería para Cedar Cove tener un centro de salud propio, y acabó diciendo:

—Tenemos que trabajar juntos para superar las trabas burocráticas y obtener los permisos necesarios. Cuando lo consigamos, habremos hecho todo lo necesario para mejorar la salud de todos los miembros de nuestra comunidad.

Charlotte tuvo ganas de ponerse de pie y aplaudir. Ella habría sido incapaz de expresarse de forma tan elocuente y objetiva. Ben había hecho gala de una diplomacia admirable; gracias a él, la clínica parecía un proyecto viable, siempre y cuando contara con el apoyo y la influencia del ayuntamiento. Los concejales, que eran todo sonrisas, prometieron analizar la propuesta y dar una respuesta en el siguiente pleno.

Cuando la reunión terminó, Charlotte guardó su labor en el bolso y comentó:

—Has estado fantástico, yo no habría sido tan convincente.

—Gracias —Ben se levantó, y se apartó a un lado con educación para dejarla salir de la fila.

Salieron juntos a la calle. Era un jueves por la tarde, el ambiente era cálido, y se oía de fondo una música suave que procedía del paseo marítimo.

—Me he perdido el concierto por venir al pleno —comentó Charlotte. No había sido un gran sacrificio, porque los organizadores habían contratado a unos titiriteros y la función era bastante infantil.

—¿Te apetece una taza de café?

Charlotte sintió que se le aceleraba el corazón. Se sintió como una tonta, pero una invitación tan atrayente se salía de su rutina habitual.

—Sí, gracias.

—Vamos al Lighthouse?

—Perfecto. Los dueños son mi nieta y su marido, hace poco que lo abrieron —le dijo ella, sonriente.

—¿En serio?, pues están haciendo un buen trabajo.

Charlotte asintió, pero no le pareció adecuado empezar a ensalzar a Justine y a Seth. Estaba entusiasmada al ver lo bien que les iba, teniendo en cuenta que no tenían demasiada experiencia práctica en el campo de la restauración. Lo que sí que tenían era un chef excelente, un gran don de gentes, y una excelente capacidad de gestión.

A pesar de todo, se sintió bastante aliviada cuando llegaron al local y se enteraron de que tanto Seth como Justine tenían la noche libre. Se sentaron en una de las mesas de la terraza, desde donde tenían una vista fantástica de la cala. La luz intermitente del faro brillaba en la distancia, y las luces del astillero resplandecían sobre la oscura superficie de la ensenada Sinclair.

Los dos pidieron café, y pastel de manzana con helado.

—Está buenísimo —comentó Charlotte, mientras hincaba el tenedor en otro trozo. El pastel tenía un toque de canela, y combinaba a la perfección con el helado de vainilla. Tomar un postre así era casi pecaminoso, pero la vida era demasiado corta y había que permitirse un capricho de vez en cuando.

—Cuando paso por aquí me dan ganas de entrar, pero no me gusta comer solo —le dijo Ben—. Mi mujer murió hace seis años, no sé si llegaré a acostumbrarme a estar solo.

—My Clyde murió hace veinte años.

—Entonces, sabes cómo me siento.

Sí, claro que lo sabía. A pesar de los años que habían pasado, seguía sintiendo un dolor profundo pero amortiguado por el paso del tiempo. Clyde lo había sido todo para ella: su amigo leal, su compañero constante, su marido, y su amante. Su muerte había dejado un hueco en su vida que no podía llenarse con nada.

—Tengo entendido que eres un veterano de la Armada —comentó, para cambiar de tema antes de que la embargara la melancolía.

—Sí, trabajé allí durante cuarenta años. Me alisté a los dieciocho, poco después de la Segunda Guerra Mundial, y estuve en Corea y en Vietnam. Era almirante cuando me jubilé.

—¿Tienes hijos?

—Dos varones. Están casados, y tienen sus propias familias. ¿Y tú?

—Me parece que ya conoces a Olivia, ¿verdad?

—Sí, la juez.

—Exacto. También tengo un hijo. Se llama Will y vive en Atlanta, Georgia. Es ingeniero nuclear.

—Steven, mi hijo mayor, también vive en Georgia. ¿Te suena la isla de St. Simons?

—Clyde y yo estuvimos allí una vez en verano. A ver, deja que piense... fue en los sesenta, pero me acuerdo de que era un sitio precioso. Había unos robles gigantes preciosos, cubiertos de musgo español.

—A Joan le encantaba ir allí —Ben esbozó una sonrisa, pero sus ojos se llenaron de tristeza cuando mencionó el nombre de su mujer.

Charlotte sabía de primera mano lo doloroso que era

perder a la persona amada, así que le dio una palmadita en la mano y susurró:

—El dolor remite un poco con el paso del tiempo. La vida no vuelve a ser igual, pero vamos adaptándonos poco a poco. Con cada año que pasa resulta más fácil. Háblame de ella —añadió, al darse cuenta de que seguramente se sentiría reconfortado si hablaba del tema.

—¿Quieres que te hable de Joan? —le preguntó, sorprendido.

—Sólo si tú quieres.

No tardó en quedar patente que Ben estaba deseando desahogarse.

—Joan viajó conmigo por todo el mundo. Me destinaron a Europa, a Asia, y a varios estados diferentes. Nunca se quejó. Le prometí que nos asentaríamos en algún lugar en cuanto me retirara.

—¿Lo hicisteis?

—Sí, en California. Allí fue donde construimos nuestro hogar, pero a Joan le diagnosticaron cáncer al cabo de diez años.

—¿Por qué decidiste venir a Cedar Cove?

Ben permaneció en silencio durante un largo momento. Empezaba a oscurecer, y las luces se reflejaban en el agua.

—No podía seguir viviendo en aquella casa. Me mudé a un piso de San Diego, pero no me sentía cómodo. Había estado varias veces en Washington, en la zona de Seattle, porque unos amigos me invitaron a pasar unos días en su casa después del funeral, y posteriormente volví casi cada año. Hace unos años, tomé el transbordador de Bremerton, y me dio por venir a Cedar Cove. Estuve paseando por la ciudad, y la verdad es que me gustó y la gente me trató con cordialidad. Había decidido mudarme de nuevo, y estaba buscando un sitio donde vivir.

—¿Cómo reaccionaron tus hijos?

—David quería que me fuera a vivir más cerca de él, pero no me apetecía mudarme a Arizona. Él estaba dispuesto a cuidarme, pero no quiero ser una carga para mi familia.

—Te entiendo.

Para Charlotte también era importante ser autosuficiente; en cualquier caso, le resultaba poco probable que Ben pudiera llegar a convertirse en una carga para alguien, porque parecía un hombre orgulloso, competente e independiente por naturaleza.

—¿Cuánto tiempo llevas aquí? —le preguntó.

—Un año, más o menos.

Charlotte se sorprendió con su respuesta, porque le parecía imposible que llevara tanto tiempo allí.

Ben le lanzó una ojeada a su reloj, y comentó con asombro:

—Madre mía, ya son casi las nueve y media.

—¡No puede ser! —Charlotte pensó que debía de haberse equivocado. Habían llegado al restaurante poco después de las ocho, porque la reunión plenaria había empezado a las siete y sólo había durado una hora.

—Es muy fácil hablar contigo, Charlotte.

—Gracias —le dijo ella. Sintió que se le aceleraba el corazón ante aquel cumplido, y pensó para sus adentros que Ben Rhodes era un hombre muy elocuente... y muy agradable.

CAPÍTULO 4

Hacía años que Rosie Cox no ejercía la docencia... dieciséis, para ser exactos. Tras el nacimiento de Allison, Zach y ella habían decidido que era mejor que se dedicara a ser ama de casa, y había llevado con orgullo la insignia de *Toda madre es una madre trabajadora*. Tenía muy claro su punto de vista en lo referente al puesto que ocupaba la mujer en el seno de la familia, y consideraba que tanto el amor como los cuidados de una madre eran vitales para los niños, sobre todo durante las primeras etapas del desarrollo.

En otra época, se había enorgullecido de ser la mejor madre del mundo, además de la mejor esposa y la mejor ama de casa... bueno, esto último era una exageración, pero había leído todos los libros habidos y por haber que se habían escrito sobre la maternidad, había hablado con infinidad de expertos, y había asistido a las clases más avanzadas; en resumen, se había desvivido por su familia.

Cuando Allison y Eddie empezaron a ir al colegio, se planteó volver a la enseñanza. Contaba con las credenciales necesarias, los horarios eran perfectos, y los veranos le quedaban libres para estar con los niños. No había encontrado ninguna plaza libre, pero varios años atrás había trabajado de cajera en una tienda. El empleo no le había durado demasiado, porque cuando Eddie había empezado a ir a primaria había aceptado varios puestos de voluntariado.

Le gustaba contribuir con su granito de arena en los asuntos de la comunidad, y Zach la había apoyado al principio. A él le parecía bien que colaborara, porque no necesitaban otro sueldo para salir adelante. Pero con el paso del tiempo, había empezado a molestarse por las horas que ella les dedicaba a aquellas organizaciones, y solía quejarse de que muchas veces llegaba tarde a casa.

Al final, había quedado claro que Zach no quería ni que trabajara ni que hiciera de voluntaria. Lo que quería era una esposa chapada a la antigua que se limitara a servirlo en todo, una sirvienta. Lo relativo al dormitorio era secundario, porque estaba claro que había buscado en otra parte a otra que lo mantuviera satisfecho en ese aspecto.

Se había sentido realizada con sus tareas de voluntariado, pero eso había quedado en el pasado. El divorcio era un hecho, el acuerdo de custodia compartida, por muy inusual que fuera, estaba firmado, y tenía que encontrar la forma de salir adelante.

Era consciente de que sus opciones eran limitadas. En verano había asistido a clases de reciclaje para ponerse al día, y tal y como esperaba, la habían contratado como profesora sustituta en el colegio local. Estaba en la lista de candidatas a ocupar el primer puesto a tiempo completo que quedara vacante. Le había preocupado que el puesto de sustituta implicara tener pocas horas de trabajo, porque eso suponía menos sueldo, pero se había tranquilizado cuando le habían asegurado que tendría todas las horas que quisiera. Dicho y hecho. El día anterior, el primero del curso lectivo, la habían llamado para que fuera a impartir una clase de segundo en la escuela Evergreen.

Era miércoles por la tarde, y ya estaba en su segundo día de trabajo. Tenía los pies molidos, y empezaba a dolerle la cabeza. Enseñar no era fácil, pero estaba convencida de que podía apañárselas. A la profesora oficial, la señora Gough, le habían extirpado el apéndice a principios de septiembre. Estaba previsto que estuviera de baja durante dos o tres semanas, en función de cómo fuera evolucionando, así que ella podía contar con tener trabajo seguro durante gran parte del mes.

Para cuando acabó con todas sus tareas, ya eran casi las cinco y la mayor parte de los profesores se habían marchado ya. Al salir de la clase, vio al conserje barriendo el pasillo desierto.

–Adiós –le dijo al pasar junto a él.

Él la saludó con un gesto de la cabeza, y siguió barriendo.

Salió a la calle, y sintió una oleada de satisfacción al subir a su todoterreno. En el acuerdo de divorcio se había estipulado que ella se quedaría con el Ford Explorer. Zach había tenido que elegir entre dárselo o comprarle un vehículo equivalente, porque el que ella tenía para su uso propio era bastante viejo y poco fiable. Tal y como era de esperar, él había optado por cederle el vehículo.

Los dos habían caído bastante bajo durante las negociaciones del acuerdo de divorcio. Ella misma se había asombrado al darse cuenta de lo vengativa y maliciosa que podía llegar a ser. Había llegado a odiar a Zach por lo que les había hecho tanto a ella en particular como a la familia que habían formado juntos, así que se había propuesto herirlo todo lo posible; al parecer, él había tomado la misma decisión en cuanto a ella.

Cuando llegó a Pelican Court y enfiló por el camino de

entrada de la casa, soltó un enorme suspiro. Era un alivio llegar a casa por fin. Estaba deseando charlar con los niños, preguntarles cómo les había ido el día. Allison iba al instituto, y Eddie estaba en quinto en el colegio de primaria Lincoln. A pesar de lo cansada que estaba, quería saber qué tal les había ido en clase. Quizás incluso llamaría para que les llevaran una pizza, a pesar de que tenían que apretarse el cinturón. Los tres se merecían algo especial.

Abrió la puerta del garaje, y frunció el ceño al ver que el nuevo coche de Zach estaba dentro. Bajó del todoterreno, y cerró de un portazo. Después del día que había tenido, lo último que le apetecía era tener que lidiar con su ex.

Al llegar a la puerta que comunicaba el garaje con la cocina, vaciló por un momento y se preguntó si debería llamar. Se dijo que estaba en su casa, así que entró con decisión y vio de inmediato a Zach, que llevaba un delantal ridículo. Se molestó aún más al ver que los niños estaban con él. Eddie estaba sentado en la mesa, haciendo los deberes, y Allison estaba pelando patatas en el fregadero. Era una situación difícil de creer, sobre todo porque daba la impresión de que los niños estaban realizando las tareas de forma voluntaria.

—¿Qué haces aquí, Zach? —le preguntó, con las manos apoyadas en las caderas.

—¿Qué? —Zach alzó la mirada, y su sonrisa se desvaneció.

Al ver que tenía las manos metidas hasta la muñeca en un recipiente azul de cerámica que contenía carne picada, Rosie supuso que estaba intentando cocinar. Un año antes, habían tenido una pelea bastante fuerte, porque ella no le servía una cena de tres platos cada noche; al parecer, Zach creía que se pasaba el día viendo la tele.

—¿Estás cocinando? —le preguntó, sin molestarse en ocultar su desdén.

—Esta noche me toca estar con los niños —le contestó él, mientras la fulminaba con la mirada.

—Ni hablar.

Rosie no estaba dispuesta a ceder. Por si fuera poco tener que aceptar que Zach estuviera en su casa, tenía que aguantar aquellas incesantes idas y venidas. Había memorizado el horario: ella estaba con los niños de domingo a miércoles, y Zach de jueves a sábado y los festivos. Había sido todo un triunfo conseguir un día más que él, pero había tenido que renunciar a las fiestas más importantes. El acuerdo no acababa de parecerle justo, pero Sharon Castor no había podido obtener nada mejor.

—El lunes era festivo —le dijo él.

Rosie se cruzó de brazos, y lo miró con una sonrisita burlona.

—¿Y qué?

—El lunes era el Día del Trabajo.

—Papá puede pasar los días festivos con nosotros, así que esta semana le toca un día más —dijo Allison.

Rosie la miró ceñuda. ¿Por qué tenía que ponerse siempre de parte de su padre? Cuando ella le pedía que pelara patatas para la cena, la niña la miraba como si fuera una tirana, pero si era Zach el que se lo pedía...

—El mes pasado decidimos que, en vez de que yo viniera en las fiestas menos importantes, añadiríamos un día más a mi semana normal —comentó él.

—¿Ah, sí? —en ese momento, le pareció recordar que se había comentado algo sobre el Día del Trabajo, pero había estado tan atareada con su primer día en la escuela, que se le había olvidado. En el mes siguiente iban a tener la misma situación, porque había otro festivo.

—Si quieres, mi abogado puede enviarte un correo electrónico con todo el papeleo... que por cierto, contiene tu firma —le dijo él.

Eddie cerró su libro de golpe, y se tapó las orejas con las manos.

—¡Dejadlo ya!, ¡basta!

—¿Ves lo que has hecho? —Rosie pasó el brazo por encima de los hombros de su hijo, en un gesto protector. Eddie siempre había sido un niño muy sensible.

Zach la fulminó con la mirada, y le espetó:

—Me toca estar con los niños, así que te agradecería que te fueras.

Rosie abrió la boca para discutir, pero se mordió la lengua al darse cuenta de que tenía razón. Había sido ella la que se había equivocado.

—De acuerdo —intentó hacer acopio de toda la dignidad que le quedaba, que a aquellas alturas era muy poca. Después de mirar a sus hijos con una sonrisa tranquilizadora, salió de la casa.

Luchó por contener las lágrimas mientras subía al todoterreno. Se prometió a sí misma que aquello no volvería a suceder; en adelante, iba a marcar los días en el calendario para que aquella horrible situación no volviera a repetirse.

El piso que compartía con Zach estaba a menos de kilómetro y medio de la casa, y tenía su propia plaza de aparcamiento. El vecindario no era tan bueno, pero el precio del alquiler era razonable.

En cuanto entró en el piso, puso en marcha la tele para sentirse acompañada y se tomó dos aspirinas. Hacía bastante calor, porque no había aire acondicionado. Se sentó en el sofá, y cambió de canal al ver que estaban dando las noticias. Ya tenía bastante con lo que estaba pasando en su propia vida.

Debió de quedarse dormida, porque la despertó el teléfono. Se puso de pie de golpe, y fue corriendo a la cocina.

—¿Diga? —consiguió decir, mientras luchaba por recuperar el aliento.

La persona que había al otro lado de la línea vaciló por un momento antes de decir:

—Perdone, creo que me he equivocado de número.

Rosie reconoció aquella voz femenina al instante. Pertenecía a Janice Lamond... la desvergonzada que le había robado el marido, la mujer que se había propuesto destrozarle la vida.

Sintió una furia y un resentimiento irrefrenables, y dejó que se reflejaran en su voz cuando le dijo:

—Sí, me parece que se ha equivocado —como no hacía falta añadir nada más, colgó con un golpe seco que le resultó de lo más gratificante. Le temblaba la mano, y tuvo que apoyarse en la encimera mientras luchaba por contener las lágrimas.

Zach estaba viéndose con aquella mujer. Había empezado a hacerlo antes de que el divorcio se hiciera efectivo, incluso antes de marcharse de casa. Era ella la que había respetado los votos matrimoniales, la que se había ocupado de la casa y de la familia mientras su marido tenía una aventura. Le dolía darse cuenta de que el hombre en el que había confiado con toda su alma, el hombre al que había amado de todo corazón, se había liado con otra mujer.

Después de servirse un vaso de zumo de naranja bien fresco, regresó a la pequeña sala de estar. Se tumbó en el sofá, y fijó la mirada en el techo.

Decidió que iba a hacer lo mismo que Zach. ¿Cómo era posible que hubiera tardado tanto en darse cuenta?, ya era hora de que se buscara un novio.

El último número de *The Cedar Cove Chronicle* ya estaba en imprenta, así que, por extraño que pareciera, Jack Griffin tenía la tarde libre. En condiciones normales, la habría pasado con Olivia, pero como la situación se había complicado, estaba de un humor de perros.

Se había esforzado por aparentar indiferencia, por ocultar lo que sentía por ella, pero no había conseguido engañar a nadie, y mucho menos a su mejor amigo, Bob Beldon. Bob era más que un amigo: era su padrino en Alcohólicos Anónimos, y entre los dos acumulaban casi treinta años de sobriedad.

Después de aparcar su destartalado Ford Taurus de quince años frente a la Thyme and Tide Break and Breakfast, la pensión que regentaban los Beldon, se detuvo a contemplar el paisaje, que era precioso. En la distancia, el enorme transbordador verde y blanco de Seattle estaba entrando en el puerto de Bremerton mientras las gaviotas planeaban sobre el agua. Un poco más cerca, las garzas caminaban con delicadeza a lo largo de la orilla, y picoteaban la arena mientras las olas les lamían las patas. La playa pedregosa estaba festoneada por una línea de espuma.

Peggy estaba muy atareada podando las plantas del jardín. Llevaba un sombrero de paja que le protegía el rostro del sol, y un cesto colgado del brazo. Se puso de pie al verlo llegar, y esbozó una cálida sonrisa.

—Hola, Jack. Hacía bastante que no venías por aquí —se acercó a él, y le dio un beso en la mejilla—. Hace una tarde preciosa, ¿verdad?

—Sí —Jack dudó por un segundo antes de preguntarle—: ¿Está Bob por aquí?

—Lo siento, pero no. Está con el reverendo Flemming. No sé cómo lo ha hecho, pero Dave Flemming consiguió que Bob accediera a entrenar al equipo juvenil de baloncesto.

—No sabía que Bob y tú fuerais a la iglesia —le dijo, sorprendido.

—No solíamos hacerlo, hasta que...

Los dos se habían quedado muy afectados cuando un desconocido había muerto en su pensión en el invierno del año anterior. El incidente seguía siendo un misterio. El hombre había llegado en medio de una tormenta, y como llevaba documentación falsa, aún no había sido identificado. Quedaban muchas cuestiones por resolver, y al parecer, había quien creía que Bob y Peggy tenían algo que ver en el asunto.

Jack se dijo que, seguramente, también habría empezado a ir a la iglesia si un desconocido hubiera aparecido muerto en su propia casa.

Peggy, que seguía tan esbelta y llena de energía como siempre, echó a andar hacia la cocina sin más, y él la siguió sin rechistar. Era una mujer cordial que hacía que todo el mundo se sintiera bien recibido, así que trabajar en una pensión le iba como anillo al dedo.

Cuando llegaron a la cocina, dejó su cesto encima de la encimera y comentó:

—Acabo de preparar una jarra de té frío —sin molestarse en preguntarle si quería, sirvió dos vasos y puso varias galletas en un plato.

Jack agarró la bandeja con el refrigerio, y salieron a la terraza. En cuanto se sentaron, buscó una buena excusa para poder marcharse cuanto antes, pero no tardó en cambiar de idea; al fin y al cabo, había decidido ir a visitar a sus amigos para distraerse un poco y dejar de pensar en Olivia durante un rato.

—¿Cuándo crees que volverá Bob?

—A eso de las cinco, más o menos.

Jack le echó una ojeada al reloj. Eran las cuatro y media.

—Cuando Dan Sherman murió... —Peggy vaciló por un instante, y al final añadió—: En fin, a Bob le afectó bastante.

Jack llevaba un tiempo relativamente corto en la ciudad, pero, que él supiera, Bob no había tenido una relación demasiado estrecha con el difunto leñador; a pesar de todo, recordó que Grace Sherman le había pedido a Bob que dijera algunas palabras de recuerdo durante el sepelio. Era algo que le había sorprendido, pero había decidido no hacer ningún comentario al respecto.

Peggy pareció leerle el pensamiento, porque comentó:

—Bob y Dan eran buenos amigos en el instituto. Bob se sintió muy afectado cuando murió, y después... —se encogió de hombros, y lo miró a los ojos. Era obvio que estaba pensando en el desconocido—. Después del entierro de Dan, Bob optó por empezar a ir a misa, y a mí no me importó; de hecho, hace tiempo que tengo ganas de ir yo también. Es curioso cómo nos afecta la muerte, ¿verdad?

—Sí —Jack se limitó a esbozar una sonrisa, porque no tenía demasiadas ganas de charlar; sin embargo, el silencio empezó a resultar un poco incómodo al cabo de unos segundos, así que intentó llenarlo con preguntas—. Bob y Dan no tenían una relación demasiado estrecha en los últimos tiempos, ¿verdad?

—No, se distanciaron desde que volvieron de Vietnam. Dan no volvió a ser el mismo después de la guerra. Creo que a él no le gustaba demasiado la bebida, pero Bob... en fin, ya sabes los problemas que tuvo con el alcohol.

—No es extraño que dos amigos se distancien —estaban hablando de Dan y Bob, pero no pudo evitar pensar en Olivia y en sí mismo... aunque no se habían distanciado, sino que la relación se había cortado en seco.

Sintió que se le encogían las entrañas. Habría empezado a pensar que tenía una úlcera, si no hubiera sabido cuál era la causa de su malestar. Al ir a agarrar el vaso de té, se dio cuenta de que Peggy estaba observándolo con atención.

—Has perdido peso, Jack.

—¿En serio? —se dijo que sería toda una suerte, porque había empezado a notar una panza prominente fruto de la mediana edad y de un trabajo sedentario. No tenía tiempo de hacer ejercicio, y a menudo tenía que conformarse con comida de máquinas expendedoras.

—Me parece que tiene que ver con Olivia, es obvio que estás hecho polvo.

Aquello sí que era un golpe bajo. Jack contuvo un gemido, y rezongó:

—No es justo, me niego a hablar de Olivia.

—Vale, como quieras. Sólo voy a decirte una cosa, te prometo que después cerraré la boca.

—¿Una sola cosa?

—Sí, y me parece que va a interesarte mucho. El otro día tuve que ir a los juzgados, y todo el mundo hablaba de otra de sus decisiones —Peggy se detuvo, como si estuviera esperando a que él picara el anzuelo.

Jack no había oído nada al respecto, y al final la curiosidad le pudo.

—¿Qué ha hecho esta vez?

Peggy le explicó la controvertida decisión que había tomado en lo referente a la custodia compartida, y comentó:

—Ojalá hubiera más jueces que tuvieran en cuenta el bienestar de los hijos.

Aquella habilidad para utilizar el sentido común era lo que le había atraído de Olivia al principio. Hacía un año que ella le había denegado el divorcio a una joven pareja, y eso había conseguido sorprenderlo e impresionarlo.

Todos los que estaban presentes en el juzgado se habían dado cuenta de que Ian y Cecilia Randall seguían enamorados. La muerte de su hijita los había separado, pero Olivia no sólo había visto lo confundidos que estaban desde un punto de vista emocional, sino que además se había dado cuenta de lo mucho que se necesitaban mutuamente, y había decidido actuar en consecuencia.

Según tenía entendido, Ian y Cecilia estaban juntos de nuevo. Al darse cuenta de que Peggy estaba mirándolo en silencio, le dijo:

—Hace semanas que no veo a Olivia —tomó una galleta mientras intentaba aparentar indiferencia. Para ser precisos, hacía seis semanas que no la veía... aunque no llevaba la cuenta, claro... bueno, sí que la llevaba. Era consciente de los días y las horas que llevaban separados, pero no pensaba admitirlo ante nadie.

—¡Es terrible, Jack!

Sí, lo era. Estaba desesperado, pero él mismo se había metido en aquel atolladero. Se trataba de una situación insostenible, pero su orgullo le impedía dar el primer paso.

—La echas de menos, ¿verdad?

Estuvo a punto de decirle que con el paso del tiempo no era para tanto, pero fue incapaz. ¿A quién quería engañar? Estaba peor que nunca, y había ido cayendo en picado durante las últimas semanas.

—Al parecer, a ella le va muy bien; según tengo entendido, Stan Lockhart va a visitarla bastante a menudo.

—¿Olivia está saliendo con su ex marido?

—Charlotte dice que no —Jack cerró la boca con tanta rapidez, que estuvo a punto de morderse la lengua. No quería que Peggy supiera que había ido a contarle sus penas a la madre de Olivia, que había resultado ser su mayor aliada. Charlotte le había dicho que había intentado convencer a su hija de que hiciera las paces con él, pero al parecer Olivia no estaba dispuesta a admitir sus propios errores. Dejó a un lado la galleta, porque su apetito se había desvanecido de golpe–. Al parecer, a Olivia se le ha metido en la cabeza que yo debería ganármela.

–¿Qué quieres decir?

–Según sus propias palabras, quiere que demuestre que tengo agallas y que luche por ella.

–¿Quiere que te pelees?

–Bueno, no quiere que me líe a dar puñetazos, pero... la verdad es que no tengo ni idea de lo que quiere.

Jack tenía la impresión de que Olivia estaba esperando a que fuera a buscarla de rodillas para suplicarle que lo perdonara, pero era demasiado orgulloso para hacerlo. Si estaba tan interesada en él como él en ella, no hacía falta todo aquel drama propio de quinceañeros. Para ser una mujer que supuestamente sabía tanto sobre la naturaleza humana, lo cierto era que había manejado fatal la situación.

–Podrías mandarle flores –le dijo Peggy.

Eso ya se le había ocurrido, así que se limitó a contestar:

–No tengo razón alguna para hacerlo.

–¿Qué quieres decir?

–Pues que no tengo una razón concreta para enviárselas... no es su cumpleaños, ni Navidad...

–Jack, Jack, Jack... claro que tienes una razón. Quieres recuperarla, ¿no? Esta tontería ya ha durado demasiado. Está esperando a que des el primer paso.

¿Y qué?, él también estaba esperando.

–Estáis en un callejón sin salida –siguió diciendo Peggy–. Si no haces algo cuanto antes, acabarás perdiéndola. Por el amor de Dios... si quisiera volver con su ex, ya lo habría hecho. Stan debe de estar encantado con la situación.

Jack frunció el ceño. No quería hacerle ningún favor a aquel malnacido que había estado casado con Olivia.

–Y supongo que también pretenderás que escriba todo

lo que siento en una de esas típicas tarjetitas cursis, ¿verdad?

—No, eso no sería propio de ti.

Jack se sintió aliviado.

—Entonces, ¿qué tengo que escribirle en la tarjetita?

—¿Por qué tienes que escribirle algo en concreto?, limítate a poner tu nombre.

—¿Y ya está?

—Ya está. Olivia sólo quiere que le demuestres que estás interesado en ella de verdad.

A Jack le costó creer que la solución fuera tan fácil.

—¿Vas a hacerlo?

—Puede que sí —parecía un buen consejo y, a aquellas alturas, estaba dispuesto a hacer cualquier cosa... sobre todo si le permitía mantener su orgullo intacto.

Peggy le acercó el plato de galletas, y esperó a que agarrara una antes de decir:

—Espero que lo hagas.

Jack decidió que más tarde pensaría en ello con detenimiento, y procuró encauzar la conversación hacia otros temas.

—El otro día me encontré con Roy McAfee.

Roy era un inspector de policía de Seattle retirado, y había empezado a ejercer de investigador privado poco después de mudarse a Cedar Cove. Jack sabía que había mantenido una larga conversación con Bob y Peggy cuando el desconocido había aparecido muerto en la pensión. El forense aún no había descubierto la causa de la muerte.

—¿Sigue investigando nuestro gran misterio? —le preguntó Peggy con preocupación.

—No mencionó el tema, pero lo dudo.

Peggy permaneció en silencio y pensativa durante unos segundos antes de decir:

—Me gustaría que siguiera investigando.

—¿Quieres que descubra quién era el desconocido?

—Es como si... como si hubiera aterrizado aquí desde otro planeta.

—¿Crees que Roy puede descubrir más cosas que la policía?

—No... no lo sé —Peggy se movió en la silla con incomodidad—. Es que...

—¿Qué? —le dijo él, al ver que vacilaba de nuevo.

—Se trata de Bob. Aquella noche, comentó que el desconocido le resultaba familiar, pero no alcanzó a ubicarlo. El hombre se presentó de improviso, era tarde y no tenía reserva. Me parece que en todo esto hay más de lo que parece.

Jack sabía que su amigo se había exprimido el cerebro intentando encontrar una posible vinculación, y que no se le había ocurrido nada.

—Bob y yo llevamos treinta años casados... —Peggy bajó la voz al preguntarle—: ¿Te ha contado lo de sus pesadillas?

No, no se lo había contado.

—Todos tenemos pesadillas alguna que otra vez —Jack no había ido a Vietnam, pero conocía a muchos hombres que habían estado allí. No era inusual que una persona tuviera pesadillas después de participar en una guerra.

—En dos ocasiones... —Peggy soltó un profundo suspiro—. A lo largo de los años, Bob ha caminado dormido varias veces.

Jack se inclinó hacia delante, y le dijo:

—No creerás que tuvo algo que ver con la muerte del desconocido, ¿verdad?

—No, claro que no —Peggy lo miró horrorizada—. ¡Eso es imposible!, la puerta del dormitorio estaba cerrada desde dentro.

Jack sabía que tenían una llave, así que no era una excusa viable.

—Además, el hombre no tenía ni un rasguño —añadió ella.

Jack asintió.

—Y ya conoces a Bob, no es capaz de matar ni a una mosca. Sería incapaz de hacerle daño a algo o a alguien de forma intencionada.

Peggy tenía razón.

—Entonces, ¿por qué quieres que Bob hable con un investigador privado?

—Supongo que sólo quiero que hable del tema, y punto. Me da igual con quién. Lo mucho que le afectó la muerte de Dan, sumado a las pesadillas... en fin, creo que le iría bien desahogarse. Siempre tiene miedo de volver a caminar dormido.

Su preocupación era comprensible.

—¿Quieres que hable con él, Peggy?

—No, puede salirnos el tiro por la culata. Se molestará si cree que he estado hablando de él a sus espaldas, aunque sea contigo.

Al ver cómo abría y cerraba los puños con nerviosismo, Jack se dio cuenta de que estaba asustada. A pesar de sus palabras, era obvio que Peggy temía que su marido hubiera tenido algo que ver con la muerte del desconocido.

Se preguntó si sus temores estaban fundados.

CAPÍTULO 5

El domingo por la tarde, el día en que Katie cumplía un mes de vida, Maryellen estaba paseándose de un lado a otro de la sala de estar con ella en brazos; al oír que llamaban a la puerta, se detuvo en seco. Era Jon, que llegaba en busca de la pequeña. Era la primera vez que iba a tener que cedérsela; hasta el momento, él había ido a visitarla a diario, pero sólo se quedaba durante unos minutos que resultaban bastante incómodos. Iba a empezar a llevársela durante los días que tenía fiesta en el trabajo, y se la devolvería a la tarde siguiente.

Maryellen había sabido desde el principio que no iba a resultarle nada fácil cumplir con el acuerdo. Dejó a Katie en su moisés a regañadientes, y fue a abrir la puerta. Jon se había puesto unos vaqueros y una camisa de manga corta, y llevaba su largo pelo negro apartado de la cara y recogido en una coleta.

—Hola... las dos tenéis buen aspecto.

—Hola, Jon —a pesar de que estaba decidida a controlar sus emociones, no pudo evitar que le temblara la voz.

—¿Katie está lista? —le preguntó él, sin dar muestra alguna de haber notado su desasosiego.

Maryellen se tragó el nudo que le obstruía la garganta y asintió. Abrió más la puerta para dejarle pasar, y le dijo:

—Te he preparado todo lo que vas a necesitar —agarró el bolso de los pañales, y sacó un recipiente con leche materna que se había extraído y varios biberones vacíos—. Sólo bebe unos noventa mililitros por toma, a veces llega hasta los ciento veinte. Lo más probable es que tengas que levantarte varias veces durante la noche, pero como no está acostumbrada al biberón, no sé cómo reaccionará —tragó de nuevo, e intentó disimular su nerviosismo—. La oirás si llora, ¿verdad?

—Sí, tengo el sueño ligero.

Maryellen no acabó de creérselo, porque en la única noche que habían pasado juntos, ella se las había ingeniado para recoger su ropa y escabullirse. Para cuando él se había dado cuenta de que no estaba, ella ya casi había salido de la casa.

—Te he puesto varias mudas de ropa en el bolso de los pañales, por si las necesita... y también tienes pañales de sobra.

—De acuerdo —Jon se acercó al moisés, y comentó—: Vaya, no sabía que aún se fabricaban modelos como éste.

—Era mío. Mamá lo guardó, y cuando Kelly tuvo a Tyler, se lo dio a ella. Mi hermana me lo pasó para Katie.

Jon miró con una sonrisa a su hija, y posó una mano sobre su pequeño estómago cuando la pequeña pareció sonreír a su vez y empezó a mover los bracitos.

—Le encanta su manta amarilla. Mamá se la tejió, me parece que duerme mejor con ella —Maryellen era consciente de que estaba divagando, pero era incapaz de contenerse.

—Me aseguraré de que siempre la tenga a mano.

—Tienes que tener una silla especial para el coche, según la ley...

—Ya tengo una.

Él no apartó la mirada de la niña en ningún momento, y empezó a hacerle carantoñas. Al ver la ternura que se reflejaba en su mirada, Maryellen tuvo ganas de echarse a llorar.

—Suele estar un poco gruñona a primera hora de la mañana —le dijo, antes de morderse el labio para impedir que siguiera temblándole.

—Ha debido de heredarlo de ti —Jon le lanzó una breve mirada—. Según recuerdo, tú tampoco eres un encanto por la mañana.

Al parecer, estaba recordándole la noche que habían pasado juntos. Maryellen tuvo ganas de defenderse, pero tuvo miedo de echarse a llorar si pronunciaba una sola palabra más. Meses antes, le había parecido razonable que él pudiera estar con Katie, porque también era hija suya y tenía derecho a estar con ella. Pero no se había dado cuenta de lo angustiada que iba a sentirse, de la sensación de impotencia y de pérdida...

Cuando él se inclinó y tomó a la niña en brazos con cuidado, tuvo que contener las ganas de quitársela al ver lo torpe que parecía. Hizo acopio de toda su fuerza de voluntad para permanecer donde estaba, porque sabía que a él no le haría ninguna gracia que interviniera.

—Voy a meterla en el coche —le dijo él.

Maryellen se limitó a asentir, porque era incapaz de articular palabra. Lo siguió de cerca con el bolso de los pañales, y esperó ansiosa mientras él colocaba a la niña en la silla especial, para comprobar que la aseguraba bien.

—¿A qué hora vendrás a traerla? —le preguntó, a pesar de que ya lo sabía.

—Antes de las cinco.

Veinticuatro horas.

Al ver que cerraba la puerta trasera del coche, le preguntó:

—¿Llamarás si necesitas algo?

Él rodeó el vehículo, un flamante sedán nuevo, y abrió la puerta del lado del conductor.

—Claro que sí. Tengo tu número apuntado junto al teléfono.

—Vale... de acuerdo.

Maryellen se aferró a la puerta mientras él entraba en el coche y metía la llave. Al oír el pitido de alarma, no tuvo más remedio que retroceder un paso para que él pudiera cerrar.

—Todo saldrá bien, Maryellen —le dijo él, a través de la ventanilla medio abierta.

—Ya lo sé, es que es la primera vez que me separo de ella.

Él la miró con expresión pétrea, y finalmente apartó la mirada y le dijo:

—Fuiste tú la que quisiste que las cosas fueran así, me limito a respetar tus deseos.

Maryellen tuvo ganas de recordarle que, si fuera por ella, él no habría llegado a enterarse nunca de la existencia de la niña. Al principio no pensaba decírselo, porque estaba convencida de que él no querría tener nada que ver con su hija, pero se había equivocado.

Los ojos se le llenaron de lágrimas. En condiciones normales, no era una persona inestable ni llorona, pero el embarazo y el parto habían hecho que se le revolucionaran las hormonas. Cualquier pequeño detonante... un anuncio de televisión, ver a su hija durmiendo, doblar ropita de bebé... bastaba para ponerla al borde de las lágrimas.

Cuando parecía a punto de ponerse en marcha, Jon la miró y le preguntó:

—¿Estás bien?

Ella asintió con fuerza, y se apresuró a secarse una lágrima que le corría por la mejilla.

—No pasa nada, es que últimamente estoy bastante emocional —se rodeó la cintura con los brazos en un gesto de autoprotección, y se subió a la acera.

—Eso es algo típico de las mujeres que acaban de dar a luz, lo leí en uno de los libros que saqué de la biblioteca. Se te pasará en unas semanas.

—Sí, ya lo sé —tuvo ganas de decirle que ella también sabía leer, pero sabía que parecería una reacción pueril. No quería decir nada que pudiera irritarlo, sobre todo teniendo en cuenta que tenía a su hija en el coche.

—Volveré mañana por la tarde —le recordó él.

—Vale —le contestó en un susurro.

Se dijo que podría aprovechar para recuperar el sueño perdido. Después de pasarse un mes levantándose en medio de la noche, a veces incluso dos y tres veces, debería sentirse aliviada al saber que iba a disfrutar de una noche de sueño ininterrumpido. Toda aquella ansiedad era fruto de la falta de sueño y de sus hormonas descontroladas...

Cuando volvió a entrar en la casa, empezó a poner en orden la sala de estar. Recogió el sonajero que Jon le había regalado a Katie... había llegado junto a un enorme centro de flores que le había llevado al hospital. Después de meter un babero en la lavadora, empezó a arreglar el moisés, y tuvo que enderezar el oso de peluche que Jon había comprado para la niña incluso antes de que naciera.

La casa entera estaba llena de pequeños regalos que él había ido comprando, tanto antes como después del parto. Mirara hacia donde mirase, veía muestras que demostraban que aquel hombre estaba decidido a formar parte de la vida de Katie. Era obvio que Jon se había tomado aquello muy en serio y que no iba a olvidarse de sus responsabilidades como padre, así que ella iba a tener que ir haciéndose a la idea.

Aquella noche, apenas pudo conciliar el sueño. Estuvo dando vueltas en la cama sin parar, ya que estaba convencida de que Katie la necesitaba, de que Jon no la oiría cuando se despertara en medio de la noche. Se arrepintió de cientos de cosas. Le había entregado a la niña sin asegurarse de que estuviera preparado para cuidar de un bebé... se la imaginó llorando, hambrienta y con el pañal mojado, mientras Jon dormía tan tranquilo.

A las siete de la mañana, estaba casi histérica. Había estado a punto de llamar a Jon en tres ocasiones, pero se controló por miedo a despertarlo... o peor aún, a despertar a Katie. Cuando no pudo soportarlo más, se vistió a toda prisa y fue a casa de su madre.

Por fortuna, Grace estaba despierta. Estaba tomando una taza de café en la cocina, y le abrió de inmediato la puerta trasera mientras su perrita, Buttercup, la saludaba encantada moviendo la cola como una loca.

En cuanto entró en la cocina, miró a su madre y se echó a llorar.

—¡Maryellen! ¿Qué pasa?

—Nada... todo. Jon tiene a Katie.

Su madre le sirvió una taza de café, y le dijo:

—Siéntate, vamos a hablar.

Maryellen se sintió tonta, inestable, y todo lo que jamás había querido ser. Aquel comportamiento era muy impropio de ella.

—Tienes que prepararte para ir a trabajar —le dijo a su madre entre sollozos.

—Vale, pues cuéntamelo todo mientras me arreglo.

Maryellen se secó los ojos mientras la seguía hasta el dormitorio, y se detuvo en seco antes de entrar.

—Vaya, has pintado las paredes.

—Sí, ¿te gusta?

—Sí, supongo que sí, aunque el color de antes no me parecía mal.

—Estaba bien, pero pintar me ayudó a aclararme las ideas.

Maryellen se dio cuenta de que había estado muy centrada en su propio mundo, y tuvo miedo de haberle fallado a su madre, de no haber prestado la suficiente atención a los problemas a los que estaba enfrentándose. Aquel verano había sido traumático para toda la familia.

—¿Puedo ayudarte en algo? —le preguntó, mientras se sentaba en la cama de sus padres.

—No, pero gracias —le contestó su madre, mientras sacaba del armario una blusa y una chaqueta fina—. Además, no has venido a estas horas para interesarte por mis asuntos. Venga, dime por qué estás tan disgustada.

Más que disgustada, estaba preocupada.

—Es la primera vez que Jon se lleva a Katie, y tengo miedo de que la niña me eche de menos. No esperaba que las cosas fueran así.

Su madre se puso una combinación de cuerpo entero antes de decirle:

—Espera hasta las ocho y media más o menos, y llámale. Supongo que estará encantado de poder hablar contigo.

Maryellen rezó para que fuera así. No quería que Jon pensara que estaba inmiscuyéndose cuando le tocaba a él estar con Katie, pero iba a tener que entender que a ella todo aquello le resultaba muy difícil.

—Anda, deja que me maquille y que me peine un poco, y te invito a desayunar antes de que entres a trabajar —le dijo su madre.

—No puedo probar bocado.

—Claro que puedes, y vas a hacerlo. Venga, aprovecha que invito yo. El Pancake Palace tiene una oferta especial para los que van temprano... puedes comerte todas las crepes que quieras por un dólar.

Maryellen se dio cuenta de que su madre tenía razón. Necesitaba comer, hacer algo que la distrajera.

Para cuando se fueron del Pancake Palace, se sentía mucho mejor, aunque habían pasado más tiempo hablando con conocidos que la una con la otra. El restaurante estaba abarrotado a la hora del desayuno. Se habían encontrado con Charlotte Jefferson y el resto de miembros del Club de la Rodilla Nueva, que se reunían allí una vez al mes. En la larga mesa que ocupaban, todo el mundo había sufrido reemplazo de rodilla. Charlotte les presentó a Ben Rhodes, un hombre de aspecto distinguido con el que parecía tener una relación más que amistosa. Maryellen no pudo evitar preguntarse si había un romance en ciernes, y le pareció enternecedor.

Llegó a casa pasadas las nueve y fue directa al teléfono, pensando que Jon y Katie ya debían de estar despiertos. Al ver que no le respondía, le dejó un breve mensaje en el contestador y colgó a regañadientes.

Volvió a llamar, pero al ver que él seguía sin contestar, no pudo seguir soportándolo y decidió ir a su casa, que estaba cerca de Olalla. En cuanto llegó, bajó a toda prisa del coche, con el corazón martilleándole en el pecho.

Antes de que llegara a la puerta de entrada de la casa, Jon la abrió. Tenía a Katie en brazos, firmemente sujeta contra su hombro, y se quedó atónita al ver que la niña alzaba la cabeza y miraba a su alrededor tan tranquila.

—Hola, Maryellen. Entra —le dijo él, mientras se apartaba a un lado para dejarla pasar.

La casa estaba casi terminada. La última vez que ella había estado allí, los acabados estaban a medias. Jon había colocado una preciosa alfombra Berver en tonos verdes y grises en la sala de estar, y los paneles de roble que había alrededor de las ventanas estaban barnizados. La habitación tenía vistas a Puget Sound, y Maryellen alcanzó a ver tanto la isla Vashon como el monte Rainier, que se erguía majestuoso en la distancia.

Era obvio que Jon estaba arreglándoselas sin ningún problema, así que le dijo a toda prisa:

—Te he llamado, pero como no contestabas, no sabía qué pensar.

—¿Has llamado?

—Dos veces. Estaba preocupada, pero está claro que todo ha ido bien.

—Seguro que estaba duchándome, o en la terraza.

Parecía completamente relajado con Katie. Cuando iba a visitarla, solía levantarla como si fuera un saquito de patatas, pero en ese momento se comportaba con ella con la naturalidad de un... de un padre.

Maryellen se dio cuenta de que su preocupación era infundada, y se sintió un poco avergonzada por haber ido como una loca a rescatar a su hija. Jon lo tenía todo bajo control.

—¿Quieres ver la habitación de Katie? —le preguntó él.

Maryellen asintió, y se dio cuenta de que tendría que haberse preocupado por todos aquellos detalles antes de haberle entregado a la niña sin más.

Jon la condujo hacia la escalinata abierta. A Maryellen le encantaba la casa, y también el hecho de que él se hubiera encargado en persona de casi todo el trabajo de construcción; al parecer, Jon Bowman era todo un manitas.

El dormitorio principal estaba al final de la escalinata, y las puertas acristaladas que daban al balcón estaban abiertas. Se lo imaginó sentado allí bajo la luz del amanecer, con Katie en los brazos, hablándole a la pequeña del panorama que se veía desde allí.

Al mirar hacia el interior del dormitorio, vio la cama sin hacer y una preciosa fotografía suya enmarcada que estaba colgada de la pared opuesta. Era una imagen que había visto por primera vez en la galería de Seattle donde Jon había empezado a vender casi todas sus obras. Se la había tomado en una tarde neblinosa. Ella estaba en el muelle que había junto al paseo marítimo, y ni siquiera se había dado cuenta de que él estaba allí. Estaba de espaldas a la cámara, y había levantado un brazo para lanzarle palomitas a las gaviotas. La fotografía tenía un carácter dinámico y excitante, pero el ambiente neblinoso le aportaba cierto matiz etéreo.

Jon pareció avergonzarse al ver que había visto la foto enmarcada, y le dijo:

—Es una de mis favoritas, ¿te importa que la tenga aquí?

Lo extraño era que no, no le importaba; de hecho, se alegró al ver que la tenía en su dormitorio, aunque no se atrevió a analizar las razones.

—No, no me importa —le dijo con voz suave.

—Bien.

La condujo por el pasillo hacia la habitación de Katie, y Maryellen soltó una exclamación de entusiasmo cuando la vio. Jon había pintado en una de las paredes el mural de un zoo en el que había jirafas, elefantes, cebras, y monos en poses muy realistas.

—¿Lo has hecho tú? —le preguntó con admiración.

—Aún no lo he acabado —le indicó una zona que estaba dibujada, pero que había que colorear.

Todos los muebles de la niña eran nuevos. Había comprado un balancín, una cuna con dosel, y una trona que seguramente bajaría a la cocina cuando Katie estuviera lo bastante grande para usarla.

Su preocupación anterior le pareció ridícula, y le dijo:

—Es una habitación preciosa, me he portado como una tonta al presentarme aquí de esta forma —era incapaz de mirarlo a los ojos—. Bueno, será mejor que me vaya.

Jon alargó un brazo para detenerla.

—Katie y yo queremos que te quedes —le dijo, mirándola a los ojos.

Maryellen sintió que el nudo que le obstruía la garganta se desvanecía, y lo miró sonriente. Le apetecía mucho pasar el día con Jon y con Katie.

CAPÍTULO 6

El martes por la tarde, Grace salió de la biblioteca mientras el sol mortecino teñía la cala de sombras doradas. Se había pasado gran parte del día enseñando a una nueva ayudante, así que había tenido que quedarse hasta tarde para ocuparse de su propio papeleo. Estaba agotada, y en momentos como aquél era cuando más echaba de menos a Dan. Habría sido fantástico regresar a casa, disfrutar de una cena tranquila con él, y quizás incluso contar alguna que otra anécdota.

Dan había desaparecido dos años antes, se había desvanecido sin decir palabra y sin dejar rastro. Se había escondido en una caravana que había llevado hasta lo más profundo del bosque, y finalmente había acabado suicidándose. No había podido superar lo que había vivido en Vietnam, el horror y la culpa habían sido una carga demasiado pesada para él.

Cuando habían encontrado su cuerpo, la habían asaltado todo tipo de dudas. Se había preguntado si podría haberse dado cuenta de lo que le pasaba, si podría haberle ayudado, si podría haberle hecho reaccionar. Estaba casi convencida de que todo habría sido inútil, porque Dan estaba consumido por una agonía que jamás le había revelado ni a ella ni a nadie.

Después había empezado a embargarla aquella tristeza, aquel vacío del que no podía desprenderse. A pesar de que su marido estaba muerto, de que llevaba un tiempo viviendo sin él, era incapaz de acostumbrarse a su ausencia, y eso la confundía.

Nunca habían tenido un matrimonio pleno y feliz, pero se habían esforzado por salir adelante. Se habían amado de corazón, de eso no tenía ninguna duda. Se había equivocado al pensar que estaba lista para tener otra relación tan pronto, al dar por hecho que el dolor ya se había desvanecido por completo; de hecho, se preguntaba si alguna vez dejaría de sufrir. Lo que quería era volver a la vida que había tenido antes de que Dan desapareciera.

Nunca había sido un marido demasiado cariñoso, pero las rutinas que compartían resultaban reconfortantes. Él entraba el correo y el periódico cada tarde, y ella cocinaba. Por la noche solían ver la televisión, o charlar de sus hijas, de cómo les había ido la jornada de trabajo, de los asuntos relacionados con la casa, de las noticias que había habido en la zona. Ella iba a hacer gimnasia con Olivia una vez a la semana. A Dan no le gustaba que fuera, pero nunca le había pedido que se quedara en casa, porque sabía lo importante que era para ella su amistad con Olivia.

Pero las noches se habían vuelto silenciosas, y se sentía sola. Era ella la que sacaba la basura, la que batallaba con el cortacésped, la que leía la letra pequeña del contrato del seguro del coche, y no lo soportaba.

Mientras iba hacia el aparcamiento que había detrás de la biblioteca, intentó animarse. Como tantas otras veces, se recordó todas las cosas por las que debía sentirse agradecida. Tenía dos nietos después de pasarse años deseando ser abuela, sus hijas tenían una relación mucho más estrecha tanto entre ellas dos como con ella, tenía buenos amigos, sobre todo Olivia, sus asuntos financieros estaban en orden, ganaba lo suficiente para salir adelante, aunque no estaba rodeada de lujos, y tenía la respuesta en lo concerniente a la desaparición de Dan, a pesar de que no le hubiera gustado.

La vida le sonreía... o al menos, debería hacerlo.

Buttercup le dio la bienvenida con entusiasmo al verla llegar a casa. Salía cada día por la entrada para mascotas de la puerta, a las cinco y media en punto, para esperarla. Su dueño anterior la había enseñado bien, y esperaba quieta en el sitio que tenía asignado aunque ella llegara tarde, como en aquella ocasión.

Recogió el correo y el periódico mientras murmuraba palabras de cariño y de disculpa a la perrita, y empezó a hojear las facturas y la propaganda. Fue hacia la puerta de entrada de la casa, pero se detuvo en seco al ver una carta procedente de Alaska cuyo remitente era Will Jefferson, el hermano mayor de Olivia. La abrió a toda prisa, porque Will siempre le había caído muy bien.

La carta ocupaba una sola hoja de papel, y estaba escrita con letra clara y pulcra. Se apresuró a leerla por encima, mientras seguía parada en la acera. Cuando iba al instituto, había estado colada por el hermano de Olivia. Él era todo un rompecorazones en aquella época, y seguía siendo muy atractivo a pesar del paso de los años. Hacía poco que le había visto, porque él había pasado unos días en Cedar Cove cuando habían operado a Charlotte. La había sorprendido la atracción que sentía por él después de tanto tiempo, ya que habían pasado treinta y siete años desde que se había graduado en el instituto.

En la carta, Will le expresaba sus condolencias y le decía

lo mucho que lamentaba lo que le había sucedido a Dan. A continuación comentaba brevemente los cambios que había visto en Cedar Cove, y añadía que se había alegrado mucho al volver a verla. También decía que, desde que había regresado a casa, su mujer y él habían estado planteándose retirarse en un par de años y mudarse a Cedar Cove.

Grace se dijo que Olivia debía de estar entusiasmada ante el posible regreso de su hermano. Al llegar al final de la carta, se dio cuenta de que Will había escrito su correo electrónico. No le pedía de forma explícita que le escribiera, pero era una invitación clara.

Mientras entraba en la casa, releyó la carta e intentó leer entre líneas, pero no encontró nada fuera de lo común, nada más allá de una cordialidad sincera. Después de meter la carta en el sobre, le puso de comer a Buttercup y encendió la tele, que en los últimos tiempos había pasado de ser un entretenimiento a hacerle compañía. Hacía bastante calor, así que decidió prepararse una ensalada y empezó a rebuscar en la nevera.

Al darse cuenta de que estaba tarareando alegremente mientras colocaba un paquete de leche detrás de dos yogures, se detuvo de golpe y se incorporó. Al salir de la biblioteca estaba triste, melancólica, pero en ese momento se sentía alegre y llena de felicidad. Aquel cambio de humor sólo podía tener una explicación: la carta de Will. Se sintió consternada, y se preguntó cómo era posible que la carta de un viejo amigo, de un hombre por el que había estado colada cuando era una adolescente, pudiera mejorar su estado de ánimo de forma tan radical. ¿Cómo podía ser tan voluble?

No tuvo tiempo de reflexionar sobre el tema, porque Buttercup ladró y fue hacia la puerta principal segundos antes de que sonara el timbre.

Cuando fue a abrir, vio que se trataba de Olivia, y se preocupó un poco al ver que parecía bastante alterada.

—¿Tienes un minuto? —le preguntó su amiga.

—Claro que sí, ¿qué ha pasado?

Olivia hizo un gesto con la mano, como si no supiera por dónde empezar.

—No puedo creerlo, Grace —le dijo al fin.

—¿A qué te refieres?

—Primero es Stan el que se pone en contacto conmigo, y de repente, después de semanas de silencio, a Jack también le da por reaccionar, a las pocas horas de que hablara con Stan. La verdad, parece que los dos tienen un radar y se controlan el uno al otro.

—¿Jack ha reaccionado? —le preguntó Grace, encantada, mientras se sentaba en el sofá.

—Ese hombre es una comadreja, eso es lo que es.

—¿Por qué?, ¿qué ha hecho esta vez?

Olivia se sentó a su lado, y le dijo:

—Me ha enviado flores a casa. Son preciosas, tienen un colorido fantástico. Deben de haberle costado una fortuna. Pero eso no es todo.

—¿Jack te ha mandado flores?, ¡qué sinvergüenza! —comentó Grace, con fingida indignación.

—Le he llamado para darle las gracias.

—Craso error —le dijo en broma.

Le encantaba ver a su amiga tan enamorada de Jack, y tan confundida por lo que sentía por él, pero tenía ganas de que se aclarara las ideas de una vez. Stan estaba deseando recuperarla, y estaba dispuesto a usar toda clase de artimañas. El problema radicaba en que Olivia estaba hecha un lío, y era posible que cediera y accediera a regresar con él.

Stan había sido de lo más oportuno, ya que había regresado con actitud de arrepentimiento y dispuesto a recuperar a Olivia justo cuando ella había iniciado otra relación.

—No vas a creerte lo que me ha dicho.

—¿Jack, o Stan?

—¡Los dos!

—Anda, empieza con Stan —si Olivia estaba indignada porque Jack le había enviado flores, sólo Dios sabía lo que le habría dicho su ex marido.

—Stan me ha llamado, y me ha invitado a cenar.

—¿Qué? —Grace fingió sentirse escandalizada—. ¡Enciérralo y tira la llave!

Olivia la miró con indignación, y rezongó:

—Grace Sherman, estás burlándote de mí.

Grace no pudo evitar echarse a reír.

—Últimamente, a mí nadie me manda flores ni me invita a cenar. ¿Por qué estás tan enfadada?, ¿están intentando superarse el uno al otro? —no era una suposición descabellada, y a juzgar por lo que Olivia le había dicho en anteriores conversaciones, era justo lo que quería.

Su amiga descruzó los brazos, y empezó a acariciar a Buttercup.

—Ha sido Stan el que lo ha empezado todo. Quiere que cene con él el viernes, en Seattle.

—¿Por qué allí?

—Tiene que asistir a una cena de empresa, y no quiere ir solo. Ha reservado una habitación de hotel, y...

—¿Una sola habitación?

—Sí, debe de creer que soy demasiado ingenua para darme cuenta de lo que pretende. Seguro que la habitación tiene dos camas, pero no soy tonta y conozco bien a Stanley Lockhart. Está claro que se trae algo entre manos.

—¿Y qué ha pasado con Jack?

—Han llegado las flores... después de pasar estas semanas tan distanciados, ha sido fantástico recibirlas.

Grace se alegró mucho por su amiga. Stan había tardado bastante en reaccionar.

—¿Qué ponía en la tarjeta?

Olivia bajó la mirada, y le dijo con voz suave:

—Sólo su nombre, nada más.

Jack era un tipo listo.

—En otras palabras: él ha dado el primer paso, y ahora te toca a ti.

—Exacto.

—¿Le has llamado?

—Sí, y ha contestado enseguida, como si estuviera esperando junto al teléfono. Ha sido maravilloso volver a hablar con él. La conversación iba bien, hasta que...

—¿Hasta que qué?

—Hasta que me ha invitado a cenar el viernes, y he metido la pata hasta el fondo. Le he dicho que era un día bastante raro, porque estaba recibiendo invitaciones a diestro y siniestro.

Desde luego, no había sido un comentario demasiado brillante.

—Jack no ha tardado ni dos segundos en darse cuenta de que la otra persona que me había invitado debía de ser Stan, y se ha puesto de lo más raro. Me ha dicho que acababa de recordar que el viernes estaba ocupado, que esperaba que me lo pasara genial con Stan, se ha despedido a toda prisa, y ha colgado sin darme tiempo a decir ni una palabra.

Grace tuvo ganas de darse un cabezazo contra la pared.

—Y eso ha sido lo que ha pasado —añadió Olivia, con actitud derrotista.

—No pensarás ir a cenar con Stan, ¿verdad?

—Claro que no.
—El viernes estoy libre, ¿quieres que vayamos al cine?
Olivia se echó a reír, y le dijo:
—Vale, vamos al cine. ¿Quién necesita a los hombres?
Grace empezó a plantearse cómo iba a conseguir que Jack Griffin estuviera en el cine el viernes; al parecer, a veces había que echarle una mano a Cupido.

Cuando acabó de escribir en la pizarra las palabras que sus alumnos tenían que copiar, Rosie dejó la tiza a un lado y se limpió las manos.

En ese momento, sonó el timbre que daba por concluida la última clase del día.

—No os olvidéis de recordarles a vuestros padres que hoy tenemos tarde de puertas abiertas —les dijo.

Aquellas horas de puertas abiertas se organizaban para que los padres y los profesores pudieran conocerse, y solían realizarse durante la tercera semana de septiembre.

Los niños se levantaron a toda prisa, agarraron sus carteras, y se apresuraron a salir de la clase. La única excepción fue Jolene Peyton, una niñita de pelo largo y oscuro recogido en dos coletas, que se acercó a Rosie con la cabeza gacha y expresión alicaída.

—¿Puedo ayudarte en algo, Jolene?
—Esta tarde sólo puede venir mi papá —le dijo la niña, sin levantar la mirada.
—Muy bien, estoy deseando conocerlo.
Jolene alzó la cabeza, y la miró a los ojos.
—Mi mamá se murió en un accidente de coche.
—Ya lo sé, cielo. Lo siento mucho.
—Cada semana, papá y yo ponemos flores junto a la carretera, en el lugar donde murió.

Rosie ya lo sabía, porque a menudo veía las flores y los globos al pasar por la transitada intersección.

–Me alegro de que tu padre pueda venir esta tarde.

–Dice que mamá vendría si aún estuviera aquí.

Rosie le pasó el brazo por encima de los hombros. El accidente había ocurrido dos años atrás, pero era obvio que Jolene seguía echando mucho de menos a su madre.

–Le dije a papá que necesito una mamá, y él me contestó que se lo pensaría –la niña suspiró con resignación–. Es lo que dice siempre.

Rosie no pudo evitar sonreír, porque ella misma también decía mucho aquellas palabras. Lo de «me lo pensaré» estaba en el repertorio de toda madre.

Aquella tarde, cuando los padres y las madres empezaron a llegar, estuvo atenta a la llegada del padre de Jolene, y al final lo vio entrar con la pequeña. En la parte delantera de la clase había una mesa con refrescos y galletas, y cuando la niña fue hacia allí para ir a buscarle un refrigerio, Bruce Peyton permaneció donde estaba sin mezclarse con el resto de padres.

Era un hombre atractivo, pero tenía un aire sombrío y distante que resultaba comprensible. Las reuniones escolares como aquélla debían de recordarle que estaba solo. Tenía una estatura media, y estaba bastante delgado. La ropa le quedaba un poco holgada, así que era probable que hubiera perdido peso recientemente. Tenía los ojos de un intenso tono azul, y no pudo evitar lanzarle alguna que otra mirada.

Hacía muchos años, incluso décadas, desde la última vez que había mirado a otro hombre que no fuera Zach. Su habilidad para flirtear estaba un poco herrumbrada por la falta de uso, aunque seguro que Janice Lamond podría enseñarle algún que otro truquito.

Al cabo de unos minutos, se acercó a él y le dijo con una sonrisa amable:

—Hola. Soy Rosie Cox, la profesora de Jalene. Sólo quería decirle que siento mucho lo de su esposa.

—Gracias —esbozó una breve sonrisa, y le estrechó la mano—. Encantado de conocerla.

—La señora Cox es una buena profesora, pero no es la que voy a tener durante todo el año —comentó Jolene.

—Sustituyo a la señora Gough, hasta que se recupere de su intervención quirúrgica. Hacía años que no ejercía de maestra. Hace poco que me he... divorciado —estuvo a punto de atragantarse con aquella palabra. Se sintió horrorizada al notar que los ojos se le llenaban de lágrimas, y tuvo que dar media vuelta por miedo a echarse a llorar como una tonta.

Consiguió mantener la compostura a base de fuerza de voluntad. Bruce permaneció cerca mientras ella charlaba con otros padres, así que aprovechó para enseñarle su mesa y la zona de juegos que había al fondo del aula.

A las ocho ya sólo quedaban algunos rezagados. Rosie fue a llevar a la cafetería las botellas vacías y la bandeja de las galletas, y cuando regresó a la clase, se dio cuenta de que Bruce y Jolene eran los únicos que quedaban.

—Avíseme si Jolene necesita ayuda extra con la lectura o la ortografía —le dijo él.

—Por supuesto. Ha sido un placer conocerle.

—Lo mismo digo —Bruce alargó la mano hacia la niña, pero vaciló por un instante. Miró a Rosie a los ojos por un segundo, y añadió—: Lamento lo de su divorcio.

Ella bajó la cabeza, y asintió.

—Sí... yo también —se sintió aliviada cuando se fueron, porque los ojos volvieron a llenársele de lágrimas.

No era justo. Daba la impresión de que Zach estaba pasándoselo mejor que nunca. Cuando Allison y Eddie estaban con él, cocinaban juntos, y los tres se llevaban de maravilla; en cambio, cuando era ella la que estaba en casa, los niños no dejaban de discutir. Allison desafiaba su autoridad cada dos por tres, y estaba claro que se había puesto de parte de Zach.

Regresó alicaída al apartamento. Le tocaba a Zach estar con los niños, y seguro que con él Eddie no protestaba a la hora de acostarse. No, claro que no, porque el niño reservaba sus arranques de genio para los días en que estaba con ella. Seguro que Allison se había ofrecido a lavar los platos, a pesar de que hacía tiempo que ella había renunciado a que hiciera alguna tarea doméstica cuando se lo pedía.

Desde luego, como mujer era todo un partidazo... estaba recién divorciada, y tenía dos hijos rebeldes. Seguro que no tardaría en tener una larga lista de pretendientes haciendo cola, deseando poder salir con ella.

Sí, claro. No se lo creía ni en sueños.

# CAPÍTULO 7

Cuando era inspector de policía, a Roy McAfee siempre le había costado dar carpetazo a un caso, a pesar de que pareciera imposible de resolver por falta de pruebas. Seguía siendo igual en ese sentido, aunque se había retirado y había empezado a trabajar de investigador privado al mudarse a Cedar Cove. Su tenacidad le iba de perlas en su nuevo empleo. Le gustaba aquel trabajo, la diversidad de casos que se le presentaban; además, se le daba bien investigar, y lo sabía.

A lo largo de los años que había pasado trabajando en la policía había aprendido que, a base de paciencia y con algo de suerte, uno acababa descubriendo lo que quería saber; sin embargo, las cosas no siempre acababan como se esperaba, y la desaparición de Dan Sherman era prueba de ello.

Grace había ido a verlo poco después de que su esposo desapareciera. Era una mujer fuerte. Desde que trabajaba de investigador, lo habían contratado varias mujeres que querían información sobre el paradero o las actividades de sus maridos. En dos ocasiones, le habían pedido que localizara a esposos que estaban en paradero desconocido. En una de ellas, la clienta le había llamado al cabo de una semana de contratarlo y le había dicho que había decidido que estaba mejor sin el canalla de su marido, que no quería saber dónde demonios estaba, y que si se había largado con otra mujer, tal y como ella sospechaba, la otra podía quedárselo.

A juzgar por lo que había averiguado sobre el tipo en cuestión, la decisión de la mujer le había parecido de lo más acertada.

Le había sorprendido que Grace Sherman volviera a ponerse en contacto con él, porque cuando habían encontrado a Dan muerto por un disparo que se había pegado él mismo y lo habían enterrado, había dado por hecho que el caso estaba cerrado. Grace había obtenido las respuestas que necesitaba, a pesar de que no eran las que habría querido.

Al oír que la puerta de entrada se abría, le lanzó una mirada al pequeño reloj que tenía en una esquina de la mesa. Eran las doce y veinticinco. Corrie, su esposa y gerente de la agencia de investigación, apareció al cabo de unos segundos y le dijo:

—Acaba de llegar Grace Sherman para su cita de las doce y media.

Mientras hacía pasar a la recién llegada, lo miró y se encogió de hombros, como indicando que tampoco tenía ni idea de lo que podría querer.

—Siéntate, Grace —le dijo él, mientras le indicaba con un gesto la silla tapizada que había delante de la mesa.

—¿Te apetece una taza de té? —le preguntó Corrie. Cuando Grace rechazó el ofrecimiento, se fue del despacho y cerró la puerta.

—¿En qué puedo ayudarte? —Roy se reclinó en su silla, y esperó en silencio.

Grace se colocó el bolso sobre el regazo, y empezó a juguetear con nerviosismo con el cierre.

—He venido porque no sabía a quién acudir —fijó la mirada en el suelo antes de añadir—: Se trata de Dan.

—¿Algún asunto pendiente?

—Sí. Antes de que... de que se suicidara, me escribió una carta que el sheriff Davis me entregó —abrió el bolso, y continuó diciendo—: Contiene cierta... información, y no sé qué hacer.

Roy no recordaba haber oído hablar de ninguna carta.

—¿Qué tipo de información?

Grace se sacó un sobre del bolso, y se lo alargó por encima de la mesa.

—Nadie más la ha leído, ni siquiera mis hijas.

—¿El sheriff Davis tampoco?

—Quizás empezó a leerla, pero al darse cuenta de que era personal... en fin, por respeto a Dan y a mí... —vaciló por un instante—. No sé si la leyó o no, pero lo dudo.

Roy sacó la carta del sobre. La escritura de las primeras líneas era muy precisa, como si Dan hubiera pensado cada palabra con detenimiento. A la mitad de la segunda hoja la letra se agrandaba y se inclinaba hacia abajo, y la firma de la parte inferior era casi ilegible.

Volvió a la primera hoja, y empezó a leer. En primer lugar, Dan Sherman le pedía perdón a su esposa por el suicidio que iba a cometer, y por el infierno que le había hecho pasar durante el matrimonio; a continuación, narraba los detalles de un incidente que había ocurrido en Vietnam, en el que había matado a una mujer y a su hijo al entrar en un pueblo. Los había acribillado, los había asesinado al reaccionar sin pensar ante el miedo instintivo. En aquel entonces era un hombre joven, desesperado por salir vivo de aquella guerra, y había matado a gente inocente. No había sido el único que se había dejado llevar por el pánico, y quizá nunca llegaría a saberse cuántas personas habían muerto en aquel pueblo aquel día.

Roy alzó la cabeza al acabar de leer la carta, y vio que Grace tenía la mirada perdida en la distancia. Estaba pálida, pero mantenía la compostura.

–Dan no volvió a ser el mismo cuando volvió de la guerra, y ahora ya sé por qué –le dijo ella, en un susurro ronco.

–Fue hace mucho tiempo –Roy sintió que se le formaba un nudo en la garganta. Él mismo había ido a Vietnam a los diecinueve años, pero, por suerte, jamás había tenido que enfrentarse a una situación como la que había vivido el marido de Grace.

Dan no especificaba el número de gente que había muerto, pero al parecer había sido una matanza, porque había escrito *los disparos seguían y seguían sin parar*. Había vivido durante todos aquellos años con el peso de la culpa.

En ese momento, recordó haber leído en algún sitio que el número de militares que se habían suicidado después de volver de Vietnam era igual a la cantidad de ellos que habían muerto en la guerra. Las causas eran diversas, pero estaba claro que Dan había tomado una decisión tan drástica porque se sentía culpable.

–¿Se informó del incidente? –le preguntó a Grace.

–No lo sé, pero lo dudo.

–¿Qué quieres que haga?

–No sé qué es lo que tengo que hacer con esta información –se quedó mirándolo en silencio.

Era obvio que esperaba que él le diera una solución, pero Roy no supo qué decirle.

–¿Crees que debería entregarle la carta a los mandos militares, para que ellos se ocupen del asunto?

Él no respondió, y se limitó a encogerse de hombros.

–A lo mejor tendría que dársela al sheriff Davis, y dejarlo todo en sus manos —estaba cada vez más agitada, y empezó a alzar un poco la voz—. ¡Ya lo tengo! Tendría que guardar la carta en algún sitio, y fingir que no la he leído... ¡no, será mejor que la destruya por completo!

Era comprensible que estuviera tan nerviosa, porque se encontraba en una tesitura nada envidiable.

—No puedo decirte lo que debes hacer, Grace.

—Dan no quería que Maryellen y Kelly se enteraran. Acaban de enterrar a su padre, la situación ya es bastante dura. No quiero que sufran más.

Roy estaba de acuerdo, pero sabía que era ella la que tenía que tomar la decisión.

—Ya han pasado casi cuarenta años desde que pasó. Fue una época horrible en la historia de nuestro país, sacrificamos a cincuenta mil hombres... nadie quiere sacar a la luz otra masacre como la de My Lai —con voz tan suave que resultaba casi inaudible, añadió—: Dan no indica cuántos otros estuvieron implicados. Quiero saber qué les pasó a sus compañeros. ¿cómo se las han ingeniado para vivir después de lo que hicieron?, ¿sus vidas también se convirtieron en un infierno? —su voz se enronqueció de emoción—. ¿Se levantaban en medio de la noche porque no podían conciliar el sueño, igual que mi marido?, ¿han vivido atormentados? —lo miró a los ojos, y añadió—: Tienes que decirme qué es lo que tengo que hacer. Eres el único al que puedo preguntárselo, estoy convencida de que me indicarás el camino correcto.

Roy se inclinó hacia ella, y deseó poder darle una respuesta. A juzgar por las ojeras que tenía, era obvio que la atormentaba la responsabilidad que Dan había puesto sobre sus hombros.

—Da la impresión de que Dan fue incapaz de seguir soportándolo, y decidió poner el problema en mis manos.

Después de que encontraran su cadáver, pasé semanas sin poder dormir. Al principio creí que se debía a... a otras cosas, y la situación mejoró durante un tiempo, pero el insomnio ha empezado otra vez.

De modo que había pasado a ser ella la que no podía dormir y se levantaba en medio de la noche.

–Siempre he sido una persona optimista, pero últimamente me he sentido bastante... deprimida.

–¿Has ido al médico?

–¿Para qué? ¿Quieres que le diga que mi marido era un asesino, y que se suicidó hace poco? El asesinato se cometió hace treinta y seis años, y podría volver a dividir nuestro país.

Roy suspiró con pesar, porque sabía que lo que decía era cierto.

–Grace, ya te he dicho que no puedo decirte lo que debes hacer.

–Podría destruir la carta, tú y yo somos los únicos que sabemos lo que pone.

–De acuerdo.

–No he venido para que me digas eso.

Era obvio que estaba desesperada, pero él tenía las manos atadas en aquel asunto.

–Te pago para que me aconsejes, para que me digas qué es lo que debería hacer –insistió ella.

–¿Quieres que localice a los compañeros de Dan?

–No sabría por dónde empezar. Dan no me habló nunca de lo que le había pasado en la guerra, y no mencionó a sus compañeros.

De repente, Roy se preguntó si Grace quería saber la verdad.

–Yo podría averiguar quiénes eran –tenía contactos en el Departamento de Defensa, así que sólo era cuestión de hacer un par de llamadas.

Grace vaciló por un instante, y cerró los ojos antes de contestar.

—Me lo pensaré, y ya te diré algo.

—De acuerdo —Roy era consciente de que ella quería una respuesta que no destrozara ni su propia vida ni la de los demás, así que decidió esperar a que tomara una decisión.

Aquel día, Katie cumplía seis semanas. Maryellen estaba bañándola como cada mañana, viendo arrobada cómo movía los bracitos y chapoteaba encantada, y se echó a reír cuando la pequeña le salpicó la cara de agua.

Mientras le ponía un pelele rosa, inhaló el aroma del champú y la loción para bebés. Hacía seis semanas que su vida había cambiado por entero. Su hija le había dado tanto determinación como una profunda felicidad, y tenía ganas de cerrar los ojos y agradecerle a Dios el regalo que le había hecho.

Al oír que llamaban a la puerta, tomó a la niña en brazos y fue a abrir. Las hojas del roble del jardín delantero iban tiñéndose de los profundos tonos otoñales, y habían empezado a cubrir el suelo.

Se sorprendió al ver que se trataba de Jon. Parecía un poco nervioso, pero sonrió de inmediato al ver a Katie.

—Ya sé que hoy no me toca tener a Katie, pero he revelado unas fotos nuevas y quería que las vieras.

Hasta el momento, le había hecho montones de fotos a la pequeña.

—Puedes venir cuando quieras, ya lo sabes.

—La verdad es que la echaba mucho de menos, y lo de las fotos me ha parecido una buena excusa para venir a verla —le ofreció un sobre, y añadió—: ¿Hacemos un intercambio?

Era obvio que sabía que a ella le encantaban sus fotos.

—Trato hecho —Maryellen le pasó la niña, y tomó el sobre.

Cuando entraron en la casa, ella se sentó en el sofá para echarles un vistazo a las fotos, pero le costó prestarles atención, porque estaba ensimismada viendo cómo Jon le hacía carantoñas a la niña. Seguía resultándole muy difícil dejar que se la llevara dos veces por semana, pero era obvio que él adoraba a la pequeña.

De repente, una foto le llamó la atención. Jon la había tomado el día en que ella había ido a su casa. En la imagen, estaba sentada en la mecedora que había en la habitación de Katie. Estaba amamantando a la pequeña de espaldas a la ventana, y la luz parecía envolverla. El alegre mural de los animales quedaba algo borroso en un segundo plano, y Katie y ella eran lo único claro y vívido.

Jon había conseguido captar la ternura y el amor que ella sentía por su hija. Estaba completamente absorta mirando a la pequeña con una sonrisa. Se trataba de una imagen clásica de una madre con su hija, que le recordó a las obras de artistas como Botticelli o Rembrandt.

Maryellen recordó que, la mañana en que se habían tomado aquellas fotos, había bromeado con él y había posado mientras él hacía una foto tras otra, pero no esperaba que el resultado fuera tan espectacular.

—Ya la has encontrado, ¿verdad? —le dijo él.

—¿Cómo lo consigues?, ¿cómo puedes encontrar el momento justo para atrapar el corazón de una mujer? —le preguntó ella con voz suave.

Él frunció el ceño, como si no hubiera entendido la pregunta; de hecho, ni ella misma acababa de entenderla por completo. Ella adoraba a su hija. La quería tanto, que el corazón se le paraba en el pecho sólo con verla, y ése era el amor que Jon había plasmado de forma tan perfecta en aquella imagen.

—Creía que no fotografiabas a personas... aparte de Katie, claro —en ese momento, no pudo evitar recordar la foto que él tenía colgada en su dormitorio.

—Sólo a ti —Jon le dio un beso a la pequeña en la frente—. Si te molesta, no volveré a hacerlo.

En lo concerniente a aquel hombre, Maryellen ya no sabía lo que quería y lo que dejaba de querer. Con él, todo era muy complicado.

—La foto me encanta, Jon. Es preciosa.

—Entonces, es tuya.

Al notar que se le llenaban los ojos de lágrimas, Maryellen se apresuró a girar la cara.

—Maryellen...

—¿Qué?

—¿Por qué estás llorando?

—No lo sé, pero es culpa tuya —su voz se quebró en un sollozo.

Jon se puso de pie, colocó a la niña en el moisés, y empezó a pasearse de un lado a otro; finalmente, fue a sentarse junto a Maryellen, que se negó a mirarlo y luchó por controlar las lágrimas. La mortificaba perder el control de aquella forma.

Él le tocó el hombro con tanta suavidad, que ella apenas lo notó, y le susurró:

—¿No quieres decirme por qué estás llorando?

—No —al notar que él le acariciaba el brazo, sollozó—: ¿Por qué tienes que ser tan maravilloso?

—¿Preferirías que fuera poco razonable y que tuviera mal genio?

—Me he portado fatal contigo. No te dije lo del embarazo, intenté mantenerte apartado de la vida de nuestra hija, y... y tú has sido paciente y maravilloso. Me sacas de quicio... podría llegar a odiarte.

—¿En serio? —la tomó de los hombros, y la giró para que lo mirara a la cara.

—Pensé que podría hacerlo, pero no puedo. No te odio.

Jon empezó a acariciarle el cuello poco a poco, de forma casi hipnótica. Cuando Maryellen entrecerró los ojos y se inclinó hacia él casi sin darse cuenta, él enterró los dedos en su larga melena y le alzó la cabeza hasta que sus bocas quedaron a un suspiro de distancia.

—Después de la forma en que te he tratado, deberías odiarme.

—No te odio, Maryellen —le susurró él.

Maryellen entreabrió la boca, y gimió cuando él le trazó los labios con la lengua. Abrió la boca un poco más, y Jon le rozó los labios con los suyos antes de profundizar el beso. Al notar el sabor salado de sus propias lágrimas, se dio cuenta de que seguía llorando mientras él la besaba. Oyó que le susurraba algo, pero no alcanzó a entenderlo. En ese momento, lo más importante para ella era lo que aquel hombre estaba haciéndole, las sensaciones que la embargaban.

Lo rodeó con los brazos, y se apretó contra su cuerpo musculoso. Los dos estaban jadeando de deseo.

Soltó un gemido de protesta al oír un sonido discordante que se abrió paso por su mente aturdida. No sabía adónde iba a llevarlos aquel estallido de pasión, pero no quería parar. Sintió una oleada de placer cuando Jon le cubrió los senos con las manos temblorosas. Él siguió besándola mientras le desabrochaba la blusa y el sujetador, y cuando trazó uno de sus pezones con el pulgar, ella gimió y echó la cabeza hacia atrás.

Al oír de nuevo un grito de protesta, abrió los ojos de golpe y susurró:

—Katie... es Katie.

Jon se echó hacia atrás. Permanecieron apoyados el uno en el otro durante unos segundos, mientras los dos intentaban recuperar la compostura.

—Has hecho que... que por poco me olvide de la niña —dijo ella.

Él soltó una pequeña carcajada, y dijo en tono de broma:

—¿Qué niña? Ah, sí, la nuestra.

—Exacto.

Maryellen se levantó y se acercó a Katie, que estaba moviendo los brazos y las piernas mientras lloraba y berreaba como si el mundo estuviera a punto de acabarse. Era obvio que, para un bebé, la hora de la comida era sagrada. Se abrochó el sujetador y la blusa de la forma más discreta posible, aunque se dio cuenta de que era una tontería, porque iba a tener que desabrochárselos de nuevo para amamantar a la pequeña.

—¿Crees que la hemos traumatizado de por vida? —le preguntó a Jon, para intentar quitarle hierro a la situación.

—No sé cómo está ella, pero tengo muy claro cómo estoy yo.

—¿Estás... incómodo? —no se le ocurrió cómo decirlo de forma más delicada.

A pesar de sus buenas intenciones, siempre acababa lastimándolo, ya fuera de forma física o emocional. A juzgar por algunos detalles que había notado, tenía la sospecha de que Jon ya había sufrido algunos rechazos dolorosos en el pasado. Ella misma había tenido una vida teñida de angustia, pero como le resultaba imposible revelar su dolor ante nadie, él no sabía nada del tema.

—He estado... incómodo desde la noche en que nos besamos por primera vez.

Maryellen recordaba a la perfección aquel beso. Había sido en Halloween del año anterior. Él la había acompañado hasta el coche, después de una fiesta en la que ella le había presentado a una amiga suya. Había sido un intento patético de conseguir que se liara con otra para poder quitárselo de la cabeza, pero el plan había sido un fracaso absoluto... al igual que el resto de estratagemas que había ideado a lo largo de aquella relación desconcertante que los unía.

—Tengo que darle de comer —mientras tomaba a la niña en brazos, luchó por recuperar la compostura. Se sentó en la mecedora, se desabrochó la blusa y el sujetador, y le ofreció el pecho a la niña, que empezó a mamar de inmediato.

—Bueno, supongo que será mejor que me vaya —comentó Jon.

Maryellen asintió, pero fue incapaz de mirarlo a la cara. Él se le acercó, y le dijo:

—Te dejo aquí las fotos.

—Gracias —le dijo en voz baja. Le costó creer que poco antes hubieran estado besándose y acariciándose con abandono. Se sentía un poco avergonzada por el cruce entre los sentimientos maternales y los sexuales.

—Elige las que quieras para el álbum de Katie, las demás ya me las darás el domingo.

—Gracias —abrazó con un poco más de fuerza a su hija, al recordar que él iría a buscarla para llevársela el domingo.

—Nos vemos el domingo.

—Estaremos esperándote —le dijo, sin alzar la mirada.

Oyó que se alejaba, y que abría la puerta.

—Maryellen...

Cuando lo miró, él luchó por contener una sonrisa y le dijo con suavidad:

—Puedes odiarme siempre que quieras.

Zach Cox bajó la mirada hacia su reloj de pulsera. Aquella noche, le tocaba estar con Allison y Eddie, así que tenía que salir del despacho a las cinco en punto. Cerró una carpeta con impaciencia, y la dejó a un lado. Iba a tener que acabar de calcular las cotizaciones salariales de la tienda Tulips and Things Craft Store al día siguiente.

Justo cuando estaba a punto de marcharse, Janice Lamond apareció en la puerta.

—Señor Cox, ¿podría revisar conmigo el informe trimestral de Jackson? Sólo sería un momento —le dijo, mientras lo miraba con expresión implorante.

Zach tenía la impresión de que su ayudante había adquirido la costumbre de pedirle ayuda cuando faltaba poco para cerrar. Normalmente, no le importaba ayudarla a comprobar sus cuentas, pero no podía perder ni un solo minuto en los días en que le tocaba estar con los niños.

—¿No puede esperar a mañana? —le preguntó, mientras se ponía de pie.

Janice llevaba una minifalda que le llegaba hasta medio muslo y que dejaba al descubierto sus largas y esculturales piernas. Era una prenda demasiado corta y demasiado ceñida. Lo cierto era que Zach no se había dado cuenta hasta hacía poco de cómo iba vestida. Miró hacia la puerta, y notó que el resto de sus empleadas eran mucho más conservadoras a la hora de vestir.

—Sí, claro que puede esperar. Se me había olvidado que esta noche le toca estar con sus hijos.

Zach asintió, y agarró su maletín.

—¿Cómo van las cosas? —le preguntó ella, mientras entraba en el despacho.

—Tan bien como cabría esperar.

De hecho, la situación era tan inconveniente como Zach esperaba. La mayor parte del tiempo, no se acordaba de si le tocaba pasar la noche en la casa o en el piso. Una semana antes, había llegado con una muda de ropa pero sin calzoncillos de repuesto, así que había decidido dejar un par en el maletero del coche.

Como no estaba dispuesto a contarle nada de todo aquello a Janice, acabó de recoger sus cosas y metió en su maletín de cuero varias revistas de negocios que no había tenido tiempo de leer. Rosie le había regalado aquel maletín tres años atrás, en Navidad, y lo había utilizado cada día desde entonces. Hacía bastante que apenas le quedaba tiempo para leer... ni para jugar al golf, ni para salir a correr, ni para realizar las actividades con las que solía entretenerse.

—Hasta mañana —le dijo Janice a regañadientes.

—Sí, mañana le echaré un vistazo a las cuentas —le contestó él, mientras cerraba el maletín.

—¿Qué cuen...? Ah, sí, por poco se me olvidan.

Zach sacó la chaqueta de su traje del pequeño armario empotrado que había en un rincón, y se la puso a toda prisa. Al ver que Janice no se marchaba, le preguntó:

—¿Quería algo más?

—¿Se siente un poco solo a veces? —le dijo, mientras pestañeaba con coquetería.

Por alguna razón, aquel gesto hizo que Zach pensara en arañas.

—¿A qué se refiere, Janice?

—Lo pasé muy mal desde un punto de vista emocional cuando me divorcié, y quería que supiera que entiendo por lo que está pasando. Si alguna vez necesita hablar con alguien, se me da bien escuchar.

—Lo tendré en cuenta —le dijo él con sequedad, a pesar de que no tenía intención alguna de mezclar los negocios con el placer.

Anteriormente, había cometido el error de dejar que las líneas que delimitaban ambas cosas se difuminaran un poco. Todo había empezado de forma inocente... Janice lo había acompañado a comer un día en que Rosie había cancelado en el último momento la cita que tenían, y posteriormente, cuando se había dado cuenta de lo poco razonable que era su mujer, le había pedido a su asistente que le ayudara a buscar un piso. El plan era hacer reaccionar a Rosie, que se diera cuenta de lo equivocada que estaba, pero el tiro le había salido por la culata. Ella se había tomado en serio lo de que quería marcharse de la casa, y había accedido encantada. Janice había conseguido encontrarle un piso adecuado, y las líneas se habían difuminado un poco más cuando él había aceptado un regalo suyo para el piso y la había invitado a comer junto a su hijo.

Janice vaciló por un instante antes de decir:

—Había pensado que podríamos salir a cenar algún día... invito yo.

¿A cenar?, ni hablar.

—Se lo agradezco, pero no creo que sea buena idea que nos vean juntos fuera del despacho.

No pensaba darle a Rosie munición para que pudiera atacarlo, ni excusas para que pudiera lanzarle más acusaciones infundadas a la cara; por desgracia, y debido a la forma en que vivían, era inevitable que coincidieran alguna que otra vez. Era algo que a él no le hacía ninguna gracia, y estaba convencido de que Rosie sentía lo mismo.

—Bueno, otra vez será —Janice lo miró esperanzada.

—Puede —le dijo él, a pesar de que no estaba dispuesto a salir con ella bajo ningún concepto.

Meses antes, Rosie se había empeñado en que él tenía una aventura con Janice. Era una idea ridícula, pero se había negado a creerle cuando él le había dicho que no era cierto; sin embargo, últimamente había empezado a preguntarse si era cierto que Janice había estado intentando cazarlo.

No le hacía ninguna gracia pensar que había sido un inocentón, pero en todo caso, la culpa la tenía Rosie, que había sacado conclusiones precipitadas, se había apresurado a culparlo de todo, y lo había dejado a merced de las atenciones de Janice. Se había comportado como una arpía celosa de forma totalmente injustificada, era algo que lo indignaba. Pero no podía culpar a Janice por lo del divorcio, porque su matrimonio había empezado a tambalearse mucho antes de que su ayudante apareciera en escena.

Zach salió ceñudo del despacho, y se negó a sentirse culpable de nuevo. Su matrimonio se había acabado, y no iba a servirle de nada darles vueltas y más vueltas a los cabos sueltos que habían quedado entre Rosie y él.

Al cabo de un cuarto de hora, ya estaba metiendo el coche en el garaje de su casa, que estaba situada en el número 311 de Pelican Court. Rosie y él habían contribuido a diseñarla, se habían pasado meses revisando planos. A pesar de lo inconveniente que resultaba el acuerdo al que habían llegado, se sentía agradecido por la decisión poco convencional que había tomado la juez, porque así no había tenido que renunciar a su hogar.

Al entrar por la puerta de la cocina, se sorprendió al ver el silencio que reinaba en la casa. Dejó el maletín sobre la encimera, y dijo en voz alta:

—¿Dónde está todo el mundo?

—Aquí, papá —le gritó Eddie, desde la sala de estar. Estaba tumbado boca abajo en el suelo delante de la tele, con el mando de un videojuego en la mano—. Allison está en su cuarto... con un chico.

—¿*Qué?* —Zach se puso hecho una furia. Allison conocía muy bien las reglas, y la más importante era que no podía estar con amigos en la casa a menos que contara con la supervisión de un adulto... y nada de chicos en su habitación, bajo ninguna circunstancia.

—Ve a comprobarlo si quieres —le dijo Eddie.

Sí, claro que iba a ir a comprobarlo. Zach fue prácticamente a la carrera hacia la habitación de su hija, llamó a la puerta con un puñetazo, y abrió sin más. Allison estaba sentada en el borde de la cama, y tenía los brazos alrededor del cuello de un chico. El niñato en cuestión tenía el pelo largo y desaliñado, llevaba una chaqueta negra de cuero y unas botas de motorista que le llegaban a las rodillas, y un collarín negro con púas.

—¡Papá! ¿Qué haces aquí? —Allison lo miró con los ojos como platos.

—Vivo aquí tres días a la semana. ¿Quién es ése? —Zach fulminó con la mirada a aquel adolescente lleno de granos.

—Ryan Wilson. Ryan, te presento a mi padre.

—Hola, Ryan —Zach lo agarró del brazo, y lo puso de pie con un firme tirón—. Encantado de conocerte —sin detenerse a tomar aliento, añadió—: Pero en esta casa hay una serie de normas, y una de ellas es que no pueden entrar chicos en la habitación de mi hija —lo miró con expresión amenazadora, y el joven empalideció de golpe.

—¡Papá!

Zach hizo caso omiso de la protesta de su hija, y añadió:

—Si quieres volver a ver a Allison, te aconsejo que cumplas con mis normas. ¿Está claro, Ryan? —cuando el joven asintió, añadió–: Perfecto –le estrechó la mano con firmeza–. Bueno, pues adiós. Supongo que sabes dónde está la puerta, ¿verdad?

Cuando Ryan salió escopeteado de la habitación, Allison se puso de pie y miró a su padre hecha una furia.

–¿Cómo te atreves?

–Claro que me atrevo, y me atreveré a mucho más. ¿Cómo se te ocurre traer a un chico a esta casa sin que haya un adulto presente?

–¡Yo soy adulta!

Zach estuvo a punto de echarse a reír.

–Puede que lo seas cuando estés viviendo por tu cuenta y pagando tus gastos, pero resulta que por ahora vives en mi casa –se detuvo al darse cuenta de que, técnicamente, aquello no era cierto; según el acuerdo, la casa era tanto suya como de Rosie y de los niños.

–Puedo traer a mi habitación a quien me dé la gana.

–De eso ni hablar, jovencita.

–¿Jovencita? –Allison lo miró con indignación, y se puso roja como un tomate mientras apretaba con fuerza los puños.

Zach se dio cuenta de que aquella conversación se le estaba escapando de las manos, porque tanto Allison como él estaban demasiado enfadados. No iba a resultarles nada fácil, pero tenían que recuperar la calma.

–Hablaremos de esto durante la cena –salió de la habitación, y al cabo de unos segundos, oyó que la puerta se cerraba de un portazo a su espalda.

Para cuando entró en la cocina, estaba temblando de pies a cabeza, así que respiró hondo varias veces y esperó a que el ritmo de su corazón se normalizara.

–¿Qué hay para cenar? –le preguntó Eddie, al entrar en la cocina tras él.

—Perritos calientes.

Era una comida conveniente y fácil de preparar, y no estaba de humor para ponerse a preparar algo más elaborado. Había descubierto que se le daba bastante bien cocinar, y aunque tenía sus puntos débiles... por ejemplo, el pavo con arroz y guisantes, que no le quedaba nada bien... también tenía sus puntos fuertes. A Eddie le daba igual lo que cocinara, pero Allison era más selectiva.

—Anoche ya cenamos eso, papá.

Típico de Rosie, se le había adelantado.

—¿Qué te apetece?

—Espaguetis —le dijo su hijo sin dudarlo.

—Vale.

Zach abrió la nevera para sacar la carne picada, pero no tardó en darse cuenta de que se había acabado. Aquella semana le tocaba a él ocuparse de la compra, así que tendría que haber pasado por la tienda al salir del trabajo. Seguro que Allison había dado por hecho que llegaría un poco más tarde, pero como se le había olvidado que tenía que ir a comprar, la había pillado in fraganti.

—¿Ryan ya había venido otras veces? —no le gustaba sacarle información a su hijo, pero empezaba a sospechar que aquel niñato solía ir a ver a su hija de forma habitual, y en ese caso, iba a encargarse de cortar de raíz aquella situación.

Eddie lo miró por encima del hombro, y se limitó a asentir.

—¿Tu madre lo sabe?

—No, nadie se había enterado hasta hoy.

Zach le dio una palmadita en la espalda, y le preguntó:

—¿Qué te parece si preparo macarrones con queso?

—¿De los de verdad, o de los de sobre?

—¿Qué es lo que tenemos? —Zach empezó a rebuscar en

los armarios de la cocina. Necesitaba preparar algo sencillo mientras decidía lo que iba a hacer respecto a Allison. Era obvio que iba a tener que hablar con ella, y por mucho que le costara llamar a Rosie, iba a tener que hacerlo para pedirle su opinión.

—Tenemos mozzarella rallada —comentó Eddie, que estaba rebuscando en la nevera—. Genial, se funde muy bien.

—Hecho.

Eddie colocó el paquete de queso sobre la encimera, y le dijo:

—No vas a ponerle habichuelas, ¿verdad? Mamá lo hace, está empeñada en que comamos verdura y fruta. Qué asco. Y encima, tampoco nos deja comer pizza.

Zach esbozó una sonrisa.

—Bueno, esta vez no voy a poner habichuelas —mientras ponía una cazuela de agua a calentar, añadió—: Me parece que voy a tener que llamar a tu madre.

—No está en casa.

Su hijo era toda una fuente de información.

—¿Dónde está?

—Tenía una cita —Eddie sonrió de oreja a oreja.

Zach se quedó boquiabierto... ¿Rosie tenía una cita?, ¿con quién? Nadie le había contado nada al respecto.

—¿En medio de la semana? —comentó, para intentar sacarle más información a su hijo.

—Sí, ayer no hablaba de otra cosa. Papá, ¿puedes ayudarme con mis deberes de mates? Son muy difíciles.

—Sí, claro —le contestó, mientras intentaba aparentar indiferencia.

Genial, aquello era genial. Era él el que tenía que intentar encontrar algo comestible para darles de comer a sus hijos, el que tenía que lidiar con la rebeldía de su hija adolescente, el que tenía que ayudar a su hijo con los deberes de matemáticas. Y mientras tanto, su ex mujer disfrutaba de una cita con su nuevo ligue.

Aquella situación no le gustaba ni un pelo.

CAPÍTULO 8

Hacía una mañana espléndida. Era sábado, y un sinfín de hojas amarillentas y anaranjadas revoloteaban bajo la brisa de octubre mientras Grace y Olivia paseaban entre los puestos del mercado.

—¿A qué hora quieres que vayamos al cine? —dijo Olivia.

—La verdad es que no tengo muchas ganas de ir —le contestó Grace.

—¿Por qué?

—Por el amor de Dios... puedes ir sin mí, ¿no?

Olivia la miró con suspicacia al notar su nerviosismo. Era obvio que Grace estaba tramando algo, y que fuera lo que fuese, a ella no iba a gustarle. Se detuvo en uno de los puestos para comprar un poco de pan con pasas casero, y lo guardó con actitud serena en su bolso de paja.

—Vale, de acuerdo, te lo contaré —le dijo Grace al fin.

A juzgar por su tono de voz, daba la impresión de que la habían torturado para sacarle la verdad, y Olivia no se molestó en comentar que no le había preguntado nada.

—Jack va a ir al cine.

—¿Jack? —Olivia la miró boquiabierta.

—Sí, Jack, ¿te acuerdas de él? Me llamó para pedirme que lo arreglara todo.

Olivia se dijo que aquello era una ridiculez. No entendía cómo era posible que Jack hubiera decidido hablar con su mejor amiga, en vez de directamente con ella.

—¿Te acuerdas del mes pasado, cuando rechazaste la invitación a cenar de Stan?

Claro que se acordaba. Su rechazo había molestado a Stan, pero los problemas que pudiera tener con su ex marido la preocupaban mucho menos que la actitud distante de Jack.

—Se suponía que Jack iba a encontrarse con nosotras en el cine aquel viernes, pero al final no pudo ir.

—¿De qué va todo esto? —Olivia intentó aparentar indignación, a pesar de que no estaba realmente molesta. Había empezado a darse cuenta de que necesitaba toda la ayuda posible en el tema del romanticismo... aunque lo cierto era que su amiga tampoco era una experta, y tenía sus propios problemas.

—Jack cubre los partidos de rugby del viernes por la noche. Se suponía que Gordie iba a sustituirlo aquella noche, pero le salió un imprevisto y no pudo.

Siguieron paseando por el mercado, y se les hizo la boca agua cuando el viento llevó hacia ellas el delicioso olor de palomitas de maíz recién hechas.

—A Jack no le hizo ninguna gracia, y desde entonces no deja de darme la lata. Quiere que vuelva a llevarte al cine para poder verte, pero entre su horario, el tuyo, y el mío... en fin, es muy difícil compaginarlos los tres, así que he decidido contarte lo que pasa y punto.

—Ya va siendo hora de que aclare la situación con él, ¿verdad? —Olivia estaba deseando arreglar las cosas con Jack. Habían dejado que la situación se alargara de forma innecesaria, y no entendía por qué no la había llamado... los hombres siempre se empeñaban en complicarlo todo.

–Claro que sí. Los dos sois muy tercos, arreglad las cosas de una vez.

Olivia la miró con incredulidad, porque Grace no solía ser tan mandona. Al ver lo segura que parecía, se sintió reconfortada.

El viento estaba arreciando, y el cielo cada vez más nublado presagiaba lluvia inminente.

–Vas a ir al cine, ¿verdad? –le preguntó Grace.

–¿Cómo sabrá él la película que voy a ver? –ni siquiera lo había decidido aún.

–Es un tipo listo, se las arreglará.

–Si fuera tan condenadamente listo, habría...

–Olivia, ¿piensas discutir conmigo, o vas a aceptar mis consejos?

Antes de contestar, había un par de preguntas que Olivia quería hacerle a su amiga.

–¿Cómo van las cosas entre Cliff y tú?

–No van. Después de que encontraran a Dan, le dije que necesitaba tiempo para recuperarme, y él lo entendió.

–Hace bastante que no os veis, ¿verdad?

–Hablamos cada semana. Él viaja bastante últimamente, y está construyendo otro granero.

–¿Por qué?, ¿piensa ampliar el negocio?

–Sí. Se ha tomado muy en serio lo de criar cuartos de milla, y está ampliando la manada. El sábado estuvimos hablando, y me comentó que estaba planteándose contratar trabajadores a jornada completa –pareció a punto de añadir algo, pero se calló en el último momento al darse cuenta de la estratagema de su amiga. Se volvió a mirarla, y le dijo–: ¿Vas a ir al cine esta tarde, o no? –como Olivia se limitó a encogerse de hombros, se echó a reír y comentó–: Sí que vas a ir, y a juzgar por tu sonrisa, estás deseándolo.

Aquello era cierto. Olivia no sabía cómo iba a ingeniárselas Jack para descubrir la hora a la que iba a ir al cine y la película que iba a ver, pero tal y como Grace había dicho, seguro que se las arreglaría.

Al final, su amiga acertó de pleno. Cinco minutos después de que Olivia se sentara, mientras comía palomitas y esperaba a que empezara la película, Jack Griffin entró en la sala. Estaba igual que la última vez que lo había visto. Llevaba su típica gabardina oscura, unos pantalones beis, y un jersey negro de cuello alto. Pasó junto a la fila en la que estaba sentada como si no la hubiera visto, y se sentó tres filas por delante de ella.

Si pensaba que iba a ser ella la que diera el primer paso, podía esperar sentado. De repente, pareció darse cuenta de que se le había olvidado algo, y se levantó del asiento. Echó a andar hacia la puerta, pero se detuvo en seco y la miró como si acabara de darse cuenta de su presencia.

—Vaya, si es la juez Lockhart.

—Jack Griffin... qué sorpresa tan agradable —Olivia le siguió el juego, y no pudo evitar ruborizarse. Era fantástico volver a verlo, y en ese momento, se dio cuenta de cuánto lo había echado de menos... incluso más de lo que ella misma esperaba.

—¿Qué haces sola en el cine, y en un sábado por la tarde? —le preguntó él, como si no supiera la respuesta.

Olivia decidió que había llegado el momento de dejarse de juegos, y de ceñirse a la verdad.

—¿No lo sabes? —lo miró con una gran sonrisa, y admitió—: He venido por ti.

—¿Por mí? —él la miró con una expresión de sorpresa que podría haberle valido un premio como mejor actor.

—Grace me dijo que estarías aquí.

—Y a mí me dijo que tú estarías aquí —le confesó él, con una carcajada. Al ver que las luces se apagaban, se acercó más a ella y le dijo—: ¿Te importa que me siente a tu lado?

—Claro que no, esperaba que lo hicieras.

No hizo falta que lo repitiera. Estaba tan ansioso, que prácticamente saltó por encima de ella para sentarse a su lado. En cuanto lo hizo, alargó la mano para intentar agarrar un puñado de palomitas, pero Olivia le dio una palmadita y le dijo:

—Espera a que te las ofrezca.

Él le lanzó una mirada dolida, y cuando ella le ofreció la bolsa, se apresuró a meter la mano y comentó:

—No podrías comértelas todas tú sola.

—Claro que podría.

—¿Siempre eres tan mandona?

—Sí. Si no te has dado cuenta hasta ahora, es porque no has prestado atención.

—¿Imparten en algún sitio clases para hacer las paces?

—Podría dártelas yo —le dijo ella, sonriente.

—Te he echado de menos —le dijo él, mientras agarraba otro puñado de palomitas.

Olivia sintió que se le formaba un nudo en la garganta, y le contestó con voz un poco ronca:

—Yo también.

La mujer que estaba sentada en la fila de delante, a varios asientos de distancia de ellos, se volvió a mirarlos con impaciencia.

—Siento interrumpir un reencuentro tan emotivo, pero me gustaría poder oír la película.

—Perdón —le dijo Olivia en voz baja. Se sintió mortificada por el hecho de que le hubieran llamado la atención en el cine, y pensó esperanzada que quizá la luz tenue bastaría para que nadie pudiera reconocerla.

Jack se irguió un poco, se inclinó hacia la mujer que se había quejado, y le dijo como si nada:

—Ha sido culpa de Olivia. Empezamos a salir juntos hace cuatro meses, y...

—¡Jack! —Olivia agarró la manga de su gabardina, y empezó a tirar de él—. No hace falta que le cuentes en detalle nuestro malentendido.

Al ver que él seguía charlando con la desconocida como si fuera una amiga de toda la vida, Olivia se hundió todo lo que pudo en su asiento.

Cuando la publicidad previa a la película terminó, Jack se volvió de nuevo hacia ella y le dijo:

—Marion, te presento a Olivia. Olivia, Marion.

—Hola —Olivia esbozó una sonrisa forzada, y la saludó con la mano.

Marion le devolvió el saludo, y le dijo con cordialidad:

—Me alegro de que volváis a estar juntos, y de que tu amiga sobreviviera.

—¿Qué? —Olivia la miró desconcertada, y se preguntó si la había oído mal.

—Disfruta de la película —le dijo Jack a la desconocida, antes de volver a sentarse bien.

—¿Qué le has dicho? —le preguntó, a pesar de que la respuesta era obvia: Jack se había inventado otra de sus historias descabelladas. Tendría que haberse dedicado a escribir novelas de ficción, en vez de artículos de periódico. Al ver que no le contestaba, le dio un codazo.

—Shhh... —él siguió con la mirada fija en la pantalla, pero la miró de forma fugaz cuando se volvió para agarrar más palomitas.

Olivia se relajó, y soltó un suspiro al cabo de unos segundos. Era fantástico volver a estar junto a él. No habían aclarado nada, ni habían hablado sobre temas que antes le parecían importantes, pero ya no estaba segura de que hiciera falta hacerlo.

Estaba tan inmersa en sus pensamientos, que no se dio cuenta de que Jack le había quitado la bolsa de palomitas hasta que alargó la mano para agarrar unas cuantas.

—¡Mis palomitas!

—No deberías comer más —le dijo él.

—¿Por qué no?

—Porque no tendrás hambre cuando te lleve a cenar después de la peli.

—Ah —la respuesta era convincente, pero no aclaraba por qué él siguió comiendo palomitas sin parar—. ¿Y tú qué?

—Siempre tengo hambre.

Olivia apoyó la cabeza en su hombro, y él dejó a un lado las palomitas y la rodeó con un brazo. Como un par de adolescentes enamorados, juntaron las cabezas y se dieron la mano.

Olivia se sentía como en una nube, y no habría sabido decir de qué iba la película.

El repiqueteo de la lluvia contra la ventana del piso despertó a Rosie el domingo por la mañana. Cerró los ojos e intentó volver a dormirse, pero no lo consiguió. Estaba completamente despierta, a pesar de que la noche anterior había tardado horas en poder conciliar el sueño.

Los fines de semana eran lo peor. Entre semana estaba en el colegio cada día, así que le resultaba fácil dejar a un lado el tema del divorcio y de la custodia compartida, pero durante los fines de semana lo pasaba fatal. Le repateaba que Zach estuviera en casa los viernes y los sábados. Se había sentido satisfecha cuando había accedido a cederle los fines de semana, porque creía que con los niños a él no le quedaría demasiado tiempo para socializar. No sabía si él se había dado cuenta de su estratagema, pero le gustaba fastidiarlo al máximo, sobre todo en lo relativo a su relación con Janice Lamond.

Después de ponerse una bata, fue a la cocina y se preparó un café; en teoría, no le tocaba ir a casa hasta las cinco de la tarde. Aquella situación era un despropósito... tener que ir de casa en casa carecía de sentido, la juez Lockhart debía de haber enloquecido.

Al oír que la lluvia arreciaba, la recorrió un escalofrío. La bata que llevaba puesta era de verano, así que no bastaba para protegerla del frío durante las mañanas de otoño. Solía hacerse unos líos enormes, porque como tenía ropa tanto en casa como allí, la mayor parte de las veces no tenía ni idea de dónde estaba cada cosa.

La mañana se extendía ante ella, vacía y desalentadora. Un año antes, estaba tan ocupada con su trabajo de voluntariado, que apenas le quedaba tiempo para preparar la cena de su familia, pero como tantas otras cosas, su labor de voluntaria había quedado a un lado por culpa del divorcio. Había tenido que renunciar a todos los puestos de voluntaria que ocupaba, y ni siquiera la echaban de menos.

Les habían transferido a otras personas las responsabilidades que en otra época habían sido tan importantes para ella, y ya no le quedaba más remedio que ir de un colegio a otro. Durante el día estaba atareada ejerciendo de maestra, y en las noches en que no le tocaba estar con sus hijos, se sentía muy sola. Las palabras de una juez habían bastado para cambiar su vida por completo.

La mayoría de sus amigas estaban casadas, y al parecer, ya

no tenían tiempo para ella. Un año atrás, siempre tenía reuniones pendientes, gente con la que hablar, y planes cada noche, pero se había quedado sola con la culpa, las dudas, y el dolor.

Cuando acabó de beberse la taza de café, se duchó y se puso a leer el *Bremerton Sun* y el periódico local, pero no encontró casi nada que la interesara. En *The Cedar Cove Chronicle* había un artículo sobre el hombre que había aparecido muerto en el Thyme and Tide, pero no ofrecía demasiadas novedades.

Cerró los ojos, e intentó recordar cómo habían sido las cosas antes de... de sus problemas matrimoniales, antes del divorcio.

Las mañanas de los domingos siempre habían sido caóticas, porque todos tenían que prepararse para llegar a tiempo a la iglesia. Ella formaba parte del coro, pero lo había dejado tras el divorcio, porque tenía miedo de tener que admitir ante sus amistades la mentira que había estado viviendo.

Al darse cuenta de lo mucho que echaba de menos ir a misa, se planteó volver... no podía ir a la misma iglesia, claro, pero podía ir a algún sitio nuevo y empezar de cero. Le habían hablado muy bien de Dave Flemming, el reverendo metodista, y era posible que ir a la iglesia la ayudara a lidiar con el caos en que se había convertido su vida. Necesitaba un punto de apoyo, y cuanto antes.

Decidió hacerlo, así que llamó por teléfono para informarse de los horarios de las misas, y se dio cuenta de que podía llegar a la de las nueve si se marchaba de inmediato.

Dejó el coche en el aparcamiento, que estaba casi lleno, y al salir del vehículo vio a varios conocidos, entre ellos a Bob y Peggy Beldon, los propietarios de la pensión, y a los padres de varios de sus alumnos. Le habría gustado ver a

Bruce Peyton y a su hija, pero al parecer iban a otra iglesia. Bruce le caía muy bien. Habían charlado en varias ocasiones, y hasta habían cenado juntos una vez, mientras una vecina se encargaba de cuidar a Jolene. El dolor que ambos sentían era un vínculo que compartían, pero quizás era lo único que tenían en común.

La música ya había empezado cuando entró y se sentó en una de las filas del fondo. Los días en que caminaba por el centro del pasillo con orgullo junto a su esposo y sus hijos habían quedado atrás... su respetabilidad se había esfumado, como tantas otras cosas, por culpa del divorcio.

Estaba muy baja de moral, pero la música logró animarla un poco. Escuchó con atención el sermón, pero al cabo de un rato, empezó a tener la sensación de que alguien la observaba. Miró por encima del hombro con disimulo, y se quedó helada al ver a Zach y a Eddie sentados a dos filas por detrás de ella.

En Cedar Cove debían de haber unas quince iglesias, ¿cómo era posible que Zach y ella hubieran elegido la misma, y justo en el mismo domingo?

Contuvo un gemido de frustración. No estaba segura en ningún sitio, ni siquiera en una iglesia estaba libre de los recuerdos del pasado.

Cuando la misa terminó, Zach la esperó en la calle, y le dijo con actitud defensiva:

—No sabía que estarías aquí.

—Lo mismo digo. Mira, Zach... estamos divorciados. Tú tienes tu vida, y yo la mía. Es la primera vez que vengo a esta iglesia, así que no me importa ir a otra.

—¡Hola, mamá! —Eddie se acercó a ellos a la carrera—. Papá, mi amigo Joel me ha invitado a comer a su casa, ¿puedo ir? —miró al uno y a la otra con expresión esperanzada, y añadió—: Mamá, a ti te parece bien, ¿verdad?

Como su hijo estaba bajo la tutela de su padre hasta las cinco, Rosie decidió dejar la decisión en sus manos.

–Quiero que me des su dirección y su número de teléfono –le dijo Zach al niño.

–¿Quieres conocer a sus padres? –le preguntó él.

–Sí. Ahora mismo voy, antes quiero hablar con tu madre.

–Vale –Eddie sonrió de oreja a oreja, y echó a correr hacia un grupo de gente.

–Me aseguraré de que esté en casa antes de las cinco –dijo Zach.

–De acuerdo. Como ya te he dicho, en lo que respecta a lo de la iglesia...

–No me importa, también es la primera vez que nosotros venimos.

–Eddie ya tiene a un amigo aquí, así que iré a otro sitio. Por cierto, ¿dónde está Allison? –Rosie supuso que su hija también estaba con alguna amiga, y miró a su alrededor. En el pasado, cuando iban a misa juntos, la joven siempre se sentaba lejos de ellos.

–No ha venido.

Rosie empezó a enfadarse. Su hija estaba de un humor de perros desde que Zach la había pillado con su novio en la habitación.

–¿Has dejado que se quede en casa?

–No quería venir, y he pensado que obligándola sólo conseguiría empeorar aún más las cosas.

Zach se tensó como si pensara que ella iba a regañarlo, pero lo cierto era que Rosie se alegró de que, por una vez, fuera él quien tuviera que batallar con Allison.

–¿Sigues teniendo problemas con ella? –le preguntó, para ver si lo admitía.

–Algunos. ¿Y tú?

—Unos pocos.

—A lo mejor deberíamos quedar para hablar de ella —le dijo él.

—¿Cuándo?

—Cuando te vaya bien.

—¿Ha hecho alguna otra cosa, aparte de llevar a Ryan a su habitación?

—No lo sé, pero me parece que es importante que tú y yo hablemos de los niños de forma regular.

Rosie tuvo que admitir a regañadientes que tenía razón, y decidió que era mejor zanjar el tema cuanto antes.

—¿Qué te parece ahora mismo?

—Vale.

Al cabo de un cuarto de hora, estaban sentados el uno frente a la otra en el Pancake Palace. Eddie estaba con su amigo Joel, y habían quedado en que Zach iría a buscarlo más tarde. Como estaban ocupando una mesa y el local estaba abarrotado, Rosie se sintió obligada a pedir algo más que una taza de café, así que cuando la camarera se acercó para tomarles nota, le pidió una taza de café, dos huevos con tostadas, y la cuenta de su consumición. Zach pidió lo mismo, además de su propia cuenta.

Después de que ambos dejaran claro que cada uno iba a pagarse su propio desayuno, él se volvió a mirarla y le dijo:

—¿Qué sabes sobre Ryan?

—No mucho. Sus padres están divorciados, y vive con su madre.

—Y por lo que se ve, a ella le parece bien que su hijo se agujeree todo el cuerpo —comentó él, ceñudo.

—Eso parece.

Eso era algo que a Rosie no le hacía demasiada gracia. Ryan llevaba seis pendientes, y un *piercing* en la lengua. Se le revolvió el estómago al imaginárselo besando a su hija.

—No ha vuelto por casa desde que hablé con él —comentó Zach con satisfacción.

Ella no estaba demasiado convencida de que fuera así, pero no quiso decir nada que pudiera romper aquella frágil tregua, así que se limitó a comentar:

—Esta semana estuve hablando con su madre.

—¿Qué te pareció?

A juzgar por la breve conversación que había mantenido con ella, a Rosie le había dado la impresión de que las dos tenían opiniones bastante opuestas.

—Se puso bastante a la defensiva. Le dije que prefería que hubiera un adulto presente cuando Ryan viniera a casa, y me dijo que estaba siendo demasiado protectora.

—Eso no es asunto suyo.

—No, pero tengo la impresión de que no va a cooperar demasiado con nosotros.

—Sí, eso parece —Zach estaba muy serio.

Rosie se sintió aliviada al poder hablar del tema con él, y en ese momento se dio cuenta de que el nerviosismo y la intranquilidad que habían estado atormentándola se debían en gran medida al comportamiento de Allison.

—¿Te acuerdas del año pasado, cuando te conté lo de la hija de los Harrison? —cuando Zach negó con la cabeza, le explicó—: Iba al instituto, y se quedó embarazada de gemelos.

Él empalideció de golpe, y farfulló:

—No creerás que... —ni siquiera fue capaz de acabar la frase.

—No lo sé, Zach. Puede que no lo sepamos con certeza hasta que ya sea demasiado tarde.

Sus palabras tuvieron el efecto esperado en su ex marido. Era indudable que tanto la rabia como el resentimiento de Allison iban acrecentándose cada vez más. Aquel chico no era una buena influencia, y era posible que el futuro de su hija estuviera en peligro.

—Estoy preocupado por ella —admitió Zach en voz baja.

—Yo también. No se tomó bien lo del divorcio, y está pagándolo con nosotros. No sé qué es lo que puede llegar a hacer, tengo la impresión de que apenas la conozco.

CAPÍTULO 9

Olivia estaba feliz. El domingo de su cumpleaños se despertó temprano, y remoloneó en la cama mientras acababa de despertarse. Le costaba creer la edad que tenía. Se dijo que, como cada año, debería sopesar los logros que había obtenido y los objetivos que se había marcado... sí, eso era lo que debería hacer; al fin y al cabo, los cumpleaños eran una buena oportunidad para que uno valorara su propia vida.

Pero en vez de estar pensando en valoraciones, estaba sonriendo de oreja a oreja mientras recordaba cómo se había encontrado «casualmente» a Jack en el cine. Se lo habían pasado muy bien juntos. Él tenía la habilidad de hacer que se riera, y eso era algo que ella valoraba mucho. Los dos habían dejado de fingir, y había quedado clara la felicidad que ambos habían sentido al verse de nuevo.

Habían pasado toda la tarde juntos. Al salir del cine, habían ido a cenar al Taco Shack y habían hablado durante horas de todo... menos de un tema en concreto: Stan. Jack no le había preguntado nada sobre su ex, y ella no lo había mencionado en ningún momento. Había dado la impresión de que ninguno de los dos quería arriesgarse a decir algo que pudiera empañar la relación que los unía.

Al salir del restaurante, se habían pasado media hora más charlando en el aparcamiento, y al final se habían despedido a regañadientes.

A pesar de que el año anterior Jack le había dado un regalo por su cumpleaños, estaba convencida de que se le había olvidado la fecha. A lo mejor tendría que haberlo mencionado de forma sutil, y quizás otra lo habría hecho, pero ella no tenía intención alguna de informarle que estaba a punto de cumplir un año más.

Su madre se había empeñado en prepararle el desayuno, así que fue a verla a su casa después de ir a misa.

—¡Entra, Olivia! —le dijo Charlotte desde la cocina, al oírla llegar. Harry, su gato guardián, estaba repantigado en el alféizar de la ventana, disfrutando del sol otoñal.

Cuando le llegó el olor de las galletas de canela recién hechas, Olivia sintió que se le hacía la boca agua.

—Felicidades, cariño —le dijo su madre, sonriente, cuando salió de la cocina. Le dio un fuerte abrazo, y añadió—: Estás fantástica.

—Gracias, mamá —Olivia no estaba preparada para admitir que Jack era el responsable del brillo que había en sus ojos, sobre todo porque sabía que la respuesta de su madre sería un firme «ya te lo dije».

—Está todo listo —le dijo Charlotte, antes de volver a la cocina.

La mesa del comedor estaba preparada con la vajilla de las ocasiones especiales, y había dos copas de cristal llenas de zumo de naranja. Al oír que su madre canturreaba en la cocina, Olivia se dio cuenta de que parecía estar de muy buen humor.

—¿Quieres que te ayude, mamá?

—Sólo me falta llevar la comida a la mesa. Te he preparado beicon, huevos, patatas, y tus galletas de canela favoritas.

Olivia contuvo las ganas de sonreír. Aquellas galletas eran las favoritas de su madre, pero como le parecía una pérdida de tiempo cocinarlas para ella sola, aprovechaba cualquier excusa para hacerlo... como el cumpleaños de su hija.

—Qué buena pinta —Olivia se sentó, y contempló el banquete que tenía ante sus ojos.

Su madre bendijo la mesa, y mientras empezaba a servir la comida, le preguntó:

—¿Quieres que te hable del día en que naciste?

—¡Mamá, tengo cincuenta y cinco años! Llevo oyendo esa historia desde pequeña, así que me la sé de memoria. Sé que papá tuvo que llevarte corriendo al hospital a las nueve de la noche, que estuviste de parto durante veinte horas, que al día siguiente hubo una gran tormenta y nadie pudo visitarte hasta que pasó. Y también sé que me pasé tres horas enteras llorando... al menos, según tú.

—Es la pura verdad —le dijo Charlotte con testarudez.

Olivia se echó a reír. Por muy absurdo que pareciera, ella misma le había transmitido aquella tradición a sus propios hijos. En el último cumpleaños de James, lo había llamado por la mañana y le había descrito en detalle el día en que había nacido. Después de escucharla con paciencia, su hijo le había recordado que ya le había contado todo aquello, casi palabra por palabra, el año anterior.

Mientras desayunaban, empezaron a charlar animadamente sobre la familia y las amistades; de repente, su madre comentó como si nada:

—Invité a Ben Rhodes a que viniera a desayunar con nosotras, pero ya tenía otros planes para esta mañana.

Olivia recordaba vagamente que su madre ya había mencionado en varias ocasiones a aquel tal Ben. No le extrañó demasiado que hubiera invitado a un desconocido a aquel desayuno tan especial, porque era algo que encajaba a la perfección con su forma de ser. Su madre coleccionaba gente, al igual que otras mujeres coleccionaban tazas o broches.

Tom Harding, el abuelo nonagenario de Cliff, era un claro ejemplo de ello. Varios años atrás, su madre y él se habían hecho buenos amigos, y se habían comunicado sin problemas a pesar de que él había perdido el habla a causa de un derrame cerebral. Charlotte tenía el don de saber acercarse a aquéllos que estaban más necesitados de atención y compañía.

—Justine y Seth me han invitado a cenar —comentó, para desviar el tema del último proyecto de caridad de su madre.

—Sí, ya lo sé.

—Y la semana que viene, voy a ir a comer a Seattle con Grace.

Su madre asintió, pero pareció un poco dolida al ver que no mostraba interés por su nuevo amigo.

—Ben vendrá a buscarme dentro de un rato, vamos a pasear al campo de calabazas.

A Olivia le pareció un poco raro que dos personas mayores pensaran hacer algo que tradicionalmente se consideraba propio de familias jóvenes, pero decidió no hacer ningún comentario. Se dijo que el amigo de su madre debía de estar senil, y que disfrutaba de aquel tipo de actividades porque su mente había regresado a la infancia.

—Espero que os lo paséis bien, mamá.

—De eso se trata.

Olivia tuvo la impresión de que su madre se sonrojaba, pero se dijo que eran imaginaciones suyas. Más tarde, cuando fue a casa de su hija, no pudo evitar preguntarle al respecto.

—¿Has notado algo extraño en tu abuela últimamente?

Justine, que estaba atareada removiendo la sopa, alzó la mirada y le preguntó:

—¿Por qué lo dices?

Olivia tomó en brazos a su nieto, y empezó a darle suaves palmaditas en la espalda mientras paseaba de un lado a otro de la cocina. Leif balbuceó sonriente, y por un momento se quedó embobada mirándolo. Al darse cuenta de que Justine estaba esperando una respuesta, volvió al tema de su madre.

—Esta mañana hemos desayunado juntas, y me ha dado la impresión de que... no sé, parecía como si tu abuela estuviera ocultándome algo.

—¿El qué? —al ver que Olivia se encogía de hombros, comentó—: He estado muy ocupada últimamente con el restaurante y con Leif, así que no he tenido tiempo de darme cuenta de nada.

—Seguro que no es nada, pero después del susto que tuvimos el año pasado con lo del cáncer, prefiero tenerla vigilada.

—Sí, yo también. Es que en este momento apenas tengo tiempo libre —Justine era una persona muy responsable que siempre estaba dispuesta a asumir sus propios defectos, ya fueran reales o imaginarios.

—No eres la guardiana de tu abuela, cariño. Presta atención cuando la veas, y yo haré lo mismo.

Alguien llamó a la puerta justo cuando Justine estaba apartando la cazuela del fuego. Seth, que estaba acabando de poner la mesa, fue a abrir.

Se trataba de Stan, que llegaba con un ramo de flores y una botella de vino en ristre.

—No llego tarde, ¿verdad? —dijo, al entrar en la casa—. Felicidades, Olivia —se acercó a ella, y la besó en la mejilla.

—¿Qué haces aquí, papá? —a juzgar por su expresión de sorpresa, era obvio que la visita también era una sorpresa para Justine.

—Me han entrado ganas de venir a la fiesta de cumpleaños. No os importa, ¿verdad? —les dijo a su hija y a su ex mujer, muy sonriente.

Justine fue la primera en recuperarse.

—Claro que no.

Mientras Seth se apresuraba a añadir otro cubierto más, Olivia miró a su ex marido con frialdad y le dijo:

—Hola, Stan —era la primera vez que hablaba con él desde que había rechazado su invitación a cenar... a cenar, y a compartir una habitación de hotel.

Justine colocó el ramo de flores en un jarrón, y lo puso en el centro de la mesa.

Leif se había quedado dormido, así que Olivia lo metió en su cuna y fue a sentarse a la mesa. La comida estaba deliciosa, y aunque no pudo evitar sentirse un poco tensa al principio, empezó a relajarse a lo largo de la velada, quizá gracias al vino. Fuera como fuese, pronto estuvo riendo y bromeando con los demás, y la situación empezó a parecerle... natural, casi como si Stan y ella no se hubieran divorciado nunca. Se le había olvidado lo ingenioso y divertido que podía llegar a ser su ex.

Cuando Seth y Justine fueron a la cocina para preparar el café, Stan se volvió hacia ella y le dijo:

—Bueno, ¿vas a perdonarme?

Olivia no se molestó en fingir que no sabía de qué estaba hablando, y le contestó:

—No hay nada que perdonar.

—Me parece que me precipité un poco.

—Tu problema es que necesitas a una mujer que te adore, Stan.

Él se echó a reír, y alzó su copa de vino vacía en un brindis silencioso.

—Tú me adorabas hace tiempo, y espero que vuelvas a hacerlo... porque el sentimiento sería mutuo.

Olivia se sintió halagada, pero con el paso de los años había madurado y era más difícil engañarla. En el pasado había amado a Stan con toda su alma, pero su matrimonio no había sobrevivido a la muerte de su hijo. El divorcio había sido un golpe emocional muy duro del que había tardado años en recuperarse; de hecho, seguía sintiendo una profunda tristeza al recordar el verano de 1986.

—Me equivoqué, y quiero resarcirte —le dijo él, en voz más baja.

Olivia estuvo a punto de echarse a reír, pero logró mantener la compostura.

—Hay más mujeres en el mundo, Stan.

—No me digas que estás interesada en ese periodista, Olivia. Es obvio que no es el hombre adecuado para ti.

—Me parece que eso es cosa mía.

Stan se echó hacia atrás en su silla, se cruzó de brazos, y negó con la cabeza como indicando que no podía imaginársela con Jack.

—Es un bala perdida. Lo sabes, ¿verdad?

Olivia no compartía su opinión, pero como no estaba dispuesta a discutir con él sobre otro hombre, permaneció callada; afortunadamente, Justine y Seth regresaron de la cocina con el café y la tarta de cumpleaños, y no se habló más del tema.

Aquella noche, cuando llegó a casa después de un día de celebraciones, encontró dos mensajes en el contestador. El primero era de James y de su esposa, Selina, que la felicitaban por su cumpleaños. El segundo era de Jack.

Decidió devolverle la llamada a él primero. Se sintió halagada al ver que respondía de inmediato, porque tuvo la sensación de que había estado esperando junto al teléfono a que lo llamara.

—Hola, ¿dónde has estado todo el día? —le preguntó él.

—Fuera.

—Sí, ya lo sé. Te he llamado seis veces, y he pasado por tu casa una vez.

—¡Jack!

—Quería verte. Supongo que no debería admitirlo, pero es la verdad. Y sigo queriéndolo.

—Ya es muy tarde.

—Sí, ya lo sé —le dijo él, a regañadientes—. ¿Dónde has estado?

—Es mi cumpleaños, así que he ido a cenar a casa de Justine y Seth.

—¿Tu cumpleaños? Mierda, se me había olvidado. Vas a perdonarme, ¿verdad?

—Sí, si no me preguntas cuántos años he cumplido.

Él se echó a reír y, al cabo de unos segundos, le preguntó con aparente naturalidad:

—¿Ha ido alguien más a la cena?

Era obvio que quería saber si su ex marido había estado allí. Tenía la opción de mentirle para evitar otro malentendido, pero a pesar de que sabía que se arriesgaba a irritarlo justo cuando acababan de reconciliarse, ni podía ni quería mentirle.

—Stan se ha presentado de improviso.

—Y seguro que llevaba regalos, ¿verdad?

—Unos cuantos.

—¿Flores?

—No tan bonitas como las que tú me mandaste —había optado por dejar el ramo que le había regalado Stan en casa de Justine.

—¿Y caramelos?

—No, nada de caramelos.
—¿Vino?
—Sí, una botella.

Jack masculló algo ininteligible en voz baja, y le dijo:

—¿Aún quieres que me ponga un par de guantes de boxeo y que me pelee con él?

—No quería que te pelearas con él, sino que me demostraras que sientes algo por mí.

—Vale. ¿Quieres que le llame por teléfono, o prefieres hacerlo tú?

—¿Para qué quieres llamarle? —le preguntó, desconcertada.

—Me parece que voy a tener que aclarar la situación con él, de hombre a hombre.

—¡Eso es una ridiculez! Estás bromeando, ¿verdad?

Él tardó unos segundos en contestar. A Olivia le pareció oír que estaba dando puñetazos al aire... al menos, era obvio que estaba moviéndose inquieto.

—Podrías declararme vencedor sin más —le dijo él al fin, con tono esperanzado.

—Sí, podría, pero antes tienes que ganarte mi beneplácito.

Jack soltó un gemido lastimero, y le dijo:

—¿Y cómo se supone que voy a hacerlo?

—¿Es que no lo sabes? —Olivia fingió sentirse sorprendida.

—Pues me parece que no, pero analizaré el tema con calma.

—Perfecto —Olivia soltó una carcajada, y añadió—: Me da la impresión de que serás capaz de idear algo —sonrió encantada. Era fantástico volver a tener a Jack en su vida.

CAPÍTULO 10

Maryellen retomó su trabajo en la galería de arte durante la última semana de octubre, con la misma jornada laboral de nueve a cinco, así que el lunes por la mañana fue a dejar a su hija en casa de su hermana.

—Estará bien —le aseguró Kelly, al ver que vacilaba en la puerta con nerviosismo.

—Me llamarás si hay algún problema, ¿verdad?

La niña sólo tenía diez semanas, y dejarla era incluso más duro de lo que se había imaginado. Aunque seguía resultándole difícil dejar que Jon se la llevara, había dado por hecho que le costaría menos dejarla en manos de su hermana, pero la idea de estar separada de su hija durante más de ocho horas al día hizo que se le llenaran los ojos de lágrimas.

—Todas las madres pasamos por esto —le dijo Kelly—. Nos resulta muy duro apartarnos de nuestros hijos, aunque sepamos que van a estar muy bien cuidados.

—Normalmente, hay que darle de comer a eso de las diez —le dijo Maryellen, a pesar de que ya se lo había explicado todo dos veces. Antes de salir de casa, se había extraído leche suficiente para llenar varios biberones.

—Sí, ya lo sé. Si no te vas ya, llegarás tarde al trabajo.

Maryellen sabía que su hermana tenía razón, pero permaneció indecisa durante unos segundos más; finalmente, dio media vuelta y fue a toda prisa hacia el coche, para no darse tiempo a cambiar de idea. Dejar a la niña en casa de su hermana acabaría formando parte de su rutina diaria. Se había planteado llevársela a la galería, pero sería una distracción. Sus jefes no se lo habían prohibido, pero era obvio que la idea no les había gustado demasiado.

Era horrible saber que iba a estar alejada de su hija durante buena parte del día, la mera idea hacía que se le cayera el alma a los pies. La atormentaban las dudas, tenía miedo de estar siendo una mala madre. Sí, Kelly era la tía de Katie, pero no la quería tanto como ella. Pero a pesar de todo, sabía que aquello era necesario, y que iba a tener que enfrentarse a sus temores tarde o temprano.

A las diez de la mañana, ya había llamado tres veces a su hermana; al parecer, Katie estaba pasando gran parte de la mañana durmiendo, como siempre. Durante la última llamada, Kelly le había dicho que estaba preparando un biberón, y que la niña iba a comer a la hora prevista. Maryellen confiaba en ella, pero le daba miedo que no supiera sujetar a la pequeña como ella solía hacerlo, que el hecho de estar en un lugar desconocido alterara la rutina de la niña, que Katie se diera cuenta de forma instintiva de que no estaba en su propia casa ni en su propia camita.

Justo cuando colgaba el teléfono, oyó que sonaba el timbre que anunciaba la llegada del primer cliente del día. Se tomó unos segundos para intentar recuperar la calma, luchó por mostrarse cordial y profesional, y se las ingenió para esbozar una sonrisa cuando salió a la sala principal para saludar al recién llegado.

Su calma fingida se desvaneció en cuanto vio que se

trataba de Jon. Sintió una alegría enorme al verlo, al tener a alguien con quien poder hablar de Katie.

Él frunció el ceño en cuanto la vio, y comentó:

—Lo suponía.

—¿El qué? —Maryellen se puso a la defensiva de inmediato, y la alegría que había sentido al verlo se esfumó. No estaba de humor para aguantar un sermón.

—Que tenía que venir a ver cómo estabas en tu primer día de trabajo. Ha sido muy duro dejar a Katie, ¿verdad?

Maryellen estuvo a punto de fingir que no pasaba nada, pero se dio cuenta de que era un esfuerzo inútil, porque cada vez le costaba más ocultarle sus sentimientos a Jon. Antes de tener a Katie, era una experta a la hora de ocultarles a su hermana y a su madre lo que pensaba y lo que sentía, pero él tenía la habilidad innata de saber leerla a la perfección.

—Ha sido horrible —admitió a regañadientes.

—¿La niña se ha puesto nerviosa?

Maryellen negó con la cabeza, y se sintió mortificada al notar que los ojos se le llenaban de lágrimas.

Jon la tomó del codo, y la llevó al despacho; una vez allí, la volvió hasta que estuvieron cara a cara y posó las manos sobre sus hombros.

—Katie estará bien con tu hermana.

—Ya lo sé, pero es que me duele no estar con ella.

Él respiró hondo y, poco a poco, como en contra de su propia voluntad, la rodeó con los brazos y la atrajo hacia sí.

—Te entiendo...

—¿Cómo vas a entenderme? —Maryellen necesitaba que la reconfortara, y se enfadó ante su propia debilidad. Cerró los ojos y saboreó el contacto de sus brazos, su calidez, su aroma masculino. No quería que él se diera cuenta de hasta qué punto la afectaba tenerlo cerca, así que reaccionó poniéndose a la defensiva.

—Te entiendo a la perfección, porque cada semana tengo que dejar a mi hija en tu casa y alejarme de ella.

—Ah —era imposible que para él fuera tan duro como para ella, que sufriera las mismas dudas y los mismos temores... ¿no?—. Soy... soy una madre horrible —no podía pensar con claridad estando tan cerca de él. Necesitaba alejarse, poner cierta distancia entre los dos, y cuanto antes.

Aquel vínculo emocional era lo que la había aterrado desde que se habían besado por primera vez. Le resultaba demasiado fácil apoyarse en él, y si no cortaba de raíz de inmediato, Jon acabaría siendo una parte permanente de su vida. No podía arriesgarse, eso no entraba en el acuerdo. No era su marido, sino el padre de Katie.

—No eres una madre horrible, sino una primeriza —le dijo él con firmeza—. Te queda mucho por aprender, y a mí también.

Maryellen se quedó prácticamente inmovilizada cuando él le acarició el pelo con ternura, así que hizo un esfuerzo titánico por apartarse un poco. Se cruzó de brazos, y se apoyó en la mesa antes de decirle:

—Ya estoy bien.

—¿Estás segura?

Ella asintió sin mirarlo a los ojos.

—Sí, es que... es el primer día, supongo que es el más difícil.

—Sí, eso es lo que pone en los libros.

Maryellen logró esbozar una sonrisa, y comentó:

—Ha sido todo un detalle que vinieras.

Jon se metió las manos en los bolsillos. Maryellen se había dado cuenta de que era un gesto que solía hacer cuando se sentía inseguro. Era obvio que él no quería estar allí, pero que había sido incapaz de mantenerse alejado. Ella lo entendía a la perfección, porque a pesar de que preferiría que no formara parte de su vida, era inevitable que formara parte de la de Katie, y era un hombre maravilloso. El día del parto, se había formado un vínculo entre ellos, como padres y amigos, y ninguno de los dos sabía cómo lidiar con las emociones más allá de esos parámetros; además, el beso que se habían dado varias semanas atrás había complicado aún más la situación.

Como estaba deseando que se fuera, le preguntó:

—¿Ibas de camino al trabajo?

Él captó la indirecta de inmediato.

—Sí. En fin, será mejor que me vaya.

Los dos parecieron relajarse.

—Gracias por venir, Jon.

Él fue hacia la puerta, pero de repente dio media vuelta, volvió hacia ella, la agarró de los hombros, y la besó con pasión.

El timbre de la puerta volvió a sonar cuando se marchó. Maryellen estaba decidida a hacer algo, y cuanto antes. Aquel hombre estaba volviéndose demasiado importante para ella.

El miércoles por la noche, Allison y Eddie estaban haciendo sus deberes en sus respectivas habitaciones... al menos, eso era lo que suponía Rosie. Como en la tele no daban nada que le gustara, decidió hacer la colada. Prefería hacerla allí, porque la lavadora del piso tenía unos veinte años y ya le había destrozado una blusa. Estaba bastante justa de dinero, así que no quería arriesgarse a perder más prendas.

Oyó que el teléfono empezaba a sonar, pero no se molestó en ir a contestar, porque Allison se consideraba la telefonista oficial; además, últimamente prefería no contestar al teléfono cuando estaba en casa.

Al cabo de cinco segundos, Allison asomó la cabeza por la puerta del dormitorio y le dijo con tono de incredulidad:

–Es para ti... es papá.

Rosie suspiró con exasperación, y se preguntó de qué querría quejarse su ex en aquella ocasión.

–No te enrolles demasiado, estoy esperando una llamada –le dijo su hija.

Como la excéntrica juez Lockhart había estipulado en el acuerdo de custodia que la casa les pertenecía a los niños, Allison estaba convencida de que era la dueña y señora del teléfono, y era obvio que con su comentario estaba recordándoselo de forma más o menos sutil.

–No creo que tardemos demasiado –le dijo.

Allison cerró la puerta del dormitorio sin decir palabra.

Rosie fue al supletorio de la cocina, porque no quería que sus hijos la escucharan. Respiró hondo antes de descolgar, y se esforzó por mostrarse animada

–Dime, Zach –quería darle la impresión de que estaba pasándoselo genial, y su llamada la había interrumpido.

–He pensado que querrías saber que te ha llamado tu novio –le dijo él, con voz tensa.

Aquello la tomó por sorpresa, porque Rosie ni siquiera sabía que tenía un novio... de repente, se dio cuenta de que debía de referirse a Bruce. Sólo había tenido una cita con él, porque los dos se habían dado cuenta enseguida de que lo único que tenían en común era la pérdida de un cónyuge. No había habido nada entre ellos, pero mantenían una buena amistad y charlaban de vez en cuando.

–Pensé que debía avisarte –añadió Zach.

–Lo siento si la llamada te ha molestado, seguro que se le ha olvidado que hoy me tocaba estar en casa –lo dijo a propósito, para que él creyera que salía con Bruce de forma habitual.

—¿Te llama a menudo...? Da igual, no tengo derecho a preguntarte nada sobre el tema.

—No, no lo tienes —se sintió satisfecha al decírselo—. Gracias por avisarme, le llamaré ahora mismo.

—¿Podemos hablar un momento?

—Vale, pero Allison está esperando una llamada y le he prometido que no tardaría en dejar libre el teléfono.

—Siempre está esperando una llamada. Y hablando de Allison, ¿cómo os lleváis últimamente?

—Muy bien, ¿por qué? —mientras su hija estuviera en una punta de la casa y ella en la otra, la situación era llevadera, pero no estaba dispuesta a admitirlo ante Zach.

—Conmigo está bastante rebelde —le confesó él a regañadientes.

Rosie se dio cuenta de que aquello debía de resultarle muy duro, porque padre e hija siempre habían estado muy unidos.

—Lo siento.

—¿A qué hora llegas del trabajo?

—A la misma de siempre... las cinco, cinco y media. Depende del centro en el que me toque hacer la suplencia. ¿Por qué lo preguntas?

—¿A qué hora llega Allison a casa?, ¿a eso de las dos y media?

—Sí, más o menos.

Su hija había dejado de interesarse en las actividades extraescolares después del divorcio. Había dejado de jugar a voleibol, a pesar de lo mucho que siempre le había gustado aquel deporte, y no había querido entrar en el grupo de teatro. Rosie creía que era una pena, porque estaba convencida de que su hija tenía mucho talento, pero la joven se había negado a cambiar de opinión.

—Me parece que tiene demasiado tiempo libre —comentó Jon.

—En eso estoy de acuerdo.

Rosie dejó de fingir. Estaba muy preocupada por su hija, sobre todo por la relación que mantenía con Ryan. No habían notado nada que indicara que el joven había estado en la casa durante las dos últimas semanas, pero no podían estar seguros al cien por cien. Eddie no salía del colegio hasta las cuatro de la tarde, así que Allison tenía tiempo de sobra para estar con quien le diera la gana sin que nadie se enterara. La idea era aterradora.

—¿Qué vamos a hacer? —le preguntó a Zach.

—¿Se te ocurre algo?

—No.

—A mí tampoco.

—Me parece que vamos a tener que hablar largo y tendido sobre el tema, hay que encontrar una solución.

—Sí, es verdad —Zach vaciló por un segundo antes de decir—: Oye, ¿te llevas bien con ese tal Bruce?

Rosie estuvo a punto de recordarle que su vida amorosa no era asunto suyo, pero cambió de idea y le contestó:

—Sí, bastante bien.

—¿Les cae bien a los niños?

—Aún no los he presentado —no tenía intención alguna de hacerlo, porque no pensaba tener una segunda cita con él.

—Ya veo —Zach exhaló con fuerza antes de decirle—: Rosie, quiero que sepas que os deseo lo mejor a los dos. De verdad.

Ella tuvo ganas de echarse a llorar, y luchó por mantener la compostura.

—Gracias. Y lo mismo te digo en cuanto a Janice.

Los dos permanecieron en silencio durante un largo momento; finalmente, Zach le dijo:

—Mi prioridad ahora es ser un buen padre para mis hijos.

—Sí, los niños también son lo más importante para mí.

Al colgar el teléfono, Rosie se preguntó si habían llegado a aquella situación porque ella había sido un fracaso como madre y como esposa.


El reverendo Dave Flemming estaba decidido a jugar al golf una última vez antes de que llegaran las lluvias de noviembre. El lunes era su día libre, así que iba a aprovechar al máximo el sol otoñal. Al llegar al campo de McDougal Woods, se sorprendió al ver a Bob Beldon, que recientemente había empezado a ir junto a su mujer a la iglesia metodista de la ciudad.

Peggy Beldon impartía clases todos los domingos, y Bob había accedido a entrenar al equipo juvenil de baloncesto. Él era un buen tipo, y ella una cocinera fantástica. En la última reunión de la iglesia, había llegado con un pastel de melocotón que había sido todo un éxito.

—¿Quieres que juguemos juntos? —le preguntó Bob.

—Vale —le contestó él con cordialidad.

Después de dar el primer golpe, subieron al carro.

—La verdad es que no nos hemos encontrado por casualidad —admitió Bob—. He llamado a la iglesia, y tu secretaria me ha dicho que ibas a venir aquí.

—¿Hay algo que te preocupe? —le preguntó Dave, mientras agarraba su hierro número cinco.

—La verdad es que sí.

Dave se dio cuenta de que estaba bastante pálido y ojeroso. Bob había envejecido de forma visible en los últimos tiempos.

—Me gustaría que me aconsejaras.

—Haré lo que esté en mi mano.

Bob golpeó la bola, que fue directa hacia los árboles.

—El golf no se me da demasiado bien —admitió en voz baja.

Dave no hizo ningún comentario, porque no quería que se sintiera presionado. Bob no volvió a sacar el tema que le preocupaba hasta que llegaron al cuarto hoyo.

—Tengo un sueño recurrente desde hace treinta años... desde que volví de Vietnam.

—¿De eso querías hablar?

Bob asintió, y se apoyó en el carro.

—Sueño con algo que pasó realmente, y vuelvo a sentir el mismo horror, el pánico, el miedo enloquecedor. Lo oigo y lo veo todo al detalle... vuelvo a vivirlo —se subió al carro, y cerró los ojos—. Cuando volví de la guerra, me refugié en el alcohol para intentar olvidar —hablaba en voz tan baja, que resultaba muy difícil oírlo.

—¿Empezaste a beber?

Bob asintió, y abrió los ojos.

—Después de mi período de servicio, volví con Peggy, pero estuve a punto de destrozar mi vida y mi matrimonio al esconderme detrás de una botella. Logré olvidar durante un par de años, pero el alcohol dejó de servirme y decidí ir a Alcohólicos Anónimos. Gracias a ellos, hoy en día estoy sobrio.

Dave empezó a preocuparse al verlo cada vez más pálido, así que le preguntó con voz suave:

—¿En qué puedo ayudarte?

—Uno de los doce pasos de Alcohólicos Anónimos consiste en intentar reparar el daño que hemos causado. No puedo deshacer lo que pasó aquel día en la jungla. Peggy es la única persona que conoce todos los detalles, la única a la que se lo he contado. Puede que Dan le dijera algo a Grace antes de...

—¿Dan Sherman?

—Sí. Nos alistamos para ir a Vietnam cuando salimos del instituto, y estuvimos juntos en la guerra.

—Así que él también estaba en aquella jungla, ¿no?

—Sí —Bob se pasó la mano por la cara antes de seguir—. Creo que por eso acabó pegándose un tiro. Yo mismo he estado a punto de hacerlo, sobre todo cuando empecé a beber; al parecer, muchos de los soldados que estuvieron allí acabaron suicidándose, y no me extraña.

—No sabía que Dan y tú fuerais tan buenos amigos.

—Dejamos de serlo a partir de entonces. Peggy y yo viajamos de un lado a otro después de la guerra, porque trabajé de fontanero en grandes construcciones. Hace seis años que vinimos a Cedar Cove —Bob se inclinó hacia delante, y se apoyó en el volante mientras fijaba la mirada en la distancia—. No quiero fastidiarte con mis problemas, pero la verdad es que estoy bastante mal.

—No es ningún fastidio. ¿En qué puedo ayudarte?

Bob aferró con fuerza el volante, y le dijo:

—Necesito saber qué es lo que debería hacer.

—¿Respecto a lo que pasó en la guerra?

—Sí... y también respecto a Dan.

—A estas alturas, ya no podemos hacer nada por él —Dave se preguntó si Bob estaba planteándose ayudar a Grace, pero le pareció poco probable.

—Ya lo sé...

Era obvio que estaba callándose algo, pero Dave decidió no presionarlo y dejar que se lo contara cuando estuviera preparado.

—A veces, cuando tengo la pesadilla, me levanto y paseo sonámbulo por la casa. Hace un par de años, Peggy me encontró mientras estaba preparándome para salir. Estaba en pijama, con las llaves del coche en la mano, y dormido como un tronco.

Dave se limitó a asentir. Había algo en aquella situación que no acababa de encajar, aunque era obvio que lo del sueño estaba relacionado con lo que había pasado en Vietnam.

Bob se cubrió la cara con las manos, y admitió en voz baja:

—Cuando Peggy intentó evitar que saliera de la casa, le di un golpe. Juro por Dios que no sabía lo que estaba haciendo.

—Te creo. Una persona no es consciente de sus actos cuando está sonámbula.

Al cabo de una larga pausa, Bob alzó la cabeza y susurró:

—Tuve la pesadilla la noche de la tormenta, cuando llegó el desconocido —apretó la mandíbula con fuerza.

—¿Te levantaste estando dormido?

—¡No lo sé! Peggy cree que no, pero los dos estábamos cansados y no estamos seguros.

Las cosas empezaban a aclararse.

—¿Crees que a lo mejor tuviste algo que ver con la muerte de ese hombre? —Bob permaneció en silencio durante tanto tiempo, que empezó a preguntarse si lo había oído—. ¿Bob...?

—No lo sé —le contestó al fin—. Parece poco probable, pero... —dejó la frase inacabada.

—¿Te ha interrogado la policía?

—Hablaron conmigo al principio, y otra vez poco después. Me parece que van a volver a hacerlo.

Dave no le preguntó cómo había conseguido aquella información, y le preguntó:

—¿Te preocupa lo que puedan llegar a averiguar?

—No tengo ni idea de lo que pasó aquella noche, pero no es sólo eso. También se trata del suicidio de Dan, y del hecho de que el desconocido me resultó... familiar.

—¿A qué te refieres?

Bob fijó la mirada en el sendero, y le dijo:

—Tengo la impresión de que ya lo conocía de antes, pero no alcanzo a ubicarlo por mucho que lo intente.

—¿Se lo has dicho a Roy McAfee?

Bob se volvió a mirarlo. Era obvio que aquella pregunta le había sorprendido.

—¿Crees que debería hablar con él?, ¿para qué?

—Era inspector de policía, así que puede aconsejarte mucho mejor en lo que respecta a la investigación policial. Si tienes algo que ver en la muerte de ese hombre, Roy te dirá cuáles son tus derechos y te dará el nombre de algún abogado bueno.

Bob se relajó de forma visible, y le dijo:

—¿De verdad crees que puede ayudarme?

—Sí —Dave se sentó a su lado, y añadió—: pero mientras tanto, los dos podemos hacer algo que va a ayudarte.

—¿El qué?

—Rezar.

CAPÍTULO 11

Hacía casi dos años que Grace Sherman no se sentía tan eufórica. Mientras avanzaba con el carrito de la compra por el pasillo del supermercado, empezó a tararear en voz baja la animada canción de The Mamas and the Papas que sonaba de fondo.

Lo que la había puesto de tan buen humor no era la música, sino Will Jefferson, el hermano mayor de Olivia. Era un hombre alto, atractivo, tenía un puesto de responsabilidad como ingeniero nuclear, y era muy agradable. Habían entablado una buena amistad cuando Charlotte había enfermado y él había pasado una temporada en Cedar Cove.

Will había puesto su dirección de correo electrónico en la carta de pésame que le había enviado. Al principio habían intercambiado escuetos mensajes a diario, pero las cosas habían ido cambiando y habían empezado a chatear muy a menudo. La noche anterior, habían estado haciéndolo durante una hora.

Sus charlas habían empezado de la forma más inocente. Cliff Harding se había mostrado conforme cuando ella había decidido dejar aparcada de momento la relación que los unía. Cuando se había enterado de que Dan se había suicidado, ella le había dicho que necesitaba tiempo para aclararse las ideas. Aún no estaba segura de lo que iba a hacer respecto a la carta que le había dejado su difunto marido, pero estaba casi decidida a dejar correr el asunto. No iba a lograr nada perturbando las vidas de otras personas, así que el secreto estaba a buen recaudo.

Cliff la llamaba por teléfono una o dos veces por semana, y le decía cuándo iba a ir a la ciudad. A ella le gustaba estar en contacto con él, pero sus llamadas no la emocionaban tanto como las charlas a través de Internet con Will.

Sabía que era una tontería creer que aquella comunicación continua significaba algo especial. Will era un hombre casado, aunque ella tenía la sospecha de que no era feliz. Era demasiado caballeroso para hablar mal de su mujer, pero no era difícil leer entre líneas; de hecho, hacía un par de meses que Olivia había mencionado el matrimonio de su hermano y su cuñada, Georgia, y había dado a entender que tenían problemas. Por no hablar de que Will parecía pasar mucho tiempo con el ordenador a diario.

Grace se dijo que sólo eran buenos amigos que estaban conociéndose, pero tuvo que reconocer para sus adentros que chatear con él le resultaba adictivo. Últimamente, se apresuraba a llegar a casa al salir del trabajo y encendía el ordenador de inmediato, porque sabía que él estaría esperándola. Como había una diferencia horaria de tres horas, él ya había cenado, y estaba tan ansioso por empezar a chatear como ella.

Grace no se lo había contado a nadie. Sus hijas no lo entenderían, porque no lo conocían y malinterpretarían la situación. Kelly y Maryellen estaban muy pendientes de ella, y no les haría ninguna gracia que tuviera una relación por Internet, sobre todo teniendo en cuenta que Will estaba casado. Se había planteado mencionar como si tal cosa a su amigo cibernético, pero al final había decidido no hacerlo.

Tampoco se lo había contado a Olivia. No estaba ocultándole la verdad, pero... en fin, no habría sabido decir por qué no le había dicho nada a su mejor amiga. Quizás era porque estaba convencida de que Olivia no aprobaría su actitud. Disfrutaba mucho chateando con Will, y no quería sentirse culpable; además, a él también parecían gustarle sus charlas.

También se sentía mal por no habérselo contado a Cliff. Era un hombre que le caía muy bien, y además, sabía que estaba en deuda con él, porque la había tratado con una amabilidad y una paciencia infinitas durante los meses posteriores a la desaparición de Dan. Lo había conocido cuando estaba pasando por el peor momento de su vida, y él le había dado fuerzas y apoyo moral cuando más lo necesitaba.

Varios años atrás, después de divorciarse, Cliff se había ido de Boeing y había comprado unos terrenos en el valle de Olalla, a pocos kilómetros al sur de Cedar Cove. Se había dedicado a la cría de caballos, y había empezado a hacerse un nombre en el sector. Ella no era ninguna entendida en el tema, pero él estaba completamente metido en lo que en otros tiempos había sido un pasatiempo.

Al salir del supermercado, regresó a casa de inmediato y lo primero que hizo fue encender el ordenador. Mientras esperaba a que se cargaran los programas, fue corriendo a la cocina para guardar la compra. Buttercup la siguió, y en una ocasión estuvo a punto de pisarla. Se detuvo el tiempo justo para regañarla, y después de llenarle el comedero, siguió guardando las cosas.

El teléfono empezó a sonar justo cuando tenía un paquete de leche en una mano y un cartón de huevos en la otra, pero se las ingenió para descolgar.

—¿Diga? —mientras sujetaba el teléfono con el hombro, metió la leche y los huevos en la nevera.

—Vaya, ya veo que estás en casa —le dijo Cliff.

—Sí, eso está claro —le dijo ella, en tono de broma. Hacía varias semanas que no hablaban. Él había tenido que ir a California por asuntos de negocios, y seguramente hacía poco que había vuelto.

—¿No compruebas los mensajes del contestador?

—Lo siento, no he tenido tiempo —había llegado tan apresurada, que ni siquiera se le había pasado por la cabeza—. ¿Has estado llamándome?

—Sí, desde que llegué a casa hace tres días. Estuve a punto de ir a verte a la biblioteca, pero no he tenido ni un minuto libre.

—Yo también he estado bastante atareada.

—¿Navegando por Internet otra vez?

—Sí —Grace no pudo evitar sentirse un poco culpable—. Es culpa tuya —había sido él quien le había arreglado el viejo ordenador de Paul y Kelly—. Podrías contactar conmigo por correo electrónico.

—He creado un monstruo —le dijo él, quejumbroso.

—Exacto, ya te he dicho que es culpa tuya.

—No me lo recuerdes. Oye, ¿tienes planes para Acción de Gracias?

—Eh...

Sólo faltaban un par de semanas, pero no había pensado en el tema. El año previo había celebrado el día con Maryellen, pero como la pérdida de Dan era tan reciente, ninguna de las dos había disfrutado demasiado.

—¿Por qué lo preguntas?

—Porque quiero que lo pases conmigo.

—Creía que ibas a celebrarlo en Maryland, con tu hija.
—Sí, y quiero que vengas conmigo.

Grace no podía permitirse aquel viaje, pero no quería admitirlo ante él. Desde la desaparición de Dan, iba bastante justa de dinero, y no podía gastárselo en caprichos. Como Dan se había suicidado, no había podido cobrar el seguro.

Cliff pareció leerle la mente, porque le dijo:

—Antes de que me digas que no, quiero dejar claro que yo corro con los gastos del viaje.

—No puedo permitir que...

—Claro que puedes, y vas a hacerlo —insistió él con firmeza—. Lo digo en serio, Grace. Ya es hora de que mi hija y tú os conozcáis. Y antes de que empieces a protestar, una cosa más: ya sé que me pediste unos meses para asimilar todo lo que ha pasado. Te los he dado, pero quiero que conozcas a Lisa.

—Cliff...

—He pensado en todo, así que no discutas conmigo. Dormirás en la habitación de invitados, y yo en el sofá del comedor. Te irá bien salir un poco.

Hacía años que Grace no subía a un avión, porque ni siquiera durante los mejores tiempos habían tenido dinero suficiente para viajes y vacaciones. Su último viaje había sido a una conferencia de bibliotecarios en San Antonio, y había disfrutado al máximo de la experiencia.

—Tendré que hablar con mis hijas —murmuró, mientras intentaba decidir si debía aceptar o rechazar la invitación.

—Vale, ya me dirás algo.

—De acuerdo —vaciló por un instante, y le preguntó—: Cliff, ¿estás seguro de que es lo que quieres?

—Del todo. Eres muy importante para mí.

—Y tú para mí. No sabes lo mucho que te agradezco la paciencia que estás teniendo conmigo.

—Vendrás a conocer a Lisa, ¿verdad?

—Me encantaría —Grace no se molestó en disimular lo entusiasmada que estaba.

Nunca había pasado el día de Acción de Gracias lejos de sus hijas, que en los últimos tiempos estaban muy pendientes de ella a pesar de que no dejaba de asegurarles que estaba bien. A lo mejor dejaban de preocuparse por ella si hacía aquel viaje, quizás así se darían cuenta de que era una mujer independiente.

Su única preocupación era Cliff. No quería darle falsas esperanzas, pero la idea del viaje la entusiasmaba y estaba deseando alejarse de Cedar Cove por un par de días. No podría chatear con Will, pero seguro que él también estaría ocupado durante las fiestas; además, decían que la ausencia avivaba el cariño, ¿no?

Zach se quedó helado cuando llegó al despacho por la mañana y encontró la carta de dimisión de Janice Lamond sobre la mesa. Como le costó creerlo, tuvo que leerla por segunda vez.

Se sintió asqueado, y tuvo que sentarse en la silla. Janice se largaba. Así se lo pagaba después de que él le diera el puesto de ayudante personal, así se lo agradecía después de que fuera su mentor, de que le enseñara a manejarse en aquella profesión y de que la apoyara en todo.

Janice le había ayudado mucho cuando se había separado de Rosie, le había aconsejado y le había dado ánimos.

A Rosie se le había metido en la cabeza que estaba liado con ella. Era una idea descabellada, pero no había habido forma de convencerla de que estaba equivocada. Cuando le había exigido que la echara, que pusiera de patitas en la calle a la mujer que se había convertido en su mano derecha en el trabajo, él se había negado en redondo, tal y como habría hecho cualquier otro hombre con sentido común. Rosie se había puesto hecha una furia, y poco después él se había ido de casa.

Recientemente, su ex mujer le había dicho por teléfono que esperaba que le fuera bien con Janice, y él había optado por dejar pasar el comentario; al fin y al cabo, no había podido convencerla de su inocencia antes del divorcio, así que era poco probable que pudiera hacerlo a aquellas alturas.

Pero recientemente había empezado a darse cuenta de pequeños detalles relacionados con su ayudante que nunca antes había notado. No le gustaba que llevara las faldas tan cortas, y durante la última reunión de personal se lo había comentado. Había dado por hecho que ella había valorado su apoyo continuado y sus consejos, pero quizá se había sentido ofendida y había considerado que él se había extralimitado. Nunca había hablado de algo tan personal como la forma de vestir o de maquillarse con ninguna otra empleada, pero había creído que podía hacerlo con Janice, porque la consideraba una amiga; además, ella siempre se había expresado libremente cuando le daba consejos a él en lo relativo al divorcio.

Como ella se había limitado a escuchar en silencio sus comentarios sobre su ropa inapropiada, se había sentido satisfecho al ver que parecía dispuesta a aceptar una crítica constructiva, así que lo de la carta de dimisión lo había tomado por sorpresa.

Esperó a que su irritación se desvaneciera un poco, y la llamó para que fuera a verlo al despacho. Ella llegó al cabo de unos minutos, y evitó mirarlo a la cara.

—Acabo de leer su carta de dimisión, Janice —le dijo, para darle pie a que se explicara. Al ver que ella permanecía en silencio y que seguía sin mirarlo, añadió–: No sabía que no estaba bien en su puesto –quería razonar con ella, porque consideraba que iba a cometer un error si se marchaba.

–Estaba bien... hasta hace poco –admitió al fin; a juzgar por su actitud, se sentía un poco avergonzada.

–¿Es que quiere un aumento de sueldo? –Zach no pensaba andarse por las ramas.

Teniendo en cuenta el tiempo y el coste de preparar a otro empleado, era mejor conservar a uno que ya estaba en la plantilla y pagarle un poco más. Estaba dispuesto a ofrecerle un aumento si accedía a quedarse, pero quería dejarle claro que no aprobaba sus métodos.

–No, no quiero un aumento. Ya he conseguido otro trabajo.

La irritación de Zach se convirtió en un enfado monumental.

–Ya veo –le dijo, mientras intentaba controlarse. De todos los empleados desagradecidos que había contratado a lo largo de los años, Janice se llevaba la palma–. En ese caso, le deseo que le vaya bien.

–Decidí que era mejor marcharme de aquí –Janice alzó la cabeza por fin, y lo miró a los ojos.

La furia que vio en su mirada lo tomó por sorpresa, porque no alcanzaba a entender a qué se debía. Siempre la había compensado por su trabajo. La había ascendido con rapidez, y le había subido el sueldo de forma periódica; de hecho, en la empresa se había generado cierto malestar, porque la había ascendido a ella en vez de a otros empleados que llevaban más tiempo trabajando para él.

–¿Decidió que era mejor dimitir?

–Exacto –Janice alzó la barbilla en un gesto desafiante–. Me pareció muy poco profesional por su parte que me dijera que mis faldas le parecen demasiado cortas y que llevo demasiado maquillaje.

Zach abrió la boca, volvió a cerrarla, y al final le dijo:

—Discúlpeme, ya veo que mis comentarios no fueron... bien recibidos. Tiene razón, quizás estuvieron fuera de lugar.

—La verdad, me parece que es usted un hipócrita —vaciló por un segundo, y añadió—: Creía que... esperaba que lo entendiera.

Zach la miró ceñudo, porque no entendía ni una palabra de lo que estaba diciéndole.

—Esperaba que usted y yo... que entre los dos pudiera hacer... algo más que una relación puramente laboral —añadió ella, vacilante—. Creía que éramos amigos, pero quería que también me viera como... como mujer —señaló con un gesto la falda y los zapatos de tacón que llevaba—. Pero está claro que es una ilusión vana.

Zach se dio cuenta de que Rosie tenía razón; al parecer, Janice estaba interesada en él. Se preguntó cómo había podido ser tan estúpido, tendría que haber notado los pequeños detalles que estaban a plena vista desde el principio. Tensó la mandíbula, y le dijo con firmeza:

—Eso es todo, haré que le preparen el finiquito de inmediato.

—¿Quiere que me vaya hoy mismo?

—Sí. Se le pagarán dos semanas extra, es una compensación más que suficiente —le contestó él con rigidez.

Janice salió del despacho sin añadir ni una palabra más. Zach estaba temblando de pies a cabeza por la furia que sentía, y aún no se había recuperado del todo cuando sonó el teléfono.

—¿Sí? —dijo con aspereza.

—El instituto de enseñanza por la línea uno —le dijo Janice.

Zach apretó el botón correspondiente y descolgó. Seguro que no le llamaban para pedirle que contribuyera en la próxima fiesta para recaudar fondos.

–¿Diga?, soy Zachary Fox –dijo, con su tono más profesional.

–Buenos días, señor Fox. Soy LeAnn Duncan, del instituto de enseñanza. Le llamo para que me confirme que Allison no ha asistido a clase porque está enferma.

Zach alzó la vista hacia el techo, y se tragó un gemido de frustración.

–No está enferma, yo mismo la he dejado en la puerta del instituto esta mañana.

No había sido una mañana demasiado buena. Allison había perdido el autobús porque se había levantado tarde, y se había enfadado cuando él había insistido en llevarla en coche de camino al despacho.

En el pasado, su hija siempre buscaba una u otra excusa para que él la llevara al colegio, y durante el trayecto charlaban sobre cualquier cosa. Él se metía con la música que a ella le gustaba, y Allison le decía que era un vejestorio. Sus pullas no le molestaban, porque sabía que no eran malintencionadas. En aquellos tiempos se llevaba muy bien con su hija, pero apenas reconocía a la joven en la que se había convertido. Sintió que se le formaba un nudo en el estómago.

–No sé dónde está –dijo, antes de que la secretaria pudiera preguntárselo. Pero estaba decidido a encontrar a su hija, y cuando lo hiciera, iba a dejarle muy claro que no iba a tolerar que volviera a hacer algo así.

–Eso no es problema nuestro, señor Cox, sino suyo.

Zach era consciente de ello, pero estaba indignado por la dimisión de Janice, y por si fuera poco, su hija parecía decidida a fastidiarle el resto del día.

—¿Van a castigarla por haberse saltado las clases?

—¿Es la primera falta que tiene? A ver, deje que lo compruebe... —tras un breve silencio, añadió—: Sí, es la primera. ¿Ha habido algún problema familiar recientemente, señor Cox?

—Mi mujer y yo nos hemos divorciado.

—Ahí lo tiene. Espero que hablen con Allison, y que puedan arreglar la situación con ella.

—¿Van a expulsarla?

—No, por ser la primera falta, sólo tendrá que asistir a las clases del sábado.

Zach iba a encargarse de que no se las saltara.

—Pero una tercera falta se castiga con la expulsión automática.

—Ni siquiera habrá una segunda —le aseguró él.

—Lamento la situación, señor Cox.

—Y yo también.

Después de colgar, Zach llamó a Rosie a la escuela de primaria de South Ridge, donde impartía clases de quinto. El hecho de que acabaran de contratarla de forma permanente era tanto positivo como negativo, porque sabía por Eddie que cuando llegaba a casa estaba agotada.

—Buenos días. Soy Zachary Fox, ¿podría hablar con mi mujer? Es importante —no se acordó de que ya no estaba casado con ella hasta después de pronunciar las palabras.

—Un momento, por favor —le dijo la secretaria.

Al cabo de unos minutos que se le hicieron eternos, Rosie se puso al teléfono.

—¿Qué pasa, Zach? —le preguntó, alarmada.

—Allison no ha ido a clase.

—¿Qué?

—Ha perdido el autobús de forma muy conveniente, pero yo he insistido en llevarla al instituto. Tendría que haberme dado cuenta de que estaba tramando algo, porque no le ha hecho ninguna gracia que la acompañara.

—¿Dónde está?

—No tengo ni idea —primero se había puesto furioso, pero empezaba a alarmarse. Allison tenía quince años. Por su mente empezaron a pasar toda clase de posibilidades horribles.

—Voy para casa, nos vemos allí.

—¿Puedes dejar las clases a medias?

—Sí, si es por una emergencia familiar.

Zach llegó a la casa diez minutos antes que ella. Rosie frenó en seco al llegar al camino de entrada, y salió del coche antes de que el motor se apagara del todo.

—Tenemos que llamar a la madre de Hannah —le dijo, al pasar junto a él a toda prisa de camino a la casa.

Zach se sintió un poco incómodo al darse cuenta de que iba a ver lo desarreglado que estaba todo. Él se había quejado muchas veces de que no era una buena ama de casa, así que el desorden que reinaba en la sala de estar resultaba bastante embarazoso; afortunadamente, ella ni siquiera pareció darse cuenta y fue como una exhalación a la cocina.

Después de rebuscar en el cajón que había debajo del teléfono, Rosie sacó una agenda y respiró hondo antes de descolgar el teléfono.

El cambio fue radical. En cuanto le contestaron al otro lado de la línea, se mostró relajada y desenfadada, como si no pasara nada.

—Hola, Jane... sí, hacía mucho, yo también me alegro de hablar contigo —miró a Zach con una mueca llena de ironía.

Él sonrió por primera vez en todo el día, y se sentó en una silla mientras Rosie se dedicaba a indagar.

—Hannah y Allison están en la misma clase de álgebra, ¿verdad? Sí, le va muy bien. Se le dan muy bien los números, en eso ha salido a su padre. Me parece que el trimestre que viene van a ponerla en la clase avanzada.

Zach no supo si creérselo. Según el último informe escolar que había encontrado... por casualidad, porque Allison se lo había dejado encima de la mesa... su hija estaba a punto de suspender las matemáticas.

—Me enteré de que Hannah fue con J.T. Manners a la jornada de bienvenida para los nuevos alumnos... es amigo de Ryan Wilson, ¿verdad? —después de asentir varias veces, Rosie entornó los ojos y se apresuró a anotar algo en la agenda.

Zach se levantó, miró por encima de su hombro, y volvió a ponerse furioso al ver lo que había escrito: *Allison se ha ido a Seattle en el transbordador.*

Se le puso el vello de punta sólo con imaginarse a su hija deambulando por Seattle, y tardó unos segundos en darse cuenta de que lo más probable era que no hubiera ido sola... seguro que estaba con el impresentable de su novio.

Esperó a que Rosie colgara, y entonces le preguntó:

—¿Cómo sabes que está en Seattle?

—Porque Jane canta como un canario en cuanto tiene quien la escuche. Lo sabía todo, y estaba deseando decírmelo.

—¿Hannah está con ella?

—Quién sabe —Rosie fue de inmediato hacia la puerta. Era obvio que también estaba muy enfadada.

—¿Adónde vas?

—A cambiar el coche de sitio. Quiero que la tomemos por sorpresa juntos cuando intente volver a hurtadillas.

A Zach le gustó la idea de permanecer al acecho. Era la mejor forma de demostrarle a su rebelde hija que no iba a poder tomarle el pelo.

Rosie regresó al cabo de unos minutos, se sentó en una silla enfrente de él, y respiró hondo. Permanecieron sin hablar durante unos cinco minutos, pero el silencio empezó a parecer un poco incómodo. Era como si los dos tuvieran miedo de hablar de la rebeldía de su hija.

Zach, por su parte, sí que lo tenía, porque sabía que, si empezaban a hablar del tema, iba a tener que admitir que en parte era culpable de aquella situación; además, no sabía qué decir, sobre todo teniendo en cuenta la esclarecedora conversación que había mantenido con Janice aquella misma mañana. Al parecer, Rosie estaba tan incómoda como él, porque siguió callada.

Cuando fue incapaz de seguir soportándolo ni un segundo más, Zach se levantó y empezó a arreglar la sala de estar. Rosie hizo lo propio con la cocina, que estaba incluso peor. Él fue a echarle una mano cuando acabó de pasar la aspiradora, y trabajaron codo con codo durante una hora.

—¿Tienes hambre? —le preguntó Rosie al fin.

Zach no había pensado en comida hasta ese momento, pero se dio cuenta de que estaba hambriento.

—Sí, un poco.

—¿Te apetece un bocadillo de jamón? —al ver que él se limitaba a encogerse de hombros, Rosie añadió—: ¿Qué te parece si te pongo también una rodaja de piña?

—¿Vas a untar queso en el pan? —le preguntó, esperanzado.

Rosie había inventado aquel bocadillo cuando habían empezado a salir juntos. Para él siempre había sido su favorito, y era incapaz de recordar la última vez que se había comido uno.

Cuando Rosie acabó de preparar los bocadillos, él sacó un par de refrescos de la nevera y volvieron a sentarse el uno delante del otro. Zach se estrujó el cerebro buscando un tema de conversación. Estuvo a punto de comentar que Janice le había entregado su carta de dimisión aquella mañana, pero se mordió la lengua a tiempo y no cometió un error tan garrafal. Rosie se sentiría encantada ante aquella noticia; al parecer, ella estaba saliendo con un viudo y la relación debía de ir muy bien, porque a pesar de que se la veía cansada y estresada, estaba más guapa que nunca. Se apresuró a apartar la mirada, para que no lo pillara observándola.

Al oír que se abría la puerta de entrada y las risas de varias personas, se pusieron de pie de inmediato. Fueron a la sala de estar, donde encontraron a Allison con su novio y con otra chica a la que Zach no reconoció, pero que debía de ser la tal Hannah. Los tres jóvenes se detuvieron en seco en cuanto los vieron, pero Allison no tardó en reaccionar. Los miró desafiante, y les dijo:

—¿Qué queréis?

—Será mejor que tus amigos se vayan —le dijo Zach.

—Pueden quedarse si quieren.

—Ni hablar —su hija parecía dispuesta a presentar batalla, pero Zach sabía que Rosie y él tenían las de ganar. Fue hacia la puerta, y la abrió de par en par—. Ha sido un placer veros, pero no volváis a esta casa a menos que se os invite —enarcó las cejas, y añadió con voz firme—: ¿Está claro?

Ryan asintió, y se apresuró a salir. La otra chica vaciló por un instante, pero al final pareció decidir que era mejor que se marchara.

—¿Dónde has estado? —le preguntó Zach a su hija.

—No le des la oportunidad de mentir, Zach —le dijo Rosie.

Ella parecía serena y razonable, mientras que él estaba visiblemente furioso.

—No tengo que daros explicaciones —Allison se cruzó de brazos, y los miró enfurruñada.

—Te has saltado las clases, y has ido a Seattle en el transbordador.

Era obvio que la joven se quedó sorprendida al ver que su madre sabía lo que había hecho. Abrió la boca como para preguntarle cómo se había enterado, pero volvió a cerrarla sin decir palabra.

—Vas a tener que ser más lista si quieres tomarnos el pelo, Allison —le dijo Rosie con calma.

Zach se sintió agradecido al ver que era ella la que llevaba las riendas de la conversación, porque él estaba tan fuera de sí, que era incapaz de hablar con coherencia. Tenía ganas de agarrar a su hija de los hombros y zarandearla hasta lograr que entrara en razón. Había pasado por un infierno mientras esperaba con impotencia a que volviera, pero ella no parecía haberse dado cuenta de lo que les había hecho pasar; a juzgar por su actitud, ni siquiera le importaba. Ése era el meollo de la cuestión: que a Allison le daba todo igual.

Fue incapaz de controlarse, y le espetó:

—Te has portado como una irresponsable y una egoísta, pero te aseguro que no va a volver a pasar.

Allison lo miró desafiante, y gritó:

—¡Te odio!, ¡os odio a los dos!

—Ódiame todo lo que te dé la gana, pero vas a tener que respetar las reglas de esta familia.

—¿Qué familia?, ¿la que vosotros habéis hecho polvo? Os odio, os odio por lo que habéis hecho —se fue corriendo hacia su habitación, y cerró la puerta con tanta fuerza, que los cuadros que había colgados en las paredes se tambalearon. El retrato enmarcado de toda la familia que se había tomado dos años antes cayó al suelo, y el cristal se hizo añicos.

Tras un largo momento de silencio, Zach respiró hondo y murmuró:

—En fin, ya está —su pérdida de control no le enorgullecía demasiado; de hecho, no se enorgullecía de gran cosa en ese momento.

Al menos Rosie también había estado allí, y se habían enfrentado juntos a Allison. A ella se le daban mucho mejor aquel tipo de cosas, porque sabía qué decir y él no tenía ni idea.

Al cabo de unos minutos, Rosie recogió su bolso y su abrigo y fue hacia la puerta. Parecía bastante reacia a irse, y a él le habría gustado que se quedara un poco más.

—Gracias —le dijo, mientras la acompañaba hasta la puerta—. Has manejado la situación muy bien, yo no habría sido capaz de hacerlo. Me alegro de que estuvieras aquí.

Ella se limitó a encogerse de hombros, como quitándole hierro al asunto.

Zach no se dio cuenta de la verdad hasta que ella ya se había ido: desde que estaban divorciados, se llevaban mejor que cuando estaban casados.

CAPÍTULO 12

El sábado por la mañana, una semana antes de Acción de Gracias, Maryellen se despertó con un objetivo muy claro: hacerse la manicura, porque tenía las uñas hechas un desastre. Estaba eufórica porque había conseguido que Rachel le diera hora en Get Nailed, el salón de belleza. Como el turno de Jon era rotativo y cambiaba cada semana, nunca sabía para cuándo pedir hora, y en cuanto él le había dicho que se llevaría a Katie el sábado por la mañana, se había apresurado a llamar al salón. Rachel podía hacerle la manicura, pero no le quedaba tiempo para cortarle el pelo.

Tenía la impresión de que ya nunca tenía tiempo para sí misma, ser una madre soltera y trabajadora era mucho más difícil de lo que esperaba. Katie solía despertarse una o incluso dos veces por noche, y si no fuera por las veces en que Jon se la llevaba, no habría podido pegar ojo en los tres meses que habían pasado desde el parto.

En cuanto se duchó y se arregló, se fue a Get Nailed pletórica de energía, y llegó justo cuando Rachel estaba acabando con una clienta. Había pasado de hacerse la manicura una vez por semana a conformarse con pedir hora cuando le quedaba algo de tiempo libre, así que hacía tres semanas que no iba al salón.

Todas las empleadas le caían muy bien, eran chicas ocurrentes y un poco alocadas. El año anterior, se les había ocurrido celebrar una fiesta de Halloween en la que cada una tenía que presentarles a las demás algún ex novio, para ver si así surgía algún flechazo. Al principio había parecido una idea viable, y varias de ellas habían iniciado relaciones, pero todo había empezado a desmoronarse cuando los ex novios habían empezado a mostrar el tipo de comportamiento que había hecho que sus antiguas parejas los dejaran; en resumen, la desastrosa fiesta había quedado en el olvido.

Como sus visitas eran menos frecuentes, echaba de menos la relación de camaradería que tenía antes con todas ellas.

—Vas a tener que darme hora para la semana que viene, tengo que cortarme el pelo —le dijo a Terry, que en ese momento estaba en el mostrador de recepción.

El salón estaba dividido en dos secciones, la de las uñas y la del pelo. Rachel era la única empleada que trabajaba en las dos, y era la preferida de Maryellen.

—Rachel está libre el martes, a las cinco en punto. ¿Te va bien? —le preguntó Terri, mientras se sacaba el lápiz de detrás de la oreja.

—Puede que tenga que traer a Katie.

No sabía si Kelly iba a poder quedarse una hora más con la niña, o si Jon iba a llevársela. Meses antes, no tenía que preocuparse por aquel tipo de cosas, pero su mundo había pasado a centrarse en los horarios y las necesidades de su hija.

Terri suspiró apesadumbrada, y le dijo:

—Lo siento, pero no admitimos niños —se inclinó hacia

ella por encima del mostrador, y le dijo en voz baja—: Había tantas madres que venían con sus hijos, que tuvimos que ponernos firmes. No es un sitio seguro para los críos. Ya sé que Katie es muy pequeña, pero no podemos hacer excepciones. Lo entiendes, ¿verdad?

Sí, claro que lo entendía, porque a ella misma le habría molestado tener a un montón de niños correteando a su alrededor mientras estaba en el salón. Se mordió el labio, y dijo:

—¿Hay alguien que pueda cortarme el pelo esta misma mañana? —cortarle las puntas sería cuestión de minutos.

—Una mujer acaba de llamarme para cancelar su cita conmigo —Terri ladeó la cabeza, y la miró con atención durante unos segundos—. ¿Quieres cortártelo mucho?

—No, sólo las puntas.

Maryellen tenía el pelo rizado y oscuro. Hacía años que lo llevaba igual, largo hasta media espalda, aunque últimamente solía recogérselo en una cola de caballo para que Katie no pudiera agarrárselo.

—Será mejor que te lo cortes, necesitas un cambio.

—¿Estás segura?

Terri se llevó un puño a la cadera, y asintió con convicción.

—Sí, me parece que corto te quedará muy bien. ¿Cuánto hace que lo llevas tan largo?

Maryellen ni se acordaba, pero en todo caso, Terri contestó por ella.

—Demasiado tiempo. Sí, ya es hora de que cambies.

—Puede que tengas razón.

Al cabo de tres horas, salió del salón con las uñas recién pintadas y peinada con una melena recta que le enmarcaba la cara. Apenas se reconoció al mirarse al espejo, pero le gustaba el cambio. Se preguntó si a Jon le gustaría también, y se detuvo en seco. Se dijo que daba igual lo que él pensara, porque no formaba parte de su vida, sino de la de Katie.

Intentó recordarse una y otra vez el lugar casi inexistente que ocupaba en la vida de Jon, pero no pudo evitar que se le acelerara el corazón cuando puso rumbo a su casa para ir a buscar a Katie. Él tenía que trabajar aquella tarde y ella tenía que hacer un recado en Tacoma, así que había decidido aprovechar para pasar a por la niña.

Era uno de aquellos escasos días de noviembre en que el cielo estaba despejado en la zona del noroeste del Pacífico, aunque hacía bastante frío. Mientras conducía por el camino de grava que llevaba a la casa de Jon, vio un águila en el cielo. El magnífico animal tenía las alas extendidas, y estaba planeando en una corriente ascendente de aire como si las alturas fueran su reino.

Al detener el coche frente a la casa, vio a Jon con Katie sujeta a la espalda. Estaba mirando hacia el cielo a través de una cámara, y era obvio que estaba fotografiando al águila. La niña parecía encantada al estar al aire libre, porque estaba moviendo los brazos y soltando gritos de entusiasmo.

Jon debió de oírla llegar, porque bajó la cámara y se volvió hacia ella. Al ver que se quedaba mirándola en silencio y no decía nada sobre su cambio de peinado, Maryellen se pasó una mano por el pelo.

—¿Qué te parece? —en cuanto pronunció las palabras, deseó haberse mordido la lengua.

Él se acercó más, y siguió observándola; finalmente, carraspeó como intentando encontrar algún comentario sincero que no resultara hiriente.

—Supongo que tardaré un poco en acostumbrarme.

—¿No te gusta? —intentó convencerse de que le daba igual lo que él pensara. Se dijo que se había cortado el pelo porque le había dado la gana, que la opinión de Jon era intrascendente, pero sabía que estaba engañándose a sí misma. La verdad era que se sentía fatal al ver que a él no le gustaba el cambio.

Para intentar disimular lo decepcionada que estaba, empezó a sacar a Katie de la mochila portabebés. La pequeña, que estaba bien abrigada con un trajecito de lana, pataleó entusiasmada cuando la tomó en brazos.

Jon alzó la cámara, y dijo:

—Venga, sonríe.

Maryellen lo intentó, pero no estaba de humor.

Él tomó varias fotos más, mientras Katie no dejaba de sonreír y de mover los brazos.

—Claro, ahora sí que estás contenta. Así me gusta, jovencita, que te rías a tus anchas —le dijo él a la pequeña.

Maryellen no pudo evitar sonreír, y le preguntó:

—¿Te ha tenido despierto toda la noche?

—Me parece que he dormido un par de horas como mucho —se frotó los ojos con la mano, y añadió—: Katie estaba de muy mal humor, no había manera de que se calmara. Me he pasado la mayor parte de la noche en la mecedora, con ella en brazos.

—Me parece que están empezando a salirle los dientes —Maryellen también había pasado muchas noches medio dormida, con la niña en brazos, y como era de esperar, al día siguiente siempre tenía un día horrible en el trabajo. Por alguna extraña razón, se sintió mejor al ver que Jon tenía los mismos problemas.

Alzó la mano para apartarse a un lado el pelo de forma instintiva, pero se dio cuenta de que lo llevaba demasiado corto.

Después de hacer una foto tras otra, Jon bajó la cámara y le dijo:

—Entra, prepararé café.

Maryellen se preguntó si había dejado de hacer fotos artísticas de paisajes, porque últimamente sólo le veía fotografiar a Katie, aunque como él trabajaba para la galería de arte de Seattle, hacía varios meses que no veía sus obras. Lo que sí sabía era que sus trabajos seguían vendiéndose, y se alegraba mucho por él.

Jon se detuvo al darse cuenta de que no lo seguía hacia la casa, y le preguntó:

—¿Tienes tiempo para tomarte un café?

Desde la última vez que se habían besado, Maryellen se las había ingeniado para no pasar demasiado tiempo a solas con él. Jon no la había presionado, ni le había preguntado a qué se debía su actitud.

—No, no puedo quedarme —al ver que no protestaba, Maryellen tuvo la impresión de que su respuesta no le había sorprendido.

—Voy a por las cosas de Katie.

Ella decidió entrar en la casa con él, aunque no habría sabido decir por qué.

—¿Cómo van las cosas en el restaurante? —le preguntó, mientras intentaba mostrarse tranquila.

El éxito del local de Seth y Justine le resultaba especialmente gratificante, porque Jon era el chef y la gente no dejaba de hablar de sus innovadores platos. Era un hombre complejo, y con mucho talento.

Mientras él metía la manta preferida de Katie y un sonajero en el bolso de los pañales, comentó:

—Me han dicho que es imposible reservar mesa durante los fines de semana.

Él se encogió de hombros, pero de repente alzó la cabeza y la miró con atención.

—¿Necesitas una?

—No, para nada —se apresuró a contestar, mientras se preguntaba a qué se debía aquel cambio de humor tan súbito.

—¿No tienes una cita? —insistió él.

Maryellen se echó a reír.

—Claro que no.

—Pero no te has cambiado el peinado para impresionarme a mí, ¿verdad?

—Lo he hecho por mí, Jon.

Él se relajó visiblemente. Se colgó al hombro el bolso de los pañales, y la miró con una breve sonrisa; en ese momento, Maryellen tuvo la impresión de que quería besarla.

—Me alegra saberlo —murmuró él.

Aquella preocupación tan sospechosamente parecida a los celos le pareció tan adorable, que Maryellen tuvo que contener las ganas de tocarlo, e intentó ocultar lo atraída que se sentía hacia él al decir:

—Las empleadas del salón de belleza me han dicho que la comida del restaurante está buenísima —tanto Terri como Rachel habían ido a cenar allí recientemente.

—Dales las gracias de mi parte —pareció sentirse un poco avergonzado por el cumplido.

—Me han preguntado si sabía dónde habías aprendido a cocinar, pero, que yo recuerde, nunca me lo has dicho —había sido Terri la que se lo había preguntado, pero quería aprovechar el interés de su amiga para enterarse, porque a ella también le picaba la curiosidad.

—No, no te lo he dicho —era obvio que no quería responder.

—Pero supongo que habrás ido a alguna escuela de cocina, o...

—No —le echó una ojeada a su reloj de pulsera, y comentó—: Tengo que prepararme para irme a trabajar.

Maryellen lo miró boquiabierta. Cuando iba a buscar a

la niña a casa de Jon, él prácticamente se tiraba delante del coche para impedir que se fuera, pero en ese momento daba la impresión de que estaba deseando deshacerse de ella.

Se le olvidó de nuevo que su melena rizada era mucho más corta que antes, y se llevó una mano al pelo para intentar ponerse un mechón detrás de la oreja. La actitud de Jon la había desconcertado.

Cuando él la acompañó en silencio hasta el coche y le dio el bolso de los pañales, ella le preguntó:

—¿Sabes qué turno te tocará la semana que viene?

—No, aún no —permaneció junto al vehículo mientras ella aseguraba a la niña en su sillita del asiento trasero.

Al incorporarse, Maryellen se dio cuenta de que él parecía tener la cabeza en otra parte, así que le dijo:

—Bueno, esperaré a que me llames.

Él se limitó a asentir, y ella vaciló por un momento. No le gustaba que se despidieran con tan mal sabor de boca, pero no acababa de entender por qué se había torcido tanto la situación.

—Adiós, Jon... y gracias.

Cuando él retrocedió, Maryellen entró en el coche y lo puso en marcha. Miró por el retrovisor mientras se alejaba, y vio que él permanecía inmóvil.

CAPÍTULO 13

—¿Vamos a comer un pavo enorme como los que preparaba mamá? —le preguntó Eddie a su padre el día de Acción de Gracias.

Zach lo miró adormilado. Aún no se había despertado del todo, pero su hijo ya estaba exigiendo respuestas para preguntas que a aquella hora de la mañana aún le costaba entender.

—Sí, claro —le dijo, mientras se incorporaba en la cama. Según el despertador, sólo eran las ocho, pero estaba claro que no iba a poder dormir más.

—¿No tendrías que meterlo ya en el horno?

¿El pavo tenía que estar en el horno tan pronto? De repente, Zach recordó que el problema ya estaba solucionado, porque en el supermercado preparaban cenas de Acción de Gracias completas que incluían un pavo relleno y aderezado, puré de patatas y salsa casera, además de un bote de mermelada de arándanos y un pastel de calabaza.

—¿No te acuerdas de que mamá siempre metía el pavo en el horno muy temprano? —le preguntó Eddie con entusiasmo.

Lo cierto era que Zach no se acordaba, pero lo que recordaba a la perfección era la tensión que había reinado durante la comida de Acción de Gracias del año anterior, porque Rosie y él habían conseguido a duras penas acabar el día sin pelearse; sin embargo, ese año iba a ser diferente, porque iba a estar solo con los niños.

En el acuerdo de divorcio había quedado estipulado que las fiestas más importantes, incluyendo Acción de Gracias, le tocaban a él, aunque Rosie había conseguido el día de Navidad. Él podía estar con los niños en Nochebuena, pero sólo hasta medianoche. Rosie se había puesto furiosa mientras discutían sobre el tema, y estaba convencido de que estaba deseando volver a llevarlo al juzgado para renegociar. La tregua de la que habían disfrutado cuando se habían aliado para combatir la actitud rebelde de Allison no había durado demasiado, y habían vuelto a la animosidad previa.

–¿Allison ya se ha levantado? –le preguntó a Eddie.

–No. ¿Quieres que baje y empiece a preparar la mesa?

–¿Qué te parece si desayunamos primero? –Zach empezaba a contagiarse del entusiasmo de su hijo.

–Quiero relleno, es lo que más me gusta de la comida.

–Y a mí también.

Al margen de todos los defectos que pudiera tener como cocinera, lo cierto era que Rosie preparaba un relleno buenísimo. Se le hizo la boca agua, pero entonces se acordó de que en esa ocasión no iba a ser ella la que preparara el pavo.

Mientras él se duchaba, se afeitaba y se vestía, Eddie se puso a ver el desfile en honor del Día de Acción de Gracias que daban por la tele. Zach fue a la sala de estar cuando estuvo listo, y se sintió gratamente sorprendido al ver a Allison sentada en el sofá, ojeando el periódico con los pies descalzos apoyados en la mesita baja.

—Buenos días —le dijo, sin saber cómo iba a reaccionar la joven. Últimamente, entre ellos había un tira y afloja constante.

Ella le respondió con un sonido que estaba a medio camino entre un gruñido y una palabra. Cuando Zach había sugerido que podían tener una tregua durante las fiestas, ella había aceptado, pero le había dejado muy claro que estaba siendo muy magnánima y que debería estarle agradecido.

—¿Qué estás leyendo? —le preguntó, al sentarse junto a ella. Si su hija estaba dispuesta a hacer un esfuerzo, él no iba a ser menos. Tomó un trago de café, y miró hacia la tele sin demasiado interés.

—Los anuncios.

—¿Por qué? —Zach la miró sorprendido.

Eddie fue corriendo a la cocina, y volvió a salir poco después con un plato de cereales. Zach estuvo a punto de mandarlo de vuelta a la cocina al ver que se sentaba con las piernas cruzadas en el suelo y que la leche rebosaba del plato, pero como no quería ser tan estricto con él durante las fiestas, decidió dejar que comiera allí por una vez a pesar de las normas.

—Mañana hay ofertas especiales en las tiendas —le dijo Allison.

Zach no soportaba ir de compras, así que Rosie era la que se encargaba siempre de los regalos de Navidad. Se estremecía sólo con pensar en entrar en un centro comercial. El año anterior, le había pedido a Janice que le comprara los regalos de Rosie, y ella había hecho un buen trabajo y encima los había envuelto. Como compensación, había decidido regalarle a su ayudante una suma extra de dinero. Se trataba de un regalo práctico, y había supuesto que, como era madre soltera, le iría bien tener algo más de efectivo para regalos. Seguía molesto por su dimisión.

—Mamá y yo siempre leíamos todos los anuncios —comentó Allison.

Zach no se sorprendió demasiado, porque daba por hecho que a las mujeres les gustaban aquella clase de cosas.

—Era divertido —añadió la joven.

Él se encogió de hombros, y se preguntó a qué se debía la tristeza que se reflejaba en la voz de su hija. Era incapaz de comprenderla, pero si quería ponerse sentimental por culpa de un puñado de anuncios, allá ella.

—No lo pillas, ¿verdad? —Allison lo miró con los ojos llenos de lágrimas.

—¿El qué?

—Mamá y yo siempre íbamos de compras, era una tradición y nos lo pasábamos muy bien. Me encantaba elegir ropa para ponerme en Navidad, y mamá siempre encontraba lo que yo quería rebajado.

Zach lo sentía por ella, pero seguía sin entenderlo.

—Mañana por la mañana puedes ir de compras con ella, si quieres —para intentar quitarle un poco de tensión al ambiente, le dijo a su hijo—: Allison y tu madre pueden ir a comprar si quieren, ¿verdad? A nosotros nos da igual.

—Claro, ve si quieres —le dijo el niño a su hermana.

Allison tiró el periódico al suelo, y se fue de la habitación hecha una furia.

—¿He dicho algo malo? —Eddie empezó a beberse la leche directamente del plato.

—No lo sé —Zach decidió ir a averiguar en qué había metido la pata.

Fue a la habitación de Allison, y suspiró al verla tumbada sobre la cama, llorando a lágrima viva. Se sentó a su lado y posó la mano en su hombro, pero ella se apartó de golpe y le dijo que le daba asco que la tocara.

—Lo siento, cariño.

—Lárgate.

—No puedo.

—¿Por qué? —le preguntó ella entre sollozos.

—Porque te quiero, y me duele verte así —le contestó con sinceridad.

—No, no me quieres.

—Eso no es verdad. ¿Es que no te acuerdas de que eres mi princesa? —la había llamado así durante años, hasta que ella le había pedido que dejara de hacerlo a los trece.

Allison se puso de espaldas, y lo miró con los ojos enrojecidos.

—¿Por qué te has puesto así por los anuncios del periódico?

Ella se sentó, y se pasó el dorso de la mano por debajo de la nariz.

—Mamá me dijo que no podíamos ir de compras.

—¿Por qué? —le costaba creer que Rosie quisiera romper una tradición así, sobre todo sabiendo lo importante que era para Allison; al fin y al cabo, lo que querían era solucionar el problema de la rebeldía de la joven, no acrecentarlo.

—Me dijo que este año no había dinero para compras, por lo del divorcio.

Zach se tragó un gemido, porque a él también le había afectado económicamente la situación. Entre mantener dos casas, los honorarios de los abogados, y lo que le habían costado los cursos de verano de Rosie, se había quedado seco.

—Lo siento, cariño.

—Ya sé que lo sientes, pero eso no cambia nada.

En eso tenía razón.

Al mediodía, Eddie ya no podía aguantar la impaciencia, así que Zach fue a buscar la comida. Cuando regresó a casa y vio que Allison había sacado la cubertería y la vajilla, comentó:

—No hay necesidad de ensuciar todo eso —el lavavajillas tenía una capacidad limitada, y no tenía ganas de ponerse a lavar platos.

—No podemos servir el puré de patatas en un recipiente de plástico en Acción de Gracias —le dijo Allison.

—Claro que sí —se apresuró a decir Eddie—. Déjalo ya, Allison, que quiero comer.

La joven hizo una mueca, pero al final capituló.

Zach sacó la comida de la bolsa con gesto ceremonioso, y mientras él se encargaba de trinchar el pavo, los niños empezaron a servirse los acompañamientos. Cuando los tres platos estuvieron listos, se dieron las manos para bendecir la mesa, pero como Zach no estaba de humor para plegarias largas, se limitó a decir:

—Tenemos comida, tenemos un buen pavo. Dios del Cielo, es hora de que comamos.

—Amén —dijo Eddie, antes de agarrar su tenedor.

Allison miró a su padre con una sonrisa. Los dos sabían que, si Rosie hubiera estado allí, no habría permitido que se bendijera la mesa de forma tan rápida. Zach le guiñó el ojo, y se sintió feliz al ver que ella le devolvía el gesto. Era casi como si acabara de recuperar a su hija.

Se sintió un poco decepcionado al probar el pavo, porque el relleno era bastante insulso. Supuso que era comprensible, porque en la tienda se preparaba mucha cantidad de comida y tenían que satisfacer a gente con gustos muy distintos.

Intentó tomárselo con filosofía, y comentó:

—No está mal.

—No está bueno —protestó Eddie.

—No es como el relleno de mamá —comentó Allison.

El comentario estaba de más, porque Eddie tenía muy claro que aquélla comida no era como la de su madre. Protestó con cada bocado que dio, y al final se levantó de la mesa después de negarse a comerse un trozo de pastel de calabaza.

Zach supuso que se había ido a ver la tele, pero se sorprendió al ver que no estaba en la sala de estar cuando fue a llevarle un trozo de pastel. Empezó a buscarlo, y al final lo encontró llorando en su habitación.

Su hijo se había comportado como un campeón durante el divorcio. Había sido Allison la que había reaccionado con furia y rechazo, la que había dado más problemas.

—Siento que no te haya gustado la comida —le dijo desde la puerta.

Eddie se frotó los ojos, y se sorbió los mocos.

Zach fue hacia él, y lo abrazó con fuerza. El niño tenía nueve años, así que ya no solía subirse en el regazo de su padre, pero en ese momento lo hizo y se abrazó a su cuello.

—Me gustaría que mamá y tú no os hubierais divorciado.
—Ya lo sé.

Zach deseó de todo corazón haber luchado con más fuerza por salvar su matrimonio. Cualquier esfuerzo habría valido la pena, con tal de ahorrarles tanto dolor a sus hijos. Pero ya era demasiado tarde, y Rosie y él no podían volver al pasado.


Grace miró con una sonrisa a Cliff, que estaba sentado en el otro extremo de la mesa, pero su mente estaba a kilómetros de distancia... concretamente, en Georgia, donde Will debía de estar pasando el Día de Acción de Gracias junto a su esposa y sus amistades.

Hacía dos días que no sabía nada de él, y lo echaba mucho de menos. Estaba deseando volver a conectarse a Internet para poder chatear con él. Lisa y su marido tenían un ordenador, pero estaba en el dormitorio de la pareja y no se atrevía a preguntarles si podía usarlo. Lisa no se lo había ofrecido, así que había decidido intentar olvidarse del tema; en todo caso, el hecho de que chatear con Will le resultara tan importante la tenía un poco inquieta y confundida. Meses atrás, no era más que un chico que formaba parte de su pasado, un conocido por el que había estado colada, pero, de repente, se había convertido en mucho más que eso.

Para colmo, tampoco tenía claro lo que sentía por Cliff. A pesar de que estaba encantada de poder pasar Acción de Gracias con él, se arrepentía de haber aceptado su invitación.

—¿Grace?

Su voz la arrancó de sus pensamientos y, al mirarlo, se dio cuenta de que se había perdido algo.

—¿Qué?

—Lisa te ha preguntado si quieres más pavo.

Ella miró su plato, y negó con la cabeza.

—No, gracias. Estoy llena —se colocó las manos en el estómago para indicar que había comido muchísimo, pero la verdad era que apenas había probado bocado.

Aquel viaje a Maryland era más duro de lo que esperaba. No había habido ningún problema durante el vuelo, pero se había sentido un poco incómoda al tener que estar sentada junto a Cliff durante varias horas. En un momento dado, él la había tomado de la mano, y al entrelazar los dedos con los suyos había creado una aparente familiaridad que ella ni quería ni sentía.

Lisa y su esposo, Rich, habían ido a buscarlos al aeropuerto. April, la hija de la pareja, había echado a correr hacia su abuelo en cuanto lo había visto, y él la había alzado en brazos lleno de felicidad.

Aquella mañana, Grace había pasado un rato junto a la hija de Cliff, que le había caído bien de inmediato. Al ver lo unidos que estaban padre e hija, se había acordado de la adoración que Kelly sentía por Dan; para ella, su padre era perfecto.

Sus dos hijas siempre se habían mostrado muy protectoras con Dan, y por eso aprovechaban la más mínima oportunidad para intentar sonsacarle información sobre la relación que tenía con Cliff.

Después de comer, los hombres se fueron a la sala de estar para ver un partido de rugby por la tele, y April se quedó dormida. Grace ayudó a Lisa a quitar la mesa, y de pronto, se dio cuenta de que Cliff estaba mirándola. Al ver que lo había pillado, él esbozó una sonrisa y se volvió de nuevo hacia la tele.

Grace sintió que se le caía el alma a los pies, porque era obvio que estaba enamorado de ella. Durante un tiempo, ella también había estado convencida de que lo amaba, pero ya no estaba segura de nada.

—Eres la primera mujer por la que mi padre se ha interesado desde que se divorció de mi madre —le dijo Lisa, mientras colocaban los últimos platos sucios sobre la encimera.

La casa era muy acogedora, y estaba decorada al estilo de una típica casita británica. La hija de Cliff era rubia, alta y delgada, y Grace se preguntó si se parecía a su ex mujer.

—Tu padre es un gran hombre —le dijo con sinceridad.

Lisa abrió el grifo del fregadero, añadió jabón, y empezó a fregar las cacerolas.

—Mamá le hizo mucho daño, y él tardó bastante en superar lo del divorcio. Empezaba a pensar que no iba a lograrlo.

—Hay heridas muy hondas —Grace se sintió un poco culpable, porque era Will el que ocupaba sus pensamientos y el que le aceleraba el corazón. Aquellos dos días le habían servido para darse cuenta de lo fuerte que era lo que sentía por él.

Se había equivocado al aceptar la invitación de Cliff, porque así había dado la impresión de que quería profundizar la relación que tenía con él. Era un hombre al que apreciaba mucho y disfrutaba estando con él, pero para ella sólo era un amigo y nada más.

—Papá ha estado muy ocupado últimamente, y tiene miedo de que os hayáis distanciado —le dijo Lisa—. Hablamos cada semana, y tú eres el principal tema de conversación.

—¿Ah, sí?

—Sí. Bueno, tú y el tipo que apareció muerto en la pensión —lo dijo en tono de broma, pero se puso seria al añadir—: Me pide consejo, fui yo la que le animó a que te invitara a salir.

—En ese caso, debería darte las gracias.

—Le gustó el hecho de que te negaras a salir con él hasta que el divorcio fue un hecho.

Había sido una época muy mala para Grace, porque había tenido que enfrentarse a lo desconocido. Aún no habían encontrado el cadáver de Dan, y ella estaba convencida de que estaba con otra mujer. Su autoestima había quedado por los suelos, pero de repente había aparecido aquel ranchero que la había cortejado con consideración y sentido del humor.

—Le dije a papá que tendría que contratar a un entrenador de caballos a jornada completa, si no quería perderte —Lisa abrió el lavavajillas, que era tan viejo como el de Grace, y empezó a meter los platos.

—Sé lo duro que es poner en marcha un nuevo negocio

—se apresuró a decirle. Lo cierto era que ni siquiera había echado de menos a Cliff; de hecho, reaccionaba con impaciencia cuando él la llamaba.

No le gustaba sentirse así, pero no podía evitarlo. Cliff era como Buttercup... grande, alegre, y disponible siempre que lo necesitaba; en cambio, su amistad con Will era novedosa y emocionante. Hablar con él durante horas cada día y mantenerlo en secreto tenía un aire de intriga.

—¿Estás enamorada de mi padre? —le preguntó Lisa.

—Eh...

—¿Estás incomodando a nuestra invitada? —le preguntó Cliff a su hija, al entrar en la cocina.

Cuando se acercó a Grace, la abrazó por la espalda y la besó en el cuello, ella cerró los ojos, pero no para saborear la ternura del momento, sino por el alivio que sintió al no tener que responder a la pregunta de Lisa.

Sabía que lo que hacía no estaba bien, pero era incapaz de contarle la verdad a Cliff mientras su hija y su yerno estaban tan cerca, mientras su nieta estaba durmiendo la siesta en la otra habitación. Iba a tener que esperar hasta que estuvieran en Cedar Cove, en territorio conocido.

Podría habérselo contado durante el vuelo de regreso, pero le pareció mal, sobre todo después de la amabilidad con la que la había tratado su familia. En cuanto llegaron a Cedar Cove, pasó por casa de Kelly y Paul para recoger a Buttercup, y se fue casa; al cabo de diez minutos de entrar por la puerta, se sentó delante del ordenador.

—Por favor, que esté conectado... —susurró, mientras se conectaba a Internet. Después de entrar en la página del chat, tecleó—: ¿Estás conectado, Will?

Él respondió casi de inmediato.

—Me alegro de que hayas vuelto. ¿Qué tal te ha ido Acción de Gracias con tu novio?

—Muy bien. ¿Qué tal te ha ido a ti?

—Bien, supongo.

—Me lo he pasado bien, pero echaba de menos chatear contigo.

Le pareció que pasaba una eternidad hasta que él contestó.

—Gracias, Grace. Lo he pasado fatal sin poder hablar contigo. No me había dado cuenta de lo importantes que son nuestras charlas para mí, de cuánto me ayudan.

—Para mí también son muy importantes —se mordió el labio, y tecleó—: No he dejado de pensar en ti.

Tras otra larga pausa, él le contestó:

—Lo mismo digo.

Grace sabía que no debería sentirse tan eufórica, pero no pudo evitar volver a sentirse como una adolescente... una adolescente colada por un chico.

CAPÍTULO 14

Mientras bajaba por la escalera, Peggy Beldon vio a través de una ventana las agitadas aguas de la cala y el encapotado cielo de diciembre. No le sorprendió que Bob se hubiera levantado tan temprano; de hecho, supuso que llevaba horas despierto, porque le costaba dormir desde el día en que había hablado con el reverendo Flemming en el campo de golf. Le había preguntado de qué habían estado hablando, y aunque él se había mostrado reacio a contestarle al principio, al final había conseguido sacarle una respuesta, aunque no había sido demasiado específica.

Su matrimonio no había tenido un comienzo fácil, porque Bob no había sido el mismo después de lo de Vietnam. Se habían casado poco después de que él dejara el ejército, pero para entonces ya había empezado a beber. Al principio eran un par de cervezas con los amigos cuando salía de trabajar, y ella no se lo había tomado a mal. Hollie y Marc habían nacido con dos años de diferencia, y la habían mantenido tan ocupada, que apenas se había dado cuenta de lo que estaba pasándole a su marido. Al final, Bob había acabado saliendo con sus amigos cada noche, o llevándolos a casa. Eso había sido el motivo de muchas discusiones, y ella se había sentido cada vez más desesperada.

La tarde en que le habían puesto la primera multa por conducir borracho, ella se había dado cuenta de que la bebida se había convertido en un problema serio que controlaba tanto su matrimonio como sus vidas, pero a pesar de sus súplicas y sus lágrimas, él se había negado a admitir que tenía un problema.

Le estaría eternamente agradecida a la amiga que le había aconsejado que fuera a las reuniones de Alcohólicos Anónimos, y no sabía dónde estaría a aquellas alturas de no ser por el apoyo y los ánimos de otras personas que estaban casadas con alcohólicos. La asociación le había cambiado la vida, y había dejado de proteger a Bob de las consecuencias de su adicción. Cuando veía que se ponía al volante borracho, llamaba a la policía; si se caía al suelo y estaba demasiado borracho para levantarse, lo dejaba donde estaba. El problema con la bebida era de Bob, y ella se había negado a hacerlo suyo, a dejarse atrapar en el ojo de un huracán porque él había decidido ahogar sus penas en el alcohol.

Afortunadamente, Bob había empezado a tomar conciencia de lo que estaba haciendo después de que lo echaran de tres trabajos seguidos, de que le cancelaran el seguro del coche y sólo accedieran a renovárselo con cuotas similares a las del pago de una casa, y de tener que prestar declaración delante de un juez. Había sido entonces cuando había accedido a ir a su primera reunión de Alcohólicos Anónimos, y con la ayuda de Dios, no había vuelto a beber ni una gota de alcohol.

Cuando llevaba tres semanas sobrio, le había contado todo lo que había pasado durante aquel día terrible en

Vietnam, y había llorado lleno de culpa y de dolor mientras ella lo abrazaba y lloraba con él. El día en que él se había sincerado se le había quedado grabado en el corazón, porque a partir de entonces su matrimonio y sus vidas habían cambiado para siempre. Aquel día, se había dado cuenta de que Bob tenía la fuerza de voluntad necesaria para dejar de beber. Había sido en enero de 1983, así que ya habían pasado veinte años. Él había ayudado a muchos otros alcohólicos desde entonces gracias al programa de Alcohólicos Anónimos, y ella seguía asistiendo a las reuniones.

Bob sonrió al verla entrar en la cocina. Tenía el Gran Libro de Alcohólicos Anónimos en una mano, y una taza de café en la otra.

—¿Desde cuándo estás levantado? —le preguntó. Como estaba vestido y afeitado, supuso que hacía bastante.

—Desde hace un par de horas. Tengo una cita con Roy, me gustaría que me acompañaras si tienes tiempo.

Lo dijo con aparente despreocupación, pero Peggy conocía muy bien a su marido y se dio cuenta de que quería que fuera con él. Llevaba unos días bastante nervioso, desde que Troy Davis, el sheriff, había ido a verlo y le había hecho unas cuantas preguntas sobre el desconocido que había muerto en la pensión.

Troy había hecho más o menos las mismas preguntas que cuando habían encontrado el cadáver meses antes, y aunque su visita no había durado demasiado, en cuanto se había marchado, Bob había empezado a pasear de un lado a otro de la casa hasta enloquecerla.

—Claro que tengo tiempo, voy contigo —le dijo, mientras se servía una taza de café. Como la cafetera estaba casi vacía, preparó otra. No tenían ningún huésped en ese momento, pero nunca estaba de más tener café preparado.

—Parece que va a nevar —le dijo él, mientras miraba por la ventana.

Peggy se sentó enfrente de él, y agarró el mando de la pequeña tele que tenían en la cocina. Solía ver las noticias en el canal de la tele de Seattle. Llevaban toda la semana diciendo que podía nevar, pero la temperatura no había bajado lo suficiente hasta el momento.

En la zona de Puget Sound no solía nevar. A pesar de lo que creía mucha gente, tanto Seattle como las zonas circundantes tenían un clima moderado; según los registros, las temperaturas no solían subir por encima de los treinta grados centígrados en verano, ni bajaban más allá de los cero grados en invierno.

—Ojalá —dijo Peggy. A los niños de la zona les encantaría que nevara, y a ella también. Las luces de Navidad ya estaban colocadas, la corona estaba colgada en la puerta, y el reno iluminado con lucecitas estaba colocado en medio del jardín delantero, así que la nieve daría el toque perfecto a la estampa navideña.

Al ver que Bob cerraba el libro y soltaba un sonoro bostezo, le preguntó de nuevo:

—¿Desde cuándo estás levantado?

—No lo sé, desde bastante temprano.

—¿Desde las dos?, ¿las tres?

—Debían de ser las tres, más o menos —le dijo él, mientras fijaba la mirada en la tele.

Peggy supuso que se había levantado antes de las tres. Bob no podía quitarse de la cabeza la idea de que conocía al desconocido que había aparecido muerto, pero como el hombre se había sometido a operaciones de cirugía estética, resultaba muy difícil identificarlo. Durante un tiempo, la gente creía que podría tratarse de Dan Sherman, pero varias semanas después habían encontrado el cadáver de Dan.

Costaba bastante creer que se hubieran producido tantas muertes así en una ciudad tan tranquila como Cedar Cove.

—¿A qué hora has quedado con Roy?

—A las diez.

—Estaré lista.

Llegaron al cabo de un par de horas al despacho de Roy McAfee, que estaba situado cerca de la galería de arte. La esposa de Roy, Corrie, trabajaba con su marido de gerente. Aunque Peggy no la conocía demasiado, le caía bien; por su parte, Roy era un hombre imperturbable y directo que investigaba a fondo los casos en los que trabajaba.

A Peggy le recordaba a Joe Friday, el policía de la serie de televisión *Dragnet*, y quizá por eso le inspiraba confianza. Era un poco distante, un observador, un hombre que no permitía que las emociones empañaran una investigación. Corrie era todo lo contrario, ya que era una persona cálida y afable. A pesar de que trabajaba como gerente para su marido, parecía una típica ama de casa de las que se dedicaban a cocinar galletas y a ejercer de esposa y madre. En ese aspecto las dos eran muy parecidas, así que quizá por eso a Peggy le caía tan bien.

Se sentaron en la sala de espera, y Peggy empezó a leer una revista. Al ver que Bob empezaba a mover el pie con nerviosismo, tuvo que contener las ganas de alargar la mano para hacer que parara.

—Podéis pasar —les dijo Corrie.

Peggy miró a su esposo, porque no sabía si quería que entrara con él.

—¿Te importa esperar aquí?, me gustaría hablar con Roy a solas —le dijo él. Había empalidecido de forma visible.

Peggy observó con ansiedad cómo entraba en el despacho. No sabía de qué quería hablar con Roy, ni si estaba ocultándole algo.

Fue incapaz de permanecer sentada, y empezó a pasearse de un lado a otro de la sala de espera.

—Me encanta tu jardín, Peggy. ¿Cómo te iniciaste en el tema de las plantas?

Se cruzó de brazos, y miró por la ventana antes de contestar.

—La verdad es que fue por casualidad. Hace años, compramos una casa en la que había una mata de romero, y me encantaba su olor. Cortaba ramas tan a menudo, que compré una segunda mata, y después otra más. Antes de darme cuenta, había comprado también laurel, salvia y albahaca, y me di cuenta de que se me daba bien cultivar plantas. Cuando decidimos volver a Cedar Cove...

—¿Ya habíais vivido aquí antes?

—Sí, tanto Bob como yo estudiamos en el instituto de la ciudad. Bob se graduó en 1966, y yo dos años después.

—Tenemos edades parecidas —comentó Corrie—. Yo tengo cuarenta y siete años, y Roy cincuenta y uno.

—¿Tú también cultivas plantas?

—No, pero me gustaría. ¿Puedes aconsejarme?

Peggy se dio cuenta de que estaba intentando distraerla. No le importó, porque Corrie parecía interesada de verdad en el tema de las plantas.

—Ven a mi casa algún día, te daré unas cuantas semillas para que las plantes en el jardín en primavera.

—Gracias.

—Bob plantó los arándanos, tenemos unos cuantos a un lado de la casa. Necesitan bastante agua, y es una lata mantener a los ciervos alejados.

Estuvieron charlando durante unos veinte minutos sobre recetas que incluían arándanos, pero Peggy se calló de golpe cuando la puerta se abrió y Roy asomó la cabeza.

—¿Puedes venir un momento, Peggy?

Ella asintió, y entró en el despacho con las piernas un poco temblorosas. En cuanto se sentó en la silla que había junto a la de Bob, le tomó de la mano y él entrelazó los dedos con los suyos.

—Le he contado a Roy lo que pasó en Vietnam —le dijo él en voz baja—. Le he dicho que éramos cuatro soldados, todos menores de veinticinco, y que pactamos no hablar jamás de lo que había pasado. No sé si el desconocido que apareció muerto tiene algo que ver en todo esto, pero le he pedido a Roy que averigüe todo lo que pueda.

Veinte años atrás, cuando se había sincerado con ella y le había contado todo lo que había pasado en la jungla, Bob le había dicho que no pensaba volver a hablar del tema nunca más. Se lo había contado a ella de forma excepcional, porque guardar aquel secreto era una carga muy pesada que había estado a punto de destruirlos tanto a su matrimonio como a él.

—Dan Sherman era uno de mis compañeros.

—¿Dan? —Peggy lo miró boquiabierta, porque no sabía que el compañero del instituto de Bob también había estado en aquel infierno. Se volvió hacia Roy, y le preguntó—: ¿Crees que lo que pasó en Vietnam tiene algo que ver con el hombre que murió en nuestra pensión?

Roy se inclinó hacia delante, y le dijo muy serio:

—No lo sé, pero voy a averiguarlo.

El aire festivo que reinaba en el juzgado del condado de Kitsap resultaba contagioso. Olivia miró por la ventana de su despacho, ya que le encantaba ver cómo nevaba. Tener nieve en diciembre era perfecto, pero a pesar de que tenía ganas de volver cuanto antes a casa para empezar a preparar galletas de jengibre, tenía que estar en el juzgado escuchando a los abogados y tomando decisiones.

Después de apurar su taza de té, volvió a regañadientes a la sala. El alguacil anunció su llegada, y los congregados se pusieron de pie sin muchas ganas mientras ella se sentaba. Cuando se inició el caso siguiente y el abogado de una de las partes se puso de pie, alzó la mirada y se sorprendió al ver a Jack Griffin en el fondo de la sala, libreta y bolígrafo en ristre. Ya estaba tomando notas, a pesar de que el juicio aún no había empezado. Se preguntó si estaba allí como periodista o si había ido para fastidiarla, y sintió que se le aceleraba el corazón.

Se sintió decepcionada al ver que él salía de la sala al cabo de unos minutos. Apenas se habían visto durante las últimas semanas, porque los dos estaban muy atareados; además, no habían recuperado la cercanía que los unía antes, aunque los dos estaban esforzándose por volver a encauzar la relación. Le echaba de menos, echaba de menos lo bien que se lo pasaban juntos, su carácter bromista, los potentes besos que compartían. Una mujer con su edad no tendría que estar pensando en ese tipo de cosas en medio de un caso de custodia, pero no pudo evitarlo.

Quería volver a tenerlo en su vida, y que la relación volviera a ser la de antes. No sabía quién había tenido la culpa de que las cosas se torcieran. El año anterior, cenaban juntos dos veces a la semana por lo menos, y él iba a su casa todos los martes por la noche y pasaban el rato viendo series policíacas. Hacía meses que no pasaban un martes juntos.

Las cosas habían empezado a cambiar cuando el hijo de Jack se había ido a vivir con él. La presencia de Eric había puesto el mundo de Jack patas arriba, pero como él creía que tenía que dedicarle aquel tiempo a su hijo porque se lo debía, ella había accedido a quedarse un poco al margen. No le había hecho ninguna gracia, pero no le había quedado otra opción.

Finalmente, Eric se había casado en una ceremonia que ella misma había oficiado, había tenido gemelos, y durante el verano anterior se había mudado con su esposa y sus hijos a Reno. Justo cuando parecía que las cosas iban a volver a la normalidad, Stan había entrado en escena. Era indudable que su ex marido era un tipo persistente, porque la llamaba por teléfono diez veces más que Jack. Podría tener una cita con Stan cuando le diera la gana, pero la cuestión era que no estaba interesada en él.

Al principio quizás había dudado un poco, porque le había resultado de lo más gratificante que su marido admitiera que había cometido una terrible equivocación al divorciarse de ella. Durante un breve periodo de tiempo, había estado a punto de dejarse llevar por su amor propio, pero por suerte no había tardado en recuperar la cordura.

Era obvio que Stan necesitaba tener a una mujer en su vida y que no le daba miedo luchar por lo que quería, pero el problema radicaba en que a ella la veía como un reto. Él quería que su pareja lo adorara, y aunque la inteligencia no era un requisito imprescindible, era un añadido de agradecer. Stan Lockhart era un hombre inteligente que tenía un coeficiente intelectual alto, pero por desgracia su coeficiente emocional era mucho menor.

La tarde pasó con rapidez mientras iba encargándose de un caso tras otro, y para cuando terminó la jornada, estaba deseando ir a casa y ponerse a leer recetas para preparar galletas de jengibre. Comprobó los mensajes del contestador mientras se quitaba la toga. Había uno de Stan, lo cual no la sorprendió, y otro de su hija. Justine había decidido dejar el trabajo para cuidar de su hijo, pero seguía manejando las finanzas del restaurante. Pagaba las facturas y se encargaba de las nóminas, pero dejaba las cuestiones fiscales en manos de Zachary Cox, su contable.

Decidió devolver las llamadas de inmediato. Después de rechazar la invitación a cenar de Stan, y de decirle a su hija que sí, que añadir un poco de coñac al pudin de frutas le daba un toque especial, se preparó para volver a casa. Se puso el abrigo y los guantes, y al salir del despacho vio a Jack esperándola, apoyado en la pared.

–Hola –le dijo él, con una sonrisa.

–Hola –el corazón le dio un brinco. No era un hombre atractivo a primera vista, pero la dejaba sin aliento.

–¿Tienes tiempo para dar un paseo por la nieve?

–Claro que sí –minutos antes estaba deseando llegar a casa, pero las invitaciones de Jack eran escasas, y no estaba dispuesta a desperdiciar una.

–Perfecto –le dijo él, claramente encantado.

Cuando salieron a la calle, Olivia se dio cuenta de que los copos de nieve eran grandes y esponjosos, de los que bajaban flotando poco a poco hasta el suelo.

–Vamos al puerto –le dijo él.

La cuesta de la colina era bastante empinada, así que la carretera solía estar cortada cuando las condiciones climatológicas eran muy malas; de hecho, las señales de alerta ya estaban colocadas cerca del juzgado.

Jack la instó a que lo tomara del brazo. Olivia alzó la cara hacia el cielo y abrió la boca para atrapar algún copo de nieve con la lengua, tal y como solía hacer de niña.

–Me encanta que nieve –comentó.

–A mí también.

–¿Quieres que construyamos un muñeco de nieve delante del juzgado?

—Preferiría ir a tomar una taza de café.

Olivia no protestó, porque la idea le pareció igual de atractiva. El agua reflejaba las luces del puerto mientras iba anocheciendo. Los barcos se mecían con suavidad, y con el detalle añadido de la nieve, la cala parecía una postal navideña. Lo único que faltaba eran niños vestidos con abrigos pasados de moda y cantando villancicos, o algún trineo.

Jack la llevó al Potbelly Deli, un restaurante muy concurrido que tenía abierto hasta tarde. Ella se sentó en una mesa junto a la ventana, y él fue a pedir al mostrador y regresó al cabo de unos minutos con dos tazas de café y un trozo de pastel de nueces con dos tenedores.

—Estoy intentando controlar mi peso, Jack.

—Contrólalo otro día —le dijo él, al darle un tenedor.

Ella lo aceptó, y soltó un sonoro suspiro.

—Esta noche voy a tener que hacer un poco de ejercicio en la cinta andadora.

—¿No ibas al gimnasio con Grace?

—Sí, pero sólo los miércoles, y en los libros pone que hay que hacer ejercicio cuatro o cinco veces por semana.

—¿En serio? —Jack tomó un trozo de pastel con el tenedor.

—¿Haces ejercicio? —Olivia cortó un trocito de pastel, y tuvo cuidado de no pillar nada de nata.

—¿Quién, yo?

Su expresión de perplejidad fue una respuesta más que suficiente.

—Si no te cuidas, acabarás sufriendo un ataque al corazón. Tienes que comer bien y hacer ejercicio.

—Sí, mamá —le dijo él, antes de cortar otro trozo de pastel.

—Vale, no te sermoneo más.

—Genial —la miró sonriente, y se sacó un sobre del bolsillo del abrigo—. He pensado que te gustaría ver esto.

Olivia agarró el sobre, y vio en el remitente la dirección de Eric y Shelly. Dentro había una carta, y varias fotografías de Tedd y Todd, los gemelos de la pareja.

—¡Han crecido mucho!

—Según Shelly, ya han empezado a andar.

—¿Con nueve meses?

Seguro que llevaban de cabeza a sus padres; afortunadamente, Jordan y Justine no habían empezado a andar hasta que tenían un año... sintió una breve punzada de dolor. Últimamente, ya no pensaba tanto en Jordan, el hermano gemelo de Justine, que había fallecido a los trece años; a veces, pasaba días enteros sin pensar en su muerte. Durante años se había atormentado preguntándose cómo habría sido su vida si su hijo hubiera decidido ir a pasear en bicicleta aquella fatídica tarde de agosto, si no hubiera ido al lago con sus amigos, pero se trataba de una pregunta sin respuesta.

—Tengo fotos nuevas de Isabella —le dijo a Jack, para demostrarle que ella tampoco se quedaba corta en el tema de los nietos. Se sacó del bolso el álbum que Grace le había regalado, y añadió—: Leif también está muy cambiado.

Mientras ella seguía mirando las fotos de Tedd y Todd, Jack empezó a ojear el álbum de fotos, y comentó:

—Isabella y Leif son monos, pero Tedd y Todd lo son aún más.

Olivia bajó las fotos lentamente, y le dijo:

—No te atrevas a repetir eso delante de mí, Jack Griffin. Mis nietos son los niños más perfectos y preciosos del universo, no quiero tener que juzgarte por injurias y calumnias.

Él se reclinó en la silla, y enarcó las cejas.

—¿Ah, sí? Pues yo podría escribir otro artículo sobre ti en el *Chronicle*.

Olivia se echó a reír, y le dijo:

—Vale, que haya paz. Digamos que los dos tenemos los nietos más listos y guapos del mundo, ¿vale?

Jack sonrió, tomó un poco de pastel con el tenedor y se lo ofreció, pero ella se negó a comérselo y le dijo:

—No puedo, después tendría que quemar las calorías en la cinta andadora.

—Podríamos dar un paseo.

—Ha empezado a llover, Jack.

—Vale, ¿qué te parece si vamos de compras? Necesito regalos para Eric, Shelly y los niños, así que me vendrá bien que me eches una mano.

—Trato hecho —Olivia se inclinó hacia delante, y se comió el trozo de pastel que él le ofrecía. Estaba tan bueno, que cerró los ojos para saborearlo mejor.

—¿Estás lista?

—Sí —se puso de pie, y agarró su abrigo.

Cuando salieron a la calle, se dio cuenta de que era la primera vez en meses en que la presencia silenciosa de Stan no planeaba sobre ellos.

Lo tomó como una buena señal, era obvio que las cosas empezaban a encauzarse de nuevo.

---

Zach estaba sentado en el despacho, observando a la joven que tenía delante. No le gustaba nada tener que buscar nuevos empleados. Cecilia Randall era la última aspirante del día. Había entrevistado a cuatro personas más, pero ninguna de ellas le había convencido.

Cecilia estaba nerviosa, y era obvio que quería causar una buena impresión. Aunque era joven, tenía buenas referencias, pero ninguna de una gestoría contable; de hecho, hasta el momento sólo había trabajado en el sector de la hostelería.

Se le ocurrían un montón de preguntas, pero según las leyes federales, no podía hacérselas; además, había aprendido la lección en ese aspecto con Janice.

—¿Le gusta la contabilidad, señorita Randall?

—Sí, me encanta. Saqué las mejores notas de la clase —se inclinó hacia delante, y le indicó un apartado de su currículum—. He obtenido hace poco la licenciatura en Contabilidad y Finanzas en el Olympic Community College de Bremerton.

—Ya veo que su esposo está en la Armada.

—Sí, en este momento está en alta mar —Cecilia entrelazó las manos sobre su regazo con rigidez—. Le echo mucho de menos, pero ya casi ha acabado el periodo de servicio.

Saltaba a la vista lo enamorada que estaba de su marido. Eso era un punto a su favor.

Zach volvió a echarle un vistazo a su currículum, y dio voz a su principal objeción.

—No ha trabajado nunca en este sector.

—Sí, ya lo sé. Trabajé hasta hace poco de jefa de sala en el restaurante The Captain's Galley, pero lo vendieron y ahora es el Lighthouse.

Zach asintió. Conocía bien aquel restaurante, porque llevaba su contabilidad fiscal.

—Me ofrecieron empleo, pero lo rechacé. Me pareció más importante sacarme el título, y conseguir un trabajo relacionado con mis estudios.

Su esfuerzo le pareció encomiable. Aquella joven había estudiado durante tres años para conseguir su título, y estaba decidida a trabajar en el sector de la contabilidad.

—Estoy dispuesta a empezar desde abajo, sería una oportunidad para ganar experiencia y para demostrarme a mí misma de lo que soy capaz.

Aquella joven estaba causándole muy buena impresión. Además, el hecho de que estuviera felizmente casada era un punto a su favor, porque a pesar de que no estaba dispuesto a admitirlo ante nadie, no quería volver a trabajar codo con codo con una mujer soltera. No se había dado cuenta de las intenciones ocultas de Janice hasta que el daño ya estaba hecho.

—¿Puede empezar el lunes por la mañana? —estaba cansado de entrevistas de trabajo, y Cecilia Randall era la aspirante que había mostrado más empuje.

Ella lo miró boquiabierta, y le preguntó:

—¿Quiere decir que he conseguido el puesto?

—Sí, es todo suyo —Zach no pudo evitar sonreír.

Le dijo el salario, y temió haberse quedado corto cuando ella exclamó:

—¿Cuánto? —se puso roja como un tomate, y se tapó la boca mientras soltaba una carcajada—. ¡Es genial! No se arrepentirá de su decisión, señor Cox. Trabajaré duro, y me esforzaré al máximo.

—No lo dudo, señorita Randall.

Al salir del trabajo aquella tarde, Zach fue al supermercado y compró un pollo precocinado. No le gustaba demasiado, pero era una comida rápida y fácil de preparar, y no tenía ganas de ponerse a cocinar.

Eddie se puso de morros en cuanto vio lo que había para cenar, y le dijo con voz lastimera:

—Yo quería espaguetis.

—¿Otra vez pollo? —apostilló Allison—. Mamá trajo uno hace dos noches, ¿es que nadie sabe cocinar en esta familia?

Zach perdió la paciencia, y le espetó:
—Sí, tú.
—¿Por qué crees que sé cocinar? —le preguntó su hija, cada vez más enfadada.
—Este trimestre tenías una asignatura de economía doméstica, ¿no?
—Sí, pero...
—Eres la primera que llega a casa, podrías encargarte de preparar la cena.
—Quieres que cocine porque soy una chica, ¿verdad? —le dijo ella con indignación.

Zach no estaba dispuesto a caer en la trampa del padre machista, así que le contestó:
—Si Eddie llegara a casa antes que tú, le pondría al cargo de la cena, pero como resulta que eres tú la que llega primero, te ha tocado a ti. Así que ya puedes ponerte manos a la obra, tu hermano y yo fregaremos los platos.
—Yo prefiero cocinar —dijo Eddie.
—Lo siento, muchachote. Allison va a encargarse de organizar un plan de cenas.
—¿Qué es eso? —le preguntó la joven, desconcertada.
—Prepara una lista de lo que vamos a cenar durante los próximos siete días, y yo me encargaré de comprar todo lo necesario.
—Ah.
—Puedes preparar espaguetis cada día si quieres, Allison —le dijo su hermano con entusiasmo.
—Ten, anótalo aquí —Zach puso una libreta encima de la mesa.
—¿Podemos cenar tacos algún día? Por favor, por favor, por...
—Vale —Allison escribió «tacos» en la libreta.
—¿Qué hace falta para prepararlos? —le preguntó Zach.

—Carne, queso, tomates, lechuga, y la masa de los tacos —le dijo Allison.

—Perfecto, anótalo todo en otra hoja.

—Tenemos queso, mamá lo compró para los macarrones que preparó el lunes —comentó Eddie.

—Vale, entonces necesitamos todo lo demás.

Allison anotó los ingredientes, y entre todos decidieron lo que iban a preparar el resto de noches. Se lo pasaron bien, y cuando acabaron de planificarlo, se pusieron a cenar.

—¿De verdad que vas a cocinar para nosotros, Allison? —le preguntó Eddie, que sujetaba un muslo de pollo con ambas manos.

—Supongo que sí, pero porque papá me obliga.

Como no quería que se iniciara una nueva discusión, Zach les preguntó qué tal les había ido el día.

—Bastante bien —dijo Allison.

—Yo me lo he pasado genial —le dijo Eddie, antes de explicarles al detalle todo lo que había hecho.

—¿Cómo te ha ido a ti, papá? —le preguntó Allison.

—¿A mí? —Zach se dio cuenta de que no tenía nada que ocultar, así que dijo—: Esta tarde he contratado a una nueva ayudante.

—¿Es guapa? —le preguntó Eddie.

El teléfono empezó a sonar antes de que pudiera responder. Allison se lanzó a contestar con la rapidez de una heroína de cómic, pero su entusiasmo se desvaneció en cuanto descubrió que se trataba de su madre.

Era obvio que Rosie le preguntó a su hija qué estaban haciendo, porque la joven soltó un sonoro suspiro y contestó:

—Estamos cenando, y papá estaba contándonos que hoy ha contratado a una ayudante nueva.

Zach tuvo ganas de darse un cabezazo contra la pared, porque no le hacía ninguna gracia que Rosie supiera que Janice le había dejado en la estacada. Ya resultaba bastante bochornoso el hecho de que hubiera dimitido, pero tener que admitir ante su ex mujer que había cometido un gran error al contratarla sería humillante, porque ya le resultaba bastante duro tener que admitirlo ante sí mismo.

Se le quitaron las ganas de comer, así que se levantó y fue a meter el plato sucio en el lavavajillas.

Eddie también estuvo hablando con su madre, pero le llamó al cabo de unos minutos.

—¡Papá!, ¡mamá quiere hablar contigo!

—Ya voy.

Sabía que Rosie no iba a dejar correr el tema, y tenía razón. En cuanto se puso al teléfono, ella le preguntó:

—¿Vas a contratar a otra ayudante?

—Ya veo que Allison te lo ha dicho. Estaba intentando mantener una conversación amena durante la cena, y cada uno ha empezado a contar cómo le ha ido el día.

—¿Qué le ha pasado a Janice Lammond?

Era una mujer insistente, de eso no había ninguna duda.

—Nada.

—Entonces, ¿por qué vas a contratar a otra ayudante?

—Pues porque necesito una —le dijo él, como si la respuesta fuera obvia.

—Janice ha conseguido un ascenso, ¿verdad?

—Sí.

Era la pura verdad. Janice había conseguido un puesto de mayor responsabilidad, pero en otra empresa. Zach sabía que tendría que admitir que las sospechas de Rosie se habían confirmado, que la intención de Janice había sido conseguir entablar una relación con él que fuera más allá de lo laboral.

—En ese caso, supongo que tendré que felicitarla —la voz de Rosie revelaba cierto desencanto.

—Sí, supongo que sí.

Cuando colgó el teléfono poco después, Zach empezó a inquietarse, porque tenía la sensación de que muy pronto iba a acabar pagando por la mentira que acababa de decir.

# CAPÍTULO 15

A Jon le pasaba algo. Maryellen llevaba dándole vueltas a su extraño comportamiento desde que él había ido a por Katie la noche anterior. Era lunes por la mañana, y no pudo dejar de pensar en el tema mientras iba hacia la galería de arte. Harbor Street, la calle principal, estaba decorada con luces navideñas, y de las farolas colgaban los tradicionales bastones de caramelo.

Jon era un padre fantástico, pero últimamente sólo se quedaba el tiempo justo cuando iba a buscar a la niña; de hecho, incluso le había dicho que había decidido dejar a Katie directamente en casa de Kelly.

Maryellen no entendía su súbito cambio de actitud, porque antes él siempre parecía inventarse excusas para pasar más tiempo con ella. La única explicación que se le había ocurrido era que quizás había empezado a salir con otra mujer, y la mera idea hizo que sintiera un extraño y profundo dolor. Se dio cuenta de que a lo mejor estaba celosa, y se enfadó consigo misma.

A media mañana, no pudo seguir soportando la incertidumbre. Tenía que saber la verdad. En cuanto tuvo algo de tiempo libre entre cliente y cliente, llamó a su hermana.

—Hola, Kelly —le dijo, mientras intentaba aparentar naturalidad—. Katie está en tu casa, ¿verdad?

—Sí, Jon la trajo hace una hora.

—Perfecto —luchó por mantener la calma, aunque se moría de curiosidad—. ¿Qué tal estaba?

—¿Quién, Jon? Pues como siempre. Se ha marchado a los cinco minutos de llegar. ¿Por qué lo preguntas?

Se le ocurrieron diez posibles respuestas, pero al final admitió:

—Últimamente parece un poco... distinto.

—¿En qué sentido?

Maryellen apretó con fuerza el teléfono. No quería admitir que Jon ya no parecía interesado en ella, sobre todo teniendo en cuenta que era algo que no debería importarle.

—¿No te parece un poco raro que decidiera dejar a la niña en tu casa en vez de en la mía?

—No, la verdad es que me parece lógico. Si te la lleva a ti, tiene que salir de su casa a las siete y cuarto, pero si me la trae a mí, puede dormir más y traérmela a la hora que le vaya bien.

—Ah —como era de esperar, su hermana había dicho algo completamente razonable, y había conseguido que se sintiera como una tonta.

—Además, es la única explicación que se me ocurre.

Maryellen no quería parecer una paranoica. Su preocupación se basaba en su propia intuición, porque Jon no había hecho ni dicho nada concreto.

—Cuando vino a por Katie ayer por la tarde, se quedó el tiempo justo.

—A lo mejor tenía planes, Maryellen. Tiene una vida propia.

—Eso ya lo sé —su hermana no la entendía. Jon solía quedarse durante un buen rato con ella cuando iba a buscar a Katie, pero últimamente se marchaba enseguida.

Lo más triste de todo era que anhelaba estar con él, que disfrutaba muchísimo con las conversaciones que solían mantener. El día anterior, cuando él se había marchado al poco de llegar, se había dedicado a deambular entristecida por la casa, intentando encontrarle una explicación a aquel cambio de actitud tan súbito.

—Si te preocupa tanto, pregúntale qué le pasa —le dijo Kelly.

—¡Ni hablar! —sabía que su hermana se lo había sugerido de buena fe, pero no quería entrometerse en la vida de Jon; al fin y al cabo, había sido ella la que se había negado a tener una relación seria con él.

—Podrías preguntárselo de forma indirecta.

Maryellen no había salido con nadie desde que se había divorciado, así que no se le daba demasiado bien socializar con hombres.

—Por el amor de Dios, pregúntaselo —insistió Kelly.

Al ver que parecía un poco impaciente, Maryellen decidió dar por concluida la conversación.

—Vale, lo haré.

Cuando colgó el teléfono, reflexionó sobre lo que le había dicho su hermana. La idea de preguntarle a Jon lo que le pasaba, pero de forma indirecta, parecía prometedora. Se planteó llamar a Justine, ya que Seth y ella eran los propietarios del restaurante donde trabajaba como chef. Eran bastante amigas, y como las dos habían dado a luz en verano, parecería de lo más normal que la llamara para charlar con ella. Entonces podría aprovechar para preguntarle como si nada por el restaurante... y por Jon.

El problema era que le parecía un método para conseguir información bastante rastrero, así que quizá Kelly tenía razón y debería preguntárselo a él directamente.

Le dio vueltas y más vueltas a aquella cuestión, y se preguntó cómo podía hablar del tema con Jon sin parecer paranoica y entrometida. Dos días después, decidió invitarlo a cenar en Navidad; al fin y al cabo, los dos tenían derecho a disfrutar de Katie durante aquel día tan señalado, y lo más sensato sería que lo pasaran juntos. En función de lo que él le contestara, sabría a qué atenerse.

Esperó una semana más, y cuando él la llamó para concretar cuándo podía pasar a por Katie, ella sugirió que podían quedar en el parque del paseo marítimo, porque hacía muy buen día. En la glorieta había un pesebre viviente organizado por la iglesia metodista de la ciudad, cuyos miembros se turnaban para interpretar a los distintos personajes, e incluso había animales de verdad.

Cuando llegó al parque, lo vio esperándola entre los espectadores. Tenía la cámara al cuello y estaba apoyado en la barandilla, pero se incorporó al verla llegar. Ella lo saludó con la mano, y aceleró el paso. Katie estaba dormida en el carrito.

—Estoy acostumbrándome a verte con el pelo corto —le dijo él—. Tienes buen aspecto.

—Gracias, tú también —se sintió reconfortada al ver su expresión cálida. Creyó que la cosa iba bien, pero se le cayó el alma a los pies al ver que él agarraba el asa del carrito y parecía dispuesto a marcharse—. ¿Tienes un minuto?, me gustaría hablar contigo.

Echó a andar con paso pausado por el sendero que seguía el curso de la costa hacia el puerto. Muchos de los barcos tenían los mástiles decorados con luces navideñas. En verano, en aquella zona se montaban las paradas del mercado, y en otras ocasiones, la zona pavimentada que había junto a la pérgola se usaba como aparcamiento.

—De acuerdo —Jon caminó junto a ella mientras empujaba el carrito.

—Se me ha ocurrido una cosa —Maryellen vaciló por un instante, y se le aceleró el corazón. Quizás era una tonta por sentirse así, pero estaba muy nerviosa.

Al notar su inseguridad, Jon se volvió a mirarla.

—He pensado en Navidad, en cómo vamos a organizarnos con Katie.

—Yo puedo tenerla en Nochebuena, y tú en Navidad —le dijo él.

—Has sido muy flexible con los horarios —Jon siempre le había facilitado las cosas, y había accedido cuando ella le había pedido cualquier cambio de última hora—. Pero he pensado que a lo mejor te apetecería pasar el día de Navidad con nosotras y con mi familia.

—¿Y qué pasa con Nochebuena?

—Puedes tenerla tú si quieres.

—¿De verdad estás pidiéndome que pase el día de Navidad contigo? —le preguntó, claramente sorprendido.

—Sí, me gustaría mucho —Maryellen le sonrió con timidez. Apenas podía creer lo mucho que lo deseaba, cuánto anhelaba que él estuviera con la niña y con ella.

A él pareció gustarle que lo hubiera invitado, pero su sonrisa se esfumó de repente y se apartó de ella, tanto física como emocionalmente.

—Te agradezco la invitación, pero no puedo aceptarla.

—¿No? —Maryellen no se molestó en ocultar lo decepcionada que estaba, pero intentó disimular lo herida que se sentía.

—Tengo otros planes.

—Ya veo.

Acababa de obtener la respuesta a sus preguntas, pero no

era la que quería. Era obvio que Jon había conocido a otra mujer.

—Supongo que tendría que habértelo dicho antes, a lo mejor podemos pasar la Navidad juntos el año que viene.

—Puede —le dijo él, sin comprometerse.

Cuando él se marchó poco después con Katie, Maryellen se quedó paseando sin rumbo. Se sentía rechazada, triste y dolida. Como no quería regresar a una casa vacía, fue ver a su madre. Adoraba la vieja casa en la que se había criado, y de joven había pasado muchas tardes sentada en el anticuado porche delantero.

El coche de su madre estaba en el garaje, que tenía la puerta abierta. Buttercup estaba en el jardín y se puso a ladrar al ver llegar el coche, pero empezó a mover la cola con entusiasmo en cuanto se dio cuenta de que era ella. Después de acariciar a la perra, llamó a la puerta de la cocina y entró sin más.

Al ver a su madre sentada delante del ordenador, leyendo absorta lo que ponía en la pantalla, le dijo:

—Hola, mamá.

Su madre se volvió de golpe, y la miró con expresión de sobresalto.

—¿De dónde has salido?

—Acabo de llegar, he llamado antes de entrar.

—Espera un momento —Grace se volvió de nuevo hacia el ordenador, y después de teclear algo a toda prisa, lo apagó y fue a la cocina, donde Maryellen la esperaba sentada—. ¿Qué te pasa?

Maryellen frunció un poco el ceño al darse cuenta de que su madre estaba comportándose de forma un poco rara, como si la hubieran pillado haciendo algo ilegal, pero estaba tan obsesionada con sus propios problemas, que dejó pasar el tema.

—Me parece que Jon está saliendo con otra mujer, mamá —en cuanto lo dijo, se dio cuenta de lo infantil que sonaba.

Su madre agarró una tetera, y empezó a llenarla de agua.

—¿Cómo lo sabes?

—Lo sé, y punto. Está evitándome —intentó recordar cuándo había empezado aquella situación, pero no pudo—. Le he invitado a pasar el día de Navidad con Katie, conmigo y con el resto de la familia, y me ha dicho que ya tenía otros planes.

Grace se sentó, y la observó en silencio durante unos segundos antes de decir:

—Quiero preguntarte una cosa.

—Bueno, vale —Maryellen no quería preguntas, sino consejos y consuelo.

—¿Por qué te importa tanto?

—¿Que por qué?, ¿que por qué me importa? Pues... porque sí.

—No quisiste dejar que Jon formara parte de tu vida.

—Porque no quiero... —se dio cuenta de que estaba mintiendo—. No quería, pero he cambiado de opinión.

—Supongo que ése es el problema —Grace se levantó al ver que el agua de la tetera había empezado a hervir.

—¿Qué quieres decir?

—Que puede que él también haya cambiado de opinión.

CAPÍTULO 16

Como faltaban unos días para Navidad, Corrie McAfee tenía prisa por acabar de comprar lo que le faltaba. Siempre había pensado que, cuando Roy dejara la policía de Seattle, tendrían tiempo para viajar, y lo cierto era que llevaban años hablando de hacer un largo viaje por Europa.

Había creído que el que Roy dejara de trabajar sería toda una liberación... adiós al despertador, poder disfrutar de una vida sin ataduras... y así había sido al principio, pero él sólo había aguantado dieciocho meses de inactividad. Poco después de que se mudaran a Cedar Cove, había decidido empezar a trabajar de investigador privado.

Linnette, su hija de veinticuatro años, ya lo había anticipado. Era la mayor de sus dos hijos, y se parecía muchísimo a su padre. Los dos tenían la capacidad innata de saber leer el verdadero carácter de la gente, de ver más allá de las apariencias y los engaños. Linnete quería ayudar a los demás, en especial a los niños, y en junio iba a obtener su titulación de asistente médico. Llegaba el miércoles por la tarde, ya que iba a pasar las fiestas con ellos, así que iba a poder ir a la misa de Nochebuena con Roy y con ella.

Mack, su otro hijo, no podía llegar hasta el día de Navidad por la mañana. Trabajaba de cartero en Seattle. Al contrario que a Linnette, nunca le había gustado estudiar, y aunque Corrie creía que con el tiempo decidiría ampliar su educación, lo cierto era que le daba igual si decidía no hacerlo, porque su hijo era un hombre generoso, trabajador y honesto. Roy aspiraba a algo más para su hijo, y el hecho de que decidiera dejar los estudios lo había indignado. Entre padre e hijo se había creado cierto distanciamiento, y aunque ambos parecían decididos a actuar como si no pasara nada, el hecho de que no estuvieran tan unidos como antes preocupaba a Corrie.

Roy salió del despacho, y al verla poniéndose el abrigo le preguntó:

—¿Vas a salir?

—Sí, he quedado para comer con Peggy. Después iremos de compras.

Su marido se apoyó en la mesa de recepción, y comentó:

—Te cae bastante bien, ¿verdad?

Corrie asintió. A pesar de que llevaban casi cuatro años viviendo en Cedar Cove, no tenían demasiadas amistades; al principio, estaba muy ocupada arreglando la casa, y después había ayudado a Roy a crear la agencia de investigación. Los vecinos los habían tratado con cordialidad, pero ellos no estaban acostumbrados a socializar demasiado. Accedían a recoger el correo de los vecinos cuando éstos se iban de vacaciones, y los saludaban cuando se cruzaban con ellos por la calle, pero nada más.

Sin embargo, Peggy Beldon parecía interesada de verdad en entablar una amistad con ella, y habían descubierto que tenían varias cosas en común. Cuando Roy y ella vivían en Seattle, tenían un pequeño jardín, pero apenas le daba luz y sólo había podido plantar unas cuantas flores. En Cedar

Cove tenía por fin un jardín trasero en el que podía plantar más cosas, y desde que había visto el de Peggy, había querido tener uno igual.

El día en que Peggy y su marido habían ido al despacho para ver a Roy, las dos habían estado hablando. Peggy se había ofrecido a darle unas cuantas semillas, y ése había sido el comienzo de su amistad. Ya habían quedado en dos ocasiones para comer, y se lo habían pasado muy bien charlando e intercambiando recetas. Estaban conociéndose poco a poco, pero Corrie ya la consideraba una buena amiga.

—No te importa que me tome la tarde libre, ¿verdad? —la pregunta era pura formalidad, porque Roy la había animado a que se hiciera amiga de Peggy.

—Claro que no. Eres muy valiente, yo no me atrevería a acercarme al centro comercial.

—¿No tienes ninguna cita esta tarde? —al ver que parecía distraído, se dio cuenta de que debía de tener la mente en otra parte—. ¿En qué piensas? —como él siguió con la mirada perdida, decidió insistir—. ¿Roy?

Él frunció el ceño; obviamente, ni siquiera había estado escuchándola, pero él era así. Cuando empezaba a pensar en un caso, era casi imposible que centrara la atención en otra cosa.

—¿Estás pensando otra vez en el hombre misterioso? —sabía que él seguía pensando en aquel caso. Roy necesitaba respuestas, y no paraba hasta que las conseguía. Ésa era una de las razones por las que había ascendido tan rápidamente en la policía de Seattle, hasta llegar al cargo de inspector que había desempeñado durante gran parte de su carrera—. ¿Quieres mi opinión?

Él la miró sonriente, y comentó:

—Me parece que vas a dármela, lo quiera o no, ¿verdad?

—Creo que el desconocido se perdió, y buscó un sitio en el que alojarse. En la ciudad sólo hay un par de moteles.

—Sí, pero los dos están en la interestatal.

—Seguro que tomó la salida equivocada, y se perdió. ¿Te acuerdas de la primera vez que vinimos a Cedar Cove?

Corrie recordaba a la perfección cómo habían cruzado el puente de Narrows en un domingo soleado, mientras buscaban alguna zona de Puget Sound en la que poder instalarse. Ella llevaba el mapa, pero como se había confundido y Roy había tomado la salida equivocada, habían acabado en una zona rural. Después de pasar junto a granjas y ranchos, habían empezado a pasar junto a largas franjas de costa sin edificar, y no habían tardado en descubrir que las propiedades de aquella zona eran un cincuenta por ciento más baratas.

—Claro que me acuerdo, pero en ese caso estamos suponiendo que el desconocido viajó durante bastante rato de noche y por carreteras que no conocía, y que encontró por casualidad la pensión de los Beldon —se frotó la mandíbula, y comentó—: Supongo que es posible. Han cambiado el nombre de algunas calles, así que cualquiera podría confundirse.

Parte de Lighthouse Road, la calle que estaba al otro lado de Harbor Street, había pasado a llamarse Cranberry Point.

—Eso es verdad.

Corrie sabía que su marido tenía algo de razón. La pensión de los Beldon estaba un poco apartada, y se encontraba a kilómetros de la salida que ella había mencionado.

—Hay muchas cosas que no encajan, el hecho de que se hubiera operado la cara me preocupa desde el principio.

—Según el forense, había sufrido un accidente, ¿no?

—Sí, pero Bob me dijo que el tipo le resultaba familiar. Es un dato interesante.

—Déjalo por ahora, Roy. Ya casi estamos en Navidad.

Si dejaba de pensar en el caso, quizá se le aclararían las ideas y se le ocurriría alguna nueva solución. Era algo que solía pasar; a veces, un caso permanecía estancado durante meses, y de repente su marido encontraba una pequeña pista... algún comentario casual, un detalle que nadie había relacionado con el caso... que encajaba en el rompecabezas, y ayudaba a encontrar la solución.

—Aún no, antes quiero seguir un par de pistas.

Corrie suspiró con resignación. El problema era que, cuando Roy pedía favores, acababa debiéndolos a su vez. Dependía de con quién contactaba, y por qué.

—¿Qué tipo de pistas?

—No te preocupes, puedo hacer gran parte del trabajo por Internet.

—Ya casi estamos en Navidad —por una vez, quería disfrutar de las fiestas sin pensar en el trabajo.

—Sí, ya lo sé.

—Los niños llegarán dentro de unos días, y quiero que estemos juntos como una familia.

—Y yo también, pero no te olvides de que en alguna parte hay otra familia que ha perdido a uno de sus miembros.

Corrie no se había involucrado emocionalmente con el hombre que había aparecido muerto en la pensión de los Beldon. Era un desconocido que llevaba identificación falsa, y no se sabía nada ni sobre él en concreto ni sobre las razones por las que estaba en Cedar Cove, así que no se había planteado que era una persona de carne y hueso que tenía un hogar, una esposa, y quizás incluso hijos.

—Estás intentando identificarlo, ¿verdad?

Roy se limitó a encogerse de hombros, y el gesto en sí mismo ya fue una respuesta.

—Anda, ve y pásatelo bien con Peggy.

—¿Quieres que te traiga algo de comer?

—No, me prepararé un bocadillo.

Corrie pasó una tarde de lo más agradable con su nueva amiga. Le sentó bien salir, formar parte de la típica locura consumista navideña. Comieron pizza en un restaurante del centro comercial mientras de fondo sonaban villancicos, y después se unieron al gentío que abarrotaba las tiendas.

Ella compró unos guantes para Linnette, una camiseta para Mack, y un precioso tomo con las aventuras de Sherlock Holmes para Roy; por su parte, Peggy compró un palo de golf y un libro con varios libretos para Bob, que formaba parte del grupo de teatro de la ciudad. En otoño habían estrenado *Arsénico por compasión*, y era indudable que era un actor con talento.

A juzgar por varios comentarios de Peggy, Corrie tuvo la sensación de que Bob estaba superando lo de la muerte del desconocido. Sabía que la policía lo había interrogado, pero al parecer estaba mucho más tranquilo y sus temores se habían desvanecido.

Salieron del centro comercial a eso de las tres, y se despidieron en el aparcamiento. Había puestos en los que se vendían abetos, y Corrie inhaló con fuerza para saborear aquel aroma tan típico de Navidad.

Cuando llegó al despacho, encontró a Roy delante del ordenador. Tenía un plato y un vaso de leche vacío a su lado, y estaba tan absorto en lo que estaba haciendo, que ni siquiera notó su presencia.

—¿Ha llamado alguien?

—¿Qué...? Ah, hola. ¿Qué has dicho?

—Que si ha llamado alguien... ya sabes, que si el teléfono ha hecho riiin, riiin... —cuando él negó con la cabeza, añadió—: ¿Te cuento cómo me ha ido con Peggy? —esperó a que le contestara, pero él permaneció en silencio—. Nos lo hemos pasado muy bien, he pensado que podríamos invitarlos a Bob y a ella en Nochevieja —al ver que él seguía callado, suspiró y añadió—: Peggy cocina muy bien, seguro que a nadie se le ocurre invitarla a comer. Bob te cae bien, ¿verdad? —al ver que su marido seguía mirándola como un simplón, empezó a irritarse—. A mí me caen muy bien los dos, me parece que los cuatro podríamos ser buenos amigos.

Roy se reclinó en la silla, y comentó:

—No sé si es una buena idea.

El buen humor de Corrie se evaporó.

—¿Por qué no?

Roy se puso de pie, y rodeó la mesa mientras se pasaba la mano por el pelo. Corrie se tensó al ver su actitud alicaída. Era obvio que había descubierto algo, y que era reacio a contárselo.

—¿Crees que Bob está relacionado con el desconocido?

Cuando su marido la miró a los ojos y asintió, Corrie tragó con dificultad. Peggy era la única amiga que tenía, y no quería perderla.

—¿Crees que Bob tuvo algo que ver con su muerte? —no quería creerlo, no quería plantearse siquiera cómo afectaría algo así a Peggy.

Roy volvió a sentarse, y le dijo:

—No lo sé, pero no lo descarto.


Olivia lo tenía todo preparado para el día de Navidad. Su madre, Justine, Seth y Leiff iban a ir a cenar a su casa. También había invitado a Jack, pero él ya había quedado en ir a pasar el día con Eric, Shelly y los gemelos en Reno.

—El año que viene lo pasaremos juntos —le dijo él cuando pasó a verla aquella mañana, antes de ir al aeropuerto.

Olivia le había dado una primera edición de H. L. Mencken que le había comprado, y él había dejado sus regalos para ella debajo del árbol.

—¿Me lo prometes? —le preguntó, después de que la besara para despedirse.

—Claro que sí —la abrazó con fuerza, y la besó de nuevo.

La calidez de aquel beso la recorrió de pies a cabeza, y para cuando él dejó de besarla, se sentía como en las nubes. Habían empezado a recuperar la cercanía y la complicidad de antes, aunque los dos iban con pies de plomo por miedo a hacer algo que volviera a estropear las cosas.

Olivia intentaba ser lo más cuidadosa posible. No habían hablado de Stan, pero su ex marido seguía llamándola a menudo... siempre con excusas de lo más razonables, claro. Era un tipo listo y paciente, y quería recuperarla. De momento estaba dejando pasar el tiempo sin hacer nada demasiado obvio, pero ella lo conocía y sabía que estaba esperando el momento de pasar al ataque.

—¿Estarás aquí en Nochevieja?

No le apetecía pasarse la noche jugando al Scrabble con su madre, aunque era una tradición que ya duraba toda una década. Si Jack pasaba la velada con ellas se lo pasarían muy bien, porque su madre lo adoraba.

—Lo siento, pero ya tengo planes.

Olivia dejó de sonreír de golpe, y sintió que le daba un vuelco el corazón.

—No habrás quedado con otra mujer, ¿verdad?

Él soltó una carcajada; al parecer, le resultó divertido que se pusiera celosa.

—No es lo que crees. Me presenté voluntario para ayudar esa noche en Alcohólicos Anónimos. Lo siento, tendría que haberlo hablado contigo antes de comprometerme.

—No te preocupes, no pasa nada. Voy a echarte de menos, Jack.

Él la besó otra vez, y le dijo:

—Y yo también.

Lo acompañó al coche, y le dijo adiós con la mano mientras veía cómo se alejaba. Sintió una profunda tristeza al pensar en que no iba a volver a verlo hasta principios de año, y también cierto remordimiento. Los problemas que habían tenido habían surgido porque ella se había dejado influir por el súbito interés de Stan, y por la nostalgia que sentía por el pasado. Pero el pasado era irrecuperable...

Se obligó a dejar a un lado aquel estado de ánimo pesimista, y disfrutó al máximo del día de Navidad. Preparó un pavo delicioso con la ayuda de su madre, y mimó todo lo que pudo a su nieto, a pesar de que el niño aún era demasiado pequeño para apreciar aquellas fiestas. Se pasaron una hora abriendo los regalos entre risas y exclamaciones de entusiasmo. Stan había pasado por allí durante la semana para dejar los suyos, y a Olivia le pareció muy elocuente lo diferentes que eran de los de Jack. Este último le había comprado una fotografía enmarcada en blanco y negro del faro de Cedar Cove que había realizado Jon Bowman, y un bolígrafo de la marca Cross para que reemplazara el que había utilizado durante años; por su parte, Stan le había comprado un collar con un colgante de diamantes, el tipo de regalo que podía gustarle a cualquier mujer. Le pareció bastante impersonal, aunque Justine hizo que se lo pusiera de inmediato.

A las tres de la tarde, llamaron a James y a Selina. La pequeña Isabella, que sólo tenía dieciocho meses, se puso a parlotear sin parar, y aunque apenas se la entendía, quedó claro que ya entendía que tenía dos abuelas. Selina le dijo a Olivia que a la niña le había gustado mucho su regalo, una muñeca que hablaba y que incluía un carrito de paseo.

—Me habría gustado que invitaras a papá —comentó Justine, en un momento en que estaban las dos solas fregando los platos en la cocina.

—Me lo planteé —al final había decidido no hacerlo, porque no quería que Jack se molestara.

—No me gusta que haya tenido que pasar el día solo.

Olivia se sintió un poco culpable, pero más tarde se recordó que Stan estaba solo por culpa de las decisiones que había tomado dieciséis años atrás. Había sido él quien había abandonado a su familia, quien los había dejado en la estacada tanto a los dos hijos que les quedaban como a ella. A pesar del cariño que le tenía, y de que lamentaba lo de su segundo divorcio, sólo podía apoyarlo hasta cierto punto, porque conociendo a Jack, seguro que malinterpretaba la situación; además, ella tenía otras prioridades en aquel momento.

—Seth y yo vamos a tener que estar en el restaurante en Nochevieja —comentó Justine como si nada, sin mirarla.

Olivia se preguntó si estaba insinuándole que necesitaba que alguien se quedara con Leif; de ser así, ella estaba dispuesta a hacerlo. Como Jack tenía planes, la única que podía poner alguna pega era su madre.

—Lo hablaré con tu abuela, y me quedaré cuidando de Leif si a ella no le importa.

—¿En serio?, es que aún no me siento cómoda dejándolo con una niñera.

—Voy a comentárselo a tu abuela, ahora vengo.

Su madre estaba sentada con los pies delante de la chimenea, tejiendo lo que parecía ser un jersey de hombre. Quizás era para Seth, pero de ser así, habría procurado acabarlo antes de Navidad.

Se sentó junto a ella, y miró a su alrededor. La chimenea estaba encendida, y los calcetines que habían colgado de la repisa estaban vacíos y esparcidos sobre la mesa baja. Seth estaba sentado con Leif en brazos, y los dos estaban adormilados. Habían puesto un CD de villancicos que sonaba flojito de fondo, y las luces del árbol estaban encendidas. Era una Navidad perfecta.

—Mamá, ¿te importa si no paso la Nochevieja contigo?

—¿Tienes otros planes?

Olivia se dio cuenta de que parecía gustarle la idea de estar sola en Nochevieja, y se quedó un poco desconcertada.

—Justine me ha pedido que cuide de Leif, porque Seth y ella tienen trabajo en el restaurante.

—No pasa nada, quédate con el niño. No te preocupes por mí.

—¿Quieres que pase a buscarte?

—No digas tonterías. Puede que yo también tenga una cita.

Olivia sonrió, porque las relaciones de su madre con los hombres no iban más allá de la amistad. Sus amistades la habían animado a que tuviera una segunda relación, pero ella se había negado; según ella, así la vida era mucho más sencilla.

Ella la entendía bien, porque había pasado por una situación parecida. Después del divorcio, algunas amigas bienintencionadas habían intentado encontrarle pareja. Bajo otras circunstancias, a lo mejor habría sido más receptiva, pero en aquella época no estaba en condiciones de tener una relación; además, sus hijos la necesitaban. El mundo de los tres se había derrumbado, y habían quedado atrapados bajo el peso del dolor.

Habían tardado mucho en recuperarse, pero cada uno lo había conseguido a su manera. James se había alistado en la Armada, y se había casado con Selina. La vida militar le había proporcionado seguridad, y su mujer le había dado el amor incondicional que necesitaba con tanta desesperación. Justine se había convencido a sí misma de que no necesitaba tener ni un marido ni hijos, pero afortunadamente Seth Gunderson había hecho que cambiara de opinión.

Por su parte, ella había llegado a sentirse realizada y feliz gracias a su trabajo como juez. Conocer a Jack había sido un extra inesperado, ya que él le había devuelto a su vida la risa y la espontaneidad. Con él, podía relajar la rigidez que había ido incorporando en su rutina diaria a lo largo de los años.

Sintió una emoción inmensa, y se le formó un nudo en la garganta. Le debía mucho a Jack, y había estado a punto de echarlo todo a perder, de destrozar la relación que tenían.

Lo llamó por teléfono más tarde, cuando todos se fueron, pero la conversación fue breve. Él le dijo que iba a volver el fin de semana siguiente, y acordaron que irían a cenar al Taco Shack. Era el restaurante favorito de Jack, y ella empezaba a acostumbrarse a tener que leer un menú en la pared.

Después de hablar con él, se sentó un rato delante del árbol con una taza de té. Había sido un día de Navidad fantástico. Lo único que le había faltado había sido Jack, pero él le había prometido que el año siguiente lo pasarían juntos.

Al oír que el teléfono empezaba a sonar, estuvo a punto de no contestar, pero al final fue a ver quién era; más tarde, se arrepentiría de haberlo hecho.

–Feliz Navidad –dijo, sin comprobar antes de quién se trataba.

–Igualmente, cariño –le dijo Stan, con voz alegre.

Olivia tuvo ganas de decirle que no era su «cariño» y que nunca volvería a serlo, pero se mordió la lengua.

—Hola, Stan. Supongo que quieres hablar con Justine y Seth, pero acaban de irse.

—No, la verdad es que quería hablar contigo —como ella no contestó, añadió—: Quería invitarte a salir en Nochevieja —antes de que ella pudiera poner alguna objeción, le dijo—: Podríamos ir a cenar a la Aguja Espacial, tomar champán y bailar, igual que antes.

Era obvio que la confundía con su segunda esposa, porque cuando estaba casado con ella, no podían permitirse aquellas extravagancias.

—Lo siento, pero ya tengo planes.

Tras una pequeña pausa, él le dijo:

—No habrás quedado con ese periodista, ¿verdad? Por favor, dime que no.

Olivia contuvo las ganas de defender a Jack, porque sabía que no iba a servir de nada.

—La verdad es que me he comprometido a cuidar de Leif.

—¿En serio?

Estuvo a punto de contarle que Jack iba a estar en una reunión de Alcohólicos Anónimos, pero decidió no darle tanta información.

—Genial, iré a echarte una mano. Acostaremos a Leif, tomaremos champán, y bailaremos. Será como en los viejos tiempos.

—No creo que sea una buena idea, Stan.

—No puedes mantenerme alejado de mi único nieto, y así podremos hablar. Dame una oportunidad, Olivia. Cometí un error, y he pagado las consecuencias. Ya es hora de que dejemos atrás el pasado. Te amo, siempre te he amado.

—Lo siento, Stan, pero llegas con dieciséis años de retraso.

Rosie había pasado un día de Navidad horrible. Allison estaba de un humor de perros porque ni Zach ni ella podían permitirse comprarle el ordenador que quería, y aunque a Eddie tampoco le habían gustado sus regalos, al menos había intentado disimular. Al ver la actitud de sus hijos, se había preguntado desde cuándo estaban tan mimados.

Dos días después, el sábado, se reunió con Zach para dividir las facturas mensuales. Él siempre se había encargado de gestionar la economía doméstica con eficiencia, pero desde que se habían separado, compartían aquella desagradable tarea. El divorcio les había salido muy caro.

Cuando llegó a la casa, vio que Zach tenía las facturas ordenadas por orden alfabético encima de la mesa de la cocina. El fregadero estaba lleno de platos sucios, la sala de estar estaba bastante desordenada, y a juzgar por cómo estaba la alfombra, nadie había pasado la aspiradora desde antes de Navidad, pero como ella tampoco era un ama de casa modélica, decidió no hacer ningún comentario.

—Cuando acabemos, me gustaría comentarte algo —Zach preparó dos tazas de café, y las llevó a la mesa.

Rosie se dio cuenta de que parecía bastante tenso, y decidió que era mejor hablar primero de lo que le preocupaba.

—¿Qué pasa? —le preguntó, mientras tomaba su taza de café.

—Creo que será mejor que dejemos el tema para después.

—¿Dónde están los niños?

—Eddie en el cine con Jeremy y su madre, y Allison enfurruñada en su habitación.

Rosie le echó un vistazo a la factura de la luz, y soltó un gemido. La del agua también era muy alta. Como los dos trabajaban, ganaban bastante para cubrir gastos, pero pagar los honorarios de dos abogados y mantener dos residencias no dejaba nada para extras.

El año anterior, había aprovechado las rebajas de después de Navidad para comprar un montón de cosas, pero ya no podía permitirse ese lujo. Era un triste reflejo de su vida.

—Bueno, quizá será mejor que hablemos de Allison primero —Zach se reclinó en la silla, y se cruzó de brazos.

Su lenguaje corporal la puso en guardia, y se preparó para lo que pudiera decirle.

—En primer lugar, Allison me dio una lista que se supone que debo compartir contigo.

—¿Una lista de qué?

—Parece ser que se le ha metido en la cabeza que la juez dictaminó que la casa era de Eddie y suya, y que por lo tanto es ella la que manda.

—Eso es una chorrada —Rosie estaba segura de que Zach tampoco iba a aceptar ningún ultimátum de su hija.

Él esbozó una pequeña sonrisa, y le dio una hoja de papel.

—Échale un vistazo a esto.

Rosie empezó a leer la lista de normas que había escrito su hija de quince años, y dijo con incredulidad:

—¿Tenemos que mantenernos alejados de la sala de estar si Allison está viendo la tele con alguno de sus amigos?

—Eso no es nada, hay cosas mucho mejores.

Rosie abrió los ojos como platos mientras seguía leyendo.

—No podemos avergonzarla haciéndole alguna pregunta personal, como por ejemplo si ha hecho los deberes.

—También tiene una norma para Eddie —Zach le indicó la parte inferior de la hoja.

Rosie no pudo evitar echarse a reír cuando leyó lo que ponía.

—Eddie tiene que ir siempre bien peinado.

—Parece que el pelo rebelde de su hermano la abochorna.

—Sí, y ninguno de nosotros damos la talla —comentó Rosie.

—No podemos entrar en su habitación, y debemos pedirle permiso a Su Majestad antes de limpiar o tocar sus cosas.

—No pienso aceptar esto —Zach podía hacer lo que le diera la gana, pero ella no iba a respetar aquellas normas.

—Por desgracia, tengo que enseñarte otra cosa —le dijo él, muy serio—. Nos han enviado una nota del instituto, para avisarnos de que las notas de Allison han caído en picado.

—¿Dicen si necesita ir a un psicólogo? —Rosie sabía que llevar a su hija a un terapeuta sería caro, pero estaba dispuesta a hacer lo que fuera para ayudarla a superar aquel difícil periodo de transición.

—No creo que sea la mejor opción, sobre todo teniendo en cuenta su actitud. Se me ha ocurrido una idea mejor, pero tú tendrías que estar de acuerdo.

—Dime.

A aquellas alturas, estaba dispuesta a considerar casi cualquier cosa, porque estaban perdiendo a Allison. Su hija iba distanciándose de ellos día a día, estaba llena de furia y rebeldía. Sabía que la joven tenía derecho a sentirse así, pero no podía quedarse de brazos cruzados viendo cómo se autodestruía.

—Allison se ha enfadado bastante porque no le hemos regalado un ordenador, así que... ¿qué te parece si se lo gana?.

—¿Cómo? —Rosie no podía imaginársela de canguro, ni en ninguno de los típicos trabajos que hacían los adolescentes para ganarse algo de dinero.

—¿Qué te parece si viene a trabajar a la gestoría? En esta época del año siempre hay mucho trabajo, y nos vendrían bien un par de manos más para archivar, fotocopiar, y esas cosas. Sería un trabajo a tiempo parcial de verdad, con un sueldo.

—Es una idea fantástica... así podríamos tenerla controlada después de clase, y sabríamos con quién está —a Rosie le preocupaban mucho las nuevas amistades de su hija. Tanto para Zach como para ella era básico saber adónde iba, y con quién—. Además, Eddie suele ir a casa de su amigo Nick cuando sale de clase, así que no hay ningún problema en ese sentido.

—No te emociones antes de tiempo. Allison tiene que estar de acuerdo, y últimamente no le caigo demasiado bien. Podría negarse a trabajar conmigo.

—Sí, pero está deseando tener un ordenador.

—¿Se lo proponemos juntos?

Rosie asintió, ya que quería participar en la conversación. Zach fue a buscar a Allison, y volvió con ella al cabo de unos minutos; al ver que su hija se había hecho un *piercing* en la nariz, tuvo que morderse la lengua para no decir nada. Seguro que se lo había hecho porque no le habían comprado el ordenador, y que lo había pagado con el dinero que le habían dado sus abuelos por Navidad.

—Tu madre y yo queremos hablar contigo —le dijo Zach.

La joven se apoyó contra la encimera, y se cruzó de brazos con actitud desafiante.

—Sabía que querríais hacerlo cuando leyerais mi lista. No pienso ceder en ninguna de las estipulaciones. La casa nos pertenece a Eddie y a mí, así que vais a tener que respetar mis normas.

—Ya hablaremos de eso más tarde —le dijo Zach—. Tu madre y yo queríamos decirte que sentimos no haber podido comprarte un ordenador.

Allison miró al uno y a la otra como si no acabara de creerse lo que acababa de decirle su padre. Se encogió de hombros con una aparente indiferencia que contrastaba con su actitud anterior.

—No podemos permitírnoslo, Allison. No sabes cuánto lo siento —Zach parecía realmente pesaroso—. Pero se nos ha ocurrido una solución para que puedas comprarte uno.

—¿En serio? —su hija lo miró esperanzada.

—Quiero contratarte. Ya pronto empezarán las declaraciones de renta, y a mi nueva ayudante le irá bien tener un poco de ayuda.

Ella lo miró con suspicacia, y le dijo:

—¿Quieres que me costee yo misma un ordenador?

—Es decisión tuya, yo sólo estoy ofreciéndote la oportunidad de hacerlo.

—Quiero un dólar más del salario mínimo para empezar.

—De acuerdo.

—Y que se me paguen las horas extra.

—Por supuesto.

Allison los miró en silencio durante unos segundos, y al final dijo:

—Vale, lo haré, pero sólo porque quiero un ordenador nuevo. No estáis haciéndome ningún favor.

—Ni se me ocurriría pensar tal cosa —le dijo Zach.

—¿Hablamos de mi lista? —le preguntó, mientras se erguía de golpe.

—Será mejor que lo dejemos para luego, ¿vale?

Ella soltó un suspiro cargado de exasperación, y le dijo:

—Bueno, vale —sin más, volvió a su habitación.

Rosie y Zach se miraron, y por primera vez en mucho tiempo, compartieron una sonrisa.

CAPÍTULO 17

Maryellen llevaba todo el día un poco nerviosa. Era el día de Año Nuevo, y Jon había aceptado su invitación a cenar. Al principio se había sentido eufórica, pero después se había dado cuenta de que se había ofrecido a cocinar para un chef, y su habilidad culinaria se limitaba a macarrones con queso y bocadillos; en condiciones normales, habría llamado para que le llevaran algo a casa, pero como Jon comía en un restaurante todos los días, se sentía obligada a cocinar para él.

Sin embargo, la comida no era lo que más la preocupaba, lo principal era que pensaba decirle que quería cambiar las normas que regían su relación. También quería que él supiera que le encantaba el regalo que le había hecho por Navidad, un álbum con las fotos de los primeros meses de vida de Katie.

Las fotografías de Jon revelaban la belleza oculta de la naturaleza, captaban patrones inesperados o movimientos efímeros; sin embargo, las que había tomado de su hija mostraban mucho más que los cambios que iba experimentando la niña conforme iba creciendo, ya que en ellas se reflejaba el profundo amor que sentía por su hija.

Cuando ella había abierto el regalo el día de Navidad y había empezado a pasar las páginas, se había echado a llorar. Jon adoraba a su hija, y estaba casi convencida de que también sentía algo por ella.

En la primera foto salía ella cuando estaba embarazada, mirando sonriente a la cámara. Las siguientes eran de cuando estaba en el hospital antes de dar a luz, y a continuación había una de Katie en la sala de recién nacidos del hospital.

Su favorita era la que le había tomado en otoño, el día en que ella había ido a por Katie a su casa y había visto el águila surcando el cielo con las alas abiertas de par en par. En la imagen, ella tenía a la niña en brazos, y estaba señalando hacia el águila. Katie tenía el rostro bañado por el sol, y estaba sonriendo entusiasmada. Con el detalle añadido del águila en el cielo, era una imagen impactante.

Por si la inminente visita de Jon y lo insegura que se sentía a la hora de cocinar fueran poco, Katie estuvo bastante inquieta durante toda la mañana, y no dejó de interrumpirla. Después de consultar un montón de libros de cocina, decidió preparar salmón acompañado de arroz y espárragos. Preparar la comida no era una cuestión de ciencia aeroespacial, pero a ella se le antojaba que era igual de complicado.

Cuando llamaron a la puerta, la mesa ya estaba preparada y la cena lista.

Permaneció inmóvil durante unos segundos para intentar calmarse, y entonces se obligó a esbozar una sonrisa y fue a abrir.

–Hola, Jon. Pasa –tomó la botella de vino y el ramo de margaritas amarillas que él le dio, y añadió–: Gracias.

–Gracias por invitarme –entró en la casa, y vaciló por un momento. Daba la impresión de que se sentía un poco inseguro, y fuera de lugar.

Los dos parecían igual de nerviosos. Katie, que estaba en el moisés, se incorporó un poco al oír la voz de su padre y empezó a balbucear y a mover los brazos.

−Tiene mucho carácter, ¿verdad? −comentó Jon.

Al ver que se acercaba a la niña y la tomaba en brazos con naturalidad, Maryellen recordó lo inseguro que se mostraba al principio.

−Voy a servir la comida −fue a la cocina, y se dio cuenta de que aún llevaba puesto el delantal. Se apresuró a guardarlo en un cajón, porque no quería que él supiera cuánto había tenido que esforzarse para cocinar.

Al ver que él entraba en la cocina también y que sonreía al ver la cantidad de libros de cocina que había encima de la mesa, comentó:

−Mi madre dice que la gente que tiene más libros de recetas es la que menos cocina, y en mi caso, es verdad.

−No soy demasiado exigente.

−Cocinar no se me da demasiado bien, espero que lo tengas en cuenta si la comida no está a la altura −los platos ya estaban preparados, así que sólo tuvo que sacar la comida del horno y llevarla a la mesa. Aferró con fuerza el respaldo de una silla, y comentó−: Katie ya ha comido.

Jon puso a la niña en el moisés, y se sentó a la mesa. Maryellen había colocado el ramo de flores en un jarrón de cristal, y además de aportar un toque alegre, combinaba a la perfección con el mantel amarillo claro.

Mientras él abría la botella de vino y servía dos vasos, ella fue a poner música, y lo miró con una sonrisa llena de timidez cuando se sentó por fin delante de él. Estaba muy nerviosa, y sabía que se echaría a llorar si él hacía algún comentario negativo sobre la comida.

Jon sirvió la comida en dos platos, pero a ella se le había quitado el apetito. Sin mirarlo a los ojos, le dijo:

—Me sorprendió que aceptaras venir —cuando le había invitado, no sabía si él aceptaría. Quería empezar aquel año nuevo con buen pie, y para eso tenía que tener una buena relación con el padre de su hija.

—Sí, yo mismo me sorprendí.

Se sintió herida al oír aquello; al parecer, no estaba dispuesto a alimentar su ego ni a tranquilizarla.

—Entonces, ¿por qué lo hiciste?

Él la miró, y esbozó una sonrisa.

—Porque me pareciste muy sincera. Supongo que deseaba más estar contigo que mantenerme alejado.

Aquello la confundió aún más. Estuvo a punto de pedirle que se explicara, pero al final decidió dejar pasar el tema.

—Gracias por el álbum de fotos, me encanta.

—A mí también me gustó mucho tu regalo, es la primera vez que alguien me teje unos calcetines.

—¿Te quedan bien?

Él asintió, y señaló sonriente hacia sus pies.

—Los llevo puestos.

Maryellen le devolvió la sonrisa, y le pasó de forma automática la mantequilla cuando él agarró un panecillo tostado.

—Me habría gustado que pasaras el día de Navidad con nosotras, pero es normal que tuvieras otros planes —lo dijo para intentar sonsacarle dónde había estado y con quién, y se sintió decepcionada al ver que él no decía nada.

Comieron en silencio durante unos minutos, y al final Maryellen se sintió incapaz de tragar otro bocado. Dejó a un lado el tenedor, y le dijo:

—Quería que vinieras a cenar porque... porque creo que te debo una disculpa, por cómo me comporté cuando me enteré de que estaba embarazada.

Él la miró con un brillo de diversión en la mirada, y comentó:

—Me gusta cómo te disculpas, ¿te acuerdas de la última vez?

Maryellen había olvidado que en aquella ocasión habían acabado besándose...

—De todos modos, no tienes por qué disculparte —le dijo él.

—En ese caso, te debo una explicación —estaba decidida a aclarar las cosas.

—No tiene importancia.

—Para mí, sí —la voz le tembló un poco. Sabía que quizás habría sido mejor esperar hasta después de la cena, pero necesitaba explicarse para quitarse el peso que le oprimía el pecho. No iba a poder disfrutar de la velada hasta que se hubiera desahogado—. Sabes que me casé cuando aún estaba en la universidad, ¿verdad? —dejó la servilleta sobre la mesa, agarró su vaso, y tomó un trago de vino. Era un Gewürztraminer, uno de sus favoritos, y la calmó un poco—. Clint y yo nos casamos por las razones equivocadas.

—Todos tenemos cosas de las que nos arrepentimos.

—Sí, pero algunos tenemos más que otros —susurró. Era incapaz de mirarlo a los ojos—. Clint y yo tomábamos precauciones, pero me quedé embarazada.

—¿Por eso te casaste con él?

Maryellen se sintió avergonzada al admitir la verdad.

—Lo hice porque me había convencido a mí misma de que le quería, y de que él me correspondía. Pero él no quería que tuviera el bebé, y quería que interrumpiera el embarazo.

Jon se reclinó en la silla, y se limitó a mirarla en silencio.

Ella fue incapaz de permanecer sentada, así que se puso de pie y fue a la sala de estar. Se detuvo junto al moisés de Katie, que estaba durmiendo, y se quedó mirándola. Empezó a llorar, pero se secó las lágrimas con impaciencia.

Clint le había dicho que ya se quedaría embarazada más adelante, que habría otros bebés, que no era el momento de tener un hijo. Ella le había hecho caso, había actuado en contra de los dictados de su propio corazón, y se había arrepentido durante el resto de su vida. Había soportado durante años el peso de la culpa y la vergüenza por lo que había hecho. No había admitido ni ante Clint ni ante sí misma lo mucho que deseaba tener aquel hijo, hasta que ya era demasiado tarde. No podía culparlo a él. Había sido ella la que había entrado en la clínica, la que había firmado el consentimiento, y tenía que hacerse responsable de sus propios actos.

—Maryellen... —Jon se le acercó por detrás, y posó las manos en sus hombros—. No te preocupes, no tienes que decirme nada más. Imagino lo que pasó.

—¿En serio?

Él hizo que girara hasta que quedaron cara a cara, y la abrazó con fuerza.

—El año pasado, no quería que te enteraras de que estaba embarazada —le dijo ella, con la cara apoyada en su hombro—. Tenía miedo de que reaccionaras igual que Clint.

—Yo no soy Clint.

—Ya lo sé, me he dado cuenta de que no os parecéis en nada.

Sí, sabía que Jon no era como Clint, pero no sabía nada sobre su pasado. A pesar de que ya había pasado un año, sólo había descubierto pequeños fragmentos de su vida gracias a algún comentario aislado que él había hecho de vez en cuando. Cada vez que intentaba sacarle algo de información, él se apartaba tanto física como emocionalmente. Como lo necesitaba tanto, no soportaba ver su retraimiento, así que procuraba no preguntarle nada.

Alzó los ojos hacia él, pero en su mirada no vio la condena y la repulsión que temía, sino comprensión y amor. No sabía qué habría hecho si él hubiera reaccionado mal. Al ver el amor que se reflejaba en su mirada, reaccionó de forma instintiva... lo besó.

Habían pasado semanas desde la última vez que se habían tocado, desde que la había abrazado, pero hasta ese momento no se había dado cuenta de cuánto lo había echado de menos, y perdió el control en cuanto sus bocas se encontraron.

La reacción de Jon fue inmediata, y se besaron con una pasión desesperada hasta que él se apartó un poco. Los dos lucharon por recuperar el aliento, y finalmente él le dijo:

—Maryellen, no creo que esto sea una buena idea —hizo que ella se soltara de su cuello, la tomó de las manos, y retrocedió un paso.

Maryellen pensó que aquello confirmaba todos sus temores, y sintió que se le caía el alma a los pies. Había esperado demasiado, tendría que habérselo contado todo mucho antes. Apartó las manos, y le dijo:

—Hay otra persona, ¿verdad?

—Claro que no —volvió a abrazarla, y empezó a besarla una y otra vez con pasión creciente.

No había duda de que estaba siendo sincero. A pesar de lo poco que sabía sobre él, Maryellen confiaba en él, y sabía que sería incapaz de besarla así si tuviera una relación con otra mujer. Cuando él se obligó a apartarse de nuevo, ella abrió los ojos y luchó por aclararse las ideas.

—¿Jon...? —al darse cuenta de que no pensaba ir más allá de aquellos besos, le suplicó—: No te pares, por favor.

—No sabes lo que estás pidiéndome, Maryellen.

—Claro que lo sé. ¿Es que no me deseas?

Él esbozó una pequeña sonrisa, y le dijo:

—Por si no lo has notado, te deseo muchísimo.

—Pero... yo también te deseo a ti —no pudo evitar ruborizarse. Sólo había habido un hombre en su vida antes que él, así que no era una mujer que dijera aquellas palabras a la ligera.

Si volvían a ser amantes, él se daría cuenta de que era sincera, sabría que lamentaba cómo lo había tratado anteriormente, y cuánto deseaba que él formara parte de su vida y de la de Katie de forma permanente.

Se sintió incrédula y dolida al ver que él negaba con la cabeza, y retrocedió un paso. No quiso ni imaginarse lo que debía de estar pensando de ella, al ver cómo se le ofrecía como una descarada. Quizás aquélla era su forma de castigarla. Ella lo había rechazado de forma tajante, y él había decidido desquitarse.

John frunció el ceño, y le dijo:

—No sé lo que estás pensando, pero sea lo que sea, no es cierto.

Katie empezó a despertarse en ese momento, y Maryellen aprovechó la excusa para volverse hacia ella y recobrar la compostura. En cuanto tomó en brazos a la niña, se dio cuenta de que tenía que cambiarla.

—Hay que cambiarle el pañal.

Estaba deseando salir de la habitación, pero Jon no le dio tregua y la siguió hasta el dormitorio de la niña.

—¿Estás tomando la píldora?

—No —no le hacía falta.

—No tengo preservativos.

Maryellen se sintió como una tonta. Era lógico que Jon quisiera asegurarse de tener algún método anticonceptivo, porque en caso contrario, correrían el riesgo de que ella se quedara embarazada otra vez.

—Aún estoy dándole el pecho a la niña, así que hay menos probabilidades de que me quede embarazada —ella misma se dio cuenta de lo poco convincente que era aquel argumento–. Pero no me has rechazado por eso, ¿verdad?

–No.

Al menos era honesto, aunque estuviera hiriéndola con la verdad.

–La verdad es que no me interesa tener otra aventura de una noche contigo, Maryellen.

–¿Crees que eso es lo que quería? –Maryellen tiró a la basura el pañal mojado, y le puso uno nuevo a la niña–. No tenía planeado acostarme contigo, no te invité por eso. Las cosas han ido en esa dirección, nada más –aunque lo cierto era que lo había invitado con la esperanza de que aquella velada fuera un nuevo comienzo para los dos, tanto emocional como físico.

–Lo que yo crea carece de importancia.

–Eso es verdad –tomó a la niña en brazos, y lo miró con una mezcla de enfado y vergüenza–. Tienes toda la razón, esta discusión es una ridiculez. Me he equivocado, perdona... –sabía que iba a humillarse aún más si él no se marchaba cuanto antes.

Al verlo vacilar, temió tener que decirle que se largara, pero él dio media vuelta de repente y salió de la habitación. Fue tras él, y no intentó detenerlo al ver que recogía su abrigo y que salía por la puerta.

Apretó a su hija contra su corazón, y susurró:

–Lo he fastidiado todo.

A pesar de lo mucho que se había esforzado, no había conseguido que aquella velada fuera especial. Había intentado que aquel día fuera un punto de inflexión en su relación con Jon, pero sólo había conseguido enfadarlo... y de paso, romper su propio corazón.

CAPÍTULO 18

Zach estaba en su despacho, y empezaba a darse cuenta de que el plan que le había parecido tan brillante al principio empezaba a convertirse en un problema. Era el primer día lectivo después de las vacaciones navideñas, y Allison había ido a trabajar a Smith, Cox y Jefferson al salir del instituto.

Al parecer, su hija había decidido vestirse de forma inapropiada para dejarlo en evidencia delante de sus asociados. Se había quedado horrorizado al ver que iba al instituto con unos pantalones de pijama de franela y unas zapatillas. En sus tiempos, ningún colegio la habría admitido así.

Su hija había llegado al trabajo con media hora de retraso, y al ver que se había puesto un montón de imperdibles en cada oreja, había tenido que contener las ganas de decirle que estaba despedida.

No quería involucrarse de forma directa. Cuando la había contratado, le había dicho que iba a ser la ayudante de Cecilia Randall, y pensaba seguir según lo planeado.

Allison llegó con los pantalones de pijama y un viejo jersey tres tallas más grande de lo necesario. Tanto Cecilia como el resto de mujeres que trabajaban para él llevaban una vestimenta adecuada para el trabajo.

—Allison, te presento a la señora Randall. Vas a trabajar con ella.

Su hija miró desafiante a Cecilia, que hizo caso omiso de la actitud beligerante de la joven y la miró con una cálida sonrisa.

—Le dije a mi hija que sería su ayudante, señora Randall —intentó mantener la calma a pesar de la actitud de su hija, y añadió—: Quiero que la trate como a cualquier otro empleado.

—No quiero que nadie me haga favores —apostilló Allison.

—De acuerdo. Sería injusto que te tratara de forma diferente —le dijo Cecilia.

Zach no sabía si aquello iba a funcionar; al fin y al cabo, la misma Cecilia era una empleada nueva. Se había acoplado muy bien a sus compañeros y estaba realizando un trabajo impresionante, pero quedaba por ver si era capaz de lidiar con una adolescente rebelde. Costaba mucho aguantar la actitud de Allison, y él se sentía un poco culpable por endosársela a su pobre empleada.

—O sea, que tengo que hacer lo que ella me diga —Allison le lanzó una mirada desdeñosa a Cecilia.

—Sólo si quieres conservar tu trabajo —Zach quería dejar claro que era Cecilia la que llevaba las riendas. Si su hija seguía con su actitud rebelde en el trabajo, estaba dispuesto a echarla—. ¿Está de acuerdo, señora Randall? —cuando Cecilia asintió, se volvió hacia su hija—. ¿Y tú, Allison?

—Vale.

Las dos salieron del despacho, y a pesar de que se sentía un poco culpable, Zach se alegró de haberle delegado aquella responsabilidad a otra persona. Antes de que la puerta se cerrara del todo, oyó que Allison le decía a su ayudante:

—Puede echarme si quiere, señora Randall, pero recuerde que es mi padre quien firma su cheque.

Zach cerró los ojos, y rogó para que Dios le diera algo de paciencia.

La primera semana fue la peor, pero a mediados de mes, Zach empezó a notar pequeños cambios en su hija. Allison había empezado a llegar al trabajo con puntualidad, y aunque estaba claro que no iban a darle ningún premio por su forma de vestir, al menos iba más presentable. Estuvo a punto de hacer algún comentario al respecto al verla llegar con vaqueros y una sudadera aceptable, pero decidió que sería un error comentar la mejora en su vestimenta.

La joven no le saludó siquiera, pero eso no era nada nuevo. Antes de entrar al despacho, oyó que le preguntaba a Cecilia:

—¿Quieres que empiece a fotocopiar las declaraciones de renta completadas?

—Sí, por favor. Tengo tantas, que están a punto de llegar al techo.

—Ahora mismo empiezo —Allison se puso manos a la obra con rapidez y eficiencia.

Zach apenas se lo pudo creer, porque daba la impresión de que su hija estaba trabajando de buena gana; de hecho, parecía bastante entusiasta.

Rosie también notó un cambio en la joven, y lo mencionó cuando se vieron un domingo por la tarde a finales de enero.

—¿Qué ha pasado? —le preguntó, sorprendida.

—Ojalá lo supiera.

Allison seguía bastante rebelde en casa, pero algunos de los problemas más acuciantes parecían haberse desvanecido. Hacía semanas que Zach no veía a su novio, Ryan Wilson, y se sentía profundamente agradecido por ello.

Hacía un mes que tampoco veía a ninguna de sus preocupantes nuevas amistades, y por si fuera poco, su maestro de geometría le había llamado para comentarle que tanto sus notas como su actitud estaban mejorando mucho.

—Supongo que ganarse el dinero para comprarse un ordenador nuevo es justo lo que necesitaba —Rosie se apoyó en la encimera, y añadió—: Tuviste una idea muy buena.

Se sintió bien al ver que su ex mujer lo alababa, sobre todo después de la tensión que había habido entre ellos durante los últimos meses, pero como no se sintió cómodo aceptando el mérito, comentó:

—Me parece que los cambios de Allison debemos agradecérselos a otra persona... una empleada de la gestoría. Intentaré averiguar algo.

—Vale —Rosie también estaba deseando saber quién o qué había causado aquel cambio en su hija.

Zach tenía claro con quién tenía que hablar. A la mañana siguiente, mandó llamar a Cecilia Randall. Cuando ella llegó, le indicó con un gesto que pasara y le dijo:

—¿Tiene un momento?, quiero hablar con usted.

—Por supuesto —Cecilia se sentó en la silla.

—Me gustaría que me dijera cómo le va a mi hija en el trabajo.

—Estoy encantada con ella —le dijo Cecilia, con una sonrisa entusiasta—. Hace lo que le pido sin rechistar, y tiene una actitud muy buena.

Zach ya se había dado cuenta de eso, así que no pudo evitar preguntarle:

—¿Qué es lo que ha pasado? —la pregunta era muy directa, pero no tenía tiempo de andarse por las ramas. Necesitaba saber la verdad.

—¿A qué se refiere?

—Usted misma la vio el primer día de trabajo, tenía una actitud casi beligerante.

Su ayudante bajó la mirada, y Zach se dio cuenta de que estaba intentando ocultar una sonrisa.

—Es una chica muy maja, señor Cox. No tengo ningún problema con ella.

—Allison solía ser así, pero cambió cuando mi esposa y yo nos divorciamos.

—Sí, ya lo sé.

—¿Allison le ha hablado del divorcio? —que él supiera, su hija consideraba que el tema era una chorrada, y se negaba a hablar de ello.

—No exactamente —Cecilia apoyó la mano en la carpeta que tenía sobre el regazo—. Mis padres se divorciaron cuando yo era pequeña, así que sé lo que se siente cuando tu familia se desmorona. Allison sólo necesitaba tener a alguien con quien hablar.

Zach tuvo ganas de decirle que nunca había sido su intención destrozar su familia, que la culpable era Rosie por ser tan celosa e irracional, pero no pudo evitar sentirse culpable. Se había dejado arrastrar por las emociones negativas que habían precipitado el divorcio, y que habían rodeado el tema durante meses.

Era increíble que tanto Rosie como él hubieran batallado por todos y cada uno de los apartados del acuerdo de divorcio. Ninguno de los dos quería que el otro saliera mejor parado, pero eso sólo había sido el principio. Cada uno quería demostrar que tenía razón, y habían dejado que el orgullo, el ego y el deseo de venganza hicieran que fuera imposible conseguir el divorcio de forma pacífica.

Si hubieran podido ver el futuro y darse cuenta del daño que iban a causarles a sus hijos, si él hubiera sabido lo solo y perdido que iba a sentirse sin Rosie, habría hecho todo lo necesario para salvar tanto su familia como su matrimonio. Pero para cuando se había dado cuenta de lo lejos que había llegado todo, ya era demasiado tarde.

Últimamente, Rosie y él habían empezado a comunicarse de forma mucho más honesta y civilizada. Aunque ella no se lo había dicho, sabía que estaba saliendo con un viudo. Era demasiado orgulloso para admitir que Janice Lamond ya no trabajaba en la gestoría, así que le había hecho creer que la había ascendido, pero seguro que a aquellas alturas Allison ya le había dicho que Janice ya no trabajaba allí. Rosie debía de estar encantada, pero al menos no se había regodeado delante de él.

—¿Eso es todo, señor Cox? —le preguntó Cecilia Randall.

Por un momento, se le había olvidado que ella estaba en el despacho.

—Sí, gracias.

Al salir del trabajo, llevó a Allison a casa en coche. Le tocaba a Rosie quedarse con los niños, y la idea de ir al piso y prepararse la cena no le apetecía nada. Su hija permanecía silenciosa en su asiento. Últimamente, apenas hablaban, y él echaba de menos las conversaciones que solían tener. Ella había rechazado sus intentos de acercamiento, y al final había acabado dándose por vencido.

—¿Sabes que Cecilia tuvo una hija que se murió? —le preguntó la joven de repente.

—No, ¿cuándo fue?

—Hace casi tres años.

—Lo lamento —le dijo él con sinceridad.

—Al parecer, su marido estaba en alta mar, y ella no tenía a nadie que pudiera ayudarla. Lo pasó muy mal, y decidió divorciarse.

—¿La señora Randall ya había estado casada?

—No —Allison lo miró como si acabara de preguntarle una estupidez.

—Entonces, ¿está casada con el mismo hombre? —Zach sabía que no era asunto suyo, pero quería que su hija siguiera hablando. Como casi nunca hablaban sin pelearse, no quería que la conversación acabara.

—Cecilia y su marido fueron a divorciarse al mismo juzgado al que fuisteis mamá y tú, y la juez les dijo que tenían que pensárselo bien antes de separarse.

A Zach le costó creer que un juez hubiera dicho algo así, sobre todo teniendo en cuenta lo fácil que era divorciarse en aquellos tiempos.

—Supongo que no lo dijo con esas mismas palabras.

—No, pero casi. Cecilia estaba embarazada cuando se casó con Ian, y quería estar segura de que él no se casaba con ella por eso.

Zach no entendió qué tenía que ver eso con el tema que estaban tratando, así que permaneció en silencio y esperó a que su hija acabara de explicarse.

—Cecilia le hizo firmar un acuerdo prematrimonial, y cuando la juez lo leyó, no dejó que lo disolvieran.

—Así que les dio una razón para que se pararan a pensar en lo que estaban haciendo, ¿no?

—Exacto.

—Es una juez lista —Zach deseó que la que le habían asignado a él durante el divorcio hubiera sido tan cabal. Si alguien hubiera hablado con Rosie y con él y les hubiera hecho entrar en razón, le habría ahorrado mucho sufrimiento a su familia.

—La conoces.

—¿A quién? —le preguntó, mientras salía de Harbor Street y enfilaba por Pelican Court.

—A la juez —Allison lo miró como si lo que estaba diciéndole fuera obvio, y añadió–: Es la que os concedió el divorcio a mamá y a ti.

–¿La juez Lockhart? –se dijo que tendría que haberlo sabido; al fin y al cabo, aquella mujer parecía estar especializada en veredictos fuera de lo común.

–Sí, debe de ser una mujer genial.

Zach contuvo a duras penas las ganas de sonreír, porque por un momento le pareció que estaba hablando con la Allison de siempre, la de antes del divorcio.

–Me cae bien –comentó ella, mientras se ponía mejor el cinturón de seguridad–. Y antes de que lo preguntes, no estoy hablando de la juez Lockhart, sino de Cecilia.

–Ya lo sé –estaba en deuda con Cecilia por cómo estaba apoyando a su hija.

–Al principio me caía mal, pero entonces me contó lo del divorcio de sus padres –le lanzó una mirada, y suspiró–. Se separaron cuando era joven, como yo.

–Lo pasó mal, ¿verdad?

–Sí. Su padre se largó, y su madre no recibía ninguna ayuda. Cecilia apenas sabía nada de su padre, por eso se vino a vivir a Cedar Cove. Como quería llegar a conocerlo, se puso en contacto con él cuando acabó el instituto. Él le dijo que podía conseguirle un trabajo, así que ella se vino a vivir aquí. La contrataron en el restaurante donde él trabajaba, y aunque no era lo que ella esperaba, ya era demasiado tarde para volver a casa.

El trabajo que Cecilia realizaba en la empresa era muy valioso, pero para él era mucho más importante la amistad que había entablado con su hija. Fueran cuales fuesen las razones por las que había ido a vivir a Cedar Cove, se alegraba de que estuviera allí.

–Las cosas no fueron demasiado bien con su padre –comentó Allison.

—¿Por qué?

—Me parece que es un tipo raro.

—¿Piensas lo mismo de mí?

—No. A veces eres un poco pesado, pero en general eres pasable.

Tanto elogio estuvo a punto de abrumarlo.

—Gracias.

—Su padre se fue a California cuando vendieron el restaurante en el que trabajaban, The Captain's Galley, porque los nuevos propietarios no le ofrecieron trabajo. Me parece que fue una suerte, porque Cecilia dice que se gastaba todo lo que ganaba en bebida.

—Supongo que todo eso fue en la época en que murió su hija.

—Sí, más o menos. Ian, su marido, la animó a que retomara los estudios.

—Fue una buena idea.

—Él estaba en alta mar, y estuvieron en contacto a través del correo electrónico. Así fueron recuperando la relación.

—Qué bien —si hubiera tenido la oportunidad de comunicarse con Rosie a través del correo electrónico, era posible que las cosas se hubieran arreglado. Uno tenía tiempo de pensar en lo que iba a decir cuando tenía que pararse a escribir las palabras.

—Cecilia me dijo que, en cuanto me conoció, supo que yo era especial.

—¿Por qué? —no quería parecer escéptico, pero tenía curiosidad por saber qué era lo que su ayudante había visto en su hija.

—¿Es que no estás escuchándome?

—Claro que sí.

—Por su hija, que también se llamaba Allison.

CAPÍTULO 19

Roy McAfee miró a su alrededor al entrar en la oficina del sheriff de Cedar Cove, que era un hervidero de actividad. Había varias personas en sus respectivas mesas, y una operadora que se ocupaba de la centralita. El ambiente estaba cargado de energía mientras los agentes, tanto los uniformados como los de paisano, conversaban o trabajaban en sus ordenadores.

A Roy le encantaba aquel ambiente, y tuvo ganas de cerrar los ojos para saborear el olor del café y el sonido de los policías trabajando. Echaba de menos lo que se sentía al formar parte de las fuerzas del orden... aunque era un alivio no tener que lidiar con todo el papeleo. Cuando trabajaba en la policía, se había pasado horas y horas rellenando formularios.

—¿Qué tal te va, Roy? —le preguntó una agente al verlo.
Roy no la reconoció, pero le dijo:
—Bien, gracias. Vengo a ver al sheriff Davis.
—Le diré que estás aquí.
—Gracias —había llamado a principios de año, después de investigar a fondo, y estaba a punto de darle al sheriff toda la información que había recabado.

Confiaba en Troy Davis y sabía que no era ningún tonto, pero la situación en la que se encontraba era muy delicada; desde un punto de vista oficial, estaba trabajando para Grace Sherman y para Bob Beldon, así que su prioridad era cuidar de los intereses de sus clientes. Si se había cometido un crimen, tenía que hacer todo lo posible por encontrar pruebas que demostraran que eran inocentes.

La agente se acercó a él, y le dijo:

—El sheriff te está esperando.

Roy la siguió hasta el pequeño despacho.

Davis estaba sentado tras su mesa, mirando ceñudo la pantalla del ordenador, pero se levantó al verlo entrar y le estrechó la mano. Cuando los dos se sentaron, se reclinó en su silla y le preguntó:

—¿En qué puedo ayudarte?

Roy no se dejó engañar por su actitud relajada, porque sabía que el sheriff estaba muy interesado en el motivo de su visita.

—Como te dije por teléfono, quiero hablar contigo sobre el desconocido que apareció muerto en la pensión.

—¿Has descubierto algo nuevo?

—Creo que sí.

—Cuéntame.

Roy sabía que no debería contarle todo lo que sabía, y no pensaba revelar de dónde había sacado la información. Davis era consciente de ello, y sin duda iba a intentar sonsacarle todo lo que pudiera.

—¿Te suenan los nombres Max Russell y Stewart Samuels?, ¿han salido a relucir durante vuestra investigación?

Eran los dos hombres que habían formado parte de la patrulla de Dan Sherman y Bob Beldon. Bob le había contado que los cuatro se habían separado del pelotón por accidente, y se habían topado con aquel pueblo. Cuatro hombres, cuatro vidas... aquel día los había marcado a todos. Había localizado a Samuels, que había permanecido en el ejército y tenía una hoja de servicio impoluta; al parecer, era al que menos le había afectado lo sucedido en Vietnam. Por su parte, Russell había tenido una vida muy complicada, al igual que Beldon y Dan Sherman.

—Puede que sí —Davis agarró un montón de archivos que había sobre la mesa.

Roy estaba convencido de que no tenía ni idea de quiénes eran aquellos hombres, y estaba marcándose un farol.

Davis empezó a rebuscar entre los archivos hasta que encontró el que quería. No era de extrañar que mantuviera a mano la información sobre el caso del desconocido. Después de ojearlo por encima, miró a Roy y le dijo:

—¿Piensas decirme de dónde has sacado esos nombres?
—No.

Tenía que proteger a Bob, y seguía sin saber hasta qué punto estaba implicado en el caso. Quería creer que era inocente, pero había demasiadas cosas que no encajaban.

El sheriff soltó una carcajada, y comentó:

—No sé por qué, pero sabía que dirías eso —al ver que Roy no contestaba, añadió—: Tengo la sospecha de que uno de esos dos hombres ha desaparecido. ¿Estoy en lo cierto? —como Roy se limitó a encogerse de hombros, rezongó—: Al menos podrías echarme una mano —se volvió hacia su ordenador, y le preguntó—: ¿Puedes decirme el estado en que lo están buscando por lo menos?

—Podría hacerlo, pero dejaré que disfrutes buscando la información... aunque yo de ti, empezaría por Russell —cuando Troy lo miró ceñudo, acabó cediendo—. California.

—¿No era de Florida?

El desconocido llevaba encima un carné de identidad

falso en el que figuraba una dirección de Florida. Davis tecleó algo en el ordenador, pareció sorprenderse por lo que estaba leyendo, y miró a Roy por encima de sus gafas.

—¿Piensas decirme cómo conseguiste el nombre de Russell?

—No.

—¿Es nuestro misterioso desconocido?

Roy no estaba seguro, pero tenía sus sospechas.

—Es posible.

—¿Cuándo descubriste todo esto?

—Hace unos días. He recabado toda la información que he podido, y he decidido que era hora de ponerte al día.

—Te lo agradezco, pero habría preferido que me informaras un poco antes.

Roy aún no estaba seguro de estar haciendo lo correcto en lo relativo a Bob y a Grace, pero si le ocultaba información a la policía, se arriesgaba a cometer una ilegalidad. Estaba convencido de que todo estaba relacionado con lo que aquellos cuatro hombres habían hecho en Vietnam.

—¿Has hablado con alguien de California? —le preguntó Davis.

—¿Como quién?

El sheriff tenía la mirada fija en la pantalla del ordenador. Tecleó algo más, y se volvió de nuevo hacia Roy.

—Como Hannah Russell, aquí pone que fue ella la que denunció la desaparición. Lo más seguro es que sea la esposa.

—Es la hija.

—¿Has hablado con ella? —Davis lo miró muy serio.

—¿Crees que me atrevería a meterme en medio de una investigación policial?

—Espero que no, pero me ha parecido prudente preguntártelo.

—Es toda tuya —había conseguido lo que quería con aquella visita, así que iba a tener que dejar el asunto en manos del sheriff—. Supongo que no vas a darme las gracias, ¿verdad?

—Claro que no. Por cierto, me gustaría saber durante cuánto tiempo has estado ocultándome esta información.

Roy no pensaba responder a aquello. Lo había mantenido en secreto el máximo tiempo posible, porque quería mantener a la familia de Dan Sherman al margen del asunto.

—¿Tienes idea de por qué ese tipo vino con una identificación falsa?

—No.

El sheriff iba a tener que hablar con Hannah Russell, y seguro que también acababa contactando con Samuels, que vivía en Washington.

—¿Sabes algo sobre lo de la reconstrucción facial? Hay gente que sigue creyendo que el desconocido era Dan Sherman, pero las pruebas de ADN demuestran que no es cierto.

—Yo me fiaría más de los resultados del laboratorio.

—Por supuesto, pero he oído los rumores.

Sí, Roy también los había oído. A la gente le gustaba especular, y era muy conveniente pensar que el hombre muerto era Dan Sherman; sin embargo, hacía días que no oía nada al respecto.

Decidió marcharse, y se puso de pie. Le había contado al sheriff todo lo que estaba dispuesto a revelar, ni una palabra más.

Davis se levantó también, y le dijo:

—Bueno, muchas gracias.

Roy salió del despacho. Había estado dándole muchas vueltas a aquella visita. No podía traicionar la confianza que Beldon había depositado en él, pero había cosas que no podía seguir ocultando. Había sido Beldon el que le había facilitado los nombres de Russell y Samuels, y le había dado permiso para que fuera a hablar con el sheriff.

Cuatro soldados se habían visto atrapados en una jungla del sudeste asiático, y habían entrado en un verdadero infierno. Lo que había sucedido aquel día había cambiado sus vidas para siempre. Lo único que ellos querían era regresar vivos a casa, habían visto como muchos de sus compañeros regresaban de Vietnam en bolsas de plástico y sabían que no tenían más opción que matar o morir. La guerra los había cambiado, y había alterado para siempre su mundo.

—¿Qué tal te ha ido? —le preguntó Corrie, cuando llegó al despacho.

Él se quitó la chaqueta, y la colgó en el perchero antes de contestar.

—Tan bien como cabía esperar.

—¿Sabe Bob que has ido a ver a Troy Davis? —le preguntó ella.

Jack llevaba dos semanas deseando que llegara aquel viernes por la noche. Olivia había tenido que quedarse trabajando hasta tarde, así que habían quedado directamente en el Lighthouse. No tenían una cita propiamente dicha desde antes de Navidad, y la echaba mucho de menos. Hablaban por teléfono y habían quedado varias veces para tomar un café rápido, pero los dos eran personas muy ocupadas y con vidas complicadas.

El periódico era bisemanal hasta el momento, pero el grupo editorial que lo había comprado varios años atrás estaba planteándose que pasara a publicarse cinco días a la semana, y era posible que con el tiempo llegara a ser diario. Era una buena oportunidad para él desde un punto de vista periodístico, pero no estaba seguro de si aquella responsabilidad añadida valía la pena, porque estaba seguro de que iba a afectar a su vida personal. Editar un periódico diario implicaba preparar a nuevos trabajadores, y tener tanto más reuniones editoriales como más tareas administrativas.

La mejor forma de cazar a un periodista era ofrecerle más espacio para sus artículos. Su editor lo sabía, así que estaba utilizando ese argumento como cebo... además de un sustancioso aumento de sueldo.

Pero a pesar de todo, seguía sin estar convencido del todo, porque tal y como estaban las cosas, no veía a Olivia tanto como le habría gustado. Esperaba que, en un futuro inmediato, ella se convirtiera en parte permanente de su vida.

—¿Quiere sentarse ya, señor Griffin? —le preguntó la jefa de sala del restaurante—. En cuanto la juez Lockhart llegue, la acompañaré a su mesa.

—De acuerdo.

Le sorprendió que la joven los conociera, pero entonces se dio cuenta de que no era tan extraño; al fin y al cabo, Justine era la dueña del restaurante, y era la hija de Olivia. Además, él era bastante conocido en la ciudad, porque en el periódico siempre salía una foto suya junto a su columna semanal... y por cierto, era una foto en la que salía bastante favorecido.

Les dieron una de las mejores mesas, que tenía vistas a la cala. Las luces del puerto se reflejaban sobre el agua, y aportaban un aire festivo. El astillero naval estaba al otro lado, y en ese momento había allí un portaaviones, unos cuantos destructores y varios submarinos diésel.

Cuando se le acercó el camarero, le pidió un café y empezó a leer el menú. Olivia llegó cinco minutos después, con una sonrisa lo bastante cálida como para derretir hasta el más frío de los corazones.

—No te he hecho esperar demasiado, ¿verdad? —le preguntó, al sentarse delante de él. Estaba un poco sin aliento, pero parecía feliz y pletórica.

Era tan guapa, que a Jack le costó apartar la mirada de ella.

—Llevo horas esperándote —era la pura verdad, llevaba todo el día deseando verla.

Olivia alargó la mano hacia él por encima de la mesa, y los dedos de ambos se entrelazaron.

—Estaba deseando que llegara esta noche, no podía dejar de pensar en ti —le dijo ella.

—Lo mismo digo. ¿Alguna novedad sobre la lucha de tu madre con el Ayuntamiento? —intentó no quedarse mirándola embobado.

—¿No te has enterado?

—No, ¿qué ha pasado?

Normalmente, él era el primero en enterarse de todos los cotilleos, pero últimamente no veía demasiado a Charlotte. Ella había escrito una columna dedicada a la gente mayor en *The Chronicle* durante un tiempo, pero había dejado de hacerlo cuando le habían diagnosticado el cáncer. Tenía intención de retomarla tras su recuperación, pero estaba muy atareada con su lucha por conseguir que se abriera un centro de salud en la ciudad.

—Mi madre y su nuevo amigo han decidido organizar una manifestación —Olivia frunció el ceño, y comentó—: No sé gran cosa sobre ese tal Ben, ¿y tú?

Jack no lo conocía, pero no quería que ella se desviara del tema. Aquello era todo un notición.

—¿Qué tipo de manifestación?

—Ya conoces a mi madre. La verdad es que creo que ha sido Ben Rhodes quien le ha metido la idea en la cabeza, pero la cuestión es que está convencida de que a la ciudad le hace falta un centro de salud.

Jack asintió; lo cierto era que estaba de acuerdo con Charlotte.

—Según ella, ha intentado hacerlo por la vía oficial, pero nadie le hace caso por culpa de los recortes presupuestarios. Me temo que va a tomar el asunto en sus manos... que Dios nos ayude.

Jack intentó contener una sonrisa. A instancias de Charlotte, él mismo había escrito varios artículos sobre lo necesario que era tener un centro de salud en la ciudad.

—Como se te ocurra publicar en la primera página del periódico la foto de mi madre con alguna pancarta ridícula en ristre, no te lo perdonaré nunca.

Jack no pudo evitar soltar una carcajada, y le dijo:

—No puedo prometerte nada.

Olivia dejó a un lado la carta del menú.

—He intentado que entrara en razón, pero no me hace ni caso. No se da cuenta de que puede dejarme en evidencia.

—No está pensando en ti, sino en los miembros de nuestra comunidad, en lo que necesitan.

—Tienes razón. Supongo que parezco bastante egoísta, ¿no? Pero es que mamá no se da cuenta de las bromas que tengo que aguantar a diario en el juzgado. Esta misma tarde, alguien me ha preguntado qué haría si tuviera que juzgar a mi propia madre, y me ha sugerido que la castigue un cuarto de hora de cara a la pared. Muy gracioso, ¿verdad? Bueno, ya basta de hablar de mi madre. ¿Cómo te va a ti?

—Muy bien —con Olivia a su lado, se sentía en el paraíso. Había planeado una velada muy romántica... aunque lo cierto era que el romanticismo no era su punto fuerte.

Después de cenar, si el tiempo cooperaba, podían ir a dar un paseo por el puerto. Si tenía suerte, ella lo invitaría a tomar un café en su casa, hacía demasiado tiempo que no la besaba...

—¿Sabes ya si el periódico va a empezar a editarse cinco días a la semana?

—Aún no lo sé con seguridad, pero creo que es muy probable —los dos sabían lo que implicaría ese cambio, pero no quería perder el tiempo discutiendo los pros y los contras.

Había aceptado el puesto en *The Cedar Cove Chronicle* porque se trataba de una publicación bisemanal. Las exigencias de un periódico diario habían estado a punto de acabar con su vida personal. Se había sumergido en el trabajo durante años, desde el inicio de su carrera. Había estado a punto de destruirse a sí mismo... primero al ahogar sus penas y sus miedos en el fondo de una botella, y después trabajando hasta el agotamiento.

Lo había hecho para intentar lidiar con la enfermedad de su hijo. A Eric le habían diagnosticado leucemia de pequeño, y aunque había acabado recuperándose, durante aquella época creía que su único hijo iba a morir sin que él pudiera hacer nada por evitarlo, así que se había refugiado en la bebida y en el trabajo.

Durante aquellos años terribles en los que bebía, se las había arreglado para cumplir en el trabajo, pero apenas había logrado cumplir como persona, marido, padre, y amigo.

Cuando su matrimonio se había acabado, había buscado la ayuda que necesitaba, pero había tardado años en encauzar su vida.

—No tendrás que marcharte de Cedar Cove, ¿verdad? —le preguntó Olivia.

Él se alegró al ver que la idea parecía preocuparla. En el pasado, quizás habría dejado que pensara que estaba dispuesto a largarse de allí, pero ese tipo de estratagemas ya no tenían cabida en su relación. No podía vivir sin ella, ni andarse con manipulaciones infantiles... aunque eso no significaba que no pudiera bromear un poco.

—No, no voy a marcharme —la miró a los ojos, y añadió—: No puedo alejarme de ti.

—Oh, Jack... —ella lo miró con una expresión llena de calidez.

—No puedo hacerlo, porque firmé un contrato por cinco años y no dejan que lo rescinda.

—¡Jack!

Sonrió de oreja a oreja al verla tan indignada, y tuvo que admitir para sus adentros que no era un tipo demasiado romántico; sin embargo, una cosa estaba clara: amaba a Olivia Lockhart. Quizá debería esforzarse un poco más en decir las cosas adecuadas, pero no tenía demasiada práctica a la hora de andarse con cariñitos. Si ella quería escuchar ese tipo de chorradas, seguro que su ex marido era todo un experto.

Fue un error pensar en Stan Lockhart, porque aquel tipo lo sacaba de sus casillas. El muy impresentable creía que podía recuperar a Olivia en cuanto le diera la gana.

—Bueno, vamos a pedir —le dijo, para intentar pensar en otra cosa. Mientras leía el menú, se recordó que era él el que estaba cenando con Olivia, y no su ex.

—Estoy hambrienta.

Jack se decidió por un filete, y ella se debatió entre las vieiras o unos churrascos; finalmente, se decidió por las vieiras.

—Mi madre me dijo que la invitaste a comer —le dijo ella, cuando el discreto camarero les sirvió una ensalada con gambas.

De modo que se había enterado. Jack había intentado que Charlotte le explicara todo lo que sabía sobre cómo estaban las cosas entre Olivia y Stan. No había sido una táctica demasiado ética, pero la incertidumbre estaba enloqueciéndolo.

Se había pasado varios días deprimido después de que Charlotte le contara que Stan estaba luchando con ahínco por recuperar a Olivia. Era indudable que tenía muchas cosas en su favor: era un tipo con dinero, culto y sofisticado, y además había compartido muchas cosas con Olivia y era el padre de sus hijos.

Lo primero de lo que se había enterado era que Stan y Olivia habían estado juntos en Nochevieja. Charlotte le había quitado importancia al asunto, y le había explicado que los dos habían tenido que cuidar de Leif para que Justine y Seth pudieran ir a trabajar, pero se había sentido muy molesto. Seguro que, cuando el reloj había dado las doce, el bueno de Stan tenía preparados el champán y la música, y que estaba listo para darle a Olivia un buen beso.

Apretó la mandíbula con fuerza ante la mera idea de que aquel hombre la tocara.

Por si fuera poco, Charlote había comentado que a veces Stan pasaba la noche en Cedar Cove, y él sabía por experiencia propia que aquel tipo había dormido en casa de Olivia una vez por lo menos. Stan había intentado hacerle creer que había pasado la noche con ella, pero él sabía que en realidad había dormido en la habitación de invitados.

Lo que no sabía era si la situación se había repetido... y no quería enterarse. No estaba dispuesto a permitir que Stan le causara problemas con Olivia. Ya había cometido ese error una vez, y no iba a volver a suceder. Maldición, estaba decidido a luchar por ella. No pensaba hacerse a un lado, y eso era algo que quería dejarles muy claro tanto a Olivia como a su ex marido.

—¿Jack?

Al ver que ella lo miraba extrañada, le dijo:

—Perdona, ¿has dicho algo? —centró toda su atención en ella, y se dio cuenta de que Stan había estado a punto de jugarle otra mala pasada. Sin intentarlo siquiera, el ex de Olivia estaba echando a perder la velada–. ¿Te he dicho lo guapa que estás?

–No –Olivia apoyó los codos en la mesa–. Pero estoy deseando que lo hagas.

Grace Sherman se quedó mirando la pantalla del ordenador mientras se le aceleraba el corazón. Will quería que se vieran en Nueva Orleans; al parecer, tenía que ir a Louisiana por cuestiones de negocios, y acababa de preguntarle si podían encontrarse allí.

Nueva Orleans era una de las ciudades más románticas del mundo, y la idea de estar allí con él la entusiasmaba. Se imaginó paseando a su lado por Bourboon Street, escuchando a músicos de jazz. Él había mencionado un paseo por el Mississipi en un casino flotante, y visitas a plantaciones históricas.

–No lo sé –tecleó en el ordenador. Estaba tan nerviosa como emocionada.

–Deberíamos hablar, pero cara a cara –le contestó él–. Te necesito, Grace. No puedo dejar de pensar en ti.

Habían dejado de ocultar lo que sentían el uno por el otro. Estaba enamorada de él, así de simple. Quería estar a su lado para siempre, pero vivía y trabajaba en Cedar Cove.

–No sé si podré, tengo que avisar con varias semanas de antelación en la biblioteca.

–Pregúntalo cuanto antes, te enviaré un billete de avión.

Grace cerró los ojos. Teniendo en cuenta lo que sentían el uno por el otro, les resultaría casi imposible resistirse al deseo sexual. Llevaba semanas imaginándose cómo sería, y había creado una fantasía en la que eran marido y mujer. Por primera vez en su vida adulta, iba a saber lo que era estar con un hombre que la amaba por completo, que la valoraba...

Sabía sin lugar a dudas que Dan la había amado, pero a él le había quedado muy poco que poder ofrecerle. Como cargaba con el peso de una angustia y una culpa enormes, había luchado por vivir día a día, y en su vida apenas había quedado espacio para la ternura y la alegría.

Y en cuanto a Cliff... era un amigo, y para ella, la relación que habían mantenido había sido de amistad.

Por fin tenía la oportunidad de saber lo que era el amor de verdad, pero había un problema muy grande: Will estaba casado.

—¿Y qué pasa con tu mujer? —no podía acceder a verse con él, no podía dejar que aquella relación continuara si él seguía casado.

—Ya te dije que se había acabado.

—¿Georgia se ha ido de casa?

—Sí, y ya he contactado con un abogado. Va a ser un divorcio amistoso. No tendríamos que habernos casado, ella lo entiende.

—¿Le has hablado de mí?

—Le dije que había alguien más, pero no especifiqué de quién se trataba.

Grace también había mantenido en secreto su relación con él. Se enviaban mensajes electrónicos a diario, a menudo varias veces, y de vez en cuando se las ingeniaban para hablar por teléfono. Era sorprendente la cantidad de cosas de las que hablaban.

Al oír que llamaban a la puerta, miró por encima del hombro con irritación. Buttercup fue hacia la puerta moviendo el rabo.

—Dime que vendrás —insistió él—. Tengo que verte cuanto antes. Prométeme que harás todo lo que puedas por venir.

—Te lo prometo —Grace se levantó a regañadientes al ver que llamaban otra vez. Abrió la puerta decidida a deshacerse de quien fuera cuanto antes, y tuvo que contener un gemido al ver que se trataba de Cliff—. Hola, Cliff. Qué sorpresa tan agradable.

—¿Sorpresa? Te llamé la semana pasada, y quedamos en pasar la tarde juntos —le contestó, desconcertado.

Grace recordó vagamente aquella conversación, pero sólo se acordaba de que se había sentido ansiosa por volver al ordenador.

—Ah, sí, se me había olvidado. Estoy lista en un minuto.

Cliff se sentó en el sofá de la sala de estar. Al ver que estaba un poco ceñudo, comentó:

—Estaba con el ordenador, deja que me desconecte —se sentó en la silla, y se puso a teclear a toda velocidad.

Le dijo a Will que intentaría que le dieran aquellos días libres, que tardaría una o dos semanas en saber algo concreto, y que deseaba de todo corazón que se los concedieran. Entonces le explicó que había llegado una visita, y se despidió de él. En cuanto acabó, se volvió hacia Cliff y le dijo:

—Creerás que soy una despistada —sonrió mientras intentaba disimular el hecho de que se le había olvidado que tenían una cita.

—Claro que no —la sonrisa de Cliff no se reflejó en sus ojos. Acarició a Buttercup, que estaba tumbada a su lado, y frunció el ceño.

—Voy a por mi abrigo, ahora mismo vuelvo.

Él seguía acariciando a la perra cuando volvió. Alzó la mirada hacia ella, y le preguntó:

—¿Cuánto hace que no llevas a Buttercup al veterinario?

Grace no lo recordaba, sólo sabía que había sido una semana después de que se la dieran.

—Un año, más o menos.

—Me parece que deberías pedirle hora.

—¿Por qué? —Grace lo miró con preocupación. La golden retriever era su compañera y su amiga.

—Por nada en concreto, pero la veo un poco letárgica. Puede que le pase algo... parece un poco rara. ¿Has notado algún cambio en su comportamiento?

—No —Grace intentó acordarse, pero no se le ocurrió nada.

La verdad era que se ponía delante del ordenador en cuanto llegaba a casa, y se sintió culpable al darse cuenta de que últimamente no le prestaba demasiada atención a la perra; de hecho, ella misma solía cenar bastante tarde, porque aprovechaba todo el tiempo que podía para chatear con Will.

—¿Estás listo? —le preguntó, mientras agarraba su bolso.

—Un momento.

Cliff siguió acariciando a Buttercup, pero Grace tuvo la impresión de que estaba pensando en algo que no tenía nada que ver con la perra.

—Hace un día precioso, ¿verdad? —le dijo, cuando él se levantó por fin.

Él permanecía inexpresivo, y aquella situación le recordó a otras parecidas que había vivido con Dan. Ella solía intentar animarlo, y sólo lo conseguía en contadas ocasiones. Se sintió mal al ver la misma expresión ilegible en el rostro de Cliff, y no pudo evitar pensar en cómo había sido su matrimonio con Dan.

—Quiero preguntarte algo —le dijo él, tras un largo silencio.

—Dime.

Cliff se acercó a la ventana, y miró hacia fuera.

—No nos hemos visto demasiado últimamente.

—Has estado ocupado.

—Sí, y supongo que por eso no me he dado cuenta antes.

—¿De qué?

—De lo distante que estás conmigo.

—Son imaginaciones tuyas, Cliff.

Él se frotó la nuca, y se volvió hacia ella.

—Qué gracia, eso es justo lo que solía decirme Susan.

Susan era su ex mujer. Grace alzó las manos en un gesto que delataba su confusión, y le dijo:

—¿Qué es lo que pasa?, creía que íbamos a pasar la tarde juntos.

—Y yo también —la miró con expresión rígida, y le dijo—: No puedo jugar a esto, Grace.

—¿A qué? —empezaba a perder la paciencia con él.

—Hay alguien más. Crees que no me doy cuenta, pero lo tengo muy claro. Lo que está pasando es obvio, ya he pasado por una situación parecida.

—¿*Qué?* ¿Cómo puedes decir algo así? Y aunque fuera cierto, es asunto mío. No tienes ningún derecho sobre mí.

—Eso es verdad —Cliff esbozó una sonrisa llena de tristeza.

—Venga, no seas así —ahora que él estaba allí, tenía ganas de salir con él, de disfrutar de su compañía.

Él sacudió la cabeza, como diciendo que tendría que haberse dado cuenta antes, y comentó:

—Al principio pensé que estabas distanciándote de mí por lo de Dan. Te di tiempo para que lloraras a tu marido, tal y como me pediste.

—Cliff, por favor... estás haciendo una montaña de un grano de arena.

—¿En serio?

Al ver su actitud de resignación, Grace tuvo ganas de

acercarse a abrazarlo, pero no le gustaba la dirección que había tomado la conversación.

—¿Estás diciéndome que no hay nadie más en tu vida? —le preguntó él.

Ella lo miró a los ojos, y mintió.

—Sí, eso es exactamente lo que estoy diciéndote —nadie sabía lo de Will, ni siquiera Olivia. No podía dejar que nadie se enterara, sobre todo teniendo en cuenta que él estaba divorciándose.

—La primera vez que te vi, supe que iba a enamorarme de ti, y mi admiración fue creciendo cada vez que hablaba contigo. Lidiaste con la desaparición de tu marido de forma honorable, y no quisiste tener una relación conmigo hasta que el divorcio fuera un hecho. Creí que... confié en ti.

—¿Y ahora no?

—Grace, te olvidas de que mi esposa me fue infiel durante años. Conozco todos los signos... la alegre bienvenida, la negación, la indignación... viví con ello y luché por ignorarlo, pero no pienso volver a hacerlo.

Grace se cruzó de brazos, porque empezaba a cansarse de aquella situación.

—Estás siendo muy ridículo —le dijo con irritación.

—¿En serio?

—Por supuesto.

—Está casado, ¿verdad?

—¿*Qué?*

—Estás protegiéndolo.

—¡No puedo creer que me digas algo así!

Al ver que él iba hacia la puerta, creyó que el interrogatorio se había acabado, y se sintió aliviada.

—¿Nos vamos ya?

Él se detuvo con la mano en el pomo, y se volvió a mirarla antes de decirle:

—Creo que será mejor que no volvamos a vernos.

Grace se quedó boquiabierta.

—No lo dirás en serio, ¿verdad? —sintió que se le caía el alma a los pies al darse cuenta de lo mucho que le había ofendido con sus mentiras. La conmoción que la golpeó fue tan fuerte, que no pudo reaccionar al principio, pero logró recuperarse y se apresuró a ir tras él—. ¡Cliff! Por favor, vamos a hablar de esto...

O no la oyó, o hizo caso omiso de su súplica. Sin mirar hacia atrás, entró en su coche y se alejó de ella.

## CAPÍTULO 20

Maryellen se despertó de golpe al oír llorar a Katie. Era la una y cuarto de la mañana, y hacía menos de una hora que se había dormido. Se levantó a duras penas de la cama y se acercó a la cuna, pero se alarmó al tomar a la niña en brazos. Katie llevaba dos días malita e inquieta, pero parecía haber empeorado.

Aquel día, había decidido no ir a trabajar y se había quedado con ella en casa. El pediatra le había recetado antibióticos, pero la niña no había mejorado. Después de la toma de medianoche había vomitado la leche, y tenía fiebre.

Empezó a pasearse con ella en brazos por la habitación, pero no había forma de que la niña se calmara. Consiguió que se tomara un poco de Tylenol líquido, pero la fiebre siguió igual de alta.

Tres cuartos de hora después, estaba exhausta y frenética. Ya había llamado a la enfermera que estaba de guardia en la línea de atención médica, pero no necesitaba palabras tranquilizadoras, sino ayuda. Aquello era muy duro, no podía hacerlo sola. No le gustaba tener que llamar a Jon a aquellas horas, pero no tenía otra opción.

Al ver que él no contestaba después de cinco largos tonos, se sintió descorazonada. Era obvio que él no estaba en casa, así que estaba pasando la noche fuera. La idea la deprimió tanto, que los ojos se le llenaron de lágrimas.

—Ni hablar —susurró—. Olvídate de él.

No quería pararse a pensar dónde estaba, ni con quién. Eso sólo empeoraría la situación. Justo cuando estaba a punto de colgar el teléfono, oyó su voz adormilada.

—¿Diga?

—Jon, soy Maryellen. Lo siento mucho... no sabía a quién acudir.

—¿Pasa algo?

—Katie tiene fiebre, y está muy congestionada. Esta mañana la he llevado al pediatra, tiene infección de oído y bronquitis.

—¿La estás medicando?

—Sí, pero no me gusta el sonido que hace al respirar. Ya he llamado a la enfermera de guardia, pero sigo preocupada. Estoy tan cansada... —la voz le tembló de emoción. Sólo había dormido una hora, y estaba tan agotada, que apenas podía pensar con claridad.

—¿Cuánta fiebre tiene?

—Casi cuarenta, pero la enfermera me ha dicho que no es extraño en niños tan pequeños. Lo que me preocupa es su respiración. Tose tanto, que le dan ganas de vomitar, y no puede dormir, y... y yo no he pegado ojo —Maryellen luchó por contener las lágrimas. Llevaba dos noches sin descansar, y estaba hecha un manojo de nervios—. No sé cuánto tiempo voy a poder aguantar...

—Voy para allá.

—Pero, mañana tienes que trabajar...

—Maryellen, Katie es tan hija mía como tuya.

—¿Crees que debería llevarla a Urgencias?

—Lo decidiremos juntos —le dijo él con calma.

Maryellen se sintió aliviada al tener a alguien con quien compartir aquella responsabilidad. Jon llegó al cabo de media hora, y al verla frunció el ceño y le dijo:

—Tendrías que haberme llamado antes.

Como sabía que debía de estar hecha un adefesio, le dio a Katie y se pasó los dedos por el pelo. Hacía un mes que sólo se veían de pasada. Él parecía estar evitándola, y después de lo que había pasado en Año Nuevo, ella había preferido mantener las distancias. Verlo justo cuando estaba hecha un desastre hizo que se sintiera aún peor, pero como Katie estaba enferma, no tenía alternativa.

—Está tomando antibióticos —le dijo, mientras él intentaba calmar a la niña con arrumacos—. El doctor me dijo que a lo mejor tardaba uno o dos días en empezar a mejorar, pero sigue teniendo fiebre y no puede dormir.

Jon besó la frente de su hija con ternura, y dijo:

—Me parece que la fiebre no es tan alta.

—Gracias a Dios.

Maryellen tocó la frente de su hija con el dorso de la mano, y se dio cuenta de que Jon tenía razón. El Tylenol había hecho que la fiebre bajara un poco.

—¿Qué hacemos?, ¿la llevamos a Urgencias? —no quería exponerla al frío de la calle si no era necesario, pero no se sentía capaz de tomar la decisión por sí misma.

—Esperemos una hora, a ver qué pasa.

Se alegraba tanto de tenerlo allí, que no pudo articular palabra por miedo a echarse a llorar, así que se limitó a asentir.

Él le dio a Katie mientras se quitaba el abrigo, y después la tomó en brazos de nuevo y se sentó con ella en la mecedora.

—Respira mejor cuando alguien la tiene en brazos —estaba tan exhausta, que se tambaleó un poco.

—Vete a la cama, es una tontería que estemos los dos despiertos.

—Pero... —no sabía por qué estaba protestando—. ¿Me despertarás dentro de una hora?

—¿Te han dicho alguna vez que eres muy testaruda? —al ver que ella permanecía en silencio, señaló hacia el dormitorio y le dijo—: Venga, a dormir.

Maryellen estaba tan exhausta, se sentía tan agradecida, que asintió obedientemente y fue al dormitorio. Ser madre soltera era mucho más difícil de lo que esperaba. Jamás habría podido imaginarse lo que suponía pasearse de un lado a otro de la casa con un bebé enfermo, tomar sola decisiones importantes que afectaban tanto la salud como la vida de un hijo. No sabía lo que habría hecho en ese momento sin Jon.

Se desplomó en la cama. La cabeza le daba vueltas, y estaba convencida de que no iba a poder dormirse, pero cerró los ojos... y cuando volvió abrirlos, vio el despertador y se dio cuenta de que habían pasado tres horas. Echó a un lado la manta, fue a toda prisa a la sala de estar, y vio a Katie dormida en brazos de su padre.

Él abrió los ojos al oírla entrar.

—Está dormida —susurró ella. Apenas podía creer lo que estaba viendo. Tomó a la niña en brazos al darse cuenta de que él debía de estar entumecido después de estar sujetándola durante tanto tiempo, y notó que parecía muy tranquila.

—Me parece que lo peor ya ha pasado —le dijo él, mientras iban al cuarto de la niña.

—Eso espero —la colocó con cuidado en la cuna, y cuando la niña se puso de costado, posó la mano en su espalda. Al ver que había dejado de irradiar tanto calor, la cubrió con una sábana y susurró—: Ya no tiene fiebre.

—¿Qué hora es? —le preguntó él, cuando salieron de la habitación.

—Las cinco y media —al ver que parecía agotado, le dijo—: Quédate a dormir aquí.

Jon se frotó la cara con las manos, y soltó un bostezo.

—Vale, me quedaré en el sofá.

—Es corto, y está lleno de bultos. Dormirás fatal —cuando sus miradas se encontraron, añadió—: Podemos dormir juntos.

Lo dijo como si fuera lo más normal del mundo, como si durmieran juntos a diario. Pero a pesar de su calma aparente, el corazón le martilleaba en el pecho.

Jon siguió mirándola, como si le costara creer lo que acababa de oír.

—Yo me quedaré en mi lado, y tú en el tuyo —añadió ella, para dejarle claro que no estaba pidiéndole que hicieran el amor. Sin esperar a que le contestara, entró en el dormitorio, pero al ver que él seguía vacilante, se sentó en el borde de la cama y le dijo—: Es la primera vez en dos noches que duermo tres horas. Haz lo que quieras, pero yo voy a dormir —se tumbó en la cama y se colocó de espaldas a él. Cerró los ojos, y se tapó con la manta.

Al cabo de unos segundos, él se metió en la cama y susurró:

—Dormiré encima de las mantas. No te preocupes, no voy a tocarte.

Maryellen fingió que estaba dormida, y no contestó. A los pocos segundos, oyó que su respiración se profundizaba, y supo que se había quedado dormido.

Cuando despertó de nuevo, la luz del sol entraba por las ventanas. No alcanzaba a ver el despertador, porque Jon se lo tapaba, así que levantó la cabeza de la almohada. Faltaba poco para las ocho. Al ver que lo había despertado, susurró:

—Perdona —volvió a colocar la cabeza sobre la almohada, y le dijo—: Te he despertado sin querer.

—Me he quedado dormido —dijo él con incredulidad.

—Sí, y Katie también.

Se quedaron mirando en silencio, como si ninguno de los dos fuera capaz de moverse. Sólo habían pasado una noche juntos, y había sido cuando habían concebido a Katie; sin embargo, aquello parecía muy lejano. Maryellen había cometido muchos errores con él, pero Jon había demostrado ser un gran padre para su hija y una gran ayuda para ella.

Se habían besado varias veces desde entonces, y ella había intentado decirle a través de aquellas caricias lo mucho que lo apreciaba, cuánto lo amaba, pero siempre había acabado herida y desilusionada. Deseaba tanto volver a besarlo...

—Jon —le dijo, en un susurro casi inaudible.

—Shhh...

Los dos se inclinaron hacia delante y sus labios se encontraron, pero él se obligó a apartarse al cabo de unos segundos y se quedó mirándola como si no supiera si debía seguir o no, como si estuviera pidiéndole permiso.

Maryellen volvió a besarlo. Después de Navidad se le había ofrecido con descaro, y él la había rechazado. Sabía que iba a quedarse destrozada si la situación se repetía, pero sus temores eran infundados. Se besaron una y otra vez, y empezaron a desnudarse el uno al otro con una prisa frenética. El camisón que llevaba ella no presentó ningún problema, pero Jon estaba completamente vestido. Mientras él se desabrochaba la camisa, oyeron de repente que Katie empezaba a llorar, y se quedaron inmóviles.

—Iré a ver si puedo hacer que se duerma otra vez —dijo Maryellen.

A veces, la niña dormía un poco más si le daba el chupete; con un poco de suerte, cooperaría y les daría la oportunidad de seguir con lo que estaban haciendo.

Después de ponerse rápidamente el camisón, fue de puntillas a la habitación de la pequeña. Le dio el chupete, y se quedó dormida de inmediato. Se quedó junto a ella durante unos segundos, mientras rezaba para que el momento de pasión no se hubiera perdido. Deseaba con toda su alma hacer el amor con Jon.

Cuando volvió a la habitación, supo de inmediato que ya era demasiado tarde. Él estaba sentado en el borde de la cama, mirando muy rígido hacia la pared.

—Jon, Katie está dormida —susurró.

Al ver que no le respondía, se arrodilló en la cama tras él, y le rodeó los hombros con los brazos. Empezó a besarle el cuello, y sintió que él se estremecía cuando le chupó el lóbulo de la oreja.

Él le dio un beso en la palma de la mano, y le dijo:

—Ha sido una suerte que se despertara justo en ese momento.

—Está dormida, Jon.

—No creo que sea buena idea que tengamos relaciones sexuales —se levantó de golpe, y se volvió a mirarla.

Su rechazo hizo que se sintiera humillada.

—Sería lo más fácil del mundo hacer el amor contigo, pero no pienso hacerlo. La verdad es que no confío en ti, Maryellen. Ya me mentiste una vez, intentaste ocultarme lo del embarazo.

—Eso fue antes de...

—¿De qué?

«De que me diera cuenta de que podía confiar en ti, de que supiera que te amaba». Fue incapaz de decir las palabras en voz alta.

Él permaneció en silencio durante un largo momento, y al final le dijo:

—Quiero ser honesto contigo.

Se sintió esperanzada, y alzó la mirada hacia él. Estaba muy tenso, y tenía los puños apretados con fuerza.

—No confío en ti... ni en mí. No puedo.

—¿Por qué no?

Era obvio que estaba librando una batalla consigo mismo, que quería confiar en ella y liberarse de la carga que lo agobiaba. Se preguntó por qué aquella carga, fuera lo que fuese, no le había impedido hacer el amor con ella un año antes, y la posible razón se le ocurrió de pronto.

—¿Estás casado?

—¿Es eso lo que piensas?

—¡No sé qué pensar!

Su exclamación debió de despertar a Katie, cuyo berrido quebró el tenso momento.

—Ya voy yo —Maryellen se apresuró a ir a la habitación de su hija, y le cambió el pañal. Se sintió aliviada al darse cuenta de que la niña parecía mucho más tranquila, casi normal.

Cuando regresó a su dormitorio, Jon ya no estaba allí. Se asomó por la ventana de la sala de estar, justo a tiempo de ver su coche doblando la esquina; a juzgar por la velocidad a la que iba, era obvio que estaba deseando alejarse de ella.

Rosie permaneció en silencio mientras Allison empezaba a comerse el montón de crepes que tenía en el plato. Su hija pareció darse cuenta de que estaba observándola, porque alzó la mirada y sonrió. Zach estaba con Eddie en una excursión de escultistas, y había sugerido que ella saliera a comer con Allison. Había sido una buena idea, porque así tenían la oportunidad de charlar a solas.

Cuando se habían divorciado, creía que no querría volver a saber nada de Zach. Sabía que no les quedaba más remedio que colaborar en varios temas prácticos, pero creía que la relación no iba a ir más allá; sin embargo, las cosas no iban como ella esperaba. Últimamente, hablaban bastante a menudo; de hecho, y por mucho que le doliera admitirlo, eran más felices divorciados.

Cuando su hija dejó sobre la mesa el bote del sirope, lo agarró y comentó:

—Todas las crepes que puedas comerte, por un dólar. Es un precio imbatible.

—Cecilia dice que son las mejores crepes de toda la ciudad.

Si volvía a oír el nombre de aquella mujer, iba a echarse a gritar... pero por otra parte, estaba tan agradecida de tener de vuelta a su hija, que sabía que no podía quejarse.

Dos dólares por comida era todo lo que podía permitirse. Aún tenían que hacer frente a los gastos legales... bueno, era Zach el que tenía que hacerlo... y tenían que pagar los gastos de las dos casas; además, ella tenía los gastos adicionales derivados de trabajar a tiempo completo. Estaba tan mal de dinero como siempre, pero se había acostumbrado a economizar.

—Entonces, ¿te gusta trabajar en la gestoría de tu padre? —la respuesta era obvia, pero daba pie a seguir con la conversación.

—El primer día no —Allison tomó un par de tragos de agua, y añadió—: Era un rollo trabajar con papá, se portaba como un tirano.

Rosie tenía entendido que las cosas no habían sido así, pero no quiso contradecir a su hija.

—Pero como hizo que Cecilia fuera mi jefa, todo fue mucho mejor.

Rosie sonrió. No conocía a Cecilia, y se preguntó qué era lo que tenía para haber influido tanto a Allison.

—Papá te contó lo de Cecilia y su marido, ¿verdad?

—Sí —Zach también había mencionado que su ayudante había perdido una hija—. Su hija también se llamaba Allison, ¿verdad?

—Sí. ¿Te parece bien que un día llevemos flores a su tumba?

—Me parece una idea muy buena.

—Su cumpleaños era el veinticinco de junio.

—Podríamos llevárselas en esa fecha.

—Genial, las pagaré yo —Allison se echó más sirope en lo que quedaba de sus crepes—. Cecilia y yo hablamos bastante —alzó la mirada hacia ella, como esperando que reaccionara con desaprobación.

—Sí, ya lo sé.

—Es una mujer muy inteligente, pero según ella, tardó en darse cuenta de su propio potencial. Fue Ian el que le dijo que podía ir a la universidad y dedicarse a lo que le diera la gana.

—Comentaste que él está fuera, ¿verdad?

—Se dice que está en alta mar, mamá.

—Perdona —Rosie tuvo que contener una sonrisa.

—¿Conocemos a alguien más que esté casado con un oficial de la Armada?

Después de pensar en ello durante unos segundos, Rosie comentó:

—El marido de la señora Alman está en la Armada, es otra profesora del colegio donde trabajo.

—Ah.

Rosie estaba deseando preguntarle una cosa, pero no se atrevía. Hacía semanas que ni Zach ni Allison mencionaban a Janice Lamond. Sabía que no estaba bien que le sonsacara información a sus hijos sobre las actividades de su padre, y se había prometido a sí misma que jamás los pondría en una situación que pudiera ponerlos en un compromiso. No quería obligarlos a tener que defender a su padre, o peor aún, a tener que elegir entre los dos. La sorprendía que nadie mencionara a Janice, pero lo cierto era que ella tampoco hablaba de Bruce... aunque no había gran cosa que decir sobre ese tema.

—¿Cómo va todo en la gestoría? —preguntó con aparente naturalidad, para ver si su hija sacaba a colación el nombre de Janice.

—Papá está súper ocupado, en esta época del año hay mucho trabajo. Va a trabajar a las seis, suele quedarse hasta tarde, y tiene reuniones durante todo el día, así que apenas le veo el pelo.

A Zach siempre le había gustado levantarse temprano. Durante las épocas de más trabajo, solía salir de casa antes de que amaneciera, mientras ella aún estaba durmiendo. Rosie sabía por experiencia propia lo gruñón y malhumorado que podía estar al final del día.

—Espero que haya contratado a alguien más, si necesita que le echen una mano.

—Mamá, ¿estás intentando averiguar cómo le va a la señora Lamond?

Rosie se puso roja como un tomate. Estuvo a punto de negar la acusación, pero su hija era lo bastante lista como para darse cuenta de que estaba mintiendo; finalmente, asintió y le dijo:

—Lo siento, cariño, no tendría que...

—Se largó —Allison se inclinó hacia ella, y la miró sonriente.

—¿Cuándo?

—Hace semanas, antes de Navidad.

Rosie la miró con incredulidad. Recordaba vagamente que Zach le había dicho que había ascendido a aquella mujer.

—¿Qué pasó?, ¿quería que le subieran aún más el sueldo? —no intentó ocultar lo mucho que la detestaba.

—No sé nada sobre un aumento de sueldo, pero según lo que me han contado, dimitió sin previo aviso y papá se cabreó mucho. A los otros empleados tampoco les caía bien.

—¿En serio? —aquello era muy interesante, y difería de lo que Zach le había dicho; según él, era todo un parangón de eficiencia y amabilidad, y había dado por entendido que a todo el mundo le caía bien una persona tan agradable y servicial.

—La señora Lamond era muy amable al principio, eso es lo que me dijo la señora Long... ya sabes, la gerente. Pero después empezó a tratar a sus compañeros con altivez, y dicen que manipulaba a papá para hacer lo que le daba la gana.

Eso no era ninguna novedad para Rosie.

—No me extraña. ¿Sabes por qué dimitió?

—No, nadie tiene ni idea.

A Rosie le habría encantado enterarse de todo.

—¿Quieres que me entere de algo más? —le preguntó Allison.

La tentación era muy fuerte, pero Rosie negó con la cabeza y le dijo:

—No, no te preocupes.

Charlaron distendidamente durante la comida, rieron e incluso recordaron los tiempos de antes del divorcio. Rosie se sintió muy animada por poder tener aquella conversación tan relajada con su hija... y por saber que Janice Lamond ya no estaba trabajando con su ex marido.

Al día siguiente, se pasó por la tarde por la gestoría. No

había estado allí desde antes del divorcio, porque no había querido darle a Janice la oportunidad de pavonearse.

Mary Lou Miller, la recepcionista, se mostró sorprendida al verla llegar, y sonrió con calidez. En el pasado, Rosie había tenido una relación cordial y de respeto mutuo con el personal de la gestoría.

—Hola, señora Cox. Me alegro de verla.

—Hola, Mary Lou.

Aquella cálida bienvenida le resultó gratificante, y sirvió para calmarle un poco los nervios. No le había dicho a Zach que iba a pasarse por allí. Las clases habían acabado pronto, porque se celebraba un seminario para profesores sobre los nuevos requerimientos curriculares que había en matemáticas y en ciencias. Ella no tenía que asistir, porque como había hecho el curso de verano, sus conocimientos estaban al día. De modo que tenía la tarde libre.

—¿En qué puedo ayudarla? —Mary Lou se acercó al mostrador que separaba la sala de espera de la zona de trabajo en sí—. ¿Quiere que avise al señor Cox? Está con un cliente en este momento, pero puedo avisarle de que está usted aquí.

—Gracias, pero no hace falta. He venido a hablar con Cecilia Randall.

—De acuerdo, voy a llamarla.

—Cecilia está tomándose un descanso —dijo una mujer desde su mesa.

Rosie no la reconoció. Era obvio que había habido un montón de cambios, y que ella no estaba al día. Zach y ella solían charlar sobre las novedades que había en el trabajo, pero eso había sido A.J., antes de Janice.

—Puede ir a la sala de descanso, si quiere —le dijo Mary Lou.

A Rosie le pareció perfecto. No quería interrumpir el

trabajo de Cecilia, sólo quería darle las gracias por todo lo que había hecho por Allison.

Conocía la distribución del despacho como si fuera su propia casa... bueno, la que en otros tiempos había sido la casa que había compartido con Zach, y que en ese momento... decidió dejar de pensar en el tema.

Al entrar en la sala de descanso, vio a una joven sentada a la mesa, leyendo una revista y tomando café. En otra mesa había una mujer un poco mayor hablando por teléfono. Supo sin ninguna duda que la primera era Cecilia Randall. Su pelo liso y oscuro le quedaba justo por encima de los hombros, y aparentaba unos diecisiete años. Al oírla entrar, alzó la mirada.

—Hola, soy la madre de Allison —le dijo, con una sonrisa.

Cecilia le devolvió el gesto, y contestó:

—Hola. Allison habla mucho de usted.

Rosie se sentó en una de las sillas. Le pareció sorprendente que su hija la hubiera mencionado siquiera.

—He venido a presentarme, y a darle las gracias por ser amiga de Allison.

—Me gusta mucho trabajar con ella.

Rosie estaba convencida de que al principio la cosa no había sido fácil, así que le dijo:

—Quería decirle lo mucho que aprecio que haya sido tan paciente con ella. Está pasando por una época muy dura, y usted la ha ayudado muchísimo.

—Gracias.

—Es la verdad. Allison ha cambiado a mejor desde que trabaja con usted.

—A mí también me ha ayudado mucho su compañía —le dijo Cecilia—. Tenía diez años cuando mis padres se divorciaron, y recuerdo que pensé que había sido culpa mía...

Rosie se preocupó de inmediato. Había hablado varias

veces con sus dos hijos sobre ese mismo tema, pero como Allison y Eddie se habían portado como si no pasara nada, había creído que no había ningún problema en ese aspecto. Sería horrible que sus hijos se creyeran culpables de un problema que sólo les concernía a Zach y a ella.

—¿Allison le ha dicho que se siente culpable por lo que ha pasado?, porque no tuvo nada que ver...

—No, para nada —Cecilia alzó una mano—. Lo que he querido decir es que hablar con ella de lo que pasó cuando mis padres se divorciaron ha hecho que me dé cuenta de que no tuve nada que ver. Como verá, me ha venido muy bien recordar ese episodio de mi vida.

—Ya veo —Rosie deseó haber actuado de forma diferente, en cuanto al divorcio y a su matrimonio en general. Intentó no pensar en los últimos doce meses, porque era inútil. Las lamentaciones sólo servían para deprimirla, y estaba luchando por superar toda esa negatividad—. Espero que no le importe que me haya presentado de improviso, pero quería darle las gracias.

—Ha sido todo un detalle por su parte —Cecilia cerró su revista, y le preguntó—: ¿Se lo pasó bien ayer cuando salió a comer con Allison?

—Fue genial, aunque me habría ido bien tener un traductor a mano. El vocabulario de mi hija dista bastante del mío.

—Sí, los adolescentes se expresan a su manera.

—Y que lo diga.

Como quería marcharse antes de que su hija llegara al trabajo, se levantó de la silla, pero en ese momento Mary Lou llegó y se acercó a ella.

—El señor Cox dice que si puede ir a verlo —le dijo, con tono de disculpa.

Rosie fue a su despacho. La puerta estaba abierta, y al

entrar, lo primero que notó fue que él había sustituido la foto de toda la familia que antes tenía en el aparador por una de Allison y Eddie. Él se levantó ceñudo, rodeó la mesa, y cerró la puerta con más fuerza de la necesaria.

Ella intentó no sentirse intimidada, pero no le resultó nada fácil.

—¿Qué haces aquí, Rosie?

No entendía por qué estaba tan enfadado, y contuvo las ganas de darle una mala contestación.

—He venido a hablar con Cecilia, quería agradecerle...

—Los dos sabemos que eso no es más que una excusa conveniente —volvió a sentarse, y la miró con furia.

—¿Una excusa para qué? —le preguntó con indignación.

—Para enterarte de cómo está Janice.

En ese momento, Rosie entendió su actitud. Zach no quería que se enterara de que su novia había dimitido. A juzgar por lo que había dicho Allison, era obvio que no se había marchado en buenos términos.

—Mi visita no tiene nada que ver con Janice, sino con mi hija.

—Sí, claro.

—Lo siento si te ha molestado que viniera, no volverá a pasar —dio media vuelta, porque estaba deseando salir de allí.

Zach se cruzó de brazos, y exhaló lentamente antes de preguntarle:

—¿Has descubierto lo que querías saber?

Rosie se volvió de nuevo a mirarlo, y le dijo:

—La verdad es que sí.

Él se tensó de forma visible, y le espetó:

—Lo que pase entre Janice y yo...

—He descubierto que Cecilia Randall es una mujer amable y generosa, que ha sido una amiga maravillosa para nuestra hija. Y también he descubierto que mi ex marido puede ser un verdadero capullo –le ofreció una sonrisa temblorosa, y añadió–: Aunque la verdad es que eso no me ha tomado por sorpresa.

Sin más, salió del despacho.

# CAPÍTULO 21

Bob Beldon estaba trasteando en el garaje, limpiando y guardando sus herramientas de carpintería, cuando vio el coche del sheriff en la distancia. Al ver que se acercaba por Cranberry Point, se preguntó si Davis iba a verlo a él, y para qué.

Hacía un año que el desconocido había muerto en la pensión. Él apenas recordaba lo que había sucedido durante aquella noche, pero había una cosa que tenía muy clara: fuera quien fuese, aquel hombre había sido el causante de que volviera a tener aquel sueño recurrente. Había empezado a tener la pesadilla con menos frecuencia con el paso de los años, pero la noche en que el desconocido había muerto había vuelto a sufrirla. Al despertarse, se había sentido como siempre después de tener aquel sueño: destrozado. Descubrir al desconocido muerto en la habitación que le habían asignado había incrementado aún más su ansiedad.

Teniendo en cuenta la cantidad de veces que el sheriff Davis se había pasado por la pensión desde aquella aciaga noche, no podía evitar pensar que estaba entre los posibles sospechosos. Después de la última visita de Davis, había decidido contactar con Roy McAfee. Necesitaba hablar con alguien, alguien que pudiera ayudarle, y el reverendo Flemming le había sugerido que fuera a hablar con Roy.

No le había resultado nada fácil contarle lo que había pasado en Vietnam. Hasta ese momento, sólo se lo había contado a Peggy. No sabía qué habría sido de él de no ser por su esposa, que lo había abrazado y había llorado con él mientras revivía aquellos terribles recuerdos. Desde entonces, y hasta el momento en que había ido a hablar con Roy, no había vuelto a hablar del incidente.

Volvió a mirar hacia la carretera, y vio que el coche del sheriff cruzaba la puerta de hierro forjado que daba paso al camino de entrada de la posada. Vio que el mismo Troy Davis iba al volante, y se sacó un trapo del bolsillo trasero del pantalón para limpiarse las manos.

Después de aparcar, Davis bajó del coche y lo saludó con la cabeza.

—Hola, sheriff —le dijo, mientras iba hacia él. Se sintió esperanzado cuando Davis le estrechó la mano y lo miró directamente a los ojos, porque no notó nada en su mirada que indicara que pensaba arrestarlo.

—¿Cómo te va, Bob?

—Bien, gracias.

—¿Está Peggy en casa?

—Sí. Está dentro, cocinando. Seguro que ya casi ha acabado, me parece que estaba preparando galletas. ¿Quieres entrar?

—Sí, me gustaría hablar con los dos.

Bob lo condujo por la puerta trasera, que daba a la cocina. Tal y como había predicho, las galletas ya estaban casi listas. Estaban enfriándose encima de la encimera, y el olor a harina y a pasas impregnaba el ambiente. Peggy debía de haber visto a Troy por la ventana, porque ya había puesto tres tazas de café y un plato de galletas sobre la mesa redonda de roble que había en la sala de estar, justo al salir de la cocina.

Los tres se sentaron en silencio alrededor de la mesa, y tomaron sus respectivas tazas.

—¿Ha habido alguna novedad? —le preguntó Peggy al sheriff.

A Bob le gustó que fuera directa al grano. Él había dado por sentado que Davis había descubierto algo, porque como llevaba puesto el uniforme, era obvio que su visita era oficial.

—Hemos descubierto la identidad del desconocido —se detuvo, como esperando que fuera Bob el que dijera el nombre.

—¿Sabéis quién es? —le preguntó Peggy.

—Maxwell Russell —Davis miró de nuevo a Bob.

—¿Max?

Roy se había planteado aquella posibilidad. Sintió que lo recorría un escalofrío, y cerró los ojos cuando recordó el rostro de su antiguo compañero. Sintió que el mundo daba vueltas a su alrededor. En el fondo de su mente, por alguna razón, había sabido desde el principio que el desconocido tenía algún vínculo con su pasado.

—¿Te acuerdas de él? —a pesar de su pregunta, era obvio que Davis ya sabía la respuesta.

—Estuvimos juntos en el ejército, pero de eso hace muchos años —como Davis se limitó a asentir, añadió—: ¿Por qué no me dijo quién era?

No se habían visto en unos cuarenta años, pero era obvio que Max no se había presentado en su pensión por accidente. Había ido por alguna razón en concreto, y había muerto antes de poder contársela.

—Esperaba que tú pudieras contestar a eso —le dijo el sheriff.

Bob no tenía ni idea de cuál podía ser la respuesta. Max y él nunca habían sido demasiado amigos. Habían estado juntos en Vietnam, en la jungla, en aquel pueblo, pero después cada uno de los cuatro integrantes de la patrulla había seguido su propio camino. Todos se habían sentido desesperados por dejar atrás el pasado, por olvidar. Ninguno quería recordar lo que habían hecho.

Después de la guerra, Bob se había mantenido alejado de Cedar Cove porque Dan estaba allí. Al final había regresado, pero habían hablado en contadas ocasiones a pesar de que de jóvenes habían sido muy buenos amigos.

—¿Murió antes de poder hablar contigo? —le preguntó el sheriff.

Bob se levantó de la silla. De espaldas a Davis y a Peggy, miró por la ventana y dijo:

—Por muchas veces que me hagas esa pregunta, la respuesta va a seguir siendo la misma. Max apareció en la pensión de improviso, pagó por su habitación, y nos dijo que ya rellenaría el papeleo por la mañana.

—Pero para entonces, ya estaba muerto.

Bob sintió un nudo en el estómago. Ignoraba las razones que habían empujado a Max a ir a Cedar Cove, pero el misterio se acrecentaba si se tenía en cuenta que se había operado la cara, y que llevaba documentación falsa.

—¿Cómo has descubierto que era él? —le preguntó a Davis.

—Su hija denunció la desaparición en Redding, California. Hablé con ella esta misma semana.

—¿Vivía en California? —las pistas habían conducido hasta Florida al principio, pero la investigación había quedado estancada.

—¿Qué te dijo? —le preguntó Peggy.

—No tanto como yo habría querido. La última vez que habló con su padre, él le dijo que iba a hacer un viaje, pero no le dio ningún detalle. Parece ser que estaban bastante unidos, pero se mostró muy evasivo cuando ella intentó sacarle más información. Al ver que no volvía después de dos semanas, denunció la desaparición.

—¿No sabe nada más? —Bob se volvió a mirar al sheriff. Agarró el respaldo de la silla con fuerza, y respiró hondo. Volvió a sentarse, y se sintió más confundido que nunca mientras le daba vueltas a aquella nueva información.

—Eso parece —Davis agarró su taza de café.

—¿Era un viaje de negocios?

—No, no trabajaba desde el accidente.

—¿Qué accidente? —dijo Peggy.

—Tuvo un accidente de coche hace cinco años. Su mujer murió, y él quedó muy desfigurado. Por eso le reconstruyeron la cara.

—No lo reconocí —le había parecido vagamente familiar, pero Bob jamás habría vinculado al desconocido con el muchacho de veintiún años que había sido su compañero.

—Hannah ha perdido a sus padres en los últimos años, se tomó muy mal la noticia.

—Pobrecilla —dijo Peggy—. Debía de estar desesperada, al no saber nada de su padre durante todos esos meses.

—No me extraña —Bob no se dio cuenta de que había hecho el comentario en voz alta hasta que oyó su propia voz. Se inclinó hacia delante, apoyó los codos sobre la mesa, y se pasó los dedos por el pelo.

No le extrañaba haber tenido de nuevo la pesadilla, su subconsciente había relacionado al desconocido con lo que había pasado en Vietnam.

—¿Tienes idea de por qué vino a verte? —le preguntó el sheriff.

—No.

—Su hija va a venir a por las cenizas —Davis miró del uno a la otra. Cuando no había nadie que pudiera reclamar un cuerpo o hacerse cargo de los gastos, el condado incineraba los restos.

—¿Qué le dijiste? —le preguntó Bob.

—Que era cosa vuestra, pero que suponía que no pondríais ninguna pega.

Peggy asintió, y le preguntó:

—¿Cuándo va a venir?

—En cuanto pueda, espera que sea la semana que viene.

Peggy miró a Bob con expresión interrogante. Él tenía muy clara su respuesta, así que le dijo al sheriff:

—Dile que venga cuando quiera.

—De acuerdo.


Olivia vio el enorme ramo de rosas rojas que acababa de llegar al juzgado cuando paró para comer. Eran preciosas, y como estaban en febrero y faltaba poco para el día de San Valentín, debían de haber costado una fortuna.

Siguió al repartidor por los pasillos del juzgado y se preguntó quién era el afortunado destinatario, pero se detuvo en seco cuando el hombre dijo que estaba buscando el despacho de la juez Lockhart.

¿Alguien le había enviado flores?

—Yo soy la juez Lockhart —se apresuró a decirle, antes de conducirlo hasta el despacho. Las flores eran preciosas. Empezaban a abrirse, y tenían un color muy vivo.

Agarró la tarjeta en cuanto el repartidor se fue, porque estaba convencida de que se las había enviado Jack. Abrió el sobre a toda prisa, pero vaciló por un instante cuando se dio cuenta de que quizás eran de Stan.

Se quedó mirando el sobre medio abierto, se sentó en su silla, y descolgó el teléfono para llamar a Grace, aunque no le gustaba molestarla cuando estaba trabajando.

Pidió que le pusieran con ella, y su amiga contestó al cabo de un momento.

—¿Qué pasa, Olivia?

—Nada... aún —sentía una mezcla de anticipación y de temor—. Tengo delante unas rosas impresionantes, y un sobre medio abierto con una tarjeta dentro.

—¿No sabes quién te las ha enviado?

—No.

—Saca la tarjeta.

—Creo que son de Stan.

—Y tú quieres que sean de Jack, ¿verdad?

—Pues claro —pero ya le había regalado flores en una ocasión, y era algo muy raro en él. Dos veces sería esperar demasiado.

—¿Cuándo hablaste con él por última vez?

A Grace siempre le preocupaba hasta el más mínimo detalle.

—Hablamos muy a menudo, Grace.

—¿Mencionó si quería quedar contigo en San Valentín?

—No, al menos que yo recuerde. Los dos estamos muy ocupados, y encima, el periódico va a empezar a publicarse cinco días a la semana.

—¿Cuánto hace desde la última vez que te llamó Stan?

—Deben de ser suyas —Olivia se sintió desilusionada. Lo más irónico de todo era que no recordaba que Stan le hubiera mandado flores ni una sola vez mientras estaban casados.

—¿Quieres sacar la tarjeta de una vez?

—Vale —acabó de abrir el sobre con el aliento contenido.

—¿De quién son? —le preguntó Grace, al cabo de unos segundos.

—De Stan.

—Ya lo suponías.

—Sí, ya lo sé.

—¿Qué pone en la tarjeta?

Olivia volvió a bajar la mirada, y leyó lo que ponía sin demasiado entusiasmo.

—«Sé mi amada ahora y para siempre, pasa conmigo una noche inolvidable». Y lo firma con su nombre.

Grace murmuró algo ininteligible, pero fuera lo que fuese lo que había dicho, Olivia estaba de acuerdo con ella. Si Stan la amaba tanto como decía, no habría abandonado a su familia, no la habría abandonado cuando más lo necesitaba, no se habría casado con Marge en cuanto había obtenido el divorcio. El amor era algo más que palabras.

—Estás muy callada, ¿en qué estás pensando? —le dijo Grace.

Olivia sonrió de repente, y comentó:

—Por mucho que se esfuerza, a Jack se le da fatal ser romántico.

—Sí, eso ya lo sé.

Stan le regalaba flores y bombones, hacía todos los gestos convencionales, pero era un hombre insustancial que tenía un rostro apuesto y un corazón vacío. Parecía más preocupado por el hecho de que Jack pudiera ganarle la partida y la conquistara, que por conseguir que ella fuera feliz.

—¿Qué vas a decirle a Stan? —le preguntó Grace.

—Que lamento desilusionarle, pero que ya tengo una cita.

—Pero si antes me has dicho que Jack no te había comentado nada...

—Si él no lo hace, lo haré yo.

Grace se echó a reír, y el sonido hizo que Olivia se acordara de cuando eran adolescentes, de cuando hablaban sin parar de chicos, y de citas, y del día de San Valentín. Ninguna de las dos esperaba estar soltera a aquellas altura de la vida.

—¿Y cuándo piensas hacerlo?

—En cuanto salga del trabajo.

Olivia estuvo a punto de sugerirle que invitara a Cliff, pero esa relación parecía haberse complicado. No sabía lo que había pasado, porque Grace era reacia a hablar del tema, pero tenía la impresión de que se habían peleado. Insistiría en hablar del asunto si la situación no se solucionaba pronto, pero su amiga parecía contenta, y eso bastaba de momento después de todo el dolor y la incertidumbre que había tenido que soportar.

Charlaron durante unos minutos más, y Olivia prometió llamarla para contarle cualquier novedad. Al salir del juzgado, fue directa al periódico. Las oficinas estaban situadas en Cedar Cove Drive, hacia Southwork, donde los transbordadores llevaban tanto coches como pasajeros a la isla Vashon y a West Seattle.

Cuando aparcó el coche, empezó a replantearse lo que iba a hacer. Formaba parte de una generación a la que le habían inculcado que eran los hombres los que tenían que invitar a las mujeres. Según el protocolo, había ciertas normas, y aunque muchas estaban anticuadas, en ella estaban muy arraigadas, así que le costaba romperlas.

Se dijo que había ido hasta allí por una razón, y que tenía que seguir adelante. Entró con paso decidido en el edificio, pero la recepcionista le dijo que Jack estaba en una reunión.

—Puedo llamarlo si quiere —le dijo la mujer.

—Eh...

Afortunadamente, no tuvo que contestar, porque en ese momento Jack apareció por una de las puertas. Estaba un poco ceñudo, pero en cuanto la vio, su expresión se animó y sus pasos se aceleraron.

–¡Olivia!

Se sintió gratificada, porque era obvio que estaba encantado de verla.

–Qué sorpresa –añadió, mientras la tomaba de las manos.

–Estoy buscando una pareja para el día de San Valentín, ¿te interesa el puesto?

–Claro que sí, pero...

–¿Pero qué? –si le decía que ya tenía una cita, iba a darle un bolsazo.

–Supongo que no querrás ir a cenar al Taco Shack, ¿verdad?

–Me gusta ese sitio, pero... –de repente, se dio cuenta de que estaba nervioso. Estaba claro que tenía miedo de no estar a la altura de sus expectativas, y que no estaba dispuesto a admitirlo.

–Vale, nada de Taco Shack –permaneció callado durante unos segundos, como buscando entre su limitado repertorio de restaurantes, y al final le dijo–: Podríamos ir al Lighthouse.

–Yo me encargo de elegir restaurante, y de hacer las reservas.

Él la miró con una sonrisa pícara, y le dijo:

–¿Estás intentando conquistarme, Olivia?

–Por supuesto. Bueno, ¿te interesa, o no?

–Pues claro que sí –le pasó el brazo por el hombro, y añadió–: ¿Puedes cenar conmigo esta noche?

–¿En el Taco Shack?

–Sí, la enchilada está buenísima.

—Y yo preparo un pollo asado para chuparse los dedos —quería tentarlo con un plato casero, porque él comía demasiadas veces en restaurantes—. ¿Nos vemos dentro de una hora?

—Tengo algo de trabajo pendiente, ¿qué te parece dentro de dos horas?

—Perfecto —fue a casa de muy buen humor, mientras planeaba el resto del menú.

Jack llegó con apenas diez minutos de retraso y para entonces la cena estaba lista y la mesa puesta. Olivia lo recibió con un beso de lo más entusiasta, y él la mantuvo abrazada durante un momento más de lo necesario.

—Podría acostumbrarme a esto —comentó, mientras la seguía hacia la cocina.

—Y yo.

Jack había previsto volver al trabajo, pero se quedó y estuvieron acurrucados juntos en el sofá, viendo la tele. A las once, Olivia se despidió de él a regañadientes con un beso, y fue a acostarse sintiéndose contenta y relajada. Estaba deseando pasar otra velada como aquélla, y ya estaba planteándose a qué restaurante iban a ir en San Valentín.

A la mañana siguiente, la despertó un ruido. Frunció el ceño al volver a oír algo raro, y se dio cuenta de que el sonido procedía de la cocina. Se levantó de la cama y, después de ponerse la bata, se apresuró a bajar.

Se quedó boquiabierta al ver a Stan sentado tan tranquilo en la cocina, bebiendo café y leyendo el periódico de Seattle. No se había molestado en cambiar las cerraduras después del divorcio, pero le costó creer que él aún conservara la llave después de tantos años. Quizá se le había olvidado cerrar bien cuando se había despedido de Jack.

—¡Stan!

—Buenos días —le dijo él, como si no pasara nada fuera de lo común.

—¿Qué haces aquí?

Él dejó la taza de café sobre la mesa y le dijo:

—Perdona si te he despertado. Pasaba por aquí y he decidido venir a saludarte.

Olivia estaba tan furiosa, que apenas podía pronunciar palabra. ¿Cómo se atrevía a entrar en su casa sin permiso?

—¿Recibiste mis rosas?

Ella hizo caso omiso de la pregunta.

—¿Qué haces en *mi casa*? —enfatizó el hecho de que era suya. Él ya no tenía ningún derecho, ni sobre la casa ni sobre ella.

La miró con aquella expresión de niñito herido que ella conocía a la perfección, y le dijo:

—Estás enfadada, ¿verdad?

—No me gusta que te cueles en mi casa como... como un ladrón.

—Tienes razón, y te pido disculpas. Venga, no te enfades conmigo. Sabes que no soporto que lo hagas.

Olivia no se dejó engatusar.

—No quiero que esta situación se repita, ¿está claro?

—Por supuesto —sonrió como si ella fuera la mujer más maravillosa del mundo, y añadió—: Bueno, ¿recibiste mis rosas, o no?

—Sí, las recibí.

—Saldrás conmigo el día de San Valentín, ¿verdad?

—No, Stan, no pienso salir contigo. Me parece que será mejor que te acabes el café y te vayas.

—Creo que te alegras de verme, pero que no quieres admitirlo.

—No, Stan, no me alegro de verte. Y ahora, ¿puedes hacerme el favor de largarte?

# CAPÍTULO 22

Zach colgó el teléfono y soltó un profundo suspiro. Tenía una tarde muy ocupada, pero acababan de llamarle del colegio de Eddie para avisarle que su hijo había tenido una pelea, y no le quedaba más remedio que ir.

Le pidió a Cecilia que fuera al despacho, y le dijo:

—Por favor, cancele mi cita de las tres, presente mis disculpas, y pregúntele al cliente cuándo le va bien que volvamos a quedar.

Cecilia asintió, y pareció sorprenderse al verle recoger el abrigo y el maletín.

—¿Se marcha ya, señor Cox?

—Sí, por desgracia.

En otras circunstancias, habría llamado a Rosie para pedirle que se encargara de lidiar con la situación. Eddie era un muchacho tranquilo que no solía pelearse, así que estaba convencido de que él no había tenido la culpa del altercado.

No había vuelto a hablar con Rosie desde que había discutido con ella en aquel mismo despacho. Se sentía mal por lo sucedido, sobre todo porque Cecilia le había dicho lo mucho que le había gustado conocerla. Se sentía culpable por haber sacado conclusiones precipitadas, pero era comprensible que, al ver a su ex mujer charlando con su ayudante, hubiera supuesto que estaba intentando sacarle información sobre Janice.

Cuando Rosie se había ido y él había empezado a calmarse, se había dado cuenta de que se había comportado como un idiota. No era la primera vez, y lo más probable era que tampoco fuera la última. Estaban divorciados, así que no debería importarle tanto, pero...

Entró en su coche, lo puso en marcha, y colocó las manos en el volante mientras sentía una angustia creciente. Había cometido un error que le había costado su matrimonio, pero al parecer no aprendía la lección. Seguía siendo demasiado impulsivo, seguía precipitándose al suponer lo peor y al actuar en consecuencia. Le debía una disculpa a Rosie, pero ella estaba evitándole, y lo cierto era que se alegraba de ello.

Al llegar al aparcamiento de la escuela, se dijo que tendría que haberla llamado. Ella tenía más relación con el centro, y hasta conocía al director; de hecho, le sorprendía que no la hubieran avisado.

Al abrir la puerta, oyó la algarabía de un montón de críos; al parecer, acababa de sonar el timbre que marcaba que había llegado la hora del recreo. Justo cuando entraba en el edificio, varios cientos de estudiantes salieron en tromba, así que esperó a que salieran y se sintió como una roca en medio de un torrente de agua. Cuando los pasillos se vaciaron, fue al despacho del director, el señor Durrell.

Durrell salió a recibirlo cuando su secretaria le avisó de que había llegado, y se estrecharon la mano.

—¿Qué ha pasado? —le preguntó Zach.

Durrell lo condujo hacia el despacho, donde Eddie esperaba sentado en el sofá y con la mirada fija en el suelo. Alzó la cabeza al oírlos entrar, y Zach vio que tenía una magulladura en el rostro y los ojos enrojecidos por el llanto.

El director se sentó tras su mesa, y él hizo lo propio junto a su hijo. Eddie no era un niño beligerante, así que no alcanzaba a imaginarse por qué se había peleado con otro estudiante. Le pasó el brazo por los hombros para reconfortarlo, y el pequeño se apoyó en él durante un momento antes de tensarse.

—Eddie ha tenido una pelea esta tarde —le dijo el señor Durrell—; según el otro niño, fue Eddie el que dio el primer puñetazo.

—¿Eddie? —Zach quería escuchar la versión de los hechos de su hijo.

—Se niega a responder a mis preguntas —le dijo el director.

Zach se volvió hacia su hijo y le preguntó con voz suave:

—¿Es verdad, Eddie? ¿Fuiste tú el que diste el primer puñetazo?

Eddie se tensó, y se limpió la nariz con la manga antes de asentir.

—Seguro que hay una buena explicación —le dijo Zach al director—. Eddie nunca se ha metido en líos.

—Sí, eso es lo que me preocupa. Esto es muy impropio de Edward. Estoy dispuesto a dejar pasar este incidente, pero quiero estar seguro de que no va a repetirse.

—Por supuesto.

—Le he telefoneado porque se trata de un asunto serio, señor Cox. Si Edward participa en otra pelea, no tendré más remedio que expulsarlo.

—Lo entiendo.

—Les daré unos minutos para que puedan hablar a solas,

y después los tres hablaremos del tema antes de que llame a Cristopher Lamond —el señor Durrell se levantó, y salió del despacho.

Al oír que mencionaba al hijo de Janice, Zach levantó la cabeza de golpe y se le secó la boca. Mientras intentaba aclararse las ideas, oyó risas infantiles desde el exterior. Sonó el timbre, y el sonido de cientos de pies señaló que el recreo había terminado; al cabo de unos minutos, todo quedó en silencio de nuevo.

—¿Quieres contarme lo que ha pasado? —le preguntó a su hijo, cuando logró recuperar la compostura.

Eddie estaba tan hundido hacia delante, que la frente estaba a punto de rozarle las rodillas. Se sorbió los mocos, y fue incorporándose poco a poco.

—Chris me ha dicho... que su mamá era tu novia, y que por eso mamá y tú ya no vivís juntos.

Zach sintió como si acabaran de golpearle en el pecho. El impacto fue tan duro, que estuvo a punto de llevarse la mano al corazón.

—Sabes que eso no es verdad, Eddie.

—Se lo he dicho a Chris, pero él no me ha hecho caso. No tendría que haberle pegado, pero no se callaba y seguía gritándolo, hasta que al final... sólo quería que se callara.

—¿Qué pasará la próxima vez?

—La próxima vez, le miraré a los ojos, le diré que no es verdad, y entonces me iré.

—Me parece muy buena idea —Zach le revolvió el pelo, y le dijo en tono de broma—: ¿Quieres que le pegue una buena zurra por ti?

—¡Papá! —el niño esbozó una sonrisa.

Zach le dio un pequeño codazo, y Eddie se lo devolvió. Después de varios codazos más, la puerta se abrió y el señor Durrell entró de nuevo. Los tres estuvieron hablando durante unos minutos, y entonces el director hizo pasar al otro niño, que se negó a mirar a Zach. Después de que los dos niños se disculparan, el señor Durrell les dijo que regresaran a sus respectivas clases.

Zach estuvo a punto de sugerir que Eddie podía regresar a casa con él de inmediato, pero se dio cuenta de que era mejor que su hijo se enfrentara a su clase y a sus amigos cuanto antes. Después de darle las gracias al director, se marchó. Sentía lástima de Chris Lamond, porque sospechaba que el niño había tenido que ver cómo su madre salía con un montón de hombres. Él había estado a punto de ser uno de ellos.

Mientras atravesaba el aparcamiento, se detuvo en seco al ver a Rosie. Estaba vestida con una falda lisa y una chaqueta a juego, y parecía... muy profesional, y llena de desparpajo. No estaba acostumbrado a verla así, y se sintió un poco raro, como si se hubiera convertido en una mujer diferente. Ella se detuvo por un segundo al verlo, pero alzó la barbilla y siguió andando hacia la escuela.

—Ya he ido a ver al señor Durrell —le dijo él, cuando sus caminos se cruzaron.

—La secretaria me ha llamado para decirme que Eddie se ha peleado, así que he decidido venir para ver qué ha pasado. Eddie no suele meterse en líos.

—El señor Durrell me ha llamado por teléfono.

—No sabía si podrías venir, porque sé lo ocupado que estás en esta época del año, así que me las he ingeniado para salir un poco antes.

—Has dado por hecho que no iba a venir —se sintió un poco ofendido al ver que le creía capaz de anteponer el trabajo a las necesidades de su hijo. Quizá tuviera sus carencias en otros ámbitos, pero se enorgullecía de ser un buen padre.

—No, sabía que vendrías, pero creía que sería más tarde y no quería que Eddie pasara demasiado rato en el despacho del director. Me he equivocado, está claro que has venido de inmediato.

Zach se preguntó si había dicho aquello para demostrarle que no le importaba admitir que se había equivocado, y decidió que él no podía ser menos.

—Hablando de equivocaciones... —fue incapaz de mirarla a la cara. Le debía aquello, aunque tuviera que humillarse—. Es fácil llegar a conclusiones precipitadas —le lanzó una mirada, para ver si había captado la indirecta.

—¿A qué te refieres?

Lo que había querido decir era obvio, pero al parecer ella quería que se lo deletreara.

—A cómo di por sentado que estabas hablando con Cecilia para sacarle información sobre Janice.

Rosie se quedó mirándolo, y frunció el ceño como si no estuviera segura de haberlo oído bien.

—¿Estás disculpándote, Zachary Cox?

Zach apretó la mandíbula, y asintió.

—Sí. Aquel día me equivoqué.

Ella se relajó, y esbozó una pequeña sonrisa antes de decir:

—Gracias, Zach.

—¿Por qué?

—Por admitir que te equivocaste, sé lo difícil que ha sido para ti.

—¿Ah, sí? —no se consideraba tan inflexible, pero lo cierto era que se había vuelto más duro cuando su matrimonio había empezado a desmoronarse... aunque quizás ésa era la razón por la que se había desmoronado, o al menos una de ellas.

—He sonado bastante engreída, ¿verdad? —comentó ella, con una carcajada.

Resultaba fácil perdonarla cuando estaba tan dispuesta a reírse de sí misma. Él sonrió a su vez, y sintió una complicidad con ella que no había experimentado en casi dos años.

—Yo también te debo una disculpa, Zach.

—¿Por qué?

Habían batallado punto por punto cuando negociaban el divorcio, y sus armas habían sido unos abogados muy caros. Durante los amargos meses anteriores al divorcio, no se habían visto ni hablado sin la presencia de los abogados. Y a pesar de todo, allí estaban, en medio del aparcamiento de una escuela, teniendo una de las conversaciones más importantes de toda su relación.

—Por haber creído que estabas liado con Janice. Me convencí a mí misma de que tenías una aventura con ella, y me convertí en una arpía vengativa. No me enorgullezco de las cosas que hice y dije, y te pido perdón.

Zach no esperaba que ella hiciera algo así. Rosie había estado llena de rabia y de resentimiento durante meses, pero al verla con los ojos llenos de lágrimas, sintió que se le ablandaba el corazón.

—Rosie...

—Tú negaste lo de la aventura desde el principio —apenas podía hablar por culpa de las lágrimas—. Nunca tuve ninguna prueba real, pero estaba convencida de que había sucedido. Era atractiva y eficiente, y tú pasabas ocho horas al día con ella. Estaba loca de celos.

Zach tragó con fuerza, y miró hacia la escuela. A pesar de que habían pasado meses desde el divorcio, la sombra de Janice seguía planeando sobre su vida. Esa misma tarde, sus respectivos hijos se habían peleado. Ella no tenía la culpa de que su matrimonio hubiera fracasado, pero tampoco había sido una espectadora desinteresada. Él se había sentido halagado por su atención, le había gustado más de lo debido que ella estuviera tan pendiente de él, y ella era plenamente consciente de ello.

Rosie se echó el pelo hacia atrás. Era obvio que se avergonzaba de haber perdido el control.

—Perdona por todo lo que te dije, y por cómo me comporté.

—Rosie, yo tengo tanta culpa como tú... incluso más.

—Pero...

—Déjame acabar —temía perder el valor si no lo decía en ese momento—. No tuve ninguna relación física con Janice, pero la apreciaba y llegué a depender de ella —contuvo la respiración por un instante—. No me acosté con ella, pero es posible que hubiera acabado haciéndolo... desde luego, era lo que ella quería. Pero, en todo caso, llegué a depender de ella desde un punto de vista emocional.

Al ver que ella empalidecía de golpe, quiso explicarse mejor, pero para entonces el aparcamiento empezaba a llenarse de autocares escolares.

—¡Mamá! —Eddie se acercó a ellos a la carrera—. ¿Qué haces aquí?

—Hablaremos después —dijo Zach; sin embargo, a juzgar por la mirada aturdida de Rosie, era obvio que ella no estaba preparada para seguir hablando de Janice. De hecho, él tampoco quería volver a sacar el tema... nunca más.

Grace respiraba jadeante mientras seguía las instrucciones de la profesora de aeróbic.

—Uno, dos, uno, dos, tres. ¡Venga, chicas! ¡Seguid el ritmo!

Gimió al oír a la joven, porque apenas podía seguirles el ritmo al resto de asistentes a la clase del miércoles por la tarde. Hacía tiempo que había tenido que admitir que Olivia era mucho más ágil que ella, pero se había apuntado a aquella clase porque así veía a su amiga una vez por semana por lo menos. Cabría pensar que después de tres años debería resultarle más fácil hacer aquellos ejercicios, pero no era así.

Para cuando se fue al vestuario, estaba convencida de que estaba perdiendo todo el terreno ganado. El problema radicaba en que aquél era el único día a la semana en que hacía ejercicio, y no podía darse el lujo de dejarlo.

Antes solía dar un buen paseo por el puerto a la hora de la comida, sobre todo en los días soleados, pero ya sólo comía en la biblioteca, delante de un ordenador. Y en casa, tres cuartos de lo mismo. Si cuando encendía el ordenador Will no estaba conectado, casi siempre tenía algún mensaje suyo en el correo electrónico. Había empezado a vivir por aquellos mensajes, había dejado a un lado un montón de cosas por Will. Empezaba a pensar que estaba obsesionada con aquella relación cibernética, pero saberlo no cambiaba lo que sentía por él.

—No sé por qué me torturo así —dijo, quejumbrosa, al desplomarse sobre uno de los bancos del vestuario.

Olivia ni siquiera estaba sin aliento, pero ella estaba jadeante y acalorada, y tenía el pelo pegado a la cabeza. Aquello no podía ser bueno, aunque según la delgaducha de la monitora el ejercicio era buenísimo para el corazón.

—Estás hecha una blandengue, Grace —bromeó Olivia.

—¿Y tú no?

Olivia apoyó el pie en el banco, y se desató una zapatilla. Se sentó a su lado y comentó:

—Claro que no. Oye, no me has contado lo que hiciste por San Valentín.

—La verdad es que no hice gran cosa, me quedé en casa

—no había hecho nada interesante; de hecho, la noche había empezado siendo bastante aburrida.

Olivia se secó la cara con una toalla.

—¿No te molestó estar sola?

—Para nada, disfruto de mi propia compañía.

Al principio se había sentido un poco alicaída, porque Will no se había conectado, pero al final él le había enviado un correo electrónico; al parecer, había tenido que quedarse trabajando hasta tarde, porque tenía que completar un informe para poder marcharse a Nueva Orleans a la semana siguiente. Grace no se atrevía siquiera a pensar en ello, en que por fin iba a estar en sus brazos después de tanto tiempo. Era algo con lo que había soñado cuando era una adolescente, y recientemente le había confesado lo que sentía por él cuando iba al instituto.

Tenía guardado en un cajón el billete de avión que él le había mandado, y cada día lo miraba y se imaginaba los placeres que estaban por llegar. Will le había prometido que iba a esforzarse en lograr que aquella primera vez fuera muy especial, y que pronto iban a compartir sus vidas. No había querido entrar en detalles, pero le había dicho que hablarían del tema cuando ella llegara a Nueva Orleans.

—¿Te lo pasaste bien con Jack? —le preguntó a Olivia, para intentar dejar de pensar en Will.

—Fue fantástico —Olivia soltó un sonoro suspiro.

—¿Te compró flores?

—¿Quién, Jack? —Olivia enarcó las cejas con teatralidad—. Como mucho puedo esperar que me compre un ramo al año.

—El año pasado te regaló aquella pulsera por tu cumpleaños.

—Sí, y me la dio con semanas de retraso —Olivia miró la

pulsera, ya que la llevaba casi siempre–. En fin, me ha regalado entradas para el partido de baloncesto de los Sonics.

—No lo dirás en serio, ¿verdad? –a Grace le encantaba la facilidad que tenía Jack para hacer sonreír a Olivia. Era típico de él comprarle a su amiga algo que él quería.

—No te preocupes, esta vez fui más lista que él. Le compré un vale por una limpieza de cutis en el salón de belleza.

Grace la miró con admiración. Olivia había sido muy lista, y se las había ingeniado para conseguir lo que quería.

—Os lleváis mejor que nunca, ¿verdad?

—Sí, fui una tonta al irle con exigencias. Y en cuanto a aquel estúpido ultimátum... fue una tontería. Fui una necia al plantearme siquiera volver con Stan –bajó la voz al añadir–: Estoy enamorada de Jack.

Grace se alegró muchísimo por ella. Era una noticia fantástica, pero no la tomaba por sorpresa. Saltaba a la vista lo que Olivia sentía por Jack. Ella tenía novedades similares en cuanto a Will, y aunque aún no podía contárselas a su amiga, lo haría en cuanto el divorcio fuera un hecho.

Durante casi toda su vida, se lo había contado todo a Olivia. Anhelaba contarle los planes que había hecho con Will, pero no podía... aún no, pero las cosas cambiarían en breve. Will le había dicho que su esposa se había ido de casa, y que el divorcio era inminente.

—¿Te he contado que Will llamó a mamá? Está preocupado por la protesta que ella está organizando. La semana que viene tiene que hacer un viaje, pero en cuanto vuelva a casa piensa hablar con ella largo y tendido.

Grace ya sabía de primera mano que Will iba a hacer un viaje, pero lo que nadie sabía era que ella iba a reunirse con él en Nueva Orleans. Le extrañaba un poco que Olivia no hubiera mencionado lo del divorcio, pero seguramente estaba esperando a que fuera un hecho.

—Me encantaría ir de crucero algún día —comentó su amiga, con actitud ensoñadora.

—¿A qué viene eso?

—Mi hermano y Georgia van a hacer uno este verano por el sur del Pacífico, ya tienen el camarote reservado.

Grace sintió que el corazón dejaba de latirle en el pecho.

—¿Will va a hacer un crucero con su mujer? —le preguntó, para asegurarse de que la había oído bien.

—Sí. Ya han hecho varios, Will dice que es la mejor forma de viajar.

Aquello tenía que ser un error, Will y Georgia estaban divorciándose. Era imposible que él la hubiera engañado, que le hubiera mentido... sobre todo después de todas las cosas que le había prometido. No podía ser, se negaba a creerlo.

Consiguió mantener la compostura hasta que llegó a casa. Buttercup estaba esperándola como siempre, pero ella pasó por su lado sin prestarle atención y fue directa al teléfono. Estuvo a punto de caérsele al suelo, porque tenía la mano temblorosa.

De repente, se dio cuenta de que no podía llamarlo sin más, porque a pesar de todos los meses que llevaban comunicándose a través de Internet, no sabía su número de teléfono. Él era el que la llamaba a ella, porque estaba bastante justa de dinero y no podía permitirse llamadas a larga distancia. Tenía que pensar con calma antes de acusarlo de algo.

Quizá se trataba de un malentendido. Claro, lo que pasaba era que Will no quería que su familia se enterara de su divorcio inminente. Era comprensible que, después de tantos años, le resultara difícil decirles a su hermana y a su madre que su matrimonio había fracasado.

Se sintió mejor de inmediato, pero por mucho que intentó mantener la calma, fue incapaz de dormir. Se levantó a medianoche y se conectó a Internet, pero no había ningún mensaje de Will. A la una de la mañana, se tomó una aspirina para intentar aliviar el dolor de cabeza que tenía, y se metió en la cama. A las dos, seguía sin poder pegar ojo, y lo mismo a las tres. Las dudas se arremolinaban en su mente, porque nunca había acabado de gustarle el hecho de que Will le hubiera pedido que no le contara a Olivia que chateaban, ni su afán por mantenerlo todo en secreto.

Olivia no solía hablar de su hermano, porque como vivía en el otro extremo del país, su nombre no solía surgir en las conversaciones. Will se había ido de Cedar Cove a los veintipocos años, y la gente cambiaba.

Tenía que saber la verdad.

A las tres y media, cuando era noche cerrada y el amanecer no era más que una promesa irrealizada, descolgó el teléfono que tenía sobre la mesita de noche y llamó a Información Telefónica para que le dieran el número de su casa. Debido a la diferencia horaria, él debía de estar ya preparándose para irse a trabajar.

Contestaron al primer tono. Era una voz femenina, que sonaba deprimentemente alegre.

—Buenos días.

—¿Es la casa de Will Jefferson?

Tras una breve vacilación, la mujer contestó:

—Sí, yo soy la señora Jefferson. ¿Quién es?

—Grace Sherman, de Cedar Cove.

—Hola. Mi marido es de allí, ¿todo va bien?

—Sí. ¿Puedo hablar con él?

—Por supuesto, voy a buscarlo.

Grace se sintió al borde del colapso. Cerró los ojos, y se concentró en respirar hondo.

Al cabo de un momento, Will se puso al teléfono.
—¿Diga?
—Hola, Will. Soy Grace —se detuvo por un instante, para que él pudiera asimilarlo—. No estás divorciándote, ¿verdad? ¡Tu mujer ha contestado al teléfono!
—Ahora no puedo hablar, te lo explicaré luego —parecía casi irritado con ella.
—No hace falta ninguna explicación.
—Pero...
Grace no le dio tiempo a responder, y le dijo con firmeza:
—Por favor, no vuelvas a ponerte en contacto conmigo —a pesar de que tenía el corazón acelerado y la boca seca, logró mantener la calma—. Te devolveré el billete de avión, y si intentas contactar de nuevo conmigo, hablaré de inmediato con Olivia y con tu madre. ¿Está claro?
Oyó a su mujer de fondo. Era obvio que estaba preguntándole si le había pasado algo a su madre.
—Muy claro —dijo él, antes de colgar con suavidad.
A las ocho, Grace llamó a la biblioteca para avisar que estaba mala, y era la pura verdad. Todos los síntomas de la gripe parecieron golpearla al mismo tiempo. Se tumbó en la cama, se cubrió por entero con las mantas, y luchó por olvidarse del mundo que la rodeaba.
Había sido tan necia, tan ingenua y tan crédula... Will era el hermano de su mejor amiga, así que ni se le había pasado por la cabeza que fuera capaz de engañar a alguien, sobre todo a ella. El hecho de que le hubiera mentido ya era malo de por sí, pero había sido una crueldad que hubiera jugado con sus sentimientos. Había intentado que fuera a Nueva Orleans con él, le había pagado el billete de avión, y había planeado un erótico y exótico fin de semana.
Se preguntó qué tenía pensado hacer cuando ella se en-

terara de que no estaba divorciándose; al parecer, había dado por hecho que podía mantenerla engañada de forma indefinida. Y quizá lo habría logrado, de no ser por el comentario casual de su hermana.

Era una estúpida, porque estaba claro que Will no tenía intención de dejar a su mujer, y menos por ella. Había estado colada por él siendo una adolescente, así que había sido una víctima perfecta.

A pesar de lo mal que se encontraba, encendió el ordenador y bloqueó tanto el correo electrónico de Will como su nombre. Así no podría volver a contactar con ella, porque se le devolvería de inmediato cualquier mensaje que le enviara.

A media mañana, se sumió en una duermevela. Despertó por la tarde, y encontró a Buttercup tumbada en el suelo del dormitorio.

—¿Qué pasa, chica? ¿Tú también tienes el corazón roto?

Al ver que la perra ni siquiera movía la cola, se acercó a ella y se agachó a su lado. De inmediato se dio cuenta de que le pasaba algo. Mientras le acariciaba la cabeza, llamó al veterinario.

—No sé qué le pasa —le dijo a la recepcionista—. Por favor, necesito que la vea cuanto antes.

Por suerte, había una hora libre aquella misma tarde. Después de ponerse unos vaqueros holgados y de peinarse un poco, metió a Buttercup en el coche y fue a la clínica veterinaria tan rápido como pudo.

Semanas antes, Cliff había mencionado que la perra estaba un poco rara, ¿por qué no le había prestado atención?, ¿por qué había hecho caso omiso de lo que tenía delante de las narices? La respuesta era demasiado dolorosa, pero muy obvia: había descuidado a la perra por Will.

Mientras estaba en la sala de espera, la culpa la corroía.

Le había fallado a su gran amiga. Para colmo de males, la puerta se abrió y Cliff Harding entró en la clínica. Era alto, moreno, atractivo, y parecía irradiar energía. Una mujer que tenía un gato se sentó un poco más erguida, y le sonrió con coquetería. Un hombre con un terrier sonrió con camaradería, y charló brevemente con él.

Grace se encogió todo lo que pudo en el rincón en el que estaba, y rezó para que no la viera. Con la pinta horrible que tenía, quizá ni siquiera la reconocía.

—Hola, señor Harding —era obvio que la recepcionista se alegraba de verlo—. La medicación que encargó ya ha llegado.

—Perfecto —se acercó al mostrador y bromeó con la joven, que se ruborizó complacida.

Una de las asistentes que estaba al fondo debió de oírlo hablar, porque se inventó una excusa para acercarse al mostrador. Debía de tener la edad de Grace más o menos, y flirteó abiertamente con él.

Grace agachó la cabeza, y fingió que leía una revista. Por el rabillo del ojo, vio cómo pagaba por las medicinas y se volvía hacia la puerta.

Quizá le habría costado reconocerla a ella, pero no tuvo ningún problema a la hora de reconocer a Buttercup.

Cuando vio que él se metía la billetera en el bolsillo, pensó por un momento que iba a marcharse, pero eso habría sido demasiado fácil. Cruzó la sala, y se detuvo justo delante de ella.

—Hola, Grace.

Ella dejó a un lado la revista, y fingió que no se había dado cuenta de su presencia hasta ese momento.

—Hola, Cliff.

—¿Cómo está Buttercup? —se agachó para poder colocar la mano debajo de la mandíbula de la perra, y la instó con cuidado a que alzara la cabeza para poder mirarla a los ojos–. ¿Qué te ha dicho el doctor Newman?

–Aún no he entrado a verlo.

Él la miró ceñudo, y le preguntó:

–¿Es tu primera visita?

Grace asintió. No era necesario que él añadiera nada más, porque su expresión de censura era más que elocuente. Quiso defenderse, pero no pudo.

Al cabo de un momento, él se puso de pie y le dijo:

–Espero que no sea demasiado tarde –después de llevarse la mano al borde del sombrero en un gesto de despedida, se marchó.

CAPÍTULO 23

Durante las últimas tres semanas, Maryellen sólo había visto a Jon de pasada. Se había convertido en una experta a la hora de inventarse excusas para que él se quedara un poco más cuando iba a buscar a Katie, pero él siempre tenía una excusa lista para poder marcharse de inmediato.

Su testarudo corazón empezaba a entender el mensaje: él no quería formar parte de su vida. Cuanto más se obsesionaba con su comportamiento, más convencida estaba de que había alguien más.

De momento, se las había ingeniado para ocultarles a sus allegados el dolor que sentía. Su hermana estaba ocupada, porque quería quedarse embarazada por segunda vez y era ajena a todo lo que estuviera fuera de su pequeño mundo. Era comprensible, porque ella seguramente habría hecho lo mismo de haber estado en su lugar.

Su madre era una cuestión aparte. A lo largo del último año se había sentido más unida a ella que nunca, pero eso también había cambiado por razones que no alcanzaba a entender. Cuando estaba embarazada de Katie, había tenido largas charlas con ella, pero su madre parecía distraída últimamente y ella se sentía excluida de su vida.

Por extraño que pareciera, la única persona en la que podía confiar era en su manicura. Rachel llevaba tres años arreglándole las uñas, y durante ese tiempo se había convertido en una mezcla de consejera y confesora.

Le resultaba liberador estar allí. Cuando se sentaba y Rachel le tomaba las manos, era como si una barrera emocional cayera, pero a pesar de la relación cordial que mantenían sólo se veían durante aquellos momentos puntuales.

A Rachel podía contarle lo que era incapaz de decirles a su madre y a su hermana. Cuando se había quedado embarazada, Rachel había sido la primera en darse cuenta, a pesar de que ella había intentado mantenerlo en secreto el máximo tiempo posible. Mientras ella aún luchaba por aceptar lo que sentía por Jon, Rachel ya se había dado cuenta de cuáles eran sus sentimientos. Sus consejos y su perspicacia le habían resultado de mucha ayuda durante las últimas semanas.

Febrero estaba a punto de llegar a su fin, y decidió ir al salón de belleza. Se sentó para que Rachel empezara a arreglarle las uñas, pero como al levantar la mirada vio que estaba observándola con atención, le preguntó:

—¿Qué pasa?

—No hay ninguna novedad en lo de Jon, ¿verdad?

—¿Es tan obvio? —Maryellen intentó bromear, pero no lo logró.

—Sí —Rachel le levantó las manos, y les echó un buen vistazo—. ¡Qué uñas! Están hechas un desastre, siempre pasa lo mismo cuando estás preocupada por algo.

—Ya lo sé, ya lo sé —se había roto una uña, y se le había descascarillado un poco de esmalte en dos más. Rachel tenía razón, estaba hecha un desastre en más de un sentido.

Rachel agarró un poco de algodón y quitaesmalte, y le dijo:

—El otro día vi a Jon en el puerto con Katie. Es una cucada cómo la lleva a la espalda en la mochila, bien tapadita. Llevaba la cámara al cuello.

Maryellen los había visto así montones de veces. Jon era un padre maravilloso, y estaba convencida de que Katie llegaría a amar la naturaleza tanto como él.

—Hablando de Katie, ¿cómo está? La última vez que viniste acababa de recuperarse de un resfriado y de una infección de oído. Pobrecita.

—Está mucho mejor.

Había vivido una verdadera pesadilla durante la enfermedad de la niña. Le resultaba sorprendente haber podido funcionar bien sin haber dormido apenas, pero prefería no volver a repetir la experiencia.

—No deja de gatear de un lado a otro, seguro que no tarda en andar.

Rachel suspiró, y empezó a frotarle las uñas enérgicamente para quitarle el esmalte.

—Me encantaría tener un hijo, mi reloj biológico está sonando más fuerte que el Big Ben. Ya estoy cerca de los treinta, y si no conozco a alguien pronto no sé si llegaré a hacerlo.

Los hombres, o la falta de ellos, era un tema frecuenta de conversación. Rachel solía decir que las probabilidades de que encontrara a un hombre casadero en un salón de belleza eran equivalentes a las de perder peso con una dieta de pasteles. Había salido de copas, y el año anterior incluso se había apuntado a una clase de mecánica que impartían en el instituto, pero estaba descorazonada porque no había conseguido ni una sola cita.

—Cuando quieras que te preste a Katie unas horas, sólo tienes que decírmelo —le dijo Maryellen.

—Puede que lo haga —Rachel tiró a la basura los algodones usados, y agarró su lima–. Dejemos a un lado mi patética vida amorosa, vamos a hablar de Jon y de ti.

–Me parece que no hay nada que hacer.

–¿Por qué?

Aquella pregunta no tenía una respuesta fácil. No tenía intención de contarle a Rachel sus sospechas, pero las palabras salieron antes de que pudiera detenerlas.

–Creo que está liado con otra.

Rachel alzó la mirada hacia ella, y le dijo:

–No me lo creo.

Maryellen farfulló una respuesta con la cabeza gacha. Aquello ya era bastante humillante, no quería que el salón entero se enterara.

–¿Qué?, no te he oído.

–Prácticamente me lancé a sus brazos no una, sino dos veces, y él me rechazó en ambas ocasiones –lo dijo en un susurro ronco. La mañana en que habían despertado el uno junto al otro y él la había rechazado se había quedado destrozada.

–A eso me refiero –susurró Rachel–. Si no te quisiera, habría aceptado lo que le ofrecías y lo habría disfrutado sin más antes de marcharse. Pero no lo hizo, se controló.

–Pero, ¿por qué? –estaba convencida de que, si Jon la amara de verdad, ella lo sabría, lo notaría. Si él sintiera algo por ella, no se habría quedado tan devastada cuando la había rechazado.

–No lo sé –Rachel siguió limándole las uñas.

–A lo mejor está saliendo con alguna de sus compañeras de trabajo –la idea hizo que se le formara un nudo en el estómago.

En el Lighthouse trabajaban muchas mujeres solteras, como camareras y en la cocina, y las fotografías de Jon cada vez ganaban más renombre. Ella había formado parte de la comunidad artística el tiempo suficiente para saber que las mujeres se sentían muy atraídas por los hombres creativos.

—No hay nadie más —Rachel lo dijo con tanta convicción que varias mujeres se volvieron hacia ellas.

—¿Cómo puedes estar tan segura?

—Ojalá pudiera darte alguna prueba material. Estoy segura de que te quiere.

Maryellen deseaba poder creer que aquello era cierto.

—Oye, podrías preguntarle si está saliendo con alguien —al ver que negaba con la cabeza, le preguntó—: ¿Por qué no?

—Porque... —no se le ocurrió ninguna razón, así que al final dijo—: Porque no.

Rachel la miró con atención, y le dijo:

—No quieres saberlo, ¿verdad? Tienes miedo de la verdad.

Maryellen estuvo a punto de negarlo, pero se dio cuenta de que Rachel tenía razón.

—¿Qué es lo peor que puede pasar? Mi madre solía preguntarme eso cuando yo tenía un problema, y la verdad es que te hace pensar.

Maryellen se dio cuenta de que tenía que reflexionar sobre el tema. Aquella situación estaba enloqueciéndola, y no veía ninguna posible solución.

—Estás enamorada de él, Maryellen.

—Sí, ya lo sé.

—No entiendo por qué a dos personas que se quieren les cuesta tanto ser felices —Rachel soltó un profundo suspiro—. La verdad es que no resulta demasiado alentador para alguien como yo.

—Encontrarás marido —estaba convencida de que una mujer tan encantadora, práctica y agradable como Rachel acabaría encontrando un buen hombre.

—Sí, pero preferiría que no tuviera un historial delictivo y que no fuera adicto a las drogas ni al alcohol.

—Ése es tu problema, Rach, eres demasiado selectiva.


Peggy había visto cambios en Bob a lo largo del último año, pero los más drásticos habían ocurrido tras la última visita del sheriff Davis. Su marido no podía dormir bien, a menudo se levantaba de madrugada y deambulaba por la casa, y había perdido interés en sus trabajos de carpintería. Antes solía pasar mucho tiempo en el garaje, atareado con distintos proyectos, pero últimamente no se interesaba en nada.

Durante las últimas semanas, había ido a diario a las reuniones de Alcohólicos Anónimos. Llevaba veintiuna reuniones en otros tantos días. No había asistido a tantas seguidas desde la época en que había entrado en la asociación. Como él se negaba a hablar de lo que sentía y le respondía malhumorado cuando ella intentaba sacar el tema, había decidido que era mejor dejarlo tranquilo. Aquella tarde iban a encontrarse con Hannah Russell, así que quizás estaban a punto de encontrar las respuestas que buscaban.

Después de pasarse la noche en vela, decidió llamar a Corrie McAfee. Quedaban una vez por semana para ir de compras, intercambiar recetas y hablar de jardinería. Era la única persona con la que podía hablar del inminente encuentro con Hannah.

—Hola, Corrie, soy Peggy.

—Hola, ¿cómo estás?

—¿Puedo pedirte un favor? —estaba hecha un manojo de nervios, y desde un punto de vista emocional, estaba casi tan mal como Bob.

—Claro que sí.

—¿Puedes venir con Roy a casa esta tarde? Le prometimos al sheriff Davis que hablaríamos con una persona, pero no sé si fue una buena idea.

—Espera, voy a preguntárselo a Roy.

Mientras esperaba a que volviera, Peggy se mordisqueó el labio y se apoyó en la pared de la cocina. El encuentro con Hannah iba a ser duro para todos. No sabía lo que iba a decirle a la hija de Max Russell, porque ella también quería respuestas que nadie había podido darle hasta el momento.

Corrie se puso de nuevo al teléfono, y le dijo:

—Roy está reorganizando su agenda, estaremos ahí.

Peggy le dijo a qué hora habían quedado con Hannah, y añadió:

—No... no lo he comentado con Roy, pero le diré que vais a venir antes de que lleguéis —creyó que debía avisar a su amiga.

—De acuerdo. No te preocupes, Peg, todo va a salir bien.

Peggy deseó poder creerlo.

Bob y ella estuvieron tensos durante toda la mañana, pero se sintió aliviada cuando él accedió a que los McAfee estuvieran presentes durante el encuentro, porque los necesitaba como apoyo moral.

Para cuando sonó el timbre a las tres de la tarde, los dos estaban al borde de la taquicardia. A pesar de que regentaba una pensión, Peggy fue de acá para allá por la cocina trasteando con platos, tazas de café y galletas, como si nunca antes hubiera recibido invitados.

Roy y Corrie fueron los primeros en llegar. Después de estrecharles la mano, Bob los condujo a la sala de estar. La pareja se sentó en uno de los dos sofás, de modo que los dos sillones que había frente a la chimenea siguieron libres.

Bob esperó a que se hubieran sentado, y les comentó:

—Peggy me ha dicho que os había pedido que vinierais, y la verdad es que me alegro de que estéis aquí.

—Nos alegra poder ayudaros —le dijo Roy.

Peggy sintió que le daba un vuelco el corazón cuando volvieron a llamar a la puerta. Sus ojos se encontraron con los de Bob, y los dos parecieron paralizados por un momento. Él se recuperó primero, y fue a abrir con paso decidido.

La joven que entró en el recibidor era alta y delgada, y a Peggy le recordó a las garzas azules que caminaban por la playa. El sheriff Davis entró tras ella.

La mujer, que parecía tener más o menos la misma edad que los hijos de Peggy, llevaba una gabardina color canela, unos pantalones azul marino, y un jersey. Tenía el pelo oscuro, y lo llevaba sujeto con un pañuelo a la altura de la nuca.

—Encantado de conocerte, Hannah —le dijo Bob, mientras tomaba su gabardina—. Aunque desearía que fuera en mejores circunstancias.

—Sí, yo también —la joven miró a su alrededor con nerviosismo.

Roy se levantó para presentarse y le estrechó la mano al sheriff Davis, que no pareció sorprenderse al verlo allí.

Cuando el sheriff y Hannah se sentaron en los sillones y los McAfee hicieron lo propio en el sofá, Peggy sugirió que sería mejor hablar primero, y dejar el café y las galletas para después.

—Sí, será lo mejor —Hannah tenía una voz suave y modulada. Entrelazó las manos sobre las rodillas en un gesto casi infantil.

Parecía muy joven y vulnerable, y Peggy tuvo que contener las ganas de acercarse a abrazarla.

—Espero que podamos contestar a todas tus preguntas —le dijo Bob.

—Yo también —Hannah inhaló de forma audible. Era obvio que estaba intentando hacer acopio de valor—. Esta mañana he pasado por comisaría, y el sheriff me ha dado las cenizas de mi padre. Las llevaré a California, y las colocaré en el mausoleo junto a mi madre.

Peggy podía imaginarse lo difícil que era aquella situación para alguien tan joven, así que le dijo con voz suave:

—Espero que el hecho de haber encontrado a tu padre pueda darte algo de consuelo, que te sientas un poco más tranquila —incluso a ella las palabras le sonaron vacías.

—No sé si podré quedarme tranquila hasta que descubra por qué vino a Cedar Cove —le dijo Hannah—. Como ya le he dicho al sheriff Davis, no conocemos a nadie del estado de Washington. Que yo sepa, papá no había estado nunca en esta zona, y la verdad es que se comportaba de forma muy misteriosa antes de marcharse. Era obvio que no quería que supiera adónde iba a ir, ni siquiera me habría enterado de que pensaba irse si no me hubiera dado por pasarme por su casa aquel día. ¿Podéis darme algún dato concreto?

—Ojalá, pero Peggy y yo sabemos tan poco como tú —le dijo Bob—. Supongo que quieres que te cuente todo lo que pueda sobre aquella noche.

—Sí, por favor. Cualquier cosa me sería de ayuda.

Bob le contó todo lo que Peggy y él ya habían hablado en infinidad de veces, tanto el uno con el otro como con la policía.

—El sheriff me comentó una vez que, a veces, son los pequeños detalles los que llevan a una respuesta —apostilló Peggy.

—¿Te importa que te haga unas preguntas? —le preguntó Roy a Hannah.

—Claro que no.

El sheriff Davis frunció el ceño, pero no intervino.

—Tengo entendido que tu padre resultó herido en el accidente de coche en el que murió tu madre, ¿verdad?
—Sí, jamás se perdonó a sí mismo.
—¿Cuál fue la causa del accidente?
—Según la investigación, mi padre tuvo la culpa.
—He leído el informe, y tu padre argumentó que le falló la dirección asistida —comentó Roy.
—Sí, eso fue lo que dijo, pero los investigadores no encontraron ningún problema en el coche. Como mucho, sugirieron que quizás el tubo que conducía al sistema de dirección asistida tenía una bolsa de aire. Parece ser que eso pasa a veces, pero es bastante inusual; en cualquier caso, se determinó que la culpa había sido de mi padre —Hannah miró al sheriff, y añadió—: Creo que quizás habría sido más fácil si él también hubiera muerto en el accidente.
—¿Porque se sentía culpable? —le preguntó Troy.
—Sí, y por los meses y meses de intervenciones quirúrgicas y de terapia física.
—¿Tu padre tenía amigos? —le preguntó Roy.
Hannah agachó la cabeza, y fijó la mirada su sus manos.
—No muchos, era un hombre bastante solitario... hubo un antiguo compañero suyo del ejército que le ayudó a entrar en el hospital para veteranos cuando tuvieron que tratarlo, pero no me acuerdo de nadie más. Mamá me explicó que era muy distinto antes de la guerra. En aquella época ya salían juntos, y ella había guardado todas sus cartas. A veces, cuando se peleaban, se sentaba en la cama y las leía, porque decía que le recordaban a cómo era papá antes de ir a Vietnam.
—¿Conservas esas cartas? —le preguntó Roy.
—Si es así, me gustaría echarles un vistazo —apostilló el sheriff Davis, antes de que Roy pudiera pedírselo.
—De acuerdo, pero tienes que devolvérmelas.
—Por supuesto.

—Tengo entendido que conocías a mi padre, Bob.

—Sí, estuvimos juntos en Vietnam durante un año.

—¿Te importaría decirme cómo era en aquel entonces?

Bob se reclinó en la silla, y se tomó un momento para aclararse las ideas antes de contestar.

—Lo que más recuerdo de Max es su guitarra. Al final de la jornada, nos sentábamos a su alrededor y él tocaba unas cuantas canciones. No te imaginas lo que puede llegar a ayudar la música, sobre todo en situaciones como aquélla.

—No sabía que mi padre tocara la guitarra.

—No volvió a hacerlo, después de... —Bob se calló de golpe, y vaciló por un momento—. En la guerra pasó algo que nos afectó mucho tanto a tu padre como a mí. La guerra es así, puede destruirte el alma.

—Él nunca hablaba de la guerra.

Bob tampoco. Tras su regreso de Vietnam, Peggy había creído que le ayudaría hablar de lo que había vivido en la guerra, pero él se había negado a hacerlo. Si hubiera sabido lo que le atormentaba, le habría sugerido que fuera a un terapeuta, pero él le había ocultado lo sucedido. No había entendido las causas de su desesperación hasta que el alcohol había estado a punto de destruirlo, y para entonces ya casi era demasiado tarde.

—¿Quieres saber algo más? —le preguntó a Hannah.

—No. Gracias por acceder a hablar conmigo. Me preguntaba tantas cosas... supongo que es normal. Tanto mi madre como él están muertos, y había tantos cabos sueltos...

Al igual que Hannah, Peggy se preguntó si Bob y ella llegarían a alcanzar la paz algún día.

Rosie intentaba no pensar en las palabras de Zach. Él había admitido que había dependido emocionalmente de su ayudante personal, así que, básicamente, había admitido que se había enamorado de la otra mujer. Ella había intuido que le había sido infiel, y al final había tenido razón en parte. No sabía lo que había pasado exactamente, pero tal y como él mismo había dicho, al final habría acabado liándose con Janice.

Hacía meses que se habían divorciado, así que a aquellas alturas debería de ser capaz de dejar atrás lo sucedido, pero sentía que se hundía más y más en un abismo de incertidumbre y tristeza.

El domingo por la tarde, se aseguró de que él ya se hubiera ido antes de llegar a la casa. Su llegada no causó ninguna reacción de entusiasmo. Eddie estaba sentado, leyendo uno de sus libros de Harry Potter, y Allison estaba en su habitación con la puerta cerrada.

Eddie alzó la mirada al oírla entrar, y cuando vio que llevaba dos bolsas de la compra, le preguntó:

—¿Qué hay para cenar?

—¿Te apetecen espaguetis? —le dijo, consciente de que era su comida preferida.

—Ya comimos espaguetis anoche, y los de papá están más buenos que los tuyos.

—Muchas gracias —desde luego, su hijo era de lo más sincero.

Al entrar en la cocina, dejó las bolsas sobre la encimera y miró asombrada a su alrededor. Todo estaba inmaculado. El suelo estaba tan limpio y encerado, que podía ver en él su propio reflejo, la encimera estaba impoluta, y los hornillos estaban brillantes como nunca. Abrió el horno, y descubrió que también estaba perfecto.

—¿Quién ha limpiado la cocina? —le preguntó en voz alta a su hijo, que seguía en la sala de estar.

—Papá.

Fue un golpe muy duro darse cuenta de que su marido cocinaba y limpiaba mejor que ella. Intentó no sentir lástima de sí misma, y se dijo que tendría que estar contenta al ver que la cocina estaba tan limpia. Hacía semanas que tenía intención de limpiarla, pero ni siquiera en la época en que se limitaba a ser esposa y madre había conseguido la perfección que tenía ante sus ojos.

–Hola, mamá –le dijo Allison, al entrar en la cocina. Abrió la nevera y sacó una lata de refresco.

Rosie no tuvo que asomarse para saber que la nevera también estaba impoluta por dentro.

–¿Te apetece que haga hamburguesas para cenar, Allison?

–Bueno.

Qué entusiasmo.

–¿Crees que tu padre cocina mejor que yo? –no supo por qué se molestaba en preguntarlo, seguro que su hija añadía más sal a la herida.

–¿Quieres que sea sincera? –le preguntó la joven, mientras abría la lata.

Aquello en sí ya era una respuesta, pero Rosie se cruzó de brazos y se preparó mentalmente para el golpe de gracia.

–Adelante.

Allison tomó un trago antes de contestar.

–Al principio, papá preparaba lo mismo que tú, pero poco a poco fue pillándole el tranquillo. Como no tiene demasiado tiempo, prepara cosas divertidas como ensaladas de pollo con uvas, piña, y lechuga. A veces le ayudo –añadió con orgullo–. También ponemos un poco de salsa de tomate, y queda muy bueno. Si quieres, te paso la receta.

–No, gracias.

–Sus espaguetis también están muy buenos. Añade aceitunas cortadas, y anoche puso también jalapeños. Estaban buenísimos. Él dice que es cocina de fusión.

—¿De qué?

—De fusión. No te enteras, mamá.

Rosie sintió que los ojos se le llenaban de lágrimas, aunque no quiso pararse a analizar su propia reacción. Intentó disimular, pero fue inútil.

—Mamá, ¿estás llorando?

Se volvió hasta quedar de espaldas a su hija, y se limitó a encogerse de hombros.

—¿Qué te pasa? —insistió la joven.

—No lo sé... es que me alegra mucho que hayas vuelto —se volvió de nuevo hacia ella, y la abrazó. Se sorprendió al ver que su hija era más alta que ella.

—Pero si no me he ido a ninguna parte.

—Claro que sí —Rosie tomó su rostro entre las manos—. Creía que te había perdido, y no sabes lo agradecida que estoy de tenerte de vuelta.

—No es razón para ponerse a llorar, mamá.

—Ya lo sé.

Rosie era consciente de que su hija no había acudido a ella, sino que había sido Cecilia Randall, una perfecta desconocida, la que se había convertido en su mentora. De modo que podía añadir un fracaso más a su lista: además de ser una mala esposa y un ama de casa inadecuada, era una madre horrible.

Fue la gota que colmó el vaso. Se desplomó en una silla, y se cubrió la cara con las manos.

—¿Estás bien? —le preguntó Allison.

—Sí... lo siento, dame un minuto.

—Dime lo que te pasa, mamá.

No podía hacerlo. Siguió llorando con la cara oculta tras las manos, y aunque oyó vagamente que Allison y Eddie hablaban entre ellos, estaba demasiado alterada para prestarles atención.

Al cabo de diez minutos, guardó la compra y puso una sartén al fuego. No tenía hambre, pero seguro que los niños sí. No quería añadir ese pecado a la lista.

Al oír que la puerta principal se abría, se apresuró a secarse las mejillas y a sonarse la nariz con un pañuelo. Cuando levantó la mirada, vio a Zach en la puerta de la cocina.

—¿Qué pasa? —le preguntó él.

Allison y Eddie aparecieron detrás de su padre.

—No te enfades, mamá. Le hemos llamado nosotros.

—¿Por qué? —se dio cuenta de que estaba a la defensiva, pero le dio igual.

Allison avanzó un paso, y le dijo:

—Porque no dejabas de llorar.

—Tu padre...

—Estoy aquí, Rosie. No hace falta que hables de mí como si no estuviera en la habitación.

Ella se llevó las manos a las caderas, y lo fulminó con la mirada.

—Hoy me toca a mí estar con los niños, Zach.

—Vale, como quieras. Ya me voy.

—No te vayas, papá. Mamá te necesita.

—Eso no es verdad —refunfuñó Rosie.

—Sí, sí que lo es —insistió su hija—. Id a hablar, mientras Eddie y yo preparamos la cena.

Su hermano hizo ademán de protestar, pero cerró la boca cuando su hermana le lanzó una mirada fulminante.

Rosie y Zach se miraron ceñudos durante unos segundos, y finalmente él indicó con un gesto la sala de estar.

—Parece que acaban de darnos una orden.

Rosie agarró otro pañuelo y fue tras él a regañadientes. Se sentaron tan lejos como pudieron. Rosie lo hizo en un extremo del sofá, y Zach en el borde de la butaca. Los dos permanecieron en silencio durante un tenso momento.

—Quiero explicarte lo que te dije el otro día, Rosie.

Ella no estaba de humor para oír confesiones. Alzó la mano para indicarle que se detuviera, y le dijo:

—Por favor, no lo hagas. Prefiero no oírlo.

Él hizo caso omiso de sus palabras.

—Creo que debo...

Rosie perdió la paciencia, y le espetó:

—¿Es que no me has oído?

—Por lo menos tendrías que escucharme.

—¿Para qué?, ¿para que vuelvas a arrastrar por los suelos mi autoestima? Vale, tuviste una aventura emocional. Ya te oí la primera vez, capté el mensaje.

Zach agachó la cabeza, y le dijo:

—Pero nunca tuve una relación física con Janice.

—¿Y qué?, estabas enamorado de ella.

—Eso no es verdad —se apresuró a decirle él—. Tuve una relación emocional con ella, no es lo mismo.

Rosie lo miró con escepticismo. Lo único que sabía era que su marido, el hombre al que amaba, la había abandonado por otra mujer.

—Cuando recuerdo todo lo que pasó antes del divorcio, entiendo cómo debías de sentirte. En vez de hablar contigo de lo que te preocupaba, pensé que eras una arpía celosa.

—La verdad es que lo era —admitió ella con voz suave. Cerró los ojos avergonzada al recordar las cosas que había dicho, cómo se había comportado con su marido.

—Lo siento mucho, Rosie. No sabes cuánto lamento lo que pasó. Os hice daño tanto a los niños como a ti, y también me hice daño a mí mismo.

—Yo también lo siento, pero no lloro sólo por eso. Oh, Zach... ¡la cocina está perfecta!

—Vaya, así que te has dado cuenta —le dijo, con cierta satisfacción—. Quería hacer algo por ti, y fue lo único que se me ocurrió.

—Se te dan mejor las tareas domésticas que a mí —le dijo ella entre sollozos.

—Bueno, cada uno tiene sus puntos fuertes y sus debilidades.

—Y cocinas mejor que yo.

Él se encogió de hombros, y la miró con una sonrisita de lo más sexy.

—En eso no estoy de acuerdo.

Rosie se sonó la nariz, y le dijo:

—Pues según Eddie, la salsa que le pones a los espaguetis es mejor que la mía.

—Pero porque yo la preparo a mano, y tú usas la de bote.

—¿Lo ves?

—Vale, mis espaguetis son mejores que los tuyos, pero tu pastel de naranja es imbatible.

—¡Es de esos que se compran en paquetes que traen todos los ingredientes!

—Eso da igual, lo que importa es que está bueno.

Volvió a sonreír, y ella le devolvió el gesto.

Eddie y Allison entraron en ese momento. La joven, que parecía muy satisfecha de sí misma, le preguntó a Rosie:

—¿Te sientes mejor, mamá?

—Sí, mucho. Gracias a los dos —miró a Zach, y le dijo—: Y a ti también.

Él se puso de pie. Era obvio que pensaba marcharse.

—Papá, pídeselo —le dijo Eddie, en un susurro teatral.

—¿El qué? —le contestó él, susurrando también.

—Que salga algún día contigo.

—¿*Qué?* —Rosie miró boquiabierta a su hijo.

—Creo que papá tendría que invitarte a salir algún día —le explicó el niño.

Zach frunció el ceño, y apartó la mirada.

—Tu madre está saliendo con un viudo.

—Eso no es verdad —le dijo Allison.

—¿No? —Zach se volvió hacia Rosie.

—No. Sólo salimos una vez, y la cita no fue... demasiado bien. Ninguno de los dos está listo para tener otra relación.

—Vaya —Zach la miró sonriente—. ¿Te apetece que salgamos a cenar algún día?

—¡Papá! —Allison lo miró con impaciencia—. Tienes que ser más romántico. Pídeselo otra vez, pero bien.

Zach se puso muy serio, y se inclinó en una reverencia.

—Rosie, ¿me concederías el gran honor de cenar conmigo el jueves?

—No puede, tiene que acompañarme a la reunión de escultistas —le dijo Eddie.

—Ah, sí —Zach pareció quedarse alicaído.

—Llévala a cenar esta misma noche —le dijo Allison—. Yo me encargo de preparar la cena para Eddie y para mí, vosotros dos salir y hablar de vuestras cosas. ¿Os parece bien?

Rosie y Zach se miraron. Él esbozó una sonrisa, y alargó la mano hacia ella. Sin apenas dudarlo, ella alargó la suya y los dedos de ambos se entrelazaron.

CAPÍTULO 24

Grace estaba sentada en la cocina, tomando el primer café de la mañana. Era sábado, y la luz que entraba por las ventanas proyectaba sombras en la pared que incrementaban la sensación de que era un día oscuro y tristón. Hacía más de tres semanas desde que había llevado a Buttercup al veterinario, desde la última vez que había visto a Cliff.

La perra empezaba a recuperarse del cáncer que había sufrido; afortunadamente, habían podido extraerle todos los tumores. Al principio, el pronóstico no había sido demasiado alentador, y ella había temido perder a su fiel compañera. Ella habría tenido la culpa si Buttercup hubiera muerto, y le habría costado mucho perdonarse a sí misma. Cliff le había advertido que la perra no tenía buen aspecto, pero no le había hecho caso. Durante los últimos meses había estado obsesionada con Will, y se había olvidado de todo lo demás.

Había caído en aquella trampa con suma facilidad. Se sentía avergonzada al pensar en lo bajo que había caído durante su relación cibernética con Will Jefferson, sabía que había sido una necia por haberse dejado engatusar por sus cumplidos y su admiración.

A pesar de todo, estaba convencida de que Will también se había sentido reconfortado y gratificado por lo que ella sentía por él. Estaba convencida de que era cierto que tenía problemas en su matrimonio, y que la había utilizado para salvar su autoestima. Como había quedado tan atrapada en aquella red de fascinación mutua, había pasado por alto un hecho muy importante: que Will estaba casado.

Sintió que se ruborizaba de humillación. Will le había comprado un billete de avión para que se reuniera con él en Nueva Orleans, y había reservado una sola habitación de hotel. Estaba claro lo que habría pasado si ella hubiera acabado yendo.

Recordó lo enfadada que se había puesto al enterarse de que Stan, el ex marido de Olivia, se había ido a vivir con Marge. Le había parecido indignante que se liara con la otra mujer en cuanto se había separado, pero acababa de darse cuenta de que ella era tan mala como él, como los hombres infieles a los que había criticado.

Cliff se había dado cuenta de lo que estaba haciendo, y había puesto fin a la relación que mantenían. Había sido una tonta. Nadie la había tratado mejor que Cliff Harding, nadie le había mostrado tanto amor y consideración como él.

Quizás el problema radicaba en que era demasiado bueno. Por alguna razón que no acababa de entender, había algo dentro de ella que había rechazado la calidez y el amor genuinos que le ofrecía aquel hombre. ¿Acaso sentía que no se lo merecía? Sólo sabía que había acabado haciendo justo lo que le había prometido a la hija de Cliff que no haría: hacerle daño a su padre.

Rogó para que no fuera demasiado tarde. Pasó una hora

intentando hacer acopio del valor suficiente para ir a visitarlo. Se había planteado llamarlo, pero había decidido ir a verlo en persona. Si no estaba en el rancho, volvería otro día.

Tenía que hablar con él cara a cara, confesar lo que había hecho. Quería que él se diera cuenta de lo arrepentida que estaba. Sabía que no se merecía su perdón, pero lo necesitaba.

Se puso unos vaqueros, y una blusa por la que Cliff sentía predilección. Mientras se preparaba para marcharse, Buttercup alzó la cabeza de su camita acolchada y no le quitó la mirada de encima, y ella sintió como si la perra supiera que iba a ver a Cliff y estuviera dándole su aprobación. A pesar de que era muy tranquila, Buttercup no solía aceptar bien a los desconocidos, pero adoraba a Cliff desde el primer momento.

–Le diré que estás mucho mejor –le dijo, al agacharse a acariciarla. Durante las últimas semanas la había colmado de atenciones, para intentar compensarla por su desatención anterior.

Para cuando salió a la calle, había empezado a chispear. El tiempo era el típico de marzo. Con los limpiaparabrisas moviéndose rítmicamente, condujo durante veinte minutos hasta llegar al rancho de Cliff.

A pesar de que antes solía ir a menudo, hacía seis meses por lo menos que no pisaba aquel lugar. Al enfilar por el camino de entrada, se sorprendió por la cantidad de cambios que vio a primera vista... había más caballos pastando, una cerca recién pintada que bordeaba el camino, y un granero de dos plantas mucho más grande que el que había antes.

Justo cuando aparcó cerca del granero, un hombre al que no reconoció salió de allí. Después de salir del coche, se puso la capucha de la gabardina y se acercó al desconocido.

—Hola, soy Grace Sherman. ¿Sabe si Cliff está disponible? —le dijo, con una sonrisa.

El hombre vaciló por un instante antes de inclinar un poco la cabeza.

—Ca... Cal Washburn, para servirla —le dijo, con un pequeño tartamudeo.

Era un hombre atractivo y moreno, fornido, y daba la impresión de ser muy competente. Grace supuso que debía de tener unos treinta y pocos años, pero nunca se le había dado bien adivinar la edad de la gente. Tenía los ojos de un profundo tono azul, y una mirada penetrante. Ella se preguntó si Cliff la había mencionado en alguna ocasión... y si el tal Cal pensaba responder a la pregunta que acababa de hacerle.

Al ver que Cliff salía de la casa, se apresuró a ir hacia él.

—¡Cliff!

Él mantuvo la puerta abierta para que pasara, y los dos entraron en la casa.

—Espero que no te moleste que me haya presentado sin avisar —le dijo, mientras la envolvía la calidez que reinaba dentro de la casa.

—Claro que no —le quitó la gabardina, y la colgó de una percha.

—Hoy hace mucho frío —comentó, mientras se frotaba los brazos.

—Anda, vamos a tomar un poco de café.

Grace empezó a relajarse al ver que las cosas iban bien. Mientras andaban hacia la cocina, se dio cuenta de que en la casa también había habido mejoras.

—¿Cuánto hace que Cal trabaja para ti?

—Un par de meses.

Cliff sacó dos tazas de uno de los armarios. Parecía que se alegraba de verla y se mostraba cordial y amable, pero también estaba un poco distante. Grace tuvo la sensación de que él tenía sentimientos encontrados respecto a su visita, pero, teniendo en cuenta las circunstancias, era de esperar.

Él sirvió el café en las dos tazas, y las dejó sobre la barra americana. Permaneció de pie, y Grace se sentó en un taburete en el lado opuesto.

—¿Cómo está Buttercup?

—Mucho mejor. Me asusté mucho cuando encontraron los tumores, pensé que iba a perderla.

—Me alegro de que esté recuperándose.

Se hizo un silencio un poco incómodo, y al ver que él no intentaba seguir con la conversación, Grace decidió dar el primer paso.

—Supongo que mi visita te ha tomado por sorpresa —hizo un gesto que abarcaba la casa en general, y añadió—: Está claro que has hecho un montón de mejoras desde la última vez que estuve aquí.

—Sí.

Grace fijó la mirada en su café, y deseó haber pensado antes en lo que iba a decirle. Miró por la ventana, y le preguntó:

—¿Cuándo construiste el granero?

—El constructor empezó a principios de diciembre.

—No sabía que pensabas hacer mejoras tan sustanciales.

En esa ocasión, fue él quien fijó la mirada en el café.

—Te comenté varias veces lo del granero.

—Ah, sí, es verdad —Grace se acordaba vagamente, pero cuando hablaba con él, siempre estaba pensando en acabar la conversación cuanto antes para poder volver a conectarse a Internet. Seguro que no se había enterado de un montón de cosas.

—También mencioné que iba a contratar a Cal.

—Sí, de eso sí que me acuerdo –lo cierto era que sólo recordaba que él le había comentado que pensaba contratar a más trabajadores a jornada completa, pero era obvio que no había prestado atención durante las conversaciones posteriores.

Él le echó una ojeada al reloj. Era un gesto que indicaba claramente que el tiempo de Grace se estaba agotando.

—He venido a disculparme, Cliff –se apresuró a decirle. Para ella era una situación difícil, dolorosa y bochornosa, pero tenía que hacerlo–. Tenías razón... he tenido una relación con otra persona.

—¿Con un hombre casado?

Ella se ruborizó, pero asintió y le dijo:

—Vive en otro estado, sólo nos comunicábamos a través de Internet –al ver que él se limitaba a tomar un trago de café en silencio, asintió de nuevo y añadió–: Se ha acabado, Cliff. Gracias a Dios, recuperé la cordura antes de que... de que pasara algo.

No mencionó lo cerca que había estado, ni que se había enterado por casualidad de la verdad. De no ser por Olivia, se habría hundido más y más hasta quedar completamente atrapada en el engaño. Parpadeó para intentar contener las lágrimas al pensar en toda la gente a la que había engañado... Cliff, Georgia, Olivia, sus propias hijas, a sí misma...

—Te traté muy mal –le dijo, mientras los remordimientos la corroían por dentro–. Tú siempre has sido muy bueno conmigo, y yo abusé de tu buena fe. ¿Puedes perdonarme?

—Claro que sí –su voz carecía de emoción alguna. Al cabo de un momento, añadió–: Pero, por desgracia, no puedo deshacer el pasado.

Grace no entendió a qué se refería, así que se limitó a contestar:

—Lo entiendo.

—¿En serio? —dejó su taza de café en el fregadero, y permaneció durante unos segundos de espaldas a ella.

—Explícamelo.

Se volvió a mirarla, y le dijo:

—Me parece que ya te lo expliqué. Sé lo que es que te traicionen, y reconocí las señales.

Ella agachó la cabeza, ya que sabía que le había herido profundamente. Deseó de corazón poder borrar todo el daño que le había causado.

—Susan tuvo varias aventuras a lo largo de los años, me parece que era una compulsión en ella. Al principio me pregunté si yo tenía alguna carencia, si había algo que no estaba dándole. Ella siempre intentaba despertar la admiración y la aprobación de los hombres, y sólo conseguía lo que necesitaba mediante sus aventuras. Pero siempre me decía lo mucho que me amaba —esbozó una sonrisa llena de tristeza—. Lo más irónico es que creo que me quería de verdad. Durante gran parte de nuestro matrimonio, aguanté la situación y fingí que sus líos no importaban, pero fue un error. Importaban, y mucho. Me aferré al matrimonio por el bien de Lisa, pero antes de que me diera cuenta, mi hija ya era una mujer adulta. Entonces me di cuenta de que estaba atrapado en una relación falsa.

Grace sabía lo doloroso que le resultaba hablar de su matrimonio. Le comprendía a la perfección, porque su propio matrimonio había sido difícil. Había creído durante años que tenía la culpa de la actitud huraña de Dan, y aunque tras su muerte había descubierto que no era así, había aceptado su parte de responsabilidad. La situación de Cliff había sido muy diferente, pero entendía lo mal que lo había pasado.

—Esperaba que pudiéramos empezar desde cero —se obligó a mirarlo a los ojos. Anhelaba dejar atrás lo que había pasado, y retomar la relación donde la habían dejado.

Él se quedó observándola durante un momento interminable, y finalmente apartó la mirada. En ese instante, Grace supo su respuesta sin necesidad de palabras.

—No puedo —le dijo él, en un tono de voz casi inaudible.

—Pero... —quería protestar, pero antes de articular las palabras, se dio cuenta de que sería inútil. Él había tomado una decisión, y no iba a cambiar de idea.

—No puedo volver a pasar por eso, Grace. Ya he vivido así.

—Pero, sería incapaz de... le fui fiel a Dan durante treinta y cinco años, no soy como Susan.

Cliff se cruzó de brazos. A juzgar por su postura, era obvio que estaba manteniendo las distancias y que no quería seguir hablando del tema, pero ella se negó a rendirse.

—No estoy diciendo que lo seas, sólo digo que no puedo volver a lidiar con los sentimientos que asocio con ella. La última vez que hablé contigo, volví a sentir todas las dudas y la negatividad que me habían atormentado durante mi matrimonio. No quiero vivir así, no puedo. No quiero volver a sentirme así nunca más —agachó la cabeza, y murmuró—: Durante un tiempo, creí de verdad que compartíamos algo especial.

—Y así era —Grace se dio cuenta de que lo había echado todo a perder.

—Puede, pero ya no siento lo mismo —la miró con una expresión llena de dolor—. Creo que será mejor que no volvamos a vernos. Lo siento, Grace.

Ella sintió como si acabaran de arrancarle el corazón de cuajo. Como sabía que se le quebraría la voz si intentaba hablar, se limitó a asentir. Apuró su café, y se bajó del taburete.

—Supongo que esto es una despedida —consiguió decir con voz ronca.

Él asintió.

Ella se aferró a su orgullo para poder mantener la compostura, y salió de la cocina.

Cliff la acompañó hasta el vestíbulo, y le sostuvo la gabardina mientras ella metía los brazos en las mangas. De repente, la tomó de los hombros, hizo que se volviera a mirarlo poco a poco, y la besó. Fue un beso de despedida.

Al sentir el contacto de sus labios cálidos, Grace lo abrazó y le besó con toda su alma. Sintió el deseo que lo consumía, la pasión... y el dolor. Antes de que estuviera preparada, él se apartó y apartó la mirada.

—Adiós, Grace —le dijo, antes de abrirle la puerta para que se fuera.

# CAPÍTULO 25

–¿Tienes los ojos cerrados? –Olivia se asomó a través de la puerta acristalada que conducía a la terraza de la casa de alquiler de Jack. La incomodaba la idea de meterse en su yacusi, que estaba a plena vista, pero Jack no estaba dispuesto a aceptar una negativa.

Él estaba esperándola con impaciencia en el agua, rodeado de vapor. Era una tarde nublada, el segundo domingo de marzo.

–Sí, del todo –le dijo él, con una sonrisa de oreja a oreja.

A pesar de la distancia, Olivia se dio cuenta de que estaba mintiendo.

–¡Jack Griffin, tienes los ojos abiertos de par en par!

–Olivia, no es la primera vez que veo a una mujer en bañador.

–¡Pero no me has visto a mí!

–Pero estoy deseando hacerlo, así que date prisa.

Olivia pensó para sus adentros que la luz que iluminaba la terraza era demasiado fuerte. Sin dejar de rezongar en voz baja, se tapó mejor con la toalla y salió descalza. A pesar de que la terraza no daba a la calle, sino a la cala, estaba convencida de que el vecindario entero iba a verla.

No se acordaba de la última vez que se había puesto un bañador... que por cierto, era aquél mismo. Hacía un montón de años, porque tanto James como Justine aún vivían en casa. El bañador estaba pasado de moda, pero por suerte no estaba apolillado.

—Vas a tener que quitarte esa toalla tarde o temprano —le dijo él, al verla salir vacilante. Se echó hacia atrás con actitud relajada, y se apoyó en la pared del yacusi con los brazos extendidos.

—Si veo una foto mía en tu periódico, te juro que no te lo perdonaré.

—Vaya, estás dándome unas ideas fantásticas —Jack soltó una carcajada.

—¡Jack!

Se quitó la toalla a regañadientes, y se metió en el yacusi sintiéndose tan grácil como una morsa; sin embargo, no pudo contener un suspiro de placer cuando sintió la caricia relajante del agua cálida.

—¿Lo ves? No ha sido tan difícil, ¿verdad?

Olivia se acercó a él mientras se hundía hasta los hombros, y en vez de contestar, suspiró de nuevo. En ese momento, se alegró de que Jack la hubiera convencido de que dejara a un lado sus inhibiciones.

—Tienes un cuerpo muy atractivo, Olivia. No sé por qué te empeñas en esconderlo.

—¿Sabes la edad que tengo?

—Sí, ¿qué tiene que ver?

—Mucho. He tenido hijos, y mi cuerpo dista mucho de ser perfecto.

—Oye, si quisiera salir con una modelo de veintitrés años... —soltó una carcajada, y comentó—: Bueno, la verdad es que una chica así no se acercaría siquiera a un vejestorio como yo.

Olivia esbozó una sonrisa, y apoyó la cabeza en su hombro antes de decir:

—Hacemos una buena pareja, ¿verdad?

—Y que lo digas, juez Lockhart. Sobre todo cuando estamos casi desnudos en un yacusi.

—¡Jack! —Olivia soltó una risita. Estaba disfrutando de la experiencia, pero no pensaba admitirlo ante él.

—Venga, dime que tenía razón.

—¿Te importa regodearte en silencio? —murmuró, mientras cerraba los ojos.

—¿Cómo le va a Grace?

Olivia soltó un gemido, porque estaba muy preocupada por su amiga.

—Mejor... al menos, eso creo.

El sábado anterior por la tarde, Grace había ido a verla muy afectada. Había intentado que le explicara lo que había pasado, pero sólo había conseguido enterarse de que su amiga había hecho algo que había ofendido a Cliff, y él había decidido que era mejor que no volvieran a verse.

—¿Has hablado con ella recientemente? —le preguntó Jack.

—La vi el miércoles por la tarde, ¿por qué?

Él apoyó la barbilla en su coronilla, y le dijo:

—Me parece que está pensando en trabajar de voluntaria en la Sociedad Protectora de Animales.

—Sí, ya me había comentado algo sobre eso.

Le parecía muy bien que lo hiciera, porque daba la impresión de que Grace tenía de repente un montón de tiempo libre. Siempre le habían gustado mucho los animales, Buttercup le había dado cariño y compañía cuando más lo necesitaba. Gracias a aquel puesto de voluntaria podría ayudar a un montón de animales, y quizás incluso a algún que otro humano. Tenía la sospecha de que Grace se sentía culpable por haber tardado tanto en llevar a Buttercup al veterinario, y que aquélla era su forma de compensarlo. Ella había intentado convencerla de que no había sido culpa suya, pero su amiga era muy terca.

—¿Cómo te has enterado? —le preguntó a Jack.

—Pues como siempre me entero de todo. El periódico va a publicar un artículo sobre la Protectora, y cuando fui para hablar con el director me encontré a Grace rellenando los formularios. Comprueban los antecedentes de los posibles voluntarios.

—Creo que le irá muy bien.

—Sí, yo también.

Olivia abrió los ojos y miró hacia el cielo. Entre las nubes iban abriéndose claros, y las estrellas empezaban a asomarse. Era una noche espectacular. La mayoría de sus amistades estaban en una cena para recaudar fondos, pero ella había preferido no ir. Le costó imaginarse lo que dirían sus compañeros de trabajo si vieran a la recta y recatada juez Lockhart metida en un yacusi... y con un hombre.

—No habría hecho esto por nadie más —no hizo falta que se explicara, sabía que Jack entendería el comentario.

—Me alegro —le dijo él, antes de darle un beso en la coronilla.

Olivia notó que él respiraba hondo, y después oyó que le decía con voz suave:

—Te amo, Olivia.

No era la primera vez que Jack admitía lo que sentía, pero por alguna razón la forma en que lo dijo parecía diferente. Ella se apartó un poco, y lo miró a los ojos.

—Yo también te amo, Jack.

—¿Lo dices en serio?

—Sí.

Él soltó un sonoro suspiro, y le dijo:

—Ya sé que no quieres hablar de Stan, y la verdad es que lo entiendo, pero creo que deberíamos hacerlo. Aunque sea por última vez.

—De acuerdo —al ver que él permanecía en silencio, le dio un codazo.

—Tu ex marido me dejó claro desde el principio que quería recuperarte.

Ella le dio un beso en la barbilla, y comentó:

—Ya lo sé, pero no va a conseguirlo.

—Puede ofrecerte muchas más cosas que yo.

—¿Como qué?

Él soltó una carcajada, y le dijo:

—¿De verdad quieres que empiece a enumerarlas?

—Sí. Lo que parece que no te entra en la cabeza es que mi ex marido no puede compararse a ti en centenares de cosas. Sí, ya sé que probablemente cobra más que tú...

—¿Probablemente? Nadie se hace rico como periodista, al menos hoy en día.

—¿Estás sugiriendo que sólo me importa el dinero?

—No.

—Entonces, ¿por qué parece preocuparte el tema?

—Porque intento ser noble, y estás poniéndomelo muy difícil.

—¿Qué quieres decir? —Olivia no sabía si acababa de gustarle el cauce que estaba tomando la conversación.

—Vale, allá va: estoy pidiéndote que me conviertas en el hombre más feliz del mundo y aceptes casarte conmigo.

Olivia se quedó tan atónita, que tardó un segundo en reaccionar.

—Jack, ¿estás proponiéndome matrimonio?

—Exacto. Quiero que estemos juntos, Olivia. Te amo. Tal

y como están las cosas, nos conformamos con vernos cuando podemos, pero quiero más. Quiero tenerte en mi vida, y estar en la tuya.

Ella siguió mirándolo en silencio, con los ojos como platos.

—Quiero estar a tu lado cuando te despiertes cada mañana, cuando te acuestes cada noche, y en todo momento.

Lo que estaba diciendo era romántico, y le sorprendió oírlo en boca de Jack Griffin.

—No sé cómo dejártelo más claro.

—Entonces, ¿por qué querías hablar de Stan? —si pensaba decirle que estaba dispuesto a hacerse a un lado si ella prefería a su ex marido, iba a hundirle la cabeza en el agua.

—Bueno, es que iba a decirte que... no, no pienso hacerlo.

—¿El qué?

—No pienso permitir que Stan se quede contigo. Pensé que podía hacerlo, pero ese tipo puede irse al demonio.

Olivia se echó hacia atrás, y lo premió con un beso largo y profundo seguido de pequeños besitos a lo largo del cuello.

—Perdona, no quería interrumpirte. Sigue —murmuró contra su piel.

Él la abrazó con más fuerza, y le dijo:

—No voy a dejarte marchar, Olivia. Sin ti sólo estoy medio vivo.

Ella sintió una oleada de felicidad, y se sintió tan ligera, tan liviana, que pensó que podía flotar hasta las estrellas.

Jack la tomó de los hombros, y la hizo girar un poco hasta que estuvieron cara a cara.

—¿Te casarás conmigo, Olivia?

Ella parpadeó para contener las lágrimas, y asintió.

—Sí, Jack. Claro que sí.

Él la apretó contra sí, y empezó a besarla con una pasión

desenfrenada que la llenó de deseo. Aquél era el comienzo para ellos, un comienzo que iba a durar durante el resto de sus vidas.

Roy McAfee estuvo dándole vueltas y más vueltas a la conversación que había tenido lugar cuando Hannah Russell había ido a casa de los Beldon, porque estaba convencido de que se le había pasado por alto algún detalle. Tardó diez días en darse cuenta de qué se trataba. La paciencia casi siempre le daba buenos frutos, porque los datos que permanecían ocultos en su memoria solían emerger si les daba tiempo.

En cuanto recordó el elusivo detalle, decidió ir a ver al sheriff, y por eso se presentó en comisaría a primera hora del lunes. Davis estaba sentado tras su mesa, y pareció sorprenderse al verlo entrar en el despacho.

—¿En qué puedo ayudarte?

—Depende —cuando Davis le indicó que se sentara, lo hizo y añadió—: He estado pensando en la reunión que mantuvimos con la hija de Russell.

—¿Has descubierto algo?

—¿Tienes una lista de los efectos personales de Russell?

—Sí. ¿Puedo preguntarte para qué la quieres?

—Para echarle un vistazo.

—¿Por alguna razón en especial? —Davis abrió un archivo que tenía sobre la mesa, y salió del despacho.

Durante unos segundos, se oyó el sonido de una fotocopiadora. Cuando regresó, le dio una hoja y volvió a sentarse. Los dos ojearon sus respectivas copias, y Roy comentó:

—No hay nada raro en la ropa... un traje de buena calidad, una gabardina, y un sombrero de ala ancha.

Davis asintió conforme iba revisando la lista.

—Su hija dijo que había empezado a llevar sombrero después del accidente.

Roy lo miró, y le preguntó:

—¿Hay algo que te llame la atención?

—El maletín, claro.

A Roy le habría gustado haber podido echarle un vistazo antes de que se lo entregaran a Hannah. Davis pareció leerle el pensamiento, porque le dijo:

—Dentro no había nada extraño, lo comprobé yo mismo. No había bolsillos secretos, nada que indicara que alguien había estado trasteando con él.

Roy se dijo que eso era de esperar; de no ser así, habría sido demasiado fácil.

—¿Qué es lo que había dentro?

—Un libro de crucigramas, una novela de misterio, un mapa de la zona, y varias chocolatinas. Para haber venido hasta tan lejos, no traía demasiado equipaje.

—¿Qué me dices de la maleta? —le preguntó Roy.

—Dos mudas de ropa, lo pone en la lista. Buscamos a conciencia para intentar encontrar alguna pista que pudiera ayudar a identificarlo, pero no había nada fuera de lo común —Davis vaciló por un instante—. Estoy seguro de que has repasado la lista en varias ocasiones durante los últimos meses, ¿a qué viene ese interés repentino?

—Tengo una corazonada.

—Cuéntamela, y yo te contaré la mía.

—¿Te acuerdas de cuando la hija de Russell mencionó el accidente de tráfico en el que había muerto su madre?

—Sí.

—Según ella, su padre había argumentado que el cambio de marchas había fallado.

—Según el informe, los investigadores no encontraron nada anómalo —le dijo Davis.

—Sí, ya lo sé.

A pesar de todo, los dos sabían que había formas de ocultar la verdadera causa de un accidente; además, había habido un incendio, había sido así como Russell había quedado desfigurado. El fuego podía haber destruido cualquier prueba de un posible sabotaje.

—¿Adónde quieres ir a parar? —le preguntó Davis.

—Aún no sabemos de qué murió Russell.

—Sabemos que se le paró el corazón, pero no tenemos ni idea de por qué. Aunque, como dijo el forense, al tipo le faltaba poco para cumplir los sesenta, había estado en la guerra, y había sobrevivido a un accidente de coche. A lo mejor le llegó su hora, y punto. El forense dijo que murió plácidamente.

Roy asintió, pero seguía sin tragárselo.

—Según recuerdo, había algo más entre sus efectos personales.

—¿El qué? —Davis revisó la lista otra vez; de repente, esbozó una sonrisa y se reclinó en su silla—. Una botella medio vacía de agua aromatizada.

—¿Se la llevó su hija?

—No. Cuando leyó la lista, comentó que su padre solía beber agua de botella. No me ofrecí a dársela, ya no la tengo.

—No me digas que la tiraste —Roy sintió que se le aceleraba el corazón.

—Pues no —Davis estaba sonriendo de oreja a oreja—. La verdad es que la mandé al laboratorio de toxicología.

Sus miradas se encontraron, y los dos asintieron.

—Me parece que esta muerte no fue tan natural como algunos querrían creer —dijo Davis.

—¿Por qué lo asesinaron?

—¿Y por qué viajaba con identificación falsa?, ¿por qué vino a Cedar Cove?

—Para ver a Beldon —Roy estaba convencido de ello.
—Puede que no fuera por eso, o que tuviera alguna otra razón añadida.
—¿Como cuál?
El sheriff Davis lo miró con una sonrisa llena de satisfacción, y le dijo:
—A lo mejor vino para averiguar lo que le había pasado a Dan Sherman.

# CAPÍTULO 26

—No necesito una niñera —insistió Eddie con voz firme. Se cruzó de brazos, y miró desafiante a su hermana.

—Sí, sí que la necesitas —Allison jamás se achicaba ante un desafío, sobre todo si se lo lanzaba su hermano.

—Me parece que tendríamos que irnos ya, antes de que los niños nos den una excusa para quedarnos —le dijo Zach a Rosie en voz baja.

—Papá, dile que no necesito una niñera.

Zach comprendía a su hijo, pero en aquel asunto él tenía las manos atadas.

—Las niñeras reciben un sueldo, y tu hermana no va a recibir nada por quedarse en casa contigo.

—¿Es que no vas a pagarme?

Allison miró a Zach con indignación, pero él sabía que estaba fingiendo. La treta funcionó, porque Eddie se calmó un poco al ver que su hermana se quedaba fastidiada al tener que quedarse con él.

—Estarán bien —le dijo Zach a Rosie, mientras salían a la calle.

—Hacía días que tenía ganas de ver esa película.

—Sí, yo también —Zach se adelantó para abrirle la puerta del coche, pero se sorprendió al ver que ella se quedaba mirando la puerta sin moverse—. ¿Qué pasa? —se sintió un poco irritado. Sabía que abrirle la puerta a una mujer era un gesto de cortesía un poco pasado de moda, pero a Rosie siempre le había parecido bien.

—Nada, es que... hacía mucho que no me abrías la puerta.

Zach la miró atónito. Era obvio que ella estaba hablando del último año de su matrimonio, y supuso que tenía razón. Se habían tratado sin consideración ni respeto, y la desaparición de los pequeños gestos de cortesía era un síntoma claro.

—Es un gesto muy agradable, siempre lo fue. Gracias, Zach —Rosie entró en el coche, y se puso el cinturón.

Zach rodeó el vehículo para ponerse al volante. Aquella era la tercera cita que tenían. Habían tenido la primera cena en la noche en que los niños lo habían llamado cuando ella se había echado a llorar. Seguía sin saber qué era lo que había provocado aquel llanto, pero Rosie parecía mucho mejor después de que hablaran. Habían pasado dos semanas, y aunque no recordaba exactamente de qué habían hablado, se le había quedado grabado en la memoria lo cómodo que se había sentido estando de nuevo junto a ella.

Debido a todos los problemas que habían tenido, se le había olvidado algo muy importante: Rosie siempre había sido más que su esposa, había sido su amiga. Había echado de menos intercambiar confidencias con ella, las pequeñas bromas privadas que sólo ellos entendían, las conversaciones en la cama por la noche... al principio no se había permitido pensar en todo eso, pero últimamente se había dado cuenta de lo mucho que la echaba de menos, de cuánto echaba de menos vivir con ella...

Aquella semana no era lectiva, así que Olivia tenía cinco

días de fiesta. El lunes habían comido juntos, y habían decidido aprovechar para ir al cine el martes, ya que era el día del espectador y las entradas sólo costaban tres dólares; por desgracia, tanto las palomitas como los refrescos seguían igual de caros. A Rosie le encantaban las palomitas, sobre todo las que estaban untadas de mantequilla.

La película era una comedia romántica que tenía muy buenas críticas. Mientras él pagaba por las entradas, ella se puso a hacer cola para comprar las palomitas. Era inusual que Zach hubiera salido tan pronto del trabajo durante la temporada de las declaraciones de renta, porque normalmente no podía salir hasta las siete o las ocho.

Se sentaron al fondo de la sala, en la zona del medio, y varias personas les lanzaron miradas y susurraron entre ellas.

—La gente está hablando de nosotros —comentó Rosie.

—Bueno, es que estamos divorciados —le recordó él con una sonrisa—. Las parejas divorciadas no suelen salir juntas.

—Eso es verdad. Qué triste, ¿no? Nos llevamos mejor ahora que cuando estábamos casados.

—Sí. Al menos, durante los últimos años del matrimonio.

—¿Por qué crees que pasó?

Zach se salvó de tener que contestar, porque las luces se atenuaron y empezaron los anuncios previos a la película, que duraron unos quince minutos. La película resultó ser muy divertida, y Zach se rió en más de una ocasión. A pesar de que, según él, las palomitas no le gustaban demasiado, se comió más de la mitad de la bolsa de Rosie. A mitad de la película se dio cuenta de que estaban tomados de la mano, como cuando eran novios.

Cuando las luces volvieron a encenderse, permanecieron sentados durante un momento. La gente empezó a salir de la sala, y varias personas los miraron de reojo. A Zach le dio igual lo que pudieran decir, que cuchichearan hasta hartarse.

—Hace años que no me reía tanto —comentó Rosie, al ponerse de pie.

—Y yo.

—Y hace incluso más que no nos reíamos juntos.

Zach le dio la razón.

Como él estaba tan ocupado y los niños tenían fiesta, habían decidido que era mejor que Rosie se quedara en la casa durante toda la semana, así que Zach condujo hacia allí. Durante el trayecto comentaron la película, y rieron al recordar las escenas más divertidas. Les pareció que apenas tardaban en llegar.

Zach no quería que la velada terminara tan pronto, pero no sabía si ella sentía lo mismo. Cuando detuvo el coche frente a la casa, permanecieron en silencio, como si cada uno estuviera esperando a que el otro hablara primero.

—Aún es pronto —Rosie le lanzó una mirada vacilante.

Eran las diez pasadas. Zach había entrado a trabajar antes de las seis de la mañana, pero no se sentía cansado.

—¿Quieres entrar? —le preguntó ella sin inflexión alguna en la voz, como indicando que su respuesta le resultaba indiferente.

Zach le echó una ojeada a su reloj, aunque ya sabía la hora que era gracias al reloj digital del salpicadero.

—Vale —dijo al fin.

—Seguro que los niños aún están despiertos —le dijo ella, cuando él rodeó el coche y le abrió la puerta—. Allison se queda despierta hasta tarde siempre que puede.

Zach lo sabía de primera mano, porque había discutido sobre el tema con su hija en varias ocasiones; al final, había llegado a la conclusión de que Allison acabaría ajustando sus horarios si se daba cuenta de que estaba cansada, pero no iba a ser tan permisivo cuando ella quisiera aprender a conducir.

Abrió la puerta principal y se apartó para dejarla pasar, pero Rosie se detuvo de golpe en cuanto dio dos pasos en la casa.

—¿Qué es todo esto?

—¿Qué pasa?

Zach entró tras ella, y vio un reguero de pétalos de rosa de color rojo que partía de la puerta y avanzaba por el pasillo hasta llegar al dormitorio principal. Era obvio que los niños les habían preparado un interludio de lo más romántico. Seguro que era idea de Allison, porque Eddie era demasiado pequeño para pensar en amores y romances.

—Todo está sospechosamente silencioso —murmuró Rosie.

De repente, empezó a sonar una suave música de fondo... un vals.

—¿Música también? —susurró Zach.

—Música romántica, de *El lago de los Cisnes* —Rosie fue a la cocina, y al encender la luz, descubrió otra sorpresa encima de la mesa.

—¿Vino? —dijo Zach.

—Eso parece.

Sus hijos habían colocado de forma estratégica dos vasos de vino sobre la mesa de la cocina, con una rosa de tallo largo entre los dos, y una botella de vino en una cubitera. Zach se dio cuenta de que era vino tinto, pero sabía que no podía quejarse.

—Me parece que nuestros hijos nos tienen preparada una velada romántica —le dijo Rosie—. Te aseguro que no ha sido idea mía.

—Ni mía, pero me parece que no tiene nada de malo —alargó la mano hacia ella, y añadió—: ¿Cuánto hace desde la última vez que bailamos? —no recordaba que lo hubieran hecho en los últimos doce años.

Ella se echó a reír, y comentó:

—Me parece que nunca hemos bailado un vals.

—Pues ya es hora de que lo hagamos.

Fueron a la sala de estar tomados de la mano. Se colocaron en posición, y empezaron a bailar al ritmo clásico del vals. Zach se sorprendió al ver lo natural que le parecía.

Cuando la música terminó, Rosie lo miró con una sonrisa radiante.

Él jamás había podido resistirse a sus sonrisas. Sus miradas se encontraron bajo la luz tenue, y de pronto, deseó con todas sus fuerzas besarla. Rezó para que ella sintiera lo mismo, porque no podía esperar ni un segundo más.

Estaban tan ansiosos, que por poco chocaron. Rosie estaba abrazada a su cuello, y él a su cintura. Se besaron frenéticos, enfebrecidos, desesperados por sentirse y saborearse al máximo.

El beso hizo que Zach recordara algo que se le había olvidado, algo que había quedado enterrado bajo el fango que se habían lanzado el uno al otro durante el divorcio. Amaba a Rosie. Se había enamorado de ella de joven, y a pesar de todo, seguía amándola.

La amaba y la deseaba, la deseaba con toda su alma.


Lo que Bruce Peyton echaba más de menos de su mujer eran los pequeños detalles. Stephanie había muerto dos años atrás en un accidente de coche, y él había creído que con el tiempo conseguiría adaptarse. Al menos lo había intentado. Sus amigos insistían en que volviera a salir, e incluso le habían concertado varias citas a ciegas, pero siempre había acabado sintiéndose culpable e incómodo. Había leído que bastaba un año para recuperarse de una pérdida así, pero en su caso no era cierto; de hecho, no sabía si alguna vez lograría superarlo.

Stephanie había sido su único amor, y se sentía perdido y solo sin ella. Jolene tenía una foto de su madre sobre la mesita de noche, porque tenía miedo de olvidarse de ella. Era algo que le partía el alma, pero él no tenía ese problema, porque llevaba la imagen de su rostro en el corazón. Stephanie estaba siempre con él.

A pesar de lo mucho que se esforzaba, no se le daba nada bien lidiar con las necesidades de una niña pequeña, como por ejemplo el tema de los cortes de pelo. Jolene tenía el pelo muy largo, porque sólo se lo había cortado una vez en los últimos dos años; en aquella ocasión, la había llevado a su barbero, pero la niña de siete años le había dicho muy seria que se había equivocado.

—Las niñas y los niños no se cortan el pelo en el mismo sitio, papá —le había dicho después.

Acababa de ir a buscarla al centro donde la niña se quedaba al salir del colegio, y la pequeña le había dicho que quería tener el pelo corto.

—Tienes que llevarme a un centro de estética —le dijo ella.

—Te pediré hora.

Al llegar a casa, buscó en las páginas amarillas, y eligió un sitio que prometía grandes cortes de pelo. Llamó de inmediato, y anotó el día y la hora... el lunes a las cuatro.

El día en cuestión, llevó a la niña al centro comercial donde estaba el salón.

—Get Nai... led —dijo Jolene, al leer el cartel que había en la puerta.

Bruce se sintió aliviado al ver que asentía con aprobación, porque supuso que había acertado. La tomó de la mano, y sintió como si acabara de llegar a un mundo paralelo al entrar en el establecimiento. Mujeres envueltas en plásticos y con rulos enormes en el pelo se volvieron a mirarlo, como si fuera él el bicho raro. El olor tampoco era nada agradable. No sabía lo que aquellas mujeres estaban haciéndose a sí mismas ni por qué lo hacían, pero lo sentía por ellas.

Se acercó vacilante al mostrador de recepción, y dijo:

—Buenas tardes, soy Bruce Peyton. Pedí hora para mi hija, necesita un corte de pelo.

La mujer, que debía de tener unos dieciocho años, pasó el índice por la agenda. Sus uñas debían de medir unos cinco centímetros, y en ellas había un dibujo... era un diseño psicodélico, muy años sesenta.

La miró desconcertado. ¿Por qué llevaba las uñas así?

—Ah, sí, aquí está. Le toca con Rachel —miró hacia el salón, y gritó—: ¡Rachel, ya está aquí el corte de pelo de las cuatro!

Bruce se apartó un poco del mostrador.

—Ahora mismo viene, puede ir a sentarse allí mientras espera —la recepcionista le indicó una hilera de sillas vacías que había a lo largo de una pared.

—Eh... vale.

Se sentó con la niña a su lado. Agarró una revista, pero se apresuró a volver a dejarla al ver que ponía *Diez formas de conseguir un orgasmo*. La colocó boca abajo, por si a Jolene le daba por intentar leer lo que ponía en voz alta. Se sintió aliviado al ver el último número de *The Cedar Cove Chronicle*, así que se apresuró a agarrarlo y ocultó la cara tras él antes de que alguien pudiera reconocerle.

Jolene permaneció sentada pacientemente a su lado, con los tobillos cruzados, mirando con avidez al mundo ultrafemenino que la rodeaba.

Al cabo de unos cinco minutos, una mujer morena que no parecía mucho mayor que la recepcionista se les acercó.

—Hola, soy Rachel.

Jolene se levantó de inmediato de la silla, y le dijo:

—Quiero tener el pelo corto.

Rachel sonrió, y la tomó de la mano.

—Vale, yo me encargo de eso.

Bruce se levantó también, sin saber qué hacer.

—Espera aquí, papá.

Rachel lo miró, y los dos intercambiaron una pequeña sonrisa.

—Estará lista en una media hora —le dijo ella.

—Vale —volvió a sentarse con el periódico, pero como seguía sin sentirse cómodo, decidió salir un rato del salón; al fin y al cabo, hacía bastante que no estaba en el centro comercial.

Después de deambular sin rumbo durante unos minutos, vio una tienda de electrónica. Aún le quedaban unos veinte minutos, así que decidió entrar y echar una ojeada a los reproductores de MP3. No podía permitirse comprar uno, pero no pasaba nada por mirar.

Antes de entrar en la tienda, le echó un vistazo al reloj para calcular a qué hora tenía que estar de vuelta en el salón. Stephanie había muerto mientras iba a la guardería a por Jolene, y la niña se había quedado esperando durante horas hasta que alguien había podido ir a buscarla. Se había quedado traumatizada, y desde entonces se ponía ansiosa cuando había cualquier retraso o cualquier cambio en el horario previsto.

Cuando un dependiente se le acercó deseando mostrarle los aparatos más novedosos, no tardaron en entablar una conversación sobre los pros y los contras de las diferentes marcas. Cuando volvió a mirar su reloj y se dio cuenta de que ya había pasado más de media hora, sintió pánico y se apresuró a despedirse del dependiente. Salió a toda prisa de la tienda, y echó a correr hacia el salón mientras se imaginaba a su hija llorando desconsolada, convencida de que su padre había desaparecido.

Tendría que haberle dicho que iba a salir del salón, tendría que haberle explicado que iba a dar una vuelta por el centro comercial y que volvería enseguida. No tendría que haberla dejado sola...

Desde el accidente de Stephanie, Jolene se había despertado en varias ocasiones después de tener una pesadilla en la que él no llegaba a recogerla al colegio, porque había muerto igual que su mamá. Después de tener la pesadilla, la niña tardaba horas en dormirse.

Irrumpió en el salón como un poseso, y todo el mundo se calló de golpe y se volvió a mirarlo.

Fue Jolene la que rompió el silencio.

—Hola, papá.

La niña estaba sentada en una mesa con los brazos extendidos. Rachel estaba sentada delante de ella, pintándole las uñas.

Cuando su corazón dejó de obstruirle la garganta y regresó a su pecho, Bruce se metió las manos en los bolsillos y fue hacia ellas mientras intentaba aparentar naturalidad.

—No estabas aquí cuando Rachel acabó de cortarme el pelo —la niña sacudió la melena de un lado a otro, como las mujeres de los anuncios de champú—. ¿Te gusta?

Bruce asintió. No entendía mucho de pelo, pero la verdad era que su hija estaba preciosa... aunque también lo estaba antes, con el pelo largo.

—Me he entretenido un poco en la tienda de electrónica.

—Rachel ha dicho que seguro que estabas allí.

—Los hombres suelen salir pitando de aquí, y siempre acaban en esa tienda.

Para Bruce, era del todo comprensible. Si le daban a elegir, casi cualquier hombre querría largarse cuanto antes de aquel reino femenino.

—¿Se ha asustado? —le preguntó a Rachel.

Ella alzó la mirada y esbozó una sonrisa.

—Sólo un poco.

—Rachel me ha dicho que iba a pintarme las uñas. ¿A que son bonitas, papá?

Bruce observó las uñas pintadas de color rojo de su hija, y asintió.

—Sí, preciosas.

—Ya casi estamos —le dijo Rachel.

—Perdón por llegar tan tarde.

—No pasa nada. En cuanto acabe, hay que esperar cinco minutos para que se le sequen —alzó la mirada hacia él, y añadió—: La manicura es regalo de la casa.

Él le dio las gracias. Cinco minutos le parecían una eternidad, pero se lo tenía merecido por despistarse. Mientras esperaba, fue al mostrador de recepción a pagar y añadió una generosa propina para Rachel.

Cuando Jolene estuvo lista, fue hacia él con los brazos extendidos hacia delante, al estilo de *La novia de Frankenstein*.

—¿Puedo comerme un helado? —le preguntó, al salir del salón.

—Sí, si me prometes que te comerás la cena.

—Te lo prometo.

Sin tomarse de la mano, porque Jolene tenía miedo de estropearse la manicura, fueron a una heladería. Él eligió vainilla, su favorito. Stephanie no había llegado a entender nunca por qué elegía un sabor tan normal cuando tenía más de treinta para elegir. Jolene fue igual de predecible, y eligió el de chicle.

Se sentaron en una mesa, y Bruce sonrió al ver el entusiasmo con el que su hija se comía el helado azul. Cuando ella le devolvió la sonrisa, le recordó tanto a Stephanie, que sintió que por un momento se le paraba el corazón.

De vez en cuando, veía en su hija reflejos de su mujer... el brillo de sus ojos cuando sonreía, la forma de moverse... en esos momentos, sentía más que nunca el peso de la pérdida y el dolor.

Había pensado más de mil veces en el día del accidente. Le había parecido un día como otro cualquiera, completamente rutinario. Si lo hubiera sabido, si pudiera volver atrás en el tiempo y revivir aquella mañana...

Él se había levantado a las siete, como siempre, y después de ducharse y de vestirse, se había despedido de Stephanie con un beso sin saber que en menos de diez horas iban a arrebatársela.

—Papá...

La voz de su hija lo arrancó de sus pensamientos.

—¿Qué, cariño?

—Rachel me cae muy bien.

—¿Quién es Rachel?

—¡Papá! La mujer que me ha cortado el pelo.

—Ah, sí.

—Es muy simpática.

—Y te ha cortado muy bien el pelo.

—Sí, y quiere un marido.

—¿*Qué?* —Bruce estuvo a punto de echarse a reír.

—Un marido. La he oído hablar con la mujer que tenía al lado, y le ha dicho que tiene casi treinta años. Eso es ser muy mayor, ¿no?

—No tanto —Bruce contuvo una sonrisa.

—Ha dicho que quiere casarse antes de cumplir los treinta.

A Bruce le pareció que era una conversación muy personal para tenerla en un salón de belleza, pero como no tenía ni idea de lo que las mujeres...

—Creo que tendrías que casarte con ella, papá.

—¿*Qué?*

—Que tendrías que casarte con Rachel —le dijo la niña, como si fuera una respuesta perfectamente razonable.

CAPÍTULO 27

Maryellen llevaba varias semanas deprimida. Estaba sentada en las gradas cubiertas que había en el parque del paseo marítimo, protegida de la lluvia, bebiendo café en un vaso de plástico. Se inclinó hacia delante, apoyó los codos en las rodillas y fijó la mirada en las aguas oscuras de la cala.

Al principio, tenía pensado ir a comer con su madre, pero una entrega de última hora la había entretenido y había tenido que cancelar la cita en el último momento. La verdad era que no tenía demasiada hambre, y le iba bien estar un rato sola para poder pensar. Lois Habbersmith, su ayudante y amiga, parecía haberse dado cuenta de su estado de ánimo, y la había animado a que saliera a dar un paseo.

Había decidido bajar hasta el paseo marítimo, ya que era uno de sus lugares preferidos. En verano, se celebraban conciertos al aire libre todos los martes, y el parque quedaba abarrotado. Siempre le había encantado la música, las risas, el ambiente alegre que se respiraba.

Pero aquella tarde no sentía ni pizca de aquella alegría veraniega. Había perdido a Jon, y sabía que se lo tenía merecido por haberlo tratado tan mal. Le había explicado sus razones, pero al parecer él no podía perdonarla.

Era comprensible. Su experiencia con los hombres se limitaba a un matrimonio horrible, y a un padre que había vivido en un estado de parálisis emocional. Tenía algunos recuerdos felices de su infancia, pero eran escasos.

–Lois me ha dicho que te encontraría aquí.

Se sobresaltó al oír la voz de Jon, y estuvo a punto de dejar caer el café.

–Perdona, no quería asustarte.

–Estoy sorprendida, eso es todo –y tan feliz de verlo, que tuvo que contener las ganas de sonreír como una idiota.

Jon subió por las gradas, y se sentó a su lado. Los dos permanecieron en silencio durante un largo momento, pero finalmente Maryellen no pudo soportarlo más.

–Quiero que sepas que no pasa nada, lo entiendo.

–¿A qué te refieres?

Ella contuvo el aliento, y de repente soltó sin más:

–A que estás liado con otra mujer. No tengo ningún derecho sobre ti, y...

–¿Quién te ha dicho eso?

–Nadie, me he dado cuenta yo sola –fue incapaz de mirarlo a la cara.

Jon frunció el ceño, y negó con la cabeza.

–Pues te has equivocado, Maryellen. No ha habido ninguna mujer en mi vida casi desde el momento en que te vi por primera vez.

Ella se quedó mirándolo sin saber qué pensar.

Jon tenía la mirada fija en el agua.

–Estaba enamorado de ti desde mucho antes de que me invitaras a aquella ridícula fiesta de Halloween.

Estaba segura de que no le había oído bien.

–En ese caso, tienes una forma bastante rara de demostrarlo –hacía semanas que apenas hablaban. Sólo habían mantenido escuetas conversaciones cuando él iba a buscar o a dejar a Katie, porque siempre tenía alguna excusa para marcharse cuanto antes–. Ni siquiera querías hablar conmigo.

–No podía.

–Vaya, eso lo explica todo –le dijo ella, con cierta ironía.

–Tenía miedo de que, si hablaba contigo, no podría evitar contarte...

–¿El qué? –le preguntó ella con impaciencia.

–He decidido marcharme de Cedar Cove.

–¿Qué?

Maryellen lo miró atónita. Acababa de decirle que estaba enamorado de ella, y sabía que adoraba a Katie. La niña lo necesitaba, y por mucho que le costara admitirlo, ella también.

–Mañana a primera hora pondré la casa a la venta.

La conmoción y el dolor la dejaron entumecida, y apenas pudo asimilar lo que estaba diciéndole.

–Ya he presentado mi renuncia en el restaurante.

Era demasiado, no podía soportarlo. Cada palabra era como una cuchillada en el corazón, y estaba abrumada por el dolor. Hundió la cara en las manos, apoyó la cabeza en las rodillas, y se echó a llorar.

–Maryellen...

Su voz le parecía muy lejana. Notó que él posaba una mano en su espalda, como si fuera una niña a la que había que consolar. Alzó un poco la cabeza, y le dijo:

–¿Por qué? ¿Por qué nos abandonas si nos quieres? –había sido una tonta. Cuando se había dado cuenta de que estaba embarazada, había considerado a Jon poco más que un donante de esperma, sin saber lo importante que iba a llegar a ser tanto para su hija como para ella misma.

Jon no contestó. Ella sabía lo que estaba haciendo... lo mismo que solía hacer su padre, rechazar y herir a sus seres queridos.

—No llegaste a conocer a mi padre, ¿verdad? —le dijo, mientras intentaba que su voz no reflejara el dolor que sentía.

—No...

—Me parece que tenéis mucho en común, él también destruyó a la gente a la que amaba —el orgullo le dio fuerzas para ponerse de pie—. Si vas a marcharte, no puedo hacer nada para impedírtelo. La cuestión es que yo también estoy enamorada de ti, Jon. No quería amarte, intenté mantener mis sentimientos al margen de todo esto, pero no lo conseguí —respiró hondo, y añadió—: Pensé que me resultaría fácil criar sola a un niño, muchas mujeres lo hacen. Pero es duro, mucho más de lo que me imaginaba. Has estado al pie del cañón en todo momento, has cuidado tanto de Katie como de mí, y poco a poco fui dándome cuenta de que me había equivocado. Empecé a ver lo importante que es para un niño tener una figura paterna, y... lo importante que es para una madre tener a su pareja a su lado —se secó las lágrimas—. Puede que esto sea lo que me merezca, pero Katie no ha hecho nada. Si te alejas de ella, eres incluso más necio de lo que llegué a ser yo.

Hizo ademán de marcharse, pero se detuvo cuando él dijo:

—De acuerdo, te lo contaré.

—¿El qué?

Él cerró los ojos por un momento.

—Tengo antecedentes penales, Maryellen. Estuve en la cárcel. Una vez me preguntaste dónde había aprendido a cocinar... pues fue tras las rejas. No podía contártelo, por miedo a que me quitaras a Katie.

Aquello explicaba muchas cosas, pero no todas. Maryellen volvió a sentarse junto a él, y le dijo:

—¡Jamás te la quitaría!

—Confié en otra persona, en alguien a quien quería mucho. Aprendí una lección muy dolorosa, que no quiero volver a repetir.

—¿Era otra mujer?

—No, mi hermanastro —no parecía dispuesto a añadir nada más.

—¿Por qué me lo cuentas ahora? —si pensaba marcharse de todas formas, no tenía sentido que admitiera la verdad. Al ver que no respondía, se negó a darse por vencida—. ¿Por qué confías en mí de repente, si vas a largarte de mi vida y de la de Katie?

No se sorprendió al ver que él no respondía. Jon casi nunca hablaba de sí mismo. En el pasado, se había tomado como un juego intentar sonsacarle algo de información cuando él iba a la galería de arte, pero seguía sin saber casi nada de su vida.

—Aunque te sorprenda, tuve la sospecha de que habías estado en la cárcel.

Era una de las muchas posibilidades que había barajado en medio de la noche, cuando no podía dormir. No se la había tomado demasiado en serio, al igual que había descartado la posibilidad de que fuera un fugitivo, o un amnésico, o mil y una cosas más. La existencia de otra mujer le había parecido lo más plausible.

—No es algo que uno pueda preguntar, ¿verdad? —le dijo él, ceñudo.

—¿De qué te acusaron?

—De traficar con cocaína —le contestó, tras un largo silencio.

—¿Ahí es donde aparece tu hermano?

–Sí. Los dos éramos polos opuestos... él el hijo perfecto, y yo el artista que luchaba por salir adelante, la oveja negra. Él era el preferido de mi padre y de mi madrastra. Jim era ambicioso, un futuro hombre de negocios. Era el hijo perfecto, y yo no.

En el tema de su familia, él sólo había mencionado hasta entonces a su abuelo, del que había heredado las tierras en las que había construido la casa, y también el hecho de que su difunta madre se llamaba Katie.

–¿Dónde está ahora?

–Muerto.

–Lo siento, Jon.

Él asintió, y tragó con fuerza. Apoyó el pie en la grada que tenían delante, y se metió las manos en los bolsillos.

–Vivíamos juntos, y yo me las arreglaba para salir adelante con lo que ganaba con mis fotos. Me iba a la montaña con la cámara, y tomaba tantas fotos como podía permitirme teniendo en cuenta lo que me costaba el revelado. Jim se vino a vivir a mi casa un verano, y durante un tiempo todo fue genial.

Maryellen se metió las manos en los bolsillos, pero como necesitaba tocarlo, se inclinó un poco hacia él y presionó el hombro contra el suyo.

–Jim traficaba con cocaína. Juro por la vida de Katie que yo no tenía ni idea de lo que hacía. Él iba a la universidad, y sus amigos eran tan prometedores como él.

–¿Les vendía la droga a ellos?

–Sí. Yo era tan tonto, que no me di cuenta de nada. Jim siempre tenía dinero, se compraba todo lo que quería.

–¿Qué pasó?

–Una noche, la policía se presentó en casa y nos sacó a los dos de la cama. Encontraron la droga, y mientras yo gritaba que nos la habían colocado allí para inculparnos y que éramos inocentes, Jim me vendió y les dijo que era mía.

Maryellen posó la mano en su brazo, y él se aferró a sus dedos.

—Mi hermano testificó en mi contra, y mi padre declaró que... mintió, dijo que era yo el que tenía el problema con las drogas, que Jim se había mudado recientemente a la casa y no podía tener nada que ver.

Maryellen cerró los ojos, e intentó imaginarse lo que había supuesto para él una traición así... primero su hermano, y después su padre.

—¿Cómo pudo ser capaz de hacer algo así?

—Supongo que papá creyó a Jim. Quería proteger a uno de sus hijos, y el otro le daba igual.

—Oh, Jon...

—No he vuelto a ver a mi padre, no he hablado con él, desde el día en que me sentenciaron. No quiero tener nada que ver con él. No sé cómo habría podido sobrevivir sin el apoyo de mi abuelo, él hizo todo lo que pudo por ayudarme.

Maryellen entendía cada vez más lo que había sufrido, las experiencias que lo habían moldeado.

—Jim murió mientras yo estaba en la cárcel. Mi padre me escribió una carta, pero yo no le contesté —no se molestó en ocultar ni su dolor ni su amargura.

—¿Cuánto tiempo estuviste encerrado?

—Me sentenciaron a quince años.

Maryellen soltó una exclamación ahogada. A Jon le encantaba estar al aire libre, y lo habían encerrado en una celda.

—Cumplí siete años, y fueron un infierno.

—¿Jim no recibió ningún castigo?

Jon fijó la mirada en sus manos entrelazadas, y apretó con tanta fuerza, que Maryellen estuvo a punto de gritar de dolor.

—Lo dejaron libre con cargos, y murió por una sobredosis de heroína un año antes de que me concedieran la condicional.

Maryellen quería consolarlo, abrazarlo con todas sus fuerzas.

—Bueno, ahora ya lo sabes —la miró con expresión gélida—. Puedes llevar esa información a cualquier juzgado, para impedir que pueda acercarme a mi hija.

Maryellen entendió entonces por qué iba a poner en venta las tierras que le había dejado su abuelo y la casa que había construido con sus propias manos, por qué iba a dejar su trabajo, por qué iba a marcharse de Cedar Cove.

—No confías en mí —susurró.

Jon iba a renunciar a todo lo que le importaba porque creía que iba a perderlo de todas formas. Porque en cuanto bajara la guardia, se arriesgaba a que ella también le traicionara.

—No puedo. Sólo puedo confiar en mí mismo.

—¿Y qué pasa con Katie?

—Es muy pequeña...

—Es tu hija.

—Sí, y la quiero con toda mi alma.

—¿Pero no se merece conocer a su padre? Algún día tendrás que confiar en alguien. No puedes mantenerte apartado de todo el mundo, tarde o temprano tendrás que dejar de correr.

Él no la miró, y permaneció en silencio.

—Puedo soportar el hecho de que no me quieras en tu vida, pero Katie te necesita. Por favor, no te alejes de ella —quería pedirle lo mismo en cuanto a sí misma, pero se negó a hacerlo.

—Ahora ya lo sabes todo.

—Sí.

—¿No vas a intentar conseguir la custodia única de Katie?
—No, te lo prometo.
—Quizá sería mejor que lo hicieras.
—¿Es que no has oído lo que te he dicho? Katie te necesita... y yo también. No voy a hacer nada para mantenerte alejado de su vida, ni de la mía.
—¿Estarías dispuesta a casarte con un criminal?
—¿Estás pidiéndomelo?

Él vaciló por un instante antes de asentir con rigidez. Se metió las manos en los bolsillos, y encorvó un poco los hombros.

Maryellen parpadeó para evitar que los ojos se le llenaran de lágrimas.

—Sería el honor más grande de mi vida casarme contigo, ser la madre de tus hijos, y...
—¿Hijos?
—Me parece que a Katie le iría bien tener un hermano o una hermana.

Él empezó a esbozar una sonrisa vacilante que se convirtió en una carcajada llena de felicidad. El sonido se extendió hacia la cala, y compitió con los gritos de las gaviotas.

Antes de que ella se diera cuenta de lo que pasaba, los dos estaban de pie. Jon la abrazó con fuerza, y empezó a besarla una y otra vez.

Maryellen alzó la cara, y lloró abiertamente mientras él le salpicaba de besos la frente, las mejillas, la barbilla, y se acercaba poco a poco a sus labios. Sus bocas se encontraron al fin, y fue un beso lleno de fe, confianza y amor.

Finalmente, él se apartó un poco y susurró:

—Quiero que nos casemos pronto.
—Sí. Prométeme que no volverás a amenazar con abandonarnos.

—Te lo prometo —le dijo él, antes de besarla de nuevo.
—Prométeme que me amarás siempre.
—Te lo prometo —otro beso profundo—. ¿Algo más? —sus ojos estaban tan llenos de amor, que resultaba casi doloroso verlo.
—Mucho más —de hecho, no había hecho más que empezar.

CAPÍTULO 28

Después de pasar la tarde trabajando en la Protectora de Animales, Grace volvió a casa. Le encantaba el trabajo que hacía como voluntaria, tenía el propósito firme de ayudar a todos los animales que pudiera. Le resultaba gratificante reunir a los dueños con sus mascotas perdidas, y unir a gatos y perros que habían sido abandonados o maltratados con nuevos dueños dispuestos a darles cariño y un buen hogar.

El día en que se había dado cuenta de que Buttercup se encontraba mal y la había llevado al veterinario, había visto en el tablón de anuncios un cartel de la Protectora en el que se pedían voluntarios, y había decidido ir a informarse. Buttercup había llegado a su vida en el momento justo, y quería que otras personas tuvieran la misma suerte.

Recogió el correo en cuanto llegó a casa, y aunque intentó no hacerse esperanzas vanas, no pudo evitar comprobar si había recibido alguna carta de Cliff. Dos semanas antes, le había escrito para reiterarle cuánto sentía lo que había sucedido. Había tenido que tragarse su orgullo, pero le había pedido que le diera otra oportunidad. Aún no había recibido su respuesta, y como ya habían pasado dos semanas, empezaba a pensar que no iba a recibirla nunca.

Entró en la casa con Buttercup pisándole los talones. La perra le olió las piernas con suspicacia al reconocer el olor de otros animales. Parecía un poco celosa, y al volver de la Protectora siempre tenía que darle más mimos que de costumbre.

—¿Me has echado de menos? —le dijo, mientras le acariciaba la cabeza—. No te preocupes, ninguno de los otros perros era tan precioso como tú.

Al oír que el teléfono empezaba a sonar, descolgó sin dejar de acariciar a la perra.

—¿Diga?

—¿Grace? Hola, soy Stan Lockhart.

Aquello la tomó por sorpresa, y se preguntó qué podría querer el ex marido de su mejor amiga.

—¿Qué quieres? —le dijo con frialdad.

—Estoy en la ciudad, ¿puedo pasarme por tu casa un momento?

Grace tuvo ganas de decirle que no, pero no se le ocurrió ninguna excusa.

—¿Puedo preguntarte para qué?

—Me sorprende que no lo hayas adivinado.

—Olivia y Jack.

—Sí. Sólo será cuestión de unos minutos.

Accedió a regañadientes, y en cuanto colgó se apresuró a llamar a Olivia.

—¿Para qué querrá hablar conmigo?, vaya fastidio —le dijo a su amiga.

—Seguro que necesita un hombro en el que llorar.

—Pues que lo busque en otro sitio —ya tenía bastantes problemas, no necesitaba más. Stan era un mal perdedor.

—No pasa nada por escucharle, se ha llevado una buena sorpresa.

Aquello era cierto. Por primera vez en su vida, Stan Lockhart no había podido manipular a Olivia.

—¿Quieres que te llame cuando se vaya?

Olivia vaciló por un segundo, y al final le dijo:

—La verdad es que no. Stan ya no forma parte de mi vida, y me da igual lo que diga.

Grace se sintió admirada. De haber estado en el lugar de su amiga, se habría quedado al lado del teléfono, esperando un informe completo sobre los lloriqueos de su ex.

Stan llegó al cabo de un cuarto de hora, y era obvio que no estaba de muy buen humor.

—Entra —le dijo, al abrirle la puerta.

Lo condujo hasta la sala de estar. Buttercup se acercó a olisquearlo, y al parecer pasó la prueba, porque la perra volvió a tumbarse junto a la silla en la que solía sentarse Grace.

—¿Te apetece beber algo? —le preguntó con educación.

—¿Tienes whisky?

Sí, claro. Aunque tuviera, no se lo ofrecería.

—Lo siento, pero no. Café o té.

—Nada, gracias.

Grace le indicó que se sentara, y él lo hizo en el sofá, delante de ella.

—Olivia va a hacerlo de verdad, ¿no?

—Si te refieres a si va a casarse con Jack, la respuesta es sí —los preparativos ya estaban en marcha. El banquete iba a celebrarse en el restaurante de Seth y Justine, después de una ceremonia privada en la glorieta del parque del paseo marítimo.

—Me ha dicho que James y Selina van a venir para la boda.

—Sí, Olivia los llamó para preguntarles si les iba bien

—no se lo dijo para que se sintiera peor, pero para Olivia era importante que sus hijos estuvieran en la boda.

—Pensaba que tendría una ceremonia civil, pero parece ser que no es así. ¿Quién es ese reverendo amigo suyo?

—Dave Flemming, de la iglesia metodista.

—Ya veo.

Cuando Grace estaba a punto de preguntarle si quería algo en concreto, Stan alzó la mirada y le dijo:

—La verdad es que es lo que me merezco.

A pesar de todo lo que sabía sobre Stan, Grace sintió un poco de pena por él. La noticia del compromiso de Olivia y Jack no tendría que haberle tomado por sorpresa, pero al parecer él no se lo esperaba. No iba a tener la oportunidad de resarcir a Olivia, de empezar de cero. Ella sabía de primera mano lo dolorosos que eran los arrepentimientos, porque llevaba un tiempo viviendo con ellos.

—Hace poco, cometí un gran error —le dijo.

—¿En serio? —Stan la miró con escepticismo.

—Sí. Le hice daño a alguien a quien aprecio mucho, y no hay marcha atrás posible.

—Yo siento lo mismo. Fui un necio. Cuando Jordan se ahogó... —fijó la mirada en la alfombra—. Fui al cementerio el otro día, y visité la tumba de mi hijo —se pasó la mano por la mandíbula, y añadió—: Han pasado... ¿cuántos?, ¿dieciséis años?, pero no creo que llegue a superarlo. Aún no puedo creer que mi hijo mayor esté muerto —cerró los ojos, y su rostro reflejó el dolor que sentía—. Fue como si decidiera autodestruirme cuando Jordan murió —añadió, al abrir los ojos—. Intenté arreglármelas lo mejor que pude con el desastre en que se había convertido mi vida cuando me casé con Marge, pero los dos supimos desde el principio que no teníamos un matrimonio sólido.

Grace se ablandó. A pesar de que se había puesto furiosa con Stan por lo que les había hecho a Olivia y a sus dos hijos, recordaba que había sido un padre decente.

—La verdad es que no me sorprendí cuando Marge decidió que quería que el matrimonio acabara, creo que nos hizo un favor a los dos. Lo primero en que pensé cuando me pidió el divorcio fue que estaba dispuesto a remover cielo y tierra con tal de recuperar a Olivia.

—Jack es un buen tipo.

—No alcanzo a verlos juntos.

—Porque no quieres.

Él esbozó una sonrisa, y se encogió de hombros.

—Sí, supongo que tienes razón.

—¿Qué piensas hacer ahora?

—Había estado pensando en venirme a vivir a Cedar Cove, pero tal y como están las cosas, no sé si sería una buena idea.

Era obvio que estaba haciendo alusión al matrimonio de Olivia, y que se había rendido.

—Por otra parte, Justine, Seth y Leif están aquí —añadió, como pensando en voz alta—. Me encanta ejercer de abuelo. Me perdí gran parte de la infancia de mis hijos, así que quiero disfrutar al máximo de mis nietos.

—Te entiendo, yo tengo dos.

La mirada de Stan se desvió hacia la repisa de la chimenea, donde Grace tenía un sinfín de fotos de sus nietos.

—La niña se te parece mucho.

—Gracias —Grace sonrió al contemplar una de las fotos de Katie. Las palabras de Stan eran el mejor halago de todos.

—No he tenido ocasión de decirte lo mucho que lamento lo de Dan.

Grace asintió, y deseó que su marido hubiera llegado a conocer a sus nietos. Quizá Tyler y Katie le habrían dado una razón para vivir... o quizá no. Dan había vivido atormentado, y se había aislado del mundo exterior. A pesar de lo unido que estaba a Kelly, se había marchado cuando ésta estaba embarazada; al final, y a pesar de todo, había preferido la muerte al sufrimiento, la culpa, y la depresión.

Stan se puso de pie, y le dijo:

—En fin, he venido a preguntarte si podías hacer algo por mí.

—Sí, si está en mis manos.

—Me gustaría regalarles a Olivia y a Jack una buena botella de champán para su noche de bodas —se metió las manos en los pantalones—. Pero resultaría un poco incómodo viniendo de mí.

—¿Quieres que me encargue yo?

—¿Lo harías?

Al parecer, Stan no sabía que Jack era un alcohólico rehabilitado.

—Sí, me encargaré de todo.

—Te lo agradezco —fue hacia la puerta, pero se volvió hacia ella de nuevo—. Grace... —la miró como si estuviera viéndola por primera vez—. ¿Quieres salir a cenar conmigo?

Su invitación la sorprendió tanto como su llamada de teléfono.

—¿Cuándo?

—¿Qué te parece esta noche? Aunque ya sé que es un poco precipitado... —sacudió la cabeza, y pareció cambiar de idea—. Olvídalo, supongo que no es una buena idea —alargó la mano hacia el pomo de la puerta.

—Stan... —los dos se sentían solos, y aquella visita había hecho que sintiera un poco de pena por él. Había alcanzado a vislumbrar al hombre que se ocultaba tras aquella actitud arrogante–. ¿Por qué no?, vamos a cenar –le dijo, sonriente.

Charlotte Jefferson y su pequeño grupo de seguidores avanzaban en una sola fila por Harbor Street, con sus pancartas en alto. Siempre que podía, Charlotte agitaba la suya de cara al tráfico, para asegurarse de que los conductores leían lo que ponía. Varias personas tocaron el claxon.

Ben Rhodes iba junto a ella. Habían asistido a un sinfín de reuniones, habían hablado con concejales electos y corporaciones médicas, y habían analizado lo que habían hecho otros municipios, pero después de todos aquellos meses, la idea de crear un centro de salud en Cedar Cove seguía estancada. Las autoridades habían hecho varios intentos desganados para apaciguarlos, pero no bastaba. Había llegado la hora de pasar a la acción, de manifestarse.

Ben se inclinó hacia ella, y le susurró al oído:

—No mires, pero me parece que vamos a tener compañía.

El coche patrulla del sheriff se detuvo junto a ellos. Troy Davis bajó de inmediato, se detuvo el tiempo justo para subirse un poco el cinturón, y fue hacia ellos.

—Buenas tardes, Charlotte.

—Hola, sheriff Davis —la pancarta pareció volverse más pesada, así que la bajó–. ¿En qué puedo ayudarle? –le preguntó, como si fuera lo más normal del mundo que estuviera recorriendo la calle principal de la ciudad con una pancarta.

—¿Ha pedido un permiso para poder manifestarse? –el sheriff miró a la fila, que estaba compuesta por quince personas de la tercera edad.

—¿Un permiso?

Charlotte ni siquiera sabía que necesitaba uno. Al principio, Ben y ella eran los únicos integrantes de la manifestación. Habían decidido iniciar su propia protesta y colocarse con las pancartas en el stop que había entre las calles Harbor y Heron, pero se había corrido la voz, y cuando más de una docena de amigos suyos le habían dicho que querían sumarse a ellos, no había podido decirles que no.

—Quizá yo puedo responder a sus preguntas, agente —Ben se acercó un poco más a Charlotte en un gesto protector.

—No nos conocemos, ¿verdad? —el sheriff lo miró con suspicacia.

—Sheriff Davis, le presento a Ben Rhodes. Ben, aquí tienes a la pasma de Cedar Cove.

Ben soltó una pequeña carcajada, pero Davis permaneció serio y preguntó:

—¿De quién ha sido la idea?

—Mía —dijo Ben.

—La idea fue de los dos, Ben —Charlotte le dio unas palmaditas tranquilizadoras en el brazo.

Sus amigos y aliados se acercaron a ellos. Laura se colocó justo delante del sheriff, y le dijo:

—Y nosotros decidimos unirnos a ellos.

—Exacto —Helen se colocó junto a Laura, pero como era bastante bajita, tuvo que alzar bastante la cabeza para poder fulminar con la mirada al sheriff; sin embargo, sus esfuerzos fueron en vano, porque él ni siquiera se molestó en mirarla.

Charlotte se tomaba la situación muy en serio, pero tuvo la impresión de que Davis estaba intentando ocultar una sonrisa.

—Es la única forma de hacerse escuchar en esta ciudad —dijo Ben.

Charlotte agitó su pancarta, y estuvo a punto de golpearle en la cabeza cuando perdió el control del pesado palo por un momento.

—¿Sabe Olivia lo que se trae entre manos? —le preguntó el sheriff.

—Mi hija no tiene nada que ver en esto —a pesar de sus palabras, vaciló por un segundo. Sabía que Olivia no quería que se involucrara en aquella lucha, pero si no se enteraba no habría ningún problema.

—Esta manifestación no es asunto de la juez —añadió Ben.

Charlotte le agradeció su apoyo con una sonrisa. Él entendía su dilema, y le había aconsejado. Últimamente, solía pedirle consejo, porque había demostrado ser un hombre cabal y razonable. Aunque también le había demostrado otra cosa... que besaba de maravilla.

Se ruborizó al pensar en ello.

—No estaba hablando con usted, caballero —le dijo el sheriff.

—Eso ha estado fuera de lugar, sheriff —le dijo Charlotte.

—¿Sabe Olivia lo que está haciendo? —le preguntó él con firmeza.

—Sabe que tengo intención de hacerlo, pero no tiene ni idea de que la manifestación es hoy.

—Entonces, no tienen permiso para manifestarse, ¿verdad?

—Pero no lo tenemos por una razón muy lógica, sheriff. Hemos... —empezó a decir Ben.

—Seguro que es una razón excelente, pero si no tienen permiso, me temo que tengo que pedirles que se dispersen y abandonen la zona.

—No estamos causando ningún problema —le dijo Ben.

—Venimos en son de paz —apostilló Laura, como si acabara de bajarse de un platillo volante.

—¡Pero vamos muy en serio! —Bess sacudió la pancarta delante de las narices del sheriff.

Davis la miró ceñudo, y se la quitó.

—Hágame el favor de marcharse a su casa, señora Ferryman.

—Fui su profesora en tercero —le susurró ella a Charlotte.

—Entiendo su problema, agente, pero tenemos que cumplir una misión —apostilló Ben—. Debemos...

—Yo también tengo una misión —le dijo Davis con calma. Alzó una mano para captar la atención de todos los manifestantes, y les dijo—: Quiero que todos depongan su actitud, y que se vayan a sus casas sin hacer jaleo. Ahora mismo.

—¡Me niego! —Laura enfatizó su afirmación golpeando el suelo con la pancarta.

—Me parece que antes tendrá que arrestarnos —comentó Charlotte como si nada.

El sheriff los miró con exasperación.

—Charlotte, no le des ideas —le dijo Ben, en voz baja.

—El sheriff Davis sabe lo importante que es que nuestra ciudad tenga un centro de salud.

—Claro que lo sé, y personalmente estoy de acuerdo con su reivindicación, pero la ley es la ley.

—¿Crees que va a esposarnos? —le preguntó Helen a Charlotte.

Al ver que su amiga empezaba a flaquear, Charlotte se apresuró a decirle:

—Claro que no.

—Yo no estaría tan seguro —el sheriff se sacó unas esposas, y las alzó colgando de sus dedos para que todos las vieran.

Bess soltó una exclamación ahogada, y se llevó una mano al pecho.

—¡No quiero que me catcheen!

—No puedo prometerles nada —el sheriff Davis la miró como si tuviera vista de rayos X.

Bess se parapetó detrás de Laura.

Con decisión renovada, Charlotte volvió a alzar su pancarta. Había llegado hasta allí, y no pensaba amedrentarse. Tanto Ben como sus amigos iban a tener que decidir lo que iban a hacer, pero ella ya había tomado una decisión.

—Cinco minutos —siguió diciendo el sheriff—. Si no se han dispersado en cinco minutos, me temo que tendré que llamar a los refuerzos y los arrestaremos por reunión ilegal.

Charlotte se volvió hacia sus amigos. No quería que acabaran en una celda fría y húmeda del sótano de la comisaría, pero había veces en que una persona debía mantenerse firme.

—El sheriff dice que vamos a ir a la cárcel si no nos dispersamos.

Sus compañeros lanzaron gritos de protesta.

—Según él, tenemos cinco minutos. Yo pienso quedarme aquí, que cada cual tome su propia decisión —posó una mano en el hombro de Bess—. Lo entenderé si no queréis ir a la cárcel.

Bess permaneció en silencio durante unos segundos, y finalmente pareció hacer acopio de valor y dijo:

—Me quedo —miró al sheriff con expresión desafiante—. Troy Davis, me acuerdo de que intentaste copiar en aquel examen de gramática. No tendría que haber votado por ti, está claro que no eres de fiar.

El pequeño grupo se apelotonó un poco más, mientras cada uno intentaba decidirse. Charlotte se sorprendió al ver que Ben alzaba las manos y decía:

—A lo mejor deberíamos reconsiderarlo —como todos protestaron de inmediato, miró a Troy Davis y se encogió de hombros—. Lo he intentado, sheriff.

—Pues tendría que haberlo intentado con más ahínco —el sheriff miró su reloj, y al ver que ya habían pasado los cinco minutos, fue hacia su coche. Giró la cabeza, y se puso a hablar por el pequeño transmisor que llevaba en el hombro.

Charlotte se dio cuenta de que iba a cumplir con sus amenazas, que estaba pidiendo refuerzos.

Al ver aparecer dos coches patrulla al cabo de unos minutos, gimió para sus adentros. Todo aquello no iba a hacerle ninguna gracia a Olivia.

CAPÍTULO 29

Roy McAfee recibió la esperada llamada de teléfono durante la segunda semana de abril, casi un mes después de que Davis enviara al laboratorio la botella de agua que se había encontrado en el coche de Maxwell Russell. El sheriff le pidió que se pasara por su oficina en cuanto pudiera.

Al cabo de diez minutos de recibir la llamada, Roy salió de su despacho.

—¿Era el sheriff Davis? —le preguntó Corrie.

Él asintió, y agarró su abrigo.

—Al parecer, los del laboratorio han encontrado algo —se sentía muy satisfecho, porque había sabido de antemano que la botella de agua era una pista. Por fin iban a poder avanzar en la investigación.

—El sheriff no es el hombre más popular de la ciudad en este momento, mira el periódico —Corrie le mostró el último número de *The Cedar Cove Chronicle*.

Roy intentó contener una sonrisa, pero no lo logró. En la primera página del periódico había una foto del sheriff esposando junto a dos oficiales más a un grupo de ancianos. Desde luego, aquel brioso grupo de jubilados había conseguido que todo el mundo se enterara de su reivindicación.

–La verdad es que Davis me da un poco de lástima –murmuró.

–No me extraña que te pongas de parte de un poli, pero yo creo que la señora Jefferson y sus amigos tienen razón.

–No hace falta incumplir la ley para conseguir que haya un centro de salud en la ciudad.

–Según el artículo, la señora Jefferson y el señor Rhodes han intentado todos los cauces legales, y no han conseguido nada por culpa de los cortes presupuestarios. Tanto tú como yo sabemos lo que se siente al batallar con el Ayuntamiento.

–El sheriff Davis sólo estaba haciendo su trabajo.

A Roy no le habría gustado tener que llevar a un grupo de jubilados a la cárcel. A juzgar por lo que había oído, la comisaría se había convertido en un manicomio, y varias de las señoras habían exigido que les asignaran abogados y no habían dejado de hablar de sus derechos constitucionales; al parecer, habían visto demasiadas reposiciones de *Ley y orden*.

–Tendría que haber adivinado que te pondrías de parte de tu amigo –le dijo Corrie–. ¿Cómo te sentirías si se tratara de tu madre, o de la mía?

Roy soltó una carcajada, y comentó:

–Mi madre murió hace muchos años, y en cuanto a la tuya...

–No empieces como siempre, Roy McAfee –rezongó ella.

Al darse cuenta de que su mujer estaba luchando por contener la risa, rodeó la mesa y la besó.

–¿A qué ha venido eso?

–No te pareces en nada a tu madre.

–¡Roy!

—Te quiero, cariño —le dijo, con una sonrisa de lo más inocente.

Corrie se echó a reír, y lo empujó con suavidad hacia la puerta.

Roy decidió ir caminando a la comisaría, que estaba a un cuarto de hora de allí. Tenía la corazonada de que faltaba poco para que descubrieran los secretos de Russell.

Troy Davis parecía estar esperándolo. Le indicó que se sentara, y le alargó un archivo por encima de la mesa.

—¿Qué es? —le preguntó.

—El informe toxicológico.

Roy lo abrió y le echó un vistazo. Al llegar a la tercera página, se detuvo al leer una palabra y miró a Davis.

—¿Qué es el flunitrazepam?

—El nombre comercial es Rohypnol.

Roy reconoció aquel nombre. Aquella sustancia se utilizaba en algunos casos para cometer violaciones, él mismo había visto sus efectos durante sus años como inspector de policía. Había aparecido en las calles a principios de los noventa.

Mientras leía el informe, pensó que había sido una elección muy astuta, porque no era el tipo de droga que se usaría típicamente para asesinar a un hombre de más de cincuenta años.

—No me extraña que los del laboratorio tardaran un mes en encontrarla —murmuró, pensando en voz alta.

—El asesino la disolvió en el agua de la botella. Se trata de una sustancia insípida e inodora, y es un tranquilizante muy potente. Cuando se administra en dosis elevadas, pasa lo obvio.

Una dosis lo bastante grande podía ser letal.

Roy dejó el archivo sobre la mesa, y le dijo:

—Esto confirma nuestras sospechas, Russell fue asesinado –por desgracia, el informe no revelaba quién lo había hecho, ni por qué.

El sheriff se relajó en su silla, y apoyó las manos sobre su abdomen.

–Pudo ser Beldon, tuvo la oportunidad de hacerlo.

Roy sabía que aquello era cierto, pero tanto sus años de trabajo policial como su intuición le decían que Bob era inocente. Durante un tiempo, había tenido sus dudas, porque aún faltaban muchas de las piezas del rompecabezas. No había querido dejar que sus emociones empañaran su percepción de la situación, y por eso había creído que no era conveniente entablar una amistad con él; sin embargo, había llegado a apreciarlo, y a confiar en él.

Bob afirmaba que no había reconocido a su antiguo compañero del ejército, y si eso era cierto, entonces no tenía motivo alguno para asesinarlo. Y aunque lo hubiera reconocido, seguía sin tener un motivo sólido.

–La verdad, dudo que fuera él.

El sheriff esbozó una sonrisa, y admitió:

–A mí tampoco me parece probable.

–No te olvides de que la botella estaba en el coche.

–Sí, es verdad.

Aquello no exoneraba a Beldon de inmediato, pero parecía indicar que Russell ya tenía el agua al llegar a la pensión.

–¿Crees que pudo ser un asesinato al azar? –le preguntó Roy, ya que sabía que aquel tipo de crímenes se habían incrementado.

–Puede ser, pero me parece poco probable.

Roy asintió. Muchos de los factores de aquel caso, incluyendo el método utilizado, parecían indicar que el asesinato había sido premeditado. Quienquiera que fuese el asesino, se trataba de una persona muy lista y despiadada.

—Creo que no fue el primer intento de asesinato que sufrió Russell —murmuró Roy.

—Estoy de acuerdo —el sheriff se incorporó un poco, y se inclinó hacia delante—. El accidente de coche en el que murió su mujer me parece demasiado conveniente. Leí el informe, pero no encontré nada tangible.

El accidente había sido atribuido a un error del conductor, pero a tenor de los últimos acontecimientos, cabía plantearse si realmente había sido así. Dos de los hombres que habían estado juntos en aquella jungla de Vietnam estaban muertos, y los dos habían fallecido en extrañas circunstancias.

—¿Qué me dices de Dan Sherman?, ¿estás seguro de que se suicidó? —le preguntó Roy.

—Completamente. Además, le dejó aquella carta a su mujer.

A Roy no le gustaba el cariz que estaba tomando todo aquello. Había dos hombres muertos, uno de ellos asesinado. Tanto Davis como él estaban seguros de que Bob no estaba involucrado en el asesinato, de modo que sólo había una conclusión posible.

—Bob Beldon corre peligro —le dijo a Davis.

—Es gracioso que digas eso.

—¿Por qué?

—Porque yo tengo la misma corazonada. Esta misma tarde he ido a hablar con él, y le he sugerido que se tome unas largas vacaciones mientras nosotros seguimos investigando.

—¿Qué te ha dicho?

—Es un tipo testarudo. Me ha dicho que no piensa huir, que la persona que quiere matarlo puede intentarlo si quiere.

Roy supuso que Peggy no había estado presente durante esa conversación.

—Además, dice que no puede irse, porque Jack Griffin le ha pedido que sea su padrino de boda —añadió el sheriff.

—¿Cuándo se casa?

—En la primera semana de mayo.

Roy le dio vueltas al asunto, y finalmente asintió y dijo:

—Ya ha pasado un año desde la muerte de Russell, puede que no vaya a pasar nada.

—Puede.

A juzgar por su tono de voz, era obvio que el sheriff no estaba demasiado convencido, y Roy compartía su inquietud.

A lo largo de los últimos meses, había entablado una buena amistad con Bob y Peggy, así que se lo tomaría como un ataque personal si su amigo acababa siendo asesinado.


Rosie estaba sentada en el sofá, esperando ansiosa. Al oír que llamaban a la puerta del piso, se puso de pie de golpe y fue a abrir. Cuando estaba en medio de la sala de estar, la puerta se abrió y Zach entró.

Corrió hacia él, y lo abrazó como si no lo hubiera visto en semanas. Zach le rodeó la cintura con los brazos, y la alzó un poco del suelo. Se besaron con pasión, con un deseo febril, como solían hacerlo cuando iban a la universidad. La chispa que les había faltado durante los últimos años del matrimonio había vuelto a encenderse... y era lo bastante potente como para provocar un incendio.

Para cuando él volvió a dejarla en el suelo, Rosie estaba aturdida por el deseo. Se había olvidado por completo de que quería hablar con él de un montón de temas urgentes, y sólo podía pensar en lo cálidas que eran sus caricias y en el deseo que la quemaba por dentro.

—¿No crees que es un poco ridículo que nos encontremos así? —murmuró.

—¿Y tú?

—No —se puso de puntillas, y volvió a besarlo.

Zach le devolvió el beso, y en cuestión de segundos estuvieron en el dormitorio... el de él. Dos días antes, habían acabado en el de ella, y la vez anterior, ni siquiera habían conseguido llegar a una cama.

—Se supone que tenemos que hablar —le dijo ella, después de hacer el amor. Tenía la cabeza apoyada en su hombro desnudo. Estaban tumbados encima de las mantas, y ella tenía un brazo alrededor de su cintura.

—Ya lo sé, pero cuando te veo, no pienso en hablar precisamente.

Rosie lo entendía a la perfección, porque el deseo que sentían el uno por el otro era avasallador.

—¿Les has dicho a los niños que venías aquí? —le daba un poco de vergüenza que los niños pudieran darse cuenta de que habían convertido el piso en un nidito de amor.

Zach soltó una carcajada, y le dijo:

—Lo dirás en broma, ¿no?

Rosie suspiró, y frotó la mejilla contra su pecho mientras saboreaba la calidez de su piel. Cerró los ojos, e inhaló su aroma masculino y único. Era un aroma inconfundible, y bastó para excitarla de nuevo.

—Creo que es importante que hablemos, Zach.

—Sí, yo también, pero no puedo quitarte las manos de encima.

Rosie estaba disfrutando al máximo del resurgimiento de su vida amorosa, y no le importaba pasar en la cama el tiempo del que disponían para estar juntos.

—Los niños no son ciegos —le dijo él, mientras le acariciaba la espalda con lentos movimientos circulares—. Tienen bastante claro a quién voy a ver cuando me escabullo de casa.

—Allison me soltó una indirecta el otro día —admitió ella.

—Vale, está claro que están a favor de nuestra reconciliación... la cuestión es si nosotros también lo estamos.

—¿Qué quieres decir?

—¿Estamos preparados para volver a juntarnos?, ¿deberíamos hacerlo? Te amo, y tú me amas a mí. Siempre te he amado, pero sigo sin entender cómo es posible que dos personas que se quieren acaben divorciándose.

—Cometí muchos errores —admitió, muy seria.

—Y yo también. No quiero recordar todo lo que hicimos mal, pero por otro lado tampoco quiero ignorar lo que pasó y que volvamos a cometer los mismos errores.

—Estoy de acuerdo —la mera idea de volver a soportar aquella tensión terrible le resultaba insoportable, ni Zach ni ella podían vivir así. Y tampoco podían hacer que sus hijos volvieran a pasar por aquella pesadilla—. Me gustaría seguir enseñando.

Parte de los problemas habían surgido porque ella había trabajado de voluntaria en todos los comités, grupos, asociaciones y equipos de trabajo habidos y por haber. Se había ganado fama de estar siempre disponible para trabajar por una buena causa, de ser la mujer que no podía negarse a colaborar.

Antes del divorcio, pasaba gran parte del día ocupada con sus compromisos y sus obligaciones. Al principio, se había sentido sola durante la época en que Zach estaba más atareado con las declaraciones de renta, así que había buscado una válvula de escape social, la forma de formar parte de una comunidad. Pero su trabajo de voluntariado había ido creciendo y creciendo, hasta convertirse en un monstruo que acaparaba todo su tiempo y que había amenazado con destruir a su familia.

—Siempre quise ser la madre y la esposa perfecta —susurró entristecida, al recordar sus fracasos.

Zach le dio un beso en la coronilla, y le dijo:

—Ya lo sé.

—Me dejé arrastrar por mis propios intereses, y dejé de comportarme como una madre.

—No quiero que te culpes por todo lo que ocurrió, yo también cometí muchos errores —la abrazó con más fuerza—. Nuestro matrimonio no lo destrozaste tú sola, Rosie. Permití que mi ego reemplazara al sentido común. Tenías razón en cuanto a las malas intenciones de Janice Lamond, pero estaba ciego y no me daba cuenta de lo que estaba haciendo esa mujer.

—Me carcomían los celos.

—A mí también, sobre todo cuando empezaste a salir con aquel viudo.

Rosie no sabía que él se había puesto celoso. Sabía que la satisfacción que sentía era un poco pueril, pero se dio el gusto de disfrutarla.

—Ya te dije que sólo salimos una vez, y que no pasó nada.

—Creí que teníais una relación, y estaba hecho un lío —soltó una carcajada, y siguió acariciándole la espalda—. A pesar de que estábamos divorciados, la idea de que salieras con otro hombre me enloquecía.

—Pues imagínate cómo me sentía yo cuando estábamos casados, y creía que tenías un lío con otra mujer. Decir que estaba celosa es quedarse muy corto.

—No va a volver a suceder nada parecido.

—Y yo no volveré a trabajar de voluntaria en todas partes. A lo mejor ayudo en alguna que otra cosa a corto plazo, pero ahora ya sé establecer límites —respiró hondo, y añadió—: También he redescubierto lo mucho que me gusta la enseñanza. Mi horario encaja a la perfección con el de los niños, y cuando vuelvo a casa al final de la jornada, disfruto tanto de mi hogar como de mi familia.

—Te ayudaré más con las labores domésticas.

—Vale.

Aquél había sido otro de los problemas. Como se suponía que ella era la madre que cuidaba de la casa, tanto Zach como los niños esperaban que se ocupara de todo, que los atendiera en todo momento, que fuera perfecta como ama de casa, como cocinera, como organizadora, como chófer, y como anfitriona. En otras palabras: que fuera responsable de todos los aspectos domésticos.

—Puedo preparar la cena dos días a la semana —le dijo Zach—. He aprendido mucho gracias al canal de cocina.

—Y yo puedo encargarme de prepararla tres días —desde que tenía más tiempo, había descubierto que le gustaba cocinar.

—Allison también ha aprendido bastante, me parece que le gustaría encargarse de la cena un día a la semana.

—Nos queda un día.

—Perfecto, un día a la semana saldremos a cenar los dos solos, tendremos una cita.

—¿Una cita?

—Sí, solos tú y yo. Será una velada para que podamos estar juntos. ¿Te das cuenta de que vivíamos en la misma casa, y apenas hablábamos? Bueno, sí que hablábamos, pero estábamos tan ocupados y distraídos, que no nos prestábamos atención. Eres mi mejor amiga, te he echado de menos. Echaba de menos tenerte en mi vida. Me parece que nuestros problemas empezaron porque no pasábamos tiempo juntos.

Quizá tenía razón, quizás ésa era una de las razones por las que el divorcio se había desmoronado. Como él se pasaba todo el día en la gestoría y ella dedicaba hasta el último minuto a obras benéficas y trabajos de voluntariado, habían perdido el norte. Se habían olvidado el uno del otro, habían antepuesto todo lo demás.

Se apoyó en un codo, y le dio un beso en la barbilla.

—¿Te he dicho últimamente lo mucho que te amo?

—Sí —le dijo él, en un susurro—. Rosie, Rosie... es maravilloso volver a tenerte entre mis brazos.

—Los niños quieren que volvamos a casarnos.

Era la primera vez que uno de los dos lo decía en voz alta.

—Sí, ya lo sé —Zach vaciló por un segundo antes de preguntarle—: ¿Qué sientes al respecto?

Ella se acurrucó contra él, y le dijo:

—Excitación... y un poco de temor.

—Yo también.

Los dos habían dicho y hecho cosas que podían empañar su futuro. ¿Podrían mantener las resoluciones que habían tomado, y construir una relación sólida?

—Tenemos que estar muy seguros, Zach.

—Sí. Cuando volvamos a casarnos... y estoy seguro de que vamos a hacerlo... —la besó de nuevo—. Tiene que ser para siempre, y los dos tenemos que estar comprometidos al cien por cien —la miró a los ojos, y añadió—: Ya hemos abierto y atravesado una vez la puerta del divorcio, y puede convertirse muy fácilmente en una puerta batiente. Con cada discusión, cada desacuerdo, podemos decidir que hemos cometido un error incluso mayor al volver a casarnos. Podríamos convertir algo que parece ideal en una pesadilla.

Lo que decía sonaba razonable.

—En otras palabras: si decidimos volver a casarnos, será para siempre. No habrá vuelta atrás —le dijo ella.

—Exacto, es todo o nada.

Rosie no lo dudó, porque tenía las ideas muy claras... quería que aquel hombre, su marido, su amante, volviera a su vida para siempre.

—Todo o nada... lo quiero todo.

—En ese caso, ¿quieres casarte conmigo, Rosie? ¿En la salud y en la enfermedad, hasta que la muerte nos separe?

—Sí, quiero —le dijo ella con firmeza. Al cabo de unos segundos, le preguntó—: ¿Qué vamos a decirle a la gente?

—Pues la verdad —le dijo él, con una carcajada.

—¿Y se puede saber cuál es?

—Pues que el divorcio no ha funcionado.


—Eres una novia preciosa —dijo Grace, antes de secarse una lágrima.

Olivia dejó de mirarse en el espejo de cuerpo entero, y se volvió hacia ella. Llevaba un traje color melocotón hecho a medida y muy elegante, y tenía en la mano un ramo de capullos de rosas.

—¿Crees que a Jack le gustará? —se dio cuenta de lo insegura que parecía. Después de vivir sola durante tantos años, no esperaba volver a enamorarse hasta el punto de estar dispuesta a compartir su hogar y su vida con un hombre, pero entonces había conocido a Jack Griffin...

—Me parece todo un detalle que Jack le pidiera al reverendo Flemming que oficiara la ceremonia —Grace se sacó un pañuelo del bolso—. Voy a fastidiarlo todo, seguro que me paso toda la ceremonia llorando.

—Ya verás como no —Olivia no estaba segura de poder mantener la compostura. Cada vez que pensaba en Jack y en lo mucho que lo amaba, tenía ganas de llorar de felicidad.

—¡Mamá, estás preciosa! —le dijo Justine, al entrar en la habitación.

Olivia se ruborizó, y la besó en la mejilla.

—Gracias, cariño.

—¿Estás lista?, la limusina acaba de llegar.

Olivia miró a Grace, que le lanzó una enorme sonrisa y alzó los pulgares en un gesto de ánimo. Exhaló temblorosa, y susurró:

—Sí, estoy lista.

—James ha estado en casa de Jack, y dice que está muy nervioso —comentó Justine, mientras iban hacia la limusina.

—¿En serio? —hacía un par de horas que había hablado con él, y le había parecido muy tranquilo.

—Eric, Shelly y los niños llegaron a su casa, y la situación se volvió caótica. Uno de los niños vomitó encima del esmoquin de Jack y Eric se desesperó, pero Shelly mantuvo la calma y lo limpió.

—Así que todo ha vuelto a la normalidad —dijo Olivia.

Su casa también había sido un hervidero de actividad. Seth había ido a recoger a James, Selina, e Isabella al aeropuerto de Seattle, y al cabo de una hora de su llegada, Selina había anunciado que estaba embarazada de nuevo. La celebración no se había hecho esperar.

—Su carruaje la espera —Justine hizo una pequeña reverencia cuando llegaron a la limusina.

Lo cierto era que Olivia se sentía un poco como Cenicienta de camino al baile. En aquel día iba a vivir uno de los cambios más importantes de su vida. Hacía unas semanas que Jack y ella habían decidido casarse, y ninguno de los dos había querido demorar la boda. Querían estar juntos cuanto antes.

El conductor de la limusina estaba junto al vehículo, listo para ayudar a entrar a todo el mundo.

—Quiero organizar algo parecido a esto para Maryellen y Jon —comentó Grace, al entrar después de Olivia.

—¿Han fijado ya una fecha?

—Sí, el primer sábado de junio.

—Me alegro.

Al parecer, los matrimonios estaban en el aire. Maryellen y Jon Bowman habían decidido casarse, y Grace estaba entusiasmada y aliviada al ver que el padre y la madre de Katie iban a unirse pronto.

—Otro sábado en que no podrás ir a la Protectora —le dijo en tono de broma a su amiga, consciente de cuánto disfrutaba trabajando con los animales.

Jon y Maryellen no eran los únicos que planeaban casarse. La controvertida decisión que había tomado el año pasado respecto a un caso de divorcio había tenido un final feliz. Otto Benson, el abogado de una de las dos partes, le había dicho que los Cox iban a volver a casarse. Se había alegrado mucho por ellos, y esperaba que les fuera bien. Las cosas parecían ir de maravilla en el 311 de Pelican Court.

Mientras la limusina avanzaba por Lighthouse Road, miró por la ventana y contempló la cala. Adoraba aquel hermoso lugar, aquella ciudad era su hogar. Miró a Grace, y esbozó una sonrisa. Su amiga estaba acostumbrándose a ser una viuda. Maniobrar en territorio desconocido nunca era fácil, así que era normal que Grace diera algunos pasos en falso, pero de momento todo iba bien en el 214 de Rosewood Lane, sobre todo desde que su amiga había encontrado una causa a la que apoyar. Ella no había perdido la esperanza de que Cliff volviera a entrar en la vida de Grace, pero eso se vería con el tiempo.

Cuando la limusina se detuvo en el aparcamiento del

parque, el conductor se apresuró a salir y fue a abrirle la puerta. Alargó la mano hacia ella, y la ayudó a salir.

Era un día perfecto para una boda, un día de sol resplandeciente y de brisas suaves. El agua azul de la cala lanzaba reflejos de luz hacia la glorieta donde Jack estaba esperando. Había enormes cestos blancos rellenos de rosas, lilas, lirios, y muchas flores más, cuidadosamente colocados para formar un pasillo que conducía a la glorieta.

Olivia vio a su madre junto a Ben Rhodes. Charlotte se había comportado con mucha prudencia desde lo del arresto, pero ella estaba convencida de que aquel súbito respeto por la ley no duraría demasiado. Cuando su madre quería algo, solía encontrar la forma de conseguirlo.

Estaba convencida de que Ben Rhodes era el culpable de que hubiera tenido que pagar una fianza para sacar a su madre de la cárcel. Estaba decidida a mantenerlo bien vigilado, no sabía si era una buena influencia para su madre; además, tenía la impresión de que los dos pasaban mucho tiempo juntos. Pensaba averiguar todo lo que pudiera sobre aquel hombre.

Jack avanzó un paso, y la tomó de la mano.

—No sé cómo he conseguido que accedieras a casarte conmigo —le dijo él, al inclinarse para besarla en la mejilla—, pero fuera como fuese, sólo puedo decir que estoy agradecido.

—Oh, Jack... qué dulce.

Él sonrió de oreja a oreja, y le lanzó una mirada a Bob Beldon, su padrino.

—La verdad es que Bob me sugirió que te lo dijera.

Olivia hizo una mueca, y se dijo que tendría que haberlo sabido. Jack no era un hombre romántico, pero lo compensaba de un sinfín de formas diferentes. Se alegró al ver a Bob y a su mujer, Peggy. No los conocía demasiado bien, pero como él era el mejor amigo de Jack, suponía que a partir de ese momento los vería más a menudo.

Bob había tenido algunos problemas relacionados con el desconocido que había aparecido muerto. Jack no había entrado en detalles, y durante unos días, no había sabido con seguridad si su amigo iba a poder asistir a la ceremonia; al parecer, la situación se había solucionado, aunque Bob parecía un poco tenso. Las cosas no parecían andar del todo bien en el 44 de Cranberry Point.

Los invitados se colocaron en un semicírculo alrededor de Jack y Olivia. El reverendo Flemming abrió su Biblia, y sonrió a la pareja.

—Queridos hermanos...

Jack apretó ligeramente la mano de Olivia, y ella le devolvió el gesto. Amaba a Jack Griffin, periodista y alcohólico rehabilitado, y él la amaba a ella. Como tantos otros antes que él, Jack había encontrado una nueva vida en Cedar Cove.

Olivia miró sonriente a aquel hombre que estaba a punto de convertirse en su marido. Habían confiado todos sus secretos el uno en el otro, y se amaban de todo corazón.

## Títulos publicados en Top Novel

*La farsa* — Brenda Joyce
*Lejos de todo* — Nora Roberts
*Lacy* — Diana Palmer
*Mundos opuestos* — Nora Roberts
*Apuesta de amor* — Candace Camp
*En sus sueños* — Kat Martin
*La novia robada* — Brenda Joyce
*Dos extraños* — Sandra Brown
*Cautiva del amor* — Rosemary Rogers
*La dama de la reina* — Shannon Drake
*Raintree* — Howard, Winstead Jones y Barton
*Lo mejor de la vida* — Debbie Macomber
*Deseos ocultos* — Ann Stuart
*Dime que sí* — Suzanne Brockmann
*Secretos familiares* — Candace Camp
*Inesperada atracción* — Diana Palmer
*Última parada* — Nora Roberts
*La otra verdad* — Heather Graham
*Mujeres de Hollywood... una nueva generación* — Jackie Collins
*La hija del pirata* — Brenda Joyce
*En busca del pasado* — Carly Phillips
*Trilby* — Diana Palmer
*Mar de tesoros* — Nora Roberts
*Más fuerte que la venganza* — Candace Camp
*Tan lejos... tan cerca* — Kat Martin
*La novia perfecta* — Brenda Joyce

www.ingramcontent.com/pod-product-compliance
Lightning Source LLC
LaVergne TN
LVHW030333070526
838199LV00067B/6254